www.milady.fr

LA LÉGENDE DE DRIZZT
LIVRE IV

L'ÉCLAT
DE CRISTAL

R.A. SALVATORE

Traduit de l'anglais (États-Unis) par Fanélie Cointot

Milady est un label des éditions Bragelonne

Originally published in the USA by Wizards of the Coast, Inc.
Originellement publié aux États-Unis par Wizards of the Coast, Inc.

Forgotten Realms and the Wizards of the Coast logos are registered trademarks
of Wizard of the Coast, Inc., in the USA and other countries.
© 2009 Wizards of the Coast. All rights reserved. Licensed by Hasbro.

Titre original : *The Crystal Shard – The Legend of Drizzt, book 4*
Copyright © 1988 TSR, Inc.
Copyright © 2005 Wizards of the Coast, Inc.

© Bragelonne, 2009, pour la présente traduction.

Illustration de couverture : Todd Lockwood

Design : Matt Adelsperger

Carte :
Todd Gamble © 2005 Wizards of the Coast, Inc.

ISBN : 978-2-8112-0086-2

Bragelonne – Milady
35, rue de la Bienfaisance – 75008 Paris

E-mail : info@milady.fr
Site Internet : http://www.milady.fr

À ma femme, Diane.

*À Bryan, Geno et Caitlin pour leur soutien
dans cette expérience et leur patience.*

*Et à mes parents, Geno et Irène, pour avoir cru en moi,
même quand je n'y croyais pas moi-même.*

Chaque fois qu'un auteur entreprend un projet comme celui-ci, en particulier s'il s'agit de son premier roman, il est invariablement assisté dans l'accomplissement de cette tâche par un certain nombre de personnes. L'écriture de *L'Éclat de cristal* n'a pas fait exception.

La publication d'un roman implique trois éléments : un certain talent, beaucoup de travail acharné et une bonne part de chance. Les deux premiers éléments peuvent être maîtrisés par l'auteur, mais le troisième implique de se retrouver au bon endroit au bon moment, et de trouver un éditeur qui croit en votre engagement et en votre capacité à mener à bien la tâche à accomplir.

C'est pourquoi j'adresse mes plus chaleureux remerciements à TSR, et en particulier à Mary Kirchoff, pour avoir donné sa chance à un auteur débutant et pour m'avoir guidé tout au long du processus.

Dans les années quatre-vingt, l'écriture est devenue une activité hautement technologique tout autant qu'un exercice de créativité. Dans le cas de *L'Éclat de cristal*, la chance a encore joué en ma faveur. Je me considère chanceux d'avoir un ami tel que Brian P. Savoy, qui m'a fait bénéficier de son expérience en matière de logiciels pour régler les derniers détails du texte.

Je remercie également mes conseillers personnels, Dave Duquette et Michael LaVigueur, pour avoir pointé les atouts et les faiblesses de l'ébauche de ce récit, ainsi que mon frère, Gary Salvatore, pour son travail sur les cartes de Valbise, et tous les autres membres de mon groupe de jeu *Donjons et Dragons*, Tom Parker, Daniel Mallard, et Roland Lortie, qui ont été une source d'inspiration constante pour l'élaboration de personnages excentriques à même de revêtir la panoplie de héros dans un roman fantastique.

Et finalement, je remercie l'homme qui m'a véritablement fait connaître le monde du jeu *Donjons et Dragons*, Bob Brown. Depuis que tu as déménagé (emportant la fumée de ta pipe avec toi), l'atmosphère autour de la table de jeu n'a juste plus été la même.

R.A. Salvatore, 1988

PRÉLUDE

L e démon se rassit dans le siège qu'il s'était taillé dans le pied du champignon géant. Une sorte de boue visqueuse s'enroulait autour de l'île rocheuse, éternel suintement en mouvement qui caractérisait cette strate du plan des Abysses.

Errtu tapotait nerveusement de ses doigts griffus, sa tête cornue et simiesque pendant mollement sur ses épaules tandis qu'il scrutait les ténèbres.

— Où es-tu, Telshazz ? siffla le démon, attendant des nouvelles de la relique.

Toutes ses pensées étaient envahies par Crenshinibon. S'il mettait la main sur le cristal, Errtu pourrait s'élever d'une strate complète, peut-être même de plusieurs.

Et il était maintenant si près de le posséder !

Le démon connaissait le pouvoir de l'artefact : il était au service de sept liches quand ceux-ci avaient combiné leurs magies diaboliques pour créer l'Éclat de cristal. Les liches, esprits de puissants sorciers ayant refusé le repos éternel, s'étaient rassemblés pour façonner le plus abominable des artefacts jamais créés, un pouvoir diabolique qui se nourrissait et s'épanouissait au contact de ce que les défenseurs du bien considéraient comme la plus précieuse des choses – la lumière du soleil.

Mais ils étaient allés au-delà de leurs propres pouvoirs, pourtant considérables. La création de Crenshinibon avait consumé les sept esprits : il leur avait volé l'énergie magique qui les maintenait dans leur état de morts-vivants pour alimenter ses premières étincelles de vie. Les ondes de puissance qui s'étaient ensuivies avaient violemment renvoyé Errtu dans les Abysses, et le démon avait supposé que le cristal avait été détruit.

Mais Crenshinibon n'était pas si facile à détruire. Aujourd'hui, des siècles plus tard, Errtu avait de nouveau croisé la piste de l'Éclat de cristal ; une tour de cristal, Cryshal-Tirith, dont le cœur palpitant était l'image même de Crenshinibon.

Errtu savait que sa magie était à proximité, il pouvait sentir la puissante présence de la relique. Si seulement il avait pu la retrouver plus tôt... Si seulement il avait pu la saisir...

Mais ensuite, Al Dimeneira avait fait son apparition, un être angélique aux pouvoirs immenses. D'un seul mot, il avait banni Errtu en le renvoyant dans les Abysses.

Errtu était en train de scruter l'obscurité à travers la fumée tourbillonnante quand il entendit un bruit de pas qui s'approchaient.

—Telshazz? hurla le démon.

—Oui, mon maître, répondit le démon plus petit, qui se recroquevillait comme il approchait du trône taillé dans le champignon.

—Est-ce qu'il l'a trouvé? rugit Errtu. Est-ce qu'Al Dimeneira a l'Éclat de cristal?

Telshazz gémit en tremblant :

—Oui, mon seigneur... euh, non, mon seigneur!

Les maléfiques yeux rouges d'Errtu s'étrécirent.

—Il n'a pas pu le détruire, expliqua rapidement le petit démon. Crenshinibon lui a brûlé les mains!

—Ah! grogna Errtu. Un pouvoir plus grand encore que celui d'Al Dimeneira! Et où est-il, alors? Est-ce que tu l'as rapporté, ou bien est-il resté dans la seconde tour de cristal?

Telshazz gémit de nouveau. Il n'avait aucune envie de dire la vérité à son maître cruel, mais il n'osait pas lui désobéir.

—Non, maître, il n'est pas dans la tour, murmura le petit démon.

—Non! hurla Errtu. Mais où est-il?

—Al Dimeneira l'a jeté.

—Jeté?

—Au travers des plans, mon charitable maître! cria Telshazz. De toutes ses forces!

—Au travers des différents plans d'existence! grogna Errtu.

—J'ai tenté de l'en empêcher, mais...

La tête cornue plongea en avant. Les paroles de Telshazz se transformèrent en un gargouillis indéchiffrable tandis que la gueule canine d'Errtu lui déchirait la gorge.

⚔ ⚔ ⚔ ⚔ ⚔

Projeté loin des ténèbres des Abysses, Crenshinibon reposait maintenant à la surface du monde. Très haut dans les montagnes septentrionales de Faerûn, l'Éclat de cristal, la perversion suprême, s'était logé dans la neige au sein d'une vallée en forme de cuvette. Et il attendait.

Première partie

Les Dix-Cités

S i je pouvais choisir ma vie, je choisirais celle que j'ai aujourd'hui, à l'instant présent. Je suis en paix, et pourtant le monde qui m'entoure est tourmenté par la menace omniprésente des raids des barbares et des guerres des gobelins, et par la présence des yetis de la toundra et des gigantesques vers polaires. Les réalités de l'existence sont en effet bien rudes ici à Valbise, un environnement impitoyable, où la moindre erreur peut vous coûter la vie.

La beauté de cet endroit, c'est d'être constamment au bord du désastre, mais, contrairement à ce que j'ai connu dans ma demeure de Menzoberranzan, ce n'est pas la trahison qui en est la cause. Je peux accepter les risques de Valbise ; je peux m'en délecter et m'en servir pour garder mes instincts de guerriers finement aiguisés. Je peux les utiliser pour me rappeler chaque jour de la gloire et des joies de la vie. Il n'y a pas de suffisance ici, dans cet endroit où la sécurité n'est jamais garantie, où un coup de vent peut vous ensevelir sous la neige, où le moindre faux pas sur un bateau peut vous plonger dans une eau qui vous coupera la respiration et vous paralysera les muscles en quelques secondes, où un simple instant d'inattention dans la toundra peut vous conduire dans le ventre d'un féroce yeti.

Quand on vit si proche de la mort, on en apprécie d'autant plus la vie.

Et quand on partage sa vie avec des amis comme ceux que j'ai rencontrés ces dernières années, on connaît alors le paradis. Jamais je n'aurais pu imaginer, lors des années passées à Menzoberranzan ou dans les contrées sauvages de l'Outreterre, que je serais entouré d'amis comme ceux-là. Ils sont de races différentes, tous les trois, et tous les trois d'une race différente de la mienne. Pourtant, de cœur, ce sont ceux qui me ressemblent le plus, excepté, peut-être, Zaknafein, mon père et, Montolio, le rôdeur qui m'a enseigné les voies de Mailikki.

J'ai rencontré bien des gens ici aux Dix-Cités, dans les contrées sauvages de Valbise, qui m'acceptent malgré mes origines d'elfe noir, et pourtant ce sont ces trois-là, plutôt que tous les autres, qui sont devenus une famille pour moi.

Pourquoi eux? Pourquoi Bruenor, Régis et Catti-Brie plutôt que les autres, ces trois amis que je chéris autant que Guenhwyvar, ma compagne depuis tant d'années?

Tout le monde sait que Bruenor est un rustre – c'est la marque de fabrique de nombreux nains – mais, chez Bruenor, ce trait de caractère est à l'état pur. Du moins c'est ce qu'il veut faire croire. Je le connais mieux que ça. Je connais l'autre visage de Bruenor, sa face cachée, son côté doux et chaleureux. Oui, il a un cœur, malgré tous ses efforts pour le cacher! C'est un rustre, oui, en particulier dans ses critiques. Il expose les erreurs commises sans les excuser ni les juger, disant simplement la vérité telle qu'elle est et laissant à leur auteur le soin de les corriger – ou non. Bruenor ne permet jamais ni au tact ni à l'empathie d'empiéter sur sa façon de dire au monde entier comment il peut s'améliorer!

Mais cela n'est jamais qu'une des deux facettes de ce nain, et l'autre est loin de manquer de finesse. Pour ce qui est des compliments, Bruenor n'est pas malhonnête, juste silencieux.

C'est peut-être pour cela que je l'aime. Je vois en lui Valbise même, froid, dur et impitoyable, mais en fin de compte, sans fard. Il me permet de me maintenir à mon maximum, en permanence, et ce faisant, il m'aide à survivre dans cet endroit. Il n'y a qu'un seul Valbise, et qu'un seul Bruenor Marteaudeguerre, et je n'ai jamais rencontré un être et une contrée si bien faits l'un pour l'autre…

Au contraire, c'est grâce à Régis que j'ai pris conscience des récompenses d'un travail bien fait – non que le halfelin soit jamais celui qui abatte la besogne. Régis me rappelle, tout comme à Bruenor, j'imagine, que la vie n'est pas qu'affaire de responsabilité, et qu'il y a aussi un temps pour la détente et pour profiter des récompenses procurées par un travail de qualité. Lui-même est trop tendre pour la toundra, son ventre est par trop arrondi et son pas trop lent. Il n'a pas de talent particulier pour le combat et serait bien incapable de suivre à la trace un troupeau de caribous dans la neige fraîche. Et pourtant, il a survécu, il prospère même ici grâce à son esprit et à son attitude, grâce à son empathie – qui surpasse de loin celle de Bruenor, et même la mienne –, cette capacité d'apaiser et de satisfaire ceux qui l'entourent, d'anticiper leurs comportements plutôt que de se contenter de réagir *a posteriori*.

Régis voit au-delà des actes, il connaît les raisons qui les sous-tendent, et cette capacité à comprendre ce qui les motive lui permet de passer outre à la couleur de ma peau et la réputation de mon peuple. Si Bruenor fait preuve de franchise dans l'expression de ses observations, Régis, lui, suit son cœur avec la même sincérité.

Et enfin, il y a Catti-Brie, merveilleuse et si pleine de vie. Elle et moi sommes les deux faces d'une seule et même pièce, deux façons de penser distinctes qui aboutissent aux mêmes conclusions. Nous sommes des âmes sœurs qui voient et jugent les choses différemment, pour en arriver au même point. Peut-être qu'ainsi l'un corrobore l'autre, et inversement. Peut-être que de voir Catti-Brie parvenir aux mêmes conclusions que moi, en sachant qu'elle en est arrivée là par un cheminement autre que le mien, me confirme que j'ai véritablement suivi mon cœur. Est-ce donc ainsi ? Ai-je donc plus confiance en elle qu'en ma propre personne ?

Cette question n'est ni une mise en cause de mes sentiments, ni une façon de m'incriminer. Nous avons la même opinion sur la façon dont tourne le monde et sur comment il devrait tourner. Son cœur est semblable au mien, tout comme l'est celui de Mailikki, et si j'ai trouvé ma déesse en regardant avec sincérité au fond de mon cœur, c'est également ainsi que j'ai trouvé ma meilleure amie et alliée.

Ils sont avec moi, tous les trois, tout comme Guenhwyvar, ma chère Guenhwyvar. Je vis dans une contrée d'une beauté aussi crue que sa réalité, un endroit qui exige prudence et vigilance, où il faut être au meilleur de soi-même, en permanence.

J'appelle cela le paradis.

Drizzt Do'Urden

1

LE PANTIN

Quand la caravane de sorciers en provenance de la Tour des Arcanes vit s'élever le pic enneigé du Cairn de Kelvin à l'horizon, ils furent plus que soulagés. Le dur voyage depuis Luskan jusqu'aux lointains villages frontaliers connus sous le nom des Dix-Cités leur avait pris plus de trois dizaines.

La première dizaine n'avait pas été trop pénible. La petite troupe avait suivi la côte des Épées et, bien qu'ils aient voyagé le long des étendues septentrionales des Royaumes, les brises d'été qui soufflaient en provenance de la mer Inviolée étaient suffisamment réconfortantes.

Mais quand ils contournèrent les crêtes occidentales de l'Épine dorsale du Monde (la chaîne de montagnes que beaucoup considéraient comme la frontière nord de toute civilisation) pour entrer dans Valbise, les sorciers comprirent rapidement pourquoi il leur avait été déconseillé de faire ce voyage. Valbise, mille six cents kilomètres carrés de toundra désertique, leur avait été décrit comme l'une des terres les plus inhospitalières de tous les Royaumes. Après une seule journée de voyage sur le flanc nord de l'Épine dorsale du Monde, Eldeluc, Dendybar le Marbré et les autres sorciers de Luskan pensaient cette réputation méritée.

Bordé au sud de montagnes infranchissables, à l'est d'un glacier en expansion, et côté nord et ouest d'une mer non navigable parsemée d'innombrables icebergs, Valbise ne pouvait être atteint que par le col entre l'Épine dorsale du Monde et la côte, une piste rarement utilisée, sauf par les marchands les plus intrépides.

Pour le reste de leur vie, deux souvenirs resteraient clairement imprimés dans l'esprit des sorciers chaque fois qu'ils repenseraient à ce voyage, deux aspects de la vie à Valbise que toute personne de passage dans ces contrées n'oublierait jamais. Le premier était le gémissement incessant du vent, comme si la terre elle-même exprimait son supplice en permanence. Le second était la désolation de la vallée, des kilomètres et des kilomètres de plates lignes d'horizon brunes et grises.

La destination de la caravane était le seul élément qui détonnait dans la monotonie de toute la vallée – dix petites villes situées autour des trois lacs de la région, à l'ombre de l'unique montagne, le Cairn de Kelvin. Comme toute personne de passage dans ce rude territoire, les sorciers étaient venus pour le scrimshaw des Dix-Cités, l'artisanat des pêcheurs qui consiste à ciseler de magnifiques gravures en ivoire sur la boîte crânienne des truites-sans-cervelle qui peuplent les eaux du lac.

Mais certains des sorciers, aux intentions bien plus sournoises, avaient d'autres profits en tête.

⚔ ⚔ ⚔ ⚔ ⚔

L'homme s'émerveilla de la facilité avec laquelle le poignard effilé glissa à travers les plis de la tunique du vieil homme avant de s'enfoncer dans la chair ridée.

Morkai le Rouge se retourna vers son apprenti, ses yeux fixes et élargis par une expression stupéfaite devant la trahison de l'homme qu'il avait élevé comme son propre fils pendant un quart de siècle.

Akar Kessell lâcha le poignard et recula pour s'éloigner de son maître, horrifié que celui-ci, mortellement blessé, soit encore debout. Il ne put se replier de beaucoup, butant contre le mur arrière de la petite cabane qui avait été attribuée aux sorciers de Luskan comme quartiers temporaires par la cité qui les avait accueillis, Havre-du-Levant. Kessell tremblait, considérant les conséquences épouvantables auxquelles il devrait faire face si jamais l'expérience du vieux mage lui avait permis de trouver un moyen de vaincre la mort elle-même.

Quel sort terrible lui imposerait alors son puissant maître pour sa trahison ? Quels supplices magiques, encore pires que les plus atroces des tortures communément répandues dans ces contrées, pouvaient donc conjurer un authentique sorcier aussi puissant que Morkai ?

Le vieil homme garda son regard rivé sur Akar Kessell, même quand la toute dernière lueur de ses yeux mourants commença à s'éteindre. Il ne lui demanda pas la raison de son acte, il ne formula même aucune question sur les possibles motifs de Kessell. Cela devait être une question de pouvoir, il le savait – c'était toujours le cas dans ce genre de trahisons. Ce qui le laissait perplexe, ce n'était pas la raison de l'acte, mais son auteur. Kessell ? Comment Kessell, l'apprenti maladroit dont les lèvres bégayantes pouvaient à peine énoncer la formule des plus simples tours de magie qui soient, pouvait-il espérer profiter de la mort du seul homme qui lui avait jamais témoigné plus qu'une simple considération polie ?

Morkai le Rouge tomba, mort. Cette question était l'une des rares à laquelle il ne trouverait jamais la réponse.

Soutenu par le mur contre lequel il avait buté, Kessell continua à trembler pendant de longues minutes. Peu à peu, la confiance qui l'avait mis dans cette situation périlleuse commençait à resurgir en lui. C'était lui le chef maintenant – Eldeluc, Dendybar le Marbré ainsi que les autres sorciers ayant fait le voyage l'avaient dit. Maintenant que son maître n'était plus, c'était à lui, Akar Kessell, que l'on attribuerait une chambre de méditation personnelle et un laboratoire d'alchimie dans la Tour des Arcanes à Luskan.

Eldeluc, Dendybar le Marbré et les autres l'avaient dit.

⚔ ⚔ ⚔ ⚔ ⚔

— Ça y est, c'est fait ? demanda l'homme robuste quand Kessell apparut dans la sombre allée choisie comme point de rendez-vous.

Kessell hocha la tête avec empressement.

— Le sorcier de Luskan à la tunique rouge ne lancera plus de sorts ! déclara-t-il d'une voix trop forte au goût de ses complices.

— Parle doucement, espèce d'imbécile, lui ordonna de sa voix monotone Dendybar le Marbré, un homme d'apparence frêle, caché dans les ombres de la ruelle.

Dendybar prenait rarement la parole et n'exprimait jamais la moindre émotion. Il était toujours dissimulé sous le capuchon rabattu de sa tunique. Il y avait une insensibilité chez Dendybar qui mettait mal à l'aise la plupart des gens qui le rencontraient. Bien que le sorcier soit le plus petit en taille et le moins imposant de la caravane marchande, c'était lui que Kessell craignait le plus parmi les hommes qui avaient fait le voyage de six cent cinquante kilomètres jusqu'à l'emplacement frontalier des Dix-Cités.

— Morkai le Rouge, mon ancien maître, est mort, répéta doucement Kessell. Akar Kessell, à partir de ce jour connu sous le nom de Kessell le Rouge, est maintenant membre de la guilde des sorciers de Luskan !

— Calme-toi, mon ami, dit Eldeluc, posant une main réconfortante sur l'épaule tremblante de Kessell. Le temps du sacre officiel viendra quand nous retournerons en ville.

Il sourit et adressa un clin d'œil à Dendybar dans le dos de Kessell.

L'esprit de Kessell tourbillonnait comme dans un rêve éveillé, se perdant dans tout ce qu'impliquait sa nomination à venir. Plus jamais il ne serait raillé par les autres apprentis, des garçons bien plus jeunes que lui qui s'étaient laborieusement élevés dans la hiérarchie de la guilde. Ils lui témoigneraient du respect maintenant, car, dans la position honorable de sorcier, il atteindrait alors un rang plus élevé que ceux-là mêmes qui l'avaient dépassé dans les tout premiers jours de leur apprentissage.

Comme ses pensées exploraient chaque détail des jours à venir, le visage radieux de Kessell se fit subitement grave. Il se retourna brusquement vers l'homme qui se tenait à côté de lui, ses traits crispés comme s'il venait de découvrir une erreur terrible. Eldeluc et plusieurs des sorciers présents dans l'allée commencèrent à se sentir nerveux. Tous étaient pleinement conscients des conséquences si jamais l'Archimage de la Tour des Arcanes apprenait leur acte meurtrier.

— La tunique ? demanda Kessell. Est-ce que j'aurais dû rapporter la tunique rouge ?

Eldeluc ne put retenir un gloussement soulagé, mais Kessell pensa qu'il s'agissait là d'un simple signe de réconfort de la part de son tout nouvel ami.

J'aurais dû me douter que quelque chose d'aussi insignifiant le mettrait dans un état pareil, se dit Eldeluc, mais à Kessell il dit simplement :

— Ne t'en inquiète pas. Il y a des tuniques en abondance dans la Tour des Arcanes. Il serait un peu suspect, n'est-il pas, de te présenter sur le seuil de l'Archimage en réclamant le siège vacant de Morkai le Rouge, tout en brandissant le vêtement qu'il portait quand il a été assassiné ?

Kessell réfléchit à la chose un moment, avant d'en convenir.

— Peut-être, continua Eldeluc, ne devrais-tu pas porter la tunique rouge.

Kessell plissa les yeux avec affolement. Les sempiternels doutes qu'il avait sur lui-même, qui l'avaient hanté tous les jours depuis son enfance, commencèrent à refaire surface dans son esprit. Que disait donc Eldeluc ? Allaient-ils changer d'avis et ne pas lui accorder le siège qu'il avait légitimement gagné ?

Eldeluc s'était servi de l'ambiguïté de son assertion pour le taquiner, mais il ne voulait pas pousser Kessell à se poser trop de questions. Avec un second clin d'œil à Dendybar, qui, intérieurement, appréciait pleinement la plaisanterie, il répondit à la question inexprimée du pauvre malheureux :

— Je voulais seulement dire qu'une autre couleur te conviendrait peut-être mieux. Le bleu ferait ressortir tes yeux.

Kessell gloussa de soulagement.

— Peut-être, approuva-t-il en tripotant nerveusement ses doigts.

Dendybar en eut tout à coup assez de cette mascarade. Il fit signe à son robuste compagnon de se débarrasser de l'agaçant petit misérable.

Docilement, Eldeluc raccompagna Kessell dans la ruelle.

— Va, maintenant, retourne aux étables, lui enjoignit-il. Dis au maître qui s'y trouve que les sorciers repartiront pour Luskan cette nuit même.

— Mais pour le corps? demanda Kessell.

Eldeluc sourit avec malveillance.

— Laisse-le où il est. Cette cabane est réservée aux marchands de passage et aux dignitaires en provenance du sud. Elle sera probablement inoccupée jusqu'au printemps suivant. Un autre meurtre dans cette partie du monde ne causera que peu d'émoi, je t'assure, et même si les bonnes gens de Havre-du-Levant cherchaient à comprendre ce qui s'est vraiment passé, ils sont suffisamment sages pour s'occuper de leurs propres affaires et laisser celles des sorciers aux sorciers!

Le groupe en provenance de Luskan s'éloigna, rejoignant la lumière déclinante du soleil sur la rue.

— Maintenant, va-t'en! ordonna Eldeluc. Rejoins-nous quand le soleil se lèvera.

Il observa Kessell qui s'éloignait en détalant comme un petit garçon transporté de joie.

— Quelle chance d'avoir trouvé un pantin si docile, remarqua Dendybar. L'apprenti stupide du sorcier nous a épargné bien des soucis. Je doute que nous ayons jamais pu trouver nous-mêmes un moyen d'atteindre ce vieillard astucieux. Bien que seuls les dieux sachent pourquoi, Morkai a toujours eu un faible pour son misérable petit apprenti!

— Un faible qui lui aura valu un coup de poignard! dit une autre voix en riant.

— Et quelles circonstances opportunes, remarqua un autre. Dans cet avant-poste barbare, les morts inexpliquées et leurs cadavres ne sont guère plus qu'un désagrément pour les domestiques chargés du nettoyage.

Le robuste Eldeluc émit un rire sonore. L'horrible tâche était maintenant accomplie; ils pouvaient enfin quitter cette étendue stérile de désert gelé et rentrer chez eux.

D'un pas alerte, Kessell traversa le village de Havre-du-Levant, jusqu'à la grange dans laquelle leurs chevaux avaient été installés. Il avait l'impression que le fait de devenir un sorcier changerait sa vie entière, comme si une force mystique l'avait en quelque sorte doté de capacités auparavant inexistantes.

Il frissonna d'avance à l'idée du pouvoir qui serait le sien. Un chat de gouttière traversa la rue, lui lançant un regard méfiant tandis qu'il passait fièrement devant lui.

Les yeux réduits à une fente, Kessell regarda autour de lui pour voir si quelqu'un le regardait.

—Pourquoi pas? murmura-t-il.

Il pointa un doigt fatal dans la direction du chat, prononçant la formule pour invoquer une explosion d'énergie magique. À ce spectacle, le félin nerveux fila comme une flèche, mais aucun éclair magique ne s'abattit sur lui, ni même à côté.

Kessell baissa les yeux sur le bout de son doigt brûlé et se demanda ce qu'il avait fait de travers.

Mais il n'était pas trop déçu. Son ongle noirci était la réussite la plus éclatante qu'il ait jamais obtenue avec ce sort.

2

SUR LES RIVES DE MAER DUALDON

Régis le halfelin, le seul de son espèce à des centaines de kilomètres à la ronde, croisa les doigts derrière sa tête et se laissa aller en arrière, s'adossant contre le manteau moussu qui recouvrait le tronc de l'arbre. Régis était petit, même selon les standards de sa race minuscule, la touffe de ses mèches brunes et bouclées plafonnant à peine à quatre-vingt-dix centimètres du sol, mais sa panse avait été considérablement élargie par l'amour qu'il portait à un bon repas, voire à plusieurs quand l'occasion se présentait.

Le bâton courbe qui servait de manche à sa canne à pêche s'élevait devant lui, serré entre deux de ses orteils poilus, suspendu au-dessus du lac tranquille, parfaitement reflété par la surface lisse de Maer Dualdon. Ce reflet fut troublé par des ondulations douces quand le flotteur de bois rouge commença à remuer légèrement. La ligne avait dérivé vers le rivage et flottait mollement dans l'eau, ce pour quoi Régis ne pouvait pas sentir le poisson mordiller l'appât. En quelques instants, le crochet fut nettoyé sans aboutir pour autant à une prise, mais le halfelin n'en savait rien, et il s'écoulerait des heures avant qu'il prenne la peine de s'en inquiéter. Il ne s'en serait guère soucié, de toute façon.

C'était une sortie d'agrément, pas de travail. Avec l'hiver qui approchait, Régis se disait que cela pouvait bien être sa dernière excursion au lac cette année; il ne pratiquait pas la pêche d'hiver, comme certains des humains fanatiquement avides des Dix-Cités. De plus, le halfelin avait déjà stocké assez d'ivoire grâce aux pêches des autres pour avoir de quoi s'occuper durant les sept mois sous la neige. Grâce à ses gravures, Régis, issu d'une race pourtant peu ambitieuse, pouvait se targuer d'apporter un peu de culture là où il n'en existait aucune, à des centaines de kilomètres de la première localité que l'on pouvait qualifier de ville. Les autres halfelins ne venaient jamais si loin dans le nord, préférant le confort des climats méridionaux. Régis, lui aussi, aurait volontiers fait ses bagages pour retourner dans le sud, si ce n'était pour un petit différend qu'il avait avec un des maîtres d'une éminente guilde de voleurs.

Un carré d'ivoire de dix centimètres de côté était posé derrière le halfelin allongé, ainsi que plusieurs outils de ciselure. L'esquisse du museau d'un cheval était gravée sur la plaque. Régis avait prévu de travailler sur cette pièce tandis qu'il pêchait.

Le halfelin prévoyait de faire tout un tas de choses.

—C'est une trop belle journée, avait-il justifié, une excuse qui semblait ne jamais s'épuiser pour lui.

Cette fois-ci, cependant, contrairement à tant d'autres fois, elle était véritablement crédible. C'était comme si les démons du temps qui tenaient cette terre rude sous leur coupe impitoyable avaient pris un jour de vacances, ou peut-être bien étaient-ils en train de rassembler leurs forces pour un hiver rigoureux. Le résultat était un jour d'automne digne de ceux des terres méridionales plus clémentes, un jour inhabituel en effet pour le territoire qu'on avait fini par appeler Valbise, un nom bien mérité, dû aux vents qui semblaient souffler en permanence en apportant avec eux l'air glacé du Glacier Regh.

Même les quelques jours durant lesquels le vent tombait n'apportaient que peu de soulagement, car les Dix-Cités étaient bordées au nord et à l'ouest par des kilomètres de toundra déserte et, au-delà, par la mer des Glaces flottantes. Les brises méridionales seules promettaient un quelconque soulagement, et tout vent en provenance du sud qui tentait d'atteindre ce territoire désolé était généralement bloqué par les hauts pics de l'Épine dorsale du Monde.

Régis parvint à garder les yeux ouverts un moment. Il regarda au travers des branches duveteuses des sapins les nuages blancs et gonflés qui traversaient le ciel, poussés par des brises légères. Les chauds rayons dorés du soleil tombaient en pluie et le halfelin était tenté de temps à autre d'enlever son gilet. Mais chaque fois qu'ils étaient cachés par un nuage, Régis se rappelait qu'on était en ƒÂe, dans la toundra. Dans un mois, il y aurait de la neige. Dans deux mois, les routes occidentales et méridionales qui rejoignaient Luskan, la ville la plus proche des Dix-Cités, seraient infranchissables pour tous, hardis et imbéciles exceptés.

Régis contempla l'autre côté de la longue baie qui s'enroulait autour de son petit coin de pêche. Le reste des Dix-Cités profitait également du beau temps ; les bateaux de pêche étaient sortis en force, se bousculant et slalomant les uns autour des autres pour trouver le coin de pêche idéal. Peu importait le nombre de fois dont il en avait été témoin, l'avidité des humains stupéfiait toujours Régis. Quand il était dans les terres méridionales de Calimshan, le halfelin avait rapidement gravi les échelons jusqu'au grade de maître assistant de la guilde, dans l'une des plus éminentes guildes de voleurs de la cité portuaire de Portcalim. Mais de la façon dont il voyait les choses, la cupidité humaine avait abrégé sa carrière. Son maître dans la guilde, le Pacha Amas, possédait une merveilleuse collection de rubis – une douzaine, au moins –, dont les facettes étaient taillées avec tant d'ingéniosité qu'ils semblaient presque lancer un sort hypnotique sur quiconque les voyait. Régis s'était émerveillé chaque fois qu'Amas avait exhibé ses pierres scintillantes, et après tout, il ne lui en avait pris qu'une. À ce jour, le halfelin ne parvenait pas à comprendre pourquoi le Pacha, qui n'avait pas moins de onze autres pierres en sa possession, était encore tellement en colère contre lui.

« *La cupidité humaine, hélas* », s'était dit Régis chaque fois que les hommes du Pacha s'étaient montrés dans une ville où le halfelin s'était installé, le forçant à pousser son exil jusqu'à un territoire encore plus éloigné. Mais il n'avait plus utilisé cette phrase depuis un an et demi, depuis qu'il était arrivé aux Dix-Cités. Amas avait le bras long, mais cette colonie frontalière, au milieu du territoire le plus inhospitalier et sauvage qui puisse se concevoir, était quand même hors de sa sphère d'influence, et Régis était plutôt satisfait de la sécurité offerte par son nouvel asile. Cet endroit recélait des richesses, et pour ceux qui étaient suffisamment habiles et talentueux pour se lancer dans le scrimshaw, pour celui qui pouvait ciseler des gravures artistiques sur les arêtes semblables à de l'ivoire des truites-sans-cervelle, un train de vie confortable pouvait être obtenu avec un minimum d'efforts.

Et les gravures sur ivoire des Dix-Cités étant de plus en plus en vogue dans le sud, le halfelin avait prévu de secouer sa léthargie habituelle et de transformer son commerce balbutiant en une affaire florissante.

Un jour.

⚔ ⚔ ⚔ ⚔ ⚔

Drizzt Do'Urden courait silencieusement, avec légèreté, ses bottes basses déplaçant à peine la poussière. Il avait rabattu le capuchon de sa cape brune sur les mèches de ses cheveux d'un blanc pur qui ondulaient au vent, et il se déplaçait sans effort, avec une telle grâce qu'un éventuel spectateur aurait pu le prendre pour un mirage, une illusion d'optique créée par la mer brune de la toundra.

L'elfe noir resserra sa cape autour de lui. Il se sentait aussi vulnérable à la lumière du jour que le serait un humain dans le noir de la nuit. Quelques années passées à la surface ensoleillée n'avaient pas suffi à effacer le demi-siècle qu'il avait vécu à plusieurs kilomètres sous terre. À ce jour, la lumière du soleil l'épuisait et l'étourdissait.

Mais Drizzt avait voyagé toute la nuit et il se devait de continuer. Il était déjà en retard pour sa réunion avec Bruenor dans la vallée des nains, et il avait vu les signes.

Les rennes avaient entamé leur migration automnale au sud-ouest, vers la mer, mais aucune trace humaine ne suivait le troupeau. Les grottes au nord des Dix-Cités, où faisaient toujours halte les barbares nomades lors de leur retour vers la toundra, n'avaient pas été remplies afin de réapprovisionner les tribus pour leur long périple. Drizzt comprenait ce que cela impliquait. Selon la coutume des barbares, la survie des tribus reposait sur le fait de suivre les troupeaux de rennes. L'abandon apparent de leurs traditions était plus qu'inquiétant.

Et Drizzt avait entendu les tambours de bataille.

Leur roulement subtil s'élevait sur la plaine désolée comme un lointain tonnerre, dans des rythmes que seules les autres tribus barbares pouvaient déchiffrer. Mais Drizzt savait ce qu'ils annonçaient. C'était un observateur qui comprenait l'importance de connaître ses amis comme ses ennemis, et il avait souvent mis à profit ses qualités furtives pour observer le quotidien et les traditions des fiers natifs de Valbise, les barbares. Drizzt pressa le pas, repoussant les limites de son endurance. En cinq courtes années, il en était venu à s'inquiéter du sort de l'amas de villages connus sous le nom de Dix-Cités et des personnes qui y vivaient. Comme tant d'autres parias qui s'étaient finalement établis ici, le drow n'avait été le bienvenu nulle part ailleurs dans les Royaumes. Même ici, il n'était que toléré par la plupart, mais grâce à la camaraderie silencieuse qui unissait les exclus, peu cherchaient à lui nuire. Il avait eu plus de chance que la plupart : il avait rencontré quelques amis, capables d'aller au-delà de ses origines et de voir sa véritable personnalité.

Avec anxiété, l'elfe noir jeta un regard en coin sur le Cairn de Kelvin, la montagne solitaire qui marquait l'entrée dans la vallée des nains rocailleuse entre Maer Dualdon et le lac Dinneshere. Mais ses yeux violets en amande, dont les merveilleux iris pouvaient rivaliser avec ceux d'un hibou pendant la nuit, ne pouvaient percer la lumière du jour avec une acuité suffisante pour évaluer la distance.

De nouveau, il abrita sa tête sous son capuchon, préférant une course à l'aveugle aux vertiges provoqués par une exposition prolongée à la lumière du soleil, et il se replongea dans ses sombres rêveries sur Menzoberranzan, la ville souterraine et obscure de ses ancêtres. Les drows avaient en fait vécu à la surface à une époque, dansant sous le soleil et les étoiles avec leurs cousins à peau claire. Mais les elfes noirs étaient des tueurs malveillants et insensibles, au point de pousser à bout la tolérance des autres elfes, normalement peu enclins à juger les autres. Dans la guerre inévitable qui s'ensuivit entre les différents peuples des elfes, les drows furent chassés dans les entrailles de la terre. Ils y trouvèrent un monde de secrets et de magie noire, et furent heureux d'y rester. Les siècles passant, ils avaient prospéré et de nouveau gagné en puissance, s'adaptant à l'usage de la magie. Ils étaient devenus plus puissants que leurs cousins restés à la surface, dont les rapports avec les arts occultes relevaient du passe-temps et non de la nécessité sous la lumière du soleil.

Mais la race des drows n'avait plus aucune envie de voir le soleil et les étoiles. Leurs corps tout comme leurs esprits s'étaient adaptés aux profondeurs, et heureusement pour ceux qui vivaient sous le ciel ouvert, les maléfiques elfes noirs étaient satisfaits de leur sort, ne refaisant surface qu'occasionnellement pour des raids et des pillages. Pour ce qu'en savait Drizzt, il était le seul de sa race à vivre à la surface. Il s'était quelque peu habitué à la lumière, mais il souffrait toujours de la faiblesse héréditaire que son espèce avait développée.

Mais, même en prenant en compte son désavantage dans des conditions diurnes, Drizzt fut consterné de sa propre inattention quand, camouflés par leurs fourrures encore teintées du brun de l'été, deux yetis de la toundra semblables à des ours se dressèrent brusquement devant lui.

⚔ ⚔ ⚔ ⚔ ⚔

Un drapeau rouge s'éleva sur le pont de l'un des navires de pêche, signalant une prise. Régis le regarda s'élever de plus en plus haut.

—Un mètre vingt ou plus, murmura le halfelin d'un air approbateur quand le drapeau stoppa son ascension juste en dessous du nœud de vergue. Une maison va résonner de chants ce soir !

Un second bateau se précipita derrière celui qui avait signalé une prise, heurtant le navire au mouillage dans son élan. Les deux équipages sortirent immédiatement leurs armes et se firent face, d'un bateau à l'autre. Rien ne faisant obstacle entre les navires et Régis sinon la plate surface de l'eau, il entendit distinctement les cris des capitaines.

—Hé, t'as volé ma prise ! hurla le capitaine du second navire.

—Faut qu't'arrêtes la pêche ! rétorqua le capitaine du premier bateau. J'te l'ai jamais volée ! C'est notre poisson, hameçonné et pêché en tout honneur ! Maintenant, disparais avec ton épave puante avant qu'on vous vire de l'eau !

Comme on pouvait s'y attendre, l'équipage du second navire avait passé le bastingage et commencé à se battre avant que le capitaine du premier bateau ait fini de parler.

Régis reporta son regard sur les nuages ; les échauffourées sur les navires ne présentaient pas le moindre intérêt pour lui, bien que le bruit de la rixe soit sans nul doute dérangeant. De telles querelles sur les lacs étaient monnaie courante, toujours pour du poisson, en particulier lors d'une grosse prise. En général, ce n'était pas bien grave, il y avait plus de fanfaronnades et d'esquives que de véritables combats, et il était rare que quelqu'un soit grièvement blessé ou bien tué. Il y avait des exceptions, cependant. Dans une escarmouche impliquant pas moins de dix-sept navires, trois équipages au complet et la moitié d'un quatrième avaient été mis en pièces et laissés flottant morts dans l'eau ensanglantée. Ce même jour, le nom de ce fameux lac, le plus au sud des trois, avait été changé de Dellon-lune en Eaux-Rouges.

— Ah, petits poissons, quels fauteurs de troubles vous faites, murmura doucement Régis, méditant sur l'ironie des ravages que les poissons argentés avaient faits dans la vie de la population cupide des Dix-Cités.

Ces dix communautés devaient leur existence à la truite à tête plate, un poisson à la tête surdimensionnée de la forme d'un poing, et dont les arêtes avaient la consistance d'un ivoire de qualité. Les trois lacs étaient les seuls endroits au monde où cette truite de valeur était réputée vivre, et bien que la région soit stérile et sauvage, envahie par des créatures humanoïdes et des barbares, et le théâtre de fréquentes tempêtes pouvant raser le plus robuste des bâtiments, l'attrait d'un enrichissement rapide attirait là des gens en provenance des confins des Royaumes.

Mais, inévitablement, il en repartait autant qu'il en était venu. Valbise était un désert désolé, morne et fade, au climat impitoyable et aux dangers innombrables. La mort visitait souvent les villageois, traquant ceux qui ne pouvaient faire face à la dure réalité de Valbise.

Pourtant, les villes s'étaient considérablement développées dans le siècle qui avait suivi la découverte initiale des truites-sans-cervelle. Au début, les neuf villages autour des lacs n'étaient rien d'autre que des cabanes, situées à proximité de coins de pêche particulièrement prolifiques, que des habitants de cette région frontalière avaient revendiquées en leur nom propre. La dixième cité, Bryn Shander, aujourd'hui un rassemblement animé et fortifié de plusieurs milliers d'habitants, était au départ une simple colline déserte abritant une cabane solitaire où les pêcheurs se rencontraient une fois l'an, pour échanger des histoires et des marchandises avec les commerçants de Luskan.

Aux premiers jours des Dix-Cités, la vue d'un bateau, même d'un bateau à rames individuel, était rare sur ces lacs dont les eaux étaient suffisamment froides tout au long de l'année pour tuer en quelques minutes quiconque serait assez infortuné pour passer par-dessus bord ; mais aujourd'hui, chaque ville donnant sur les lacs possédait une flotte de voiliers à son étendard. À elle seule, Targos, la plus grande des villes de pêcheurs, pouvait déployer une centaine de navires sur Maer Dualdon, dont des goélettes à deux mâts avec des équipages de dix personnes ou plus.

Un cri d'agonie s'éleva des navires assiégés, et le tintement métallique de l'acier sur l'acier retentit bruyamment. Régis se demanda, et ce n'était pas la première fois, si la population des Dix-Cités ne se trouverait pas mieux sans le poisson fauteur de troubles.

Mais le halfelin devait admettre que les Dix-Cités avaient été un havre de paix pour lui. Ses doigts agiles et expérimentés s'étaient facilement adaptés aux outils pour ciseler l'ivoire, et il avait été élu porte-parole du conseil de l'un des villages. Il est vrai que Bois Isolé était la plus petite et la plus septentrionale des dix localités, un endroit où se cachaient ceux que les parias eux-mêmes considéraient comme des renégats, mais Régis considérait quand même cette nomination comme un honneur. C'était également pratique. Étant l'unique véritable graveur sur ivoire de Bois Isolé, Régis était la seule personne au village à avoir une raison ou l'envie de se rendre régulièrement à Bryn Shander, l'implantation principale et le centre marchand des Dix-Cités. Ce poste s'était véritablement révélé avantageux pour le halfelin. Il était devenu le principal coursier apportant les prises de Bois Isolé au marché, pour une commission égale à un dixième des marchandises. Cette seule activité lui permettait de se constituer un stock d'ivoire suffisant pour gagner sa vie sans problème.

Une fois par mois dans la saison d'été, et une fois tous les trois mois en hiver, quand le temps le permettait, Régis devait assister aux rencontres du conseil et remplir ses devoirs de porte-parole. Ces rencontres avaient lieu à Bryn Shander, et bien qu'elles sombrent généralement dans des querelles sans importance autour du partage des territoires de pêche entre les villages, elles ne duraient normalement que quelques heures. Régis considérait que sa présence n'était pas un lourd prix à payer pour conserver son monopole sur les trajets vers les marchés du sud.

Le combat sur les navires se termina vite, avec un seul mort, et Régis se replongea dans sa contemplation silencieuse des nuages en mouvement. Le halfelin regarda derrière son épaule, vers les dizaines de cabanes basses, en bois, qui ponctuaient les épaisses rangées d'arbres encerclant Bois Isolé. Malgré la réputation de ses habitants, Régis trouvait que ce village était le plus agréable de la région. Les arbres fournissaient une certaine protection contre les vents violents et de bons appuis pour les maisons. Seule la distance qui la séparait de Bryn Shander avait empêché la localité abritée dans les bois de devenir un membre plus éminent des Dix-Cités.

Brusquement, Régis tira le rubis en pendentif de sous son gilet et contempla la merveilleuse pierre précieuse, celle qu'il avait prise à son ancien maître un millier de kilomètres et plus au sud, à Portcalim.

Ah, Amas, songea-t-il. *Si seulement tu pouvais me voir maintenant.*

⚔. ⚔. ⚔. ⚔. ⚔.

L'elfe chercha à saisir les deux cimeterres engainés sur ses hanches, mais les yetis furent vite sur lui. Instinctivement, Drizzt vira vivement sur la gauche, sacrifiant volontairement son autre flanc à l'assaut du monstre le plus proche. Son bras droit se retrouva coincé contre son corps comme le yeti l'entourait de ses grands bras, mais il parvint à garder son bras gauche suffisamment dégagé pour dégainer son autre arme. Ignorant la douleur provoquée par l'étreinte du yeti, Drizzt positionna fermement la garde de son cimeterre contre sa hanche, ce qui lui permit d'utiliser l'élan de l'autre monstre qui se ruait sur lui pour l'empaler sur la lame incurvée.

Dans les convulsions frénétiques de son agonie, le second yeti recula en entraînant le cimeterre avec lui.

L'autre monstre pesa sur Drizzt, utilisant son poids pour le mettre à terre. Le drow se défendait désespérément de sa main libre pour empêcher les dents mortelles de trouver une prise sur sa gorge, mais il savait que ce n'était qu'une question de temps avant que son ennemi, plus puissant, en finisse avec lui.

Tout à coup, Drizzt entendit un craquement net. Le yeti tressaillit violemment. Sa tête se tordit de façon étrange, et une goutte de sang et de matière cervicale coula sur son visage du haut de son front.

Les accents rustiques d'une voix familière retentirent alors.

—T'es en r'tard, l'elfe!

Bruenor Marteaudeguerre grimpa sur le dos de son ennemi trépassé, sans se préoccuper du fait que celui-ci soit allongé sur son ami. Malgré la gêne supplémentaire que cela lui occasionna, la vue du long nez pointu, souvent cassé, du nain et de sa flamboyante barbe rousse striée de gris fut comme un signe de bienvenue pour Drizzt.

—J'savais bien que j'te trouv'rais dans l'pétrin si j'sortais à ta r'cherche!

Souriant de soulagement, et des manières du nain décidément étonnant, Drizzt réussit à se dégager de sous le monstre en se tortillant, tandis que Bruenor s'affairait à retirer sa hache du crâne épais.

—Il a la tête aussi dure qu'un chêne gelé, bougonna le nain. (Il cala ses pieds derrière les oreilles du yeti et libéra la hache d'une puissante secousse.) C'la dit, où qu'elle est donc, ta minouche ?

Drizzt fouilla dans son sac pendant un moment et en sortit une petite statue en onyx représentant une panthère.

—Il ne me viendrait pas à l'idée d'appeler Guenhwyvar « minouche », dit-il avec une révérence affectueuse. Il retourna la figurine entre ses doigts, étudiant les détails complexes de l'ouvrage pour s'assurer qu'elle n'avait pas été endommagée dans sa chute sous le yeti.

—Bah, un chat, c'est un chat ! insista le nain. Et pourquoi qu'il est pas là quand t'en as b'soin ?

—Même un animal magique a besoin de se reposer, expliqua Drizzt.

—Bah, lâcha encore Bruenor. Pour sûr que c'est un triste jour quand un drow – et un rôdeur, qui plus est – se fait surprendre à terrain découvert par deux yetis de la toundra galeux !

Bruenor lécha la tête de sa hache tachée de sang avant de cracher de dégoût.

—Saleté de bestioles ! ronchonna-t-il. Ces satanés machins sont même pas comestibles !

Il enfonça sa hache dans le sol pour en nettoyer la lame et s'éloigna d'un pas lourd vers le Cairn de Kelvin.

Drizzt remit Guenhwyvar dans son sac et partit récupérer son cimeterre enfoncé dans l'autre monstre.

—Allez, viens, l'elfe, grommela le nain. On a encore plus d'huit kilomètres de route à faire !

Drizzt secoua la tête et essuya sa lame tachée de sang sur la fourrure du monstre terrassé.

—Hâte-toi, Bruenor Marteaudeguerre, chuchota-t-il dans un sourire. Et tu peux être sûr, à ton grand plaisir, que tout monstre sur notre piste se souviendra de ton passage et prendra la précaution de dissimuler sa tête !

3

CASTELHYDROMEL

À plusieurs kilomètres au nord des Dix-Cités, dans la partie la plus septentrionale de tous les Royaumes, le gel de l'hiver avait déjà recouvert le sol de la toundra vierge d'un dur vernis laiteux. Il n'y avait ni montagnes ni arbres pour faire obstacle à la morsure glaciale de l'implacable vent oriental, qui apportait l'air froid du Glacier Regh. Les grands icebergs de la mer des Glaces flottantes dérivaient lentement au loin, le vent hurlant entre leurs sommets dans un rappel sinistre de la saison à venir. Et pourtant, les tribus nomades qui passaient l'été ici avec les rennes n'avaient pas suivi la migration du troupeau le long de la côte au sud-ouest, vers la mer plus hospitalière sur le côté méridional de la péninsule.

La ligne immuablement plate de l'horizon était rompue par un campement isolé dans un coin, le plus grand rassemblement de barbares si loin dans le nord depuis plus d'un siècle. Pour loger les chefs des tribus respectives, plusieurs tentes en peau de cerf avaient été disposées en cercle, chacune entourée de son propre anneau de feux de camp. Au centre de ce cercle, une énorme tente avait été construite, conçue pour abriter l'ensemble des guerriers présents. Les barbares l'avaient appelé Hengorot, « Castelhydromel », et c'était un endroit que les barbares du nord révéraient, où la nourriture était partagée et les chopes levées en l'honneur de Tempus, le dieu de la bataille.

Les feux à l'extérieur du château brûlaient doucement cette nuit-là, car le roi Heafstaag et la tribu de l'Élan, les derniers à arriver, étaient attendus dans le campement avant que la lune se lève. Tous les barbares déjà présents s'étaient rassemblés à Hengorot et avaient commencé les festivités d'avant-conseil. De grandes chopes d'hydromel ponctuaient chaque table, et des concours de force débonnaires s'organisaient çà et là, de plus en plus nombreux. Bien que les tribus se fassent souvent la guerre, à Hengorot toutes les différences étaient mises de côté.

Le roi Beorg était un homme robuste aux mèches blondes ébouriffées, à la barbe tirant sur le blanc, et dont le visage basané était creusé par de profondes rides. Représentant les siens, il se tenait solennellement debout à la table d'honneur, redressant ses larges épaules avec fierté. Les barbares de Valbise dépassaient de plus d'une tête la plupart des habitants des Dix-Cités, comme s'ils s'étaient adaptés pour mieux profiter des étendues larges et spacieuses de la toundra déserte.

Ils avaient effectivement beaucoup en commun avec leur terre. Comme le sol sur lequel ils vagabondaient, leurs visages souvent barbus étaient hâlés par le soleil et creusés par le vent figeant leurs traits dans un masque inexpressif et glacial. Ils méprisaient les habitants des Dix-Cités, qu'ils considéraient comme de faibles chasseurs de richesses ne possédant pas la moindre valeur spirituelle.

Et pourtant, l'un de ces aspirants à la fortune se trouvait maintenant parmi eux dans leur lieu de rassemblement, le plus révéré d'entre tous. Aux côtés de Beorg se tenait deBernezan, un Méridional aux cheveux foncés, le seul homme de la pièce qui n'était pas né ni n'avait été élevé au sein des tribus barbares. Le discret deBernezan, sur la défensive, rentrait les épaules tout en jetant des coups d'œil nerveux dans la pièce. Il était bien conscient que les barbares ne portaient pas particulièrement les étrangers dans leur cœur et que chacun d'entre eux, même le plus jeune de tous, pouvait le casser en deux d'une simple chiquenaude.

— Reste calme! recommanda Beorg au Méridional. Ce soir, tu lèveras ta chope d'hydromel avec la tribu du Loup. S'ils sentent ta peur...

Il ne finit pas sa phrase, mais deBernezan savait bien comment les barbares traitaient la faiblesse. Le petit homme prit une profonde inspiration pour se rasséréner et redressa les épaules.

Mais Beorg était lui aussi nerveux. Le roi Heafstaag était son principal rival dans la toundra, commandant une armée aussi dévouée, disciplinée et nombreuse que la sienne. Contrairement aux raids barbares ordinaires, le plan de Beorg prévoyait la conquête de l'ensemble des Dix-Cités, l'esclavage des pêcheurs survivants et l'obtention d'un train de vie confortable grâce aux richesses qu'ils récolteraient des lacs. Beorg voyait là l'occasion pour son peuple d'abandonner son existence nomade et précaire et d'atteindre un niveau d'opulence sans précédent. Tout dépendait maintenant du consentement de Heafstaag, un roi brutal uniquement intéressé par sa propre gloire et par des pillages triomphants. Même si la victoire sur les Dix-Cités était obtenue,

Beorg savait qu'il aurait alors affaire à son rival, qui ne renoncerait pas facilement à sa soif de sang, celle-là même qui l'avait mis au pouvoir. C'était un danger auquel le roi de la tribu du Loup devrait faire face plus tard ; le premier problème à régler était de préparer la conquête initiale, et si Heafstaag refusait d'y participer, les tribus de moindre importance redistribueraient leurs alliances entre la tribu du Loup et de celle de l'Élan. La guerre pouvait suivre dès le lendemain. Cela se révélerait désastreux pour l'ensemble de leurs tribus, car même les barbares survivant aux premiers combats en seraient quittes pour une lutte brutale contre l'hiver. Les rennes étaient partis depuis longtemps vers leurs pâtures méridionales et les grottes le long de la route n'avaient pas été garnies en prévision. Heafstaag était un chef rusé ; il savait qu'à cette date tardive les tribus n'avaient plus d'autre choix que de suivre le plan initial de Beorg, mais ce dernier se demandait quelles seraient les conditions qu'imposerait son rival.

Beorg fut réconforté par le fait qu'aucun conflit majeur n'avait enflammé les tribus, et cette nuit-là, comme ils étaient tous réunis dans la salle commune, l'atmosphère était fraternelle et joviale à Hengorot, et les barbes baignées d'écume. Le pari de Beorg avait été que les tribus pouvaient être unies autour d'un ennemi commun et de la promesse d'une prospérité durable. Tout s'était bien passé… Jusqu'ici.

Mais Heafstaag, la brute, restait la clé du problème.

⚔ ⚔ ⚔ ⚔ ⚔

Les bottes épaisses de la troupe de Heafstaag faisaient trembler le sol sous leurs pas résolus. L'énorme roi borgne en personne menait le cortège au rythme de ses grandes enjambées cadencées, caractéristiques des nomades de la toundra. Intrigué par la proposition de Beorg et méfiant devant l'arrivée prématurée de l'hiver, le roi dans sa rudesse avait décidé de marcher d'un trait, même dans les nuits froides, ne faisant que de courtes haltes pour se restaurer et se reposer. Principalement connu pour son efficacité féroce au combat, Heafstaag était aussi un chef capable de peser soigneusement chacune de ses décisions. Cette marche impressionnante ajouterait au respect que son peuple inspirait aux guerriers des autres tribus, et Heafstaag était prompt à tirer avantage de n'importe quelle situation.

Non qu'il s'attende à quelque problème que ce soit à Hengorot. Il tenait Beorg en haute estime. Il avait déjà rencontré deux fois le roi de la tribu du Loup sur le champ d'honneur sans décrocher aucune victoire. Si le plan de Beorg était aussi prometteur que ce qu'il semblait au départ, Heafstaag accepterait d'en faire partie, n'insistant auprès du roi blond que pour un partage équitable du commandement. Il ne tenait pas à l'idée que les barbares, une fois les cités conquises, pourraient mettre un terme à leur style de vie nomade et se satisfaire d'une nouvelle existence consacrée au commerce de la truite à tête plate, mais il était prêt à passer ses lubies à Beorg si celles-ci lui permettaient de ressentir le frisson de la bataille et d'une victoire facile. Mieux valait que le pillage ait lieu et que la chaleur leur soit assurée pour l'hiver avant de revoir l'accord initial et de redistribuer le butin.

Quand les lueurs des feux de camp apparurent à leurs yeux, la troupe accéléra le pas.

— Chantez, mes fiers guerriers ! leur ordonna Heafstaag. Chantez avec force et vigueur ! Que ceux qui se sont rassemblés tremblent à l'approche de la tribu de l'Élan.

⚔ ⚔ ⚔ ⚔ ⚔

Beorg avait dressé l'oreille, à l'affût du bruit de l'arrivée de Heafstaag. Connaissant bien les tactiques de son rival, il ne fut pas le moins du monde surpris quand les premières notes du Chant de Tempus s'élevèrent dans la nuit. Le roi blond réagit en un instant, sautant sur une table et appelant le rassemblement au silence.

— Prêtez l'oreille, hommes du Nord ! cria-t-il. Voilà le chant du défi !

Hengorot entra immédiatement en effervescence comme les hommes quittaient précipitamment leurs sièges et se bousculaient pour se regrouper au sein de leurs tribus respectives. Chaque voix s'élevait dans le chant dédié au dieu de la bataille, où se mêlaient actes de courage et morts glorieuses sur le champ d'honneur. Chaque barbare mâle apprenait ces vers dès qu'il pouvait prononcer ses premiers mots, car le Chant de Tempus permettait en fait de prendre la mesure de la force d'une tribu. La seule variante d'une tribu à l'autre était le refrain, qui identifiait l'origine des chanteurs. C'était là que leurs voix se faisaient de plus en plus perçantes, car le défi de ce chant consistait à déterminer quel appel serait le plus clairement entendu par Tempus.

Heafstaag mena ses hommes directement devant l'entrée d'Hengorot. Dans la salle, les appels au dieu de la tribu du Loup noyaient manifestement ceux des autres, mais les guerriers de Heafstaag soutenaient la comparaison avec ceux de Beorg.

L'une après l'autre, les tribus de moindre importance firent silence devant la domination du Loup et de l'Élan. Le défi entre les deux tribus restantes se poursuivit pendant de nombreuses minutes, aucune ne voulant renoncer à surpasser l'autre devant leur divinité.

À l'intérieur de Castelhydromel, les barbares perdants portèrent nerveusement les mains à leurs armes. Plus d'une guerre avait éclaté dans les plaines car le chant du défi n'avait pas permis de déterminer un vainqueur incontesté.

Finalement, le volet de la tente s'ouvrit pour accueillir le porteur d'étendard de Heafstaag, un adolescent grand et fier, dont le regard observateur démentait son jeune âge. Il porta un cor taillé dans un fanon de baleine à ses lèvres et en tira une note claire. Simultanément, selon la coutume, les deux tribus cessèrent leur chant.

Le porteur d'étendard se dirigea vers l'hôte royal, sans ciller ni détourner le regard du visage imposant de Beorg. Mais le roi avait remarqué qu'aucune des expressions de ceux qui le regardaient n'avaient échappé au jeune homme. Heafstaag avait bien choisi son héraut, pensa Beorg.

— Bon roi Beorg, commença le porteur d'étendard quand toute agitation se fut apaisée, et vous autres rois ici rassemblés. La tribu de l'Élan demande à entrer dans Hengorot pour partager l'hydromel avec vous, que nous puissions ensemble boire en l'honneur de Tempus.

Beorg étudia le héraut encore un moment, pour voir s'il pouvait ébranler l'aplomb de l'adolescent en faisant inopinément tarder sa réponse.

Mais le héraut ne cilla pas ni ne détourna son regard fixe et pénétrant, et sa mâchoire resta ferme et assurée.

— Accordé, répondit Beorg, impressionné. Soyez les bienvenus. (Puis il murmura dans sa barbe :) Il est regrettable que Heafstaag ne possède pas votre patience.

— J'annonce Heafstaag, le roi de la tribu de l'Élan, s'écria le héraut d'une voix claire, le fils de Hrothulf le Puissant, fils d'Angaar le Brave ; trois fois tueur du grand ours ; deux fois conquérant de Termalaine au sud ; celui qui a assassiné Raag Doning, le roi de la tribu de l'Ours, d'un coup, d'un seul, en combat singulier…

À cette dernière déclaration, un remous inquiet agita les rangs de la tribu de l'Ours, en particulier leur roi, Haalfdane, le fils de Raag Doning. Le héraut continua pendant plusieurs minutes à énumérer chacun des actes, des honneurs et des titres accumulés par Heafstaag durant sa longue et illustre carrière.

Si le Défi du chant était une compétition entre les tribus, l'énumération des titres et des hauts faits était une compétition individuelle entre les hommes, entre les rois en particulier, dont la valeur et la force se répercutaient directement sur leurs guerriers. Beorg avait redouté ce moment, car la liste de son rival était même plus longue que la sienne. Il savait que l'une des raisons pour lesquelles Heafstaag était arrivé en dernier était de pouvoir faire entendre sa liste à toute l'assistance. C'était le privilège du roi hôte que d'avoir sa liste lue à toutes les tribus assistant à l'assemblée, tandis que les hérauts des rois en visite ne faisaient leurs annonces qu'aux tribus présentes au moment même de leur arrivée. En arrivant le dernier, et à un moment où les tribus étaient toutes rassemblées, Heafstaag avait anéanti cet avantage.

Enfin, le porteur d'étendard termina son énumération et repartit à travers la pièce afin d'aller ouvrir le volet de la tente pour son roi. Heafstaag s'avança à grands pas dans Hengorot, avec assurance, pour faire face à Beorg.

Si les hommes avaient été impressionnés par la liste des exploits de Heafstaag, ils ne furent pas déçus non plus par son apparence. Le roi à barbe rousse ressemblait à un tonneau de près de deux mètres quinze de haut, une corpulence face à laquelle même Beorg faisait figure de nain. Et Heafstaag arborait fièrement ses cicatrices de bataille. Un de ses yeux avait été arraché par les bois d'un renne et sa main gauche était toute rabougrie, irrémédiablement mutilée après un combat avec un ours polaire. Le roi de la tribu de l'Élan avait participé à plus de combats qu'aucun homme dans la toundra, et il semblait bien décidé à combattre dans de nombreux autres.

Les deux rois se regardèrent fixement avec sévérité, aucun des deux ne cillant ni ne détournant le regard, ne serait-ce que pour un instant.

—Le Loup ou l'Élan ? demanda finalement Heafstaag, la question de rigueur après un chant du défi à l'issue incertaine.

Beorg prit des gants pour lui faire la réponse appropriée :

—Salut à toi et bravo pour ce beau défi, dit-il. Laissons les oreilles affûtées de Tempus en être les seules juges, même si le dieu lui-même serait bien en peine d'avoir à faire un tel choix.

Les formalités d'usage ayant été correctement remplies, la tension du visage de Heafstaag se relâcha. Il adressa un large sourire à son rival.

—Salut à toi, Beorg, roi de la tribu du Loup. Cela me fait plaisir de te faire face sans voir mon propre sang maculer la pointe de ta lance mortelle !

Les paroles amicales de Heafstaag prirent Beorg par surprise. Il n'aurait pu espérer une meilleure introduction au conseil de guerre. Il lui retourna le compliment avec une ferveur identique.

—Ou sans avoir à esquiver le sûr tranchant de ta hache cruelle !

Le sourire de Heafstaag s'évanouit brusquement de son visage quand il remarqua l'homme brun qui se tenait aux côtés de Beorg.

— En quel honneur, que ce soit pour sa bravoure ou par son sang, ce gringalet méridional se trouve-t-il dans le Castelhydromel de Tempus ? demanda le roi à barbe rousse. Il devrait être parmi les siens, ou au mieux avec les femmes !

— Garde confiance, Heafstaag, expliqua Beorg. Voici deBernezan, un homme d'une grande importance pour notre victoire. Il est une source d'informations précieuse, car il a résidé aux Dix-Cités pendant plus de deux hivers.

— Quel est donc son rôle ? insista Beorg.

— Il nous a fourni des informations, répéta Beorg.

— Ce qui est déjà fait. À quoi nous sert-il maintenant ? Il ne peut certainement pas combattre aux côtés de guerriers tels que nous.

Beorg jeta un regard à deBernezan, refoulant le mépris qu'il ressentait pour le chien qui avait trahi son peuple dans une tentative pitoyable de se remplir les poches.

— Plaide ton cas, Méridional. Et que Tempus trouve une place dans son champ pour tes os !

DeBernezan tenta vainement de soutenir le regard d'acier de Heafstaag. Il s'éclaircit la voix et parla d'une voix aussi forte et assurée que possible.

— Quand les cités seront conquises et leurs richesses entre vos mains, vous aurez besoin de quelqu'un qui connaisse le marché oriental. Je suis votre homme.

— À quel prix ? bougonna Heafstaag.

— Pour un train de vie confortable, répondit deBernezan. Et une position respectée, rien de plus.

— Bah ! grogna Heafstaag. S'il peut trahir les siens, il peut nous trahir !

Le roi géant arracha la hache de sa ceinture et se pencha sur deBernezan. Beorg grimaça, sachant que cet instant critique pouvait faire échouer l'intégralité du plan.

De sa main mutilée, Heafstaag saisit les cheveux bruns et huileux de deBernezan et tira la tête du petit homme sur le côté, exposant la chair de son cou. Il balança puissamment sa hache vers sa cible, le regard rivé sur le visage du Méridional. Mais même si cela allait à l'encontre des règles inflexibles de la tradition, Beorg avait bien préparé deBernezan pour cet instant. Le petit homme avait été clairement averti que, s'il tentait la moindre résistance, il mourrait dans tous les cas. Mais s'il restait stoïque, acceptant l'attaque et l'idée que Heafstaag soit simplement en train de le tester, sa vie serait probablement épargnée. Faisant appel à toute sa volonté, deBernezan riva son regard sur Heafstaag et ne broncha pas à l'approche de la mort.

Au tout dernier moment, Heafstaag dévia la trajectoire de sa hache, sa lame sifflante passant à un cheveu de la gorge du Méridional. Le barbare le libéra de sa poigne, mais continua à le regarder intensément de son œil unique.

— Un homme honnête accepte tous les édits des rois qu'il s'est choisis, déclara deBernezan, tentant de conserver une voix aussi ferme que possible.

Une acclamation s'éleva de toutes les bouches de Hengorot, et quand elle s'éteignit, Heafstaag se retourna pour faire face à Beorg.

— Qui commandera les troupes ? demanda carrément le géant.

— Qui a remporté le défi du chant ? répondit Beorg.

— Bien répondu, mon bon roi. (Heafstaag salua son rival.) Ce sera donc ensemble, toi et moi, et ne laissons aucun homme discuter notre loi !

Beorg acquiesça de la tête.

— La mort pour quiconque oserait !

DeBernezan poussa un soupir de soulagement et remua les jambes, sur la défensive. Si Heafstaag, ou même Beorg, remarquait la flaque entre ses pieds, sa vie serait certainement perdue. Il bougea de nouveau nerveusement les jambes et jeta un coup d'œil aux alentours, horrifié quand il croisa le regard du jeune porteur d'étendard. Le visage de deBernezan blêmit devant la perspective de l'humiliation et de la mort qui ne sauraient tarder. Le porteur d'étendard se détourna inopinément avec un sourire amusé, mais, acte charitable inédit au sein de ce peuple farouche, il ne dit rien.

Heafstaag lança les bras au-dessus de sa tête, levant sa hache comme son regard vers le plafond. Beorg saisit la hache qu'il avait à sa ceinture et imita prestement le mouvement.

— Tempus ! crièrent-ils à l'unisson.

Puis, de nouveau les yeux rivés l'un sur l'autre, ils s'entaillèrent un bras (celui qui portait le bouclier) avec leurs haches, trempant leurs lames de leur propre sang. D'un même mouvement, ils firent tournoyer leurs armes et les lancèrent à travers la salle, chacune des haches finissant sa course dans le même fût d'hydromel. Immédiatement, les hommes les plus proches saisirent des chopes et se bousculèrent pour recueillir l'hydromel qui s'en répandait, béni par le sang de leurs rois.

— J'ai dessiné un plan, pour que vous puissiez l'approuver, dit Beorg à Heafstaag.

— Plus tard, mon noble ami, répondit le roi borgne. Que cette soirée soit l'occasion de chanter et de boire afin de célébrer notre victoire imminente. (Il donna une claque sur l'épaule de Beorg et cligna de son œil unique.) Réjouis-toi de mon arrivée, car tu étais loin d'être prêt pour un tel rassemblement, dit-il avec un rire chaleureux.

Beorg le regarda avec curiosité, mais Heafstaag lui adressa un second coup d'œil grotesque pour faire taire ses soupçons.

Brusquement, le géant vigoureux claqua des doigts à l'attention de l'un de ses lieutenants en chef, poussant son rival du coude comme pour l'inclure dans la plaisanterie.

— Allez chercher les gueuses ! ordonna-t-il.

4

L'Éclat de cristal

Il n'y avait que l'obscurité.

Par bonheur, il ne pouvait pas se souvenir de ce qui s'était passé, ni d'où il était. Il n'y avait que les ténèbres, réconfortantes.

Puis, une brûlure terrible commença à envahir ses joues, l'arrachant à la quiétude de son évanouissement. Petit à petit, il fut contraint d'ouvrir les yeux, mais même en les plissant, le scintillement était par trop intense.

Il était face contre terre, dans la neige. Des montagnes se dressaient tout autour de lui, leurs sommets en dents de scie et leurs couronnes de neige lui étaient familiers. Ils l'avaient laissé seul sur l'Épine dorsale du Monde. Ils l'avaient abandonné là pour le laisser mourir.

La tête d'Akar Kessell palpitait quand il réussit finalement à la relever. Le soleil brillait d'un vif éclat, mais les vents froids et tourbillonnants dissipaient toute once de chaleur émanant de ses rayons. L'hiver régnait en permanence dans ces hauteurs, et Kessell n'était protégé de la morsure mortelle du froid que par de légères tuniques.

Ils l'avaient abandonné là pour qu'il meure.

Il se releva en trébuchant, ses genoux s'enfonçant profondément dans la neige poudreuse, et il regarda autour de lui. Loin en dessous, en bas d'un profond défilé, Kessell vit la caravane de sorciers, petites taches noires se déplaçant vers le nord. Ils commençaient leur long voyage de retour vers Luskan en repartant vers la toundra et les sentiers qui leur permettraient de contourner la sinistre chaîne de montagnes infranchissable. Ils l'avaient dupé. Il comprenait maintenant qu'il n'avait rien été d'autre qu'un pion dans leur plan sournois pour se débarrasser de Morkai le Rouge.

Eldeluc, Dendybar le Marbré et les autres.

Ils n'avaient jamais eu l'intention de lui octroyer le titre de sorcier.

— Comment ai-je pu être aussi stupide ? gémit Kessell.

Des images de Morkai, le seul homme qui lui ait jamais accordé un certain respect, traversèrent son esprit dans un brouillard teinté de culpabilité. Il se souvint de toutes les joies que le sorcier lui avait permis de connaître. Morkai l'avait transformé en oiseau un jour, pour qu'il puisse ressentir la liberté de voler ; et un jour en poisson, pour qu'il puisse faire l'expérience du trouble monde sous-marin.

Et il avait exprimé sa gratitude à cet homme merveilleux avec un coup de poignard.

Loin sur les sentiers en contrebas, les sorciers en partance entendirent son cri d'angoisse déchirant se répercuter sur les flancs des montagnes.

Eldeluc sourit, satisfait que leur plan ait été exécuté à la perfection, et il éperonna son cheval.

⚔ ⚔ ⚔ ⚔ ⚔

Kessell avançait péniblement dans la neige. Il ne savait pas pourquoi il marchait – il n'avait nulle part où aller. Il n'avait aucune échappatoire. Eldeluc l'avait abandonné dans une dépression enneigée en forme de cuvette ; il n'avait aucune chance d'en sortir en escaladant ses flancs car ses doigts étaient si engourdis qu'il ne les sentait plus.

Il tenta de nouveau d'invoquer un feu par sorcellerie. Il leva sa paume ouverte tendue vers le ciel et, en claquant des dents, il incanta.

Rien.

Pas même une volute de fumée.

Alors, il recommença à avancer. Ses jambes lui faisaient mal ; il était presque sûr que plusieurs des orteils de son pied gauche étaient déjà tombés. Mais il n'osa pas enlever sa botte pour vérifier son horrible crainte.

Il commença à refaire le tour de la cuvette, suivant le chemin qu'il avait tracé lors de son premier passage. Brusquement, au milieu, il se surprit à dévier sa course. Il ne savait pas pourquoi et, dans son délire, il ne s'arrêta pas pour tenter de comprendre. Le monde entier était devenu une masse blanche. Une masse floue et gelée. Kessell sentit qu'il tombait. Il sentit de nouveau la morsure glaciale de la neige sur son visage. Il sentit les picotements qui annonçaient l'agonie de ses membres inférieurs.

Puis il sentit… de la chaleur.

Ce fut d'abord imperceptible, mais cela gagnait progressivement en puissance. Quelque chose lui lançait un appel. Quelque chose qui se trouvait en dessous de lui, enterré sous la neige, mais dont Kessell sentait le rayonnement vivifiant même à travers la barrière gelée.

Il creusa. Guidant de ses yeux ses mains, qui ne pouvaient plus sentir ce qu'elles faisaient, il creusa pour sa vie. Puis il tomba sur quelque chose de solide et sentit la chaleur s'intensifier. Luttant pour le dégager de la couche de neige, il finit par réussir à le libérer de sa gangue. Il n'arrivait pas à comprendre ce qu'il voyait, ce qu'il mit sur le compte du délire. Dans ses mains gelées, Akar Kessell tenait ce qui ressemblait à un glaçon de forme géométrique. Pourtant, sa chaleur irradiait en lui, et il sentit de nouveau des picotements, signe cette fois-ci de la résurrection de ses membres.

Kessell n'avait pas la moindre idée de ce qui était en train de se passer, et ne s'en souciait pas le moins du monde. Pour l'instant, il avait trouvé un espoir de s'en sortir vivant, et cela lui suffisait. Il serra l'Éclat de cristal contre sa poitrine et repartit vers la paroi rocheuse du vallon, à la recherche de l'endroit le plus abrité qu'il pourrait trouver.

Sous un petit surplomb, blotti dans un coin où la chaleur du cristal avait repoussé la neige, Akar Kessell survécut à sa première nuit sur l'Épine dorsale du Monde. Son compagnon était l'Éclat de cristal, Crenshinibon, une relique ancienne dotée d'une conscience qui avait patienté durant d'innombrables siècles pour que quelqu'un comme lui apparaisse dans la vallée. De nouveau en éveil, il réfléchissait à présent aux méthodes qu'il allait utiliser pour contrôler le velléitaire Kessell. La relique avait été ensorcelée dans les tout premiers jours du monde, puis elle avait été perdue pendant des siècles, au grand désarroi des seigneurs maléfiques qui couraient après sa puissance.

Crenshinibon était une énigme, une force du mal le plus obscur qui tirait sa puissance de la lumière du jour. C'était un instrument de destruction, un outil pour prédire l'avenir, un abri et un foyer pour qui le brandirait. Mais parmi les pouvoirs de Crenshinibon, le plus important était la puissance dont il dotait son détenteur.

Akar Kessell dormit confortablement, inconscient de ce qui venait de lui arriver. Tout ce qu'il savait – et tout ce dont il se souciait – était que sa vie n'était pas encore parvenue à son terme. Il découvrirait les implications de sa trouvaille plus tard. Il en viendrait à comprendre qu'il ne jouerait plus jamais le rôle de pantin pour des chiens prétentieux tels qu'Eldeluc, Dendybar et les autres.

Il deviendrait l'Akar Kessell de ses rêves, et tous s'inclineraient devant lui.

—Du respect, marmonna-t-il des profondeurs de son rêve, un rêve que Crenshinibon lui imposait.

Akar Kessell, le tyran de Valbise.

⚔ ⚔ ⚔ ⚔ ⚔

Kessell se réveilla à l'aube – une aube qu'il pensait ne jamais voir. L'Éclat de cristal l'avait préservé pendant la nuit, mais il avait fait bien plus que de simplement l'empêcher de geler. Kessell se sentait étrangement changé ce matin. La nuit précédente, il ne s'était soucié que du nombre de jours qui lui restaient, se demandant combien de temps il pourrait simplement survivre. Mais maintenant, se posait la question de son avenir. La survie n'était plus un problème ; il sentait la force couler dans ses veines.

Un cerf à queue blanche bondit le long du rebord de la cuvette.

—Du gibier, chuchota intelligiblement Kessell. Il pointa son doigt dans la direction de sa proie et incanta, ressentant des picotements d'excitation tandis qu'il sentait des vagues de pouvoir déferler dans son sang. Un éclair blanc et brûlant jaillit de sa main, abattant le cerf sur place.

—Gibier, déclara-t-il, soulevant mentalement l'animal dans les airs et le ramenant vers lui sans même y penser, alors que la télékinésie était un sort qui ne faisait même pas partie du répertoire de son professeur. Le cristal ne l'aurait de toute façon pas laissé faire, mais Kessell le cupide ne s'arrêta même pas pour réfléchir à l'apparition soudaine de capacités qui, à son sens, s'étaient fait longtemps attendre.

Maintenant, il avait de la nourriture, et la chaleur du cristal. Mais un sorcier devrait aussi avoir son château, raisonna-t-il. Un endroit où il pourrait s'exercer aux plus noirs secrets de la magie sans être dérangé. Il regarda le cristal à la recherche d'une réponse à son problème et trouva un second cristal identique posé juste à côté. Instinctivement, pensa-t-il (bien qu'en réalité il soit guidé par une autre suggestion de Crenshinibon), Kessell comprit le rôle que l'objet avait à jouer pour exaucer sa requête. Il distingua immédiatement lequel était l'Éclat original par la chaleur et la force qu'il dégageait, mais le second cristal l'intriguait tout autant, recélant lui aussi une aura de pouvoir impressionnante. Il prit la copie de l'Éclat de cristal et la porta au centre de la cuvette, le déposant sur la neige épaisse.

—*Ibssum dal abdur*, marmonna-t-il sans savoir pourquoi, ni même ce que cela signifiait.

Kessell recula quand il sentit s'accroître le pouvoir qui habitait l'image de la relique. Il captait les rayons du soleil et les attirait dans ses profondeurs. La zone qui entourait le vallon sombra dans les ténèbres tandis que le cristal volait littéralement la lumière du jour, palpitant au rythme d'une lueur intérieure.

Puis il commença à grandir.

Sa base s'élargit, remplissant presque la cuvette, et pour un instant Kessell craignit d'être écrasé contre les parois rocheuses. En parallèle à l'élargissement du cristal, sa pointe s'éleva dans le ciel du matin, tout en conservant les mêmes proportions que la source de son pouvoir. Enfin, ce fut terminé, le second éclat était toujours la copie fidèle de Crenshinibon, mais avec des dimensions gigantesques.

Une tour de cristal. D'une façon ou d'une autre – de la même façon en tout cas dont Kessell savait tout de l'Éclat de cristal –, il connaissait son nom.

Cryshal-Tirith.

⚔ ⚔ ⚔ ⚔ ⚔

Kessell se serait contenté, pour l'instant, du moins, de rester à Cryshal-Tirith en se nourrissant des animaux infortunés qui s'aventuraient dans les parages. Il venait d'un milieu de paysans sans ressources et sans ambitions, et bien qu'il se soit toujours targué d'être ambitieux, il était intimidé par le pouvoir. Il ne comprenait pas pourquoi ceux qui s'étaient rendus célèbres s'étaient élevés au-dessus de la plèbe, et il s'était même menti à lui-même, prétendant que les succès des autres et, inversement, ses propres échecs n'étaient que le fait aléatoire du hasard.

Maintenant que le pouvoir était entre ses mains, il n'avait pas la moindre idée de ce qu'il pouvait bien en faire.

Mais Crenshinibon avait patienté trop longtemps pour gaspiller son retour à la vie en se contentant de servir de pavillon de chasse à un humain chétif. Le côté palot de Kessell était en fait un atout du point de vue de la relique. Après un peu de temps, il pourrait le persuader, grâce à ses suggestions nocturnes, de suivre à peu près n'importe quelle ligne de conduite.

Et Crenshinibon avait le temps. La relique était impatiente de goûter de nouveau au frisson de la conquête, mais quelques années ne paraissaient pas bien longues à un artefact qui avait été créé à l'aube du monde. Il modèlerait l'empoté Kessell en un digne représentant de sa puissance, élèverait l'homme faible d'une main de fer pour qu'il délivre au monde son message de destruction. Il avait déjà procédé ainsi une bonne centaine de fois dans les toutes premières luttes qui déchirèrent le monde, créant et élevant quelques-uns des plus redoutables et cruels adversaires de la loi dans chacun des différents plans d'existence.

Il pouvait recommencer.

Cette même nuit, Kessell, qui dormait au premier étage confortablement décoré de la tour, fit des rêves de conquêtes. Il ne rêva pas de violentes campagnes menées contre une ville comme Luskan, ni même d'une campagne d'envergure contre une implantation frontalière comme les villages des Dix-Cités, mais d'une conquête moins ambitieuse et plus réaliste pour commencer à asseoir son royaume. Il rêva qu'il avait asservi une tribu de gobelins, et qu'il les utilisait comme personnel de maison, prenant en charge le moindre de ses besoins. Quand il se réveilla le matin suivant, il se souvint de son rêve et s'aperçut que l'idée lui plaisait.

Plus tard dans la matinée, Kessell explora le deuxième étage de la tour. Comme les autres, c'était une pièce entièrement constituée de cristal lisse et dur, mais elle était remplie de divers miroirs. Tout à coup, une pulsion l'envahit, qui le poussa à faire un certain geste et à incanter. Il supposa qu'il avait entendu les paroles occultes en présence de Morkai. Il suivit son inclination et regarda avec stupéfaction la dimension reflétée par les profondeurs de l'un des miroirs de la pièce se transformer subitement en un brouillard grisâtre et tourbillonnant. Quand il finit par s'éclaircir, une image apparut clairement.

Kessell reconnut l'endroit représenté comme étant une vallée à proximité du chemin qu'ils avaient emprunté quand Eldeluc, Dendybar le Marbré et les autres l'avaient abandonné pour le laisser mourir.

Une tribu de gobelins était occupée à y bâtir un campement. C'étaient probablement des nomades, car les troupes guerrières emmenaient rarement leurs femelles et leurs jeunes dans leurs raids. Des centaines de grottes ponctuaient les flancs de ces montagnes, mais elles n'étaient pas assez nombreuses pour abriter toutes les tribus d'orques, de gobelins, d'ogres et de monstres encore plus puissants. La lutte pour décrocher une tanière était féroce, les tribus de gobelins de moindre importance n'avaient généralement d'autre choix que de camper à l'air libre, d'être réduites en esclavage ou bien d'être massacrées.

—Quel heureux hasard, songea Kessell, se demandant si le thème de son rêve avait été une coïncidence ou une prophétie. Sur une autre impulsion soudaine, il projeta sa volonté vers les gobelins à travers le miroir, et fut surpris par ce qui en résulta.

D'un seul et même mouvement, les gobelins se tournèrent, apparemment troublés, dans la direction de la force invisible. Les guerriers dégainèrent leurs massues et leurs haches à tête de pierre avec appréhension, et les femelles et les enfants se blottirent à l'arrière du groupe.

Un gobelin plus grand que les autres, probablement leur chef, tenant sa massue devant lui de façon défensive, fit quelques pas prudents devant ses soldats.

Kessell se gratta le menton, méditant l'étendue de son nouveau pouvoir.

—Viens à moi, lança-t-il au chef des gobelins. Tu ne peux pas résister !

La tribu arriva au vallon peu de temps après, restant à une distance respectable de la tour comme ils tentaient de comprendre d'où elle avait bien pu venir. Kessell les laissa s'émerveiller devant la splendeur de sa nouvelle demeure, puis lança un nouvel appel au chef, obligeant le gobelin à s'approcher de Cryshal-Tirith.

Contre sa volonté, l'énorme gobelin s'éloigna à grandes enjambées des rangs de sa tribu. Bien que luttant à chaque pas, il marcha droit vers la base de la tour. Il ne pouvait voir aucune porte, car l'entrée de Cryshal-Tirith était invisible pour tous, excepté pour les habitants des autres plans d'existence et pour ceux que Crenshinibon ou son porteur autorisait à entrer.

Kessell guida le gobelin terrifié jusqu'au rez-de-chaussée de l'édifice. Une fois à l'intérieur, le chef resta parfaitement immobile, ses yeux scrutant nerveusement les alentours à la recherche d'un indice sur la force irrésistible qui l'avait obligé à se rendre dans cette éblouissante construction de cristal.

Le sorcier (un titre dont pouvait se targuer le détenteur de Crenshinibon, même si Kessell n'avait jamais été capable de le mériter) fit patienter le gobelin un bon moment, laissant monter la peur qu'il ressentait. Puis, il apparut au sommet de la cage d'escalier devant un miroir, en fait une porte secrète. Il baissa les yeux vers l'infortunée créature, émettant un ricanement jubilatoire.

Le gobelin se mit à trembler de façon visible quand il vit Kessell. Il sentit la volonté du sorcier qui s'imposait de nouveau à lui, le forçant à se mettre à genoux.

—Qui suis-je ? demanda Kessell tandis que le gobelin se prosternait en gémissant.

La réponse du chef fut arrachée de ses tripes par un pouvoir auquel il ne pouvait résister.

—Tu es mon maître.

5

Un jour

Bruenor gravissait la pente rocailleuse à pas mesurés, ses bottes prenant exactement les mêmes appuis que chaque fois qu'il entreprenait l'ascension vers le point culminant du sud de la vallée des nains. Pour les habitants des Dix-Cités, qui voyaient souvent le nain se tenir sur son perchoir avec un air méditatif, cette haute colonne de pierres, qui se trouvait sur l'arête rocheuse bordant la vallée, avait fini par être connue sous le nom de Rampe de Bruenor. Juste en dessous du nain, vers l'ouest, brillaient les lumières de Termalaine. Plus loin s'étalaient les eaux noires de Maer Dualdon, sur lesquelles on apercevait de temps à autre la lueur fugace d'un bateau de pêche dont l'équipage refusait obstinément de revenir à terre avant d'avoir pris une truite à tête plate.

Le nain était bien au-dessus du niveau de la toundra et des étoiles les plus basses, innombrables et scintillantes dans la nuit. Le dôme céleste semblait avoir été poli par le vent glacé qui soufflait depuis le lever du soleil, et Bruenor avait l'impression de s'être libéré de ses attaches terrestres.

C'est à cet endroit qu'il retrouvait ses rêves, et ils le ramenaient toujours à son ancienne demeure. Castelmithral, la demeure de ses pères et de ses aïeux, où couraient des rivières de métal brillant abondantes et profondes, et où les marteaux des nains forgerons retentissaient en hommage à Moradin et Dumathoïn. Bruenor n'était guère qu'un jeune garçon imberbe quand son peuple avait creusé trop profondément les entrailles du monde et qu'ils avaient été chassés par de noires créatures vivant dans des grottes obscures. Il était maintenant le plus âgé des survivants de son modeste clan et le seul parmi eux à avoir été le témoin des trésors de Castelmithral.

Ils s'étaient installés dans la vallée rocheuse – entre les deux lacs les plus au nord – bien avant que des humains autres que les barbares arrivent à Valbise. Les nains étaient maintenant le vestige misérable de ce qui avait été une société prospère, une bande de réfugiés, vaincus et brisés par la perte de leur terre natale et de leur patrimoine. Leur nombre ne cessait de décroître, les aînés mourant autant de tristesse que de vieillesse. Bien que les mines de la région, sous les champs, soient de bonne qualité, les nains semblaient destinés à disparaître dans l'oubli.

Mais quand les Dix-Cités étaient apparues, les choses s'étaient considérablement améliorées pour eux. Leur vallée se trouvait juste au nord de Bryn Shander, aussi près de la cité principale que n'importe lequel des villages de pêcheurs, et les humains, s'ils se faisaient souvent la guerre et repoussaient tout envahisseur, étaient heureux de faire commerce avec les nains pour les merveilleuses armes et armures forgées par leurs soins.

Mais malgré l'amélioration de leurs conditions de vie, Bruenor, en particulier, se languissait de recouvrer la gloire passée de ses ancêtres. Pour lui l'avènement des Dix-Cités n'était qu'une solution temporaire à un problème qui ne serait résolu que quand il aurait retrouvé et restauré Castelmithral.

— C'est une nuit bien froide pour aller se percher si haut, mon bon ami, retentit une voix derrière lui.

Le nain se retourna pour se retrouver face à Drizzt, bien qu'il se rende compte que le drow était invisible devant l'arrière-plan obscur du Cairn de Kelvin. De ce poste d'observation, la montagne était la seule silhouette qui brisait la plate ligne septentrionale de l'horizon désert. Le Cairn avait été ainsi nommé car il ressemblait à un monticule de gros rochers délibérément empilés ; la légende des barbares prétendait qu'il servait en fait de tombeau. Certainement, la vallée où les nains avaient installé leur nouvelle demeure n'avait rien en commun avec aucun paysage naturel ordinaire.

La toundra, plate étendue de terre, s'étalait dans toutes les directions. Mais la vallée ne comptait que quelques plaques de terres clairsemées, enserrées au milieu d'amas de grandes roches brisées et de solides parois de pierre. Avec la montagne qui la bordait au nord, c'était le seul endroit de tout Valbise où se trouvait une quantité significative de rochers, comme si un dieu les avait placés là par erreur dans les tout premiers jours de la création.

Drizzt remarqua le regard vitreux de son ami.

— Tu cherches à voir des choses que seule ta mémoire peut te montrer, dit-il, bien conscient de l'obsession du nain pour sa terre natale.

—Des choses que j'reverrai un jour! insista Bruenor. Nous en arriverons là, l'elfe.

—Nous ne connaissons même pas la route à suivre.

—Les routes, ça s'trouve, dit Bruenor. Mais pas avant qu'on s'mette à les chercher.

—Un jour, mon ami, lui répondit Drizzt pour lui faire plaisir.

Depuis quelques années qu'il était ami avec Bruenor, Drizzt avait été constamment harcelé par le nain pour l'accompagner dans sa quête hasardeuse de Castelmithral. Drizzt trouvait l'idée stupide car, de tous ceux avec qui il avait jamais parlé, personne n'avait même un indice sur l'endroit où pouvait bien se trouver l'ancienne demeure des nains, et tout ce que pouvait se remémorer Bruenor, c'étaient des bribes éparses de souvenirs de ses salles argentées. Cependant, le drow était sensible au plus cher désir de son ami, et il répondait toujours aux supplications de Bruenor par cette même promesse, « un jour ».

—Nous avons plus urgent à gérer pour l'instant, rappela Drizzt à Bruenor.

Plus tôt ce matin-là, lors d'une réunion dans les locaux des nains, le drow leur avait exposé ses découvertes dans les moindres détails.

—Donc t'es sûr qu'ils vont venir? demanda alors Bruenor.

—Leur charge fera trembler les pierres du Cairn de Kelvin, répondit Drizzt tandis qu'il se détachait de la sombre silhouette de la montagne pour rejoindre son ami. Et si les Dix-Cités ne s'unissent pas pour leur faire face, ses habitants sont condamnés.

Bruenor s'accroupit confortablement et dirigea son regard vers les lointaines lueurs de Bryn Shander au sud.

—Ils form'ront pas d'alliance, ces imbéciles bornés.

—Ils le pourraient, si ton peuple allait leur parler.

—Non, grogna le nain. On combattra à leurs côtés s'ils décident de faire front commun, et dans ce cas, je plains les barbares! Va les voir, si tu veux, et bonne chance à toi, mais attends rien des nains. On va bien voir ce que les p'tits gars d'la pêche ont dans les tripes.

Drizzt sourit devant l'ironie du refus de Bruenor. Ils savaient tous les deux que le drow n'inspirait aucune confiance dans les villages et qu'il n'y était même pas le bienvenu, excepté à Bois Isolé, où leur ami Régis était porte-parole. Bruenor lut dans le regard du drow. L'affliction que ressentait Drizzt le peinait, même si l'elfe refusait d'avouer son amertume.

—Ils te doivent plus qu'ils le sauront jamais, déclara catégoriquement Bruenor, adressant un regard compatissant à son ami.

—Ils ne me doivent rien!

Bruenor secoua la tête.

—Qu'est-ce que ça peut te faire? grogna-t-il. Tu passes ton temps à veiller sur des gens qui font jamais preuve de bonne volonté avec toi. Qu'est-ce que tu leur dois?

Drizzt haussa les épaules, peinant à trouver une réponse. Bruenor avait raison. Quand le drow était venu pour la première fois dans ces contrées, le seul qui s'était montré amical envers lui avait été Régis. Drizzt avait souvent escorté le halfelin quand il se rendait au village principal pour affaires ou pour les rencontres du conseil, lors de la périlleuse première phase du trajet qui descendait de Bois Isolé à Bryn Shander, à travers le terrain découvert de la toundra au nord de Maer Dualdon. Ils s'étaient en fait rencontrés lors d'un de ces périples : Régis avait tenté de s'enfuir loin de Drizzt parce qu'il avait entendu des rumeurs épouvantables sur son compte. Heureusement pour eux, Régis était un halfelin qui réussissait en général à garder l'esprit ouvert et à se faire sa propre idée quant à la personnalité des gens qu'il rencontrait. Il ne fallut pas longtemps pour que tous deux deviennent amis.

Mais à ce jour, Régis et les nains étaient les seuls dans la région à considérer le drow comme un ami.

—Je ne sais pas pourquoi je m'en soucie, répondit Drizzt avec sincérité. (Il se remémora sa terre natale, où la loyauté n'était guère qu'un moyen de prendre l'avantage sur un ennemi commun.) Peut-être que je m'en soucie parce que je m'efforce d'être différent de mes semblables, dit-il, aussi bien pour lui que pour Bruenor. Peut-être que je m'en soucie parce que je suis différent des miens. J'ai plus en commun avec les races de la surface… Du moins, c'est ce que j'espère. Je m'en soucie parce que j'ai besoin de me soucier de quelque chose. Tu n'es pas différent, Bruenor Marteaudeguerre. Nous nous sentons concernés de peur que nos vies soient vides.

Bruenor lui décocha un coup d'œil curieux.

—Tu peux nier ta compassion pour les habitants des Dix-Cités devant moi, mais pas dans ton for intérieur.

—Bah! grogna Bruenor. Sûr que j'm'en inquiète! Mon peuple a bien b'soin d'faire des affaires!

—Tête de mule, marmonna Drizzt, souriant d'un air entendu. Et Catti-Brie? insista-t-il. Qu'en est-il de la petite fille humaine qui s'est retrouvée orpheline dans le raid sur Termalaine, il y a des années? L'enfant abandonnée que tu as recueillie et élevée comme ta propre fille? (Bruenor était heureux que le manteau de la nuit permette de dissimuler la rougeur révélatrice qui envahissait son visage.) Elle vit encore dans ta demeure, alors que, même toi, tu es bien obligé d'admettre qu'elle est capable de retourner parmi les siens. Serait-il possible, peut-être, que tu te soucies d'elle, toi le nain bourru?

—Ah, tais-toi donc, bougonna Bruenor. C'est une chouette nénette et elle me rend la vie un peu plus facile, mais arrête tes mièvreries sur son compte!

—Tête de mule, répéta Drizzt, plus fort cette fois-ci. (Il avait encore plusieurs cartes à jouer dans cette discussion.) Et moi, alors? Les nains ne portent pas particulièrement les elfes de la surface dans leur cœur, sans parler des drows. Comment justifies-tu l'amitié dont tu as fait preuve envers moi? Je ne t'ai rien offert en retour à part ma propre amitié. Pourquoi t'en soucies-tu donc?

—Tu me donnes des nouvelles quand…

Bruenor s'arrêta net, s'apercevant que Drizzt l'avait piégé.

Mais le drow ne poussa pas la discussion plus loin.

Les deux amis regardèrent donc en silence les lumières de Bryn Shander qui s'éteignaient une à une.

Malgré son apparente rudesse, Bruenor se rendait compte à quel point sonnaient juste certains des arguments du réquisitoire du drow: il en était venu à se soucier des gens qui s'étaient installés sur les rives des trois lacs.

—Tu veux faire quoi, alors? finit par demander le nain.

—Je veux les avertir, répondit Drizzt. Tu sous-estimes tes voisins, Bruenor. Ils sont d'une autre trempe que ce que tu crois.

—C'est vrai, dit le nain, mais mes doutes portent sur leur conduite. Tous les jours, nous voyons des combats sur les lacs, et toujours pour ce satané poisson. Les gens se cramponnent à leur petit village, et les gobelins peuvent bien envahir les voisins, pour c'qu'ils s'en fichent! Maintenant, il faut qu'ils m'prouvent, à moi et aux miens, qu'ils ont la volonté de combattre ensemble!

Drizzt devait bien admettre la véracité des observations de Bruenor. Dans les deux dernières années, la concurrence entre les pêcheurs sur les lacs était devenue de plus en plus acharnée, car la truite à tête plate s'était mise à nager dans des eaux plus profondes et était donc plus difficile à attraper.

La collaboration entre les villages était au plus bas car chacun d'entre eux tentait de prendre un avantage économique sur les rivaux qui se trouvaient en bordure du même lac.

—Il y a un conseil à Bryn Shander dans deux jours, continua Drizzt. Je crois que nous avons encore un peu de temps avant que les barbares arrivent. Bien que je craigne de remettre les choses à plus tard, je ne crois pas que nous puissions réunir les porte-parole avant cette date. Il me faudra bien ce temps-là pour expliquer proprement à Régis les actions qu'il aura à mener auprès de ses pairs, car c'est à lui d'apporter la nouvelle de l'invasion imminente.

— Ventre-à-Pattes ? grogna Bruenor, utilisant le surnom qu'il avait donné à Régis à cause de l'appétit insatiable du halfelin. La seule raison pour laquelle il participe au conseil, c'est pour se remplir le ventre ! Ils l'écout'ront encore moins qu'ils t'écout'raient toi, l'elfe.

— Tu sous-estimes le halfelin, même encore plus que tu sous-estimes les habitants des Dix-Cités, répondit Drizzt. N'oublie pas le joyau qu'il porte.

— Bah ! Une pierre précieuse joliment taillée, mais c'est tout ! affirma Bruenor. Je l'ai vue de mes yeux, et pour moi y a pas d'magie là-dedans.

— Sa magie est trop subtile pour les yeux d'un nain, et peut-être pas assez puissante pour traverser ton crâne épais, dit Drizzt en riant. Mais elle est bien là – je la vois clairement –, et je connais la légende de ce type de joyau. Régis pourrait être capable d'influencer le conseil plus que ce que tu crois – et certainement plus que je le pourrais. Espérons-le, car tu sais aussi bien que moi que certains des porte-parole risquent d'être réticents à l'idée d'une quelconque alliance, que ce soit à cause de leur indépendance arrogante ou de la croyance qu'un raid barbare sur leurs voisins moins bien protégés pourrait servir leurs propres ambitions. Bryn Shander reste la clé du problème, mais la première des cités ne sera de la partie que si les principaux villages de pêcheurs, Targos en particulier, adhèrent à l'idée.

— Tu sais que t'auras le soutien de Havre-du-Levant, dit Bruenor. Ils ont toujours été d'avis d'unifier tous les villages.

— Et le soutien de Bois Isolé, étant donné que c'est Régis qui parle pour eux. Mais Kemp de Targos pense sûrement que sa cité fortifiée est assez forte pour se défendre seule, tandis que Termalaine, son rival, serait bien en peine de contenir la horde.

— Il y a peu d'chances qu'il se joigne à quoi qu'ce soit si Termalaine en fait partie. Et là, t'es encore plus dans la panade, le drow, parce que sans Kemp, t'arriv'ras jamais à faire taire Konig et Dineval.

— Mais c'est là que Régis intervient, expliqua Drizzt. Le rubis qu'il possède peut faire des choses merveilleuses, je t'assure !

— Et tu m'reparles du pouvoir d'la pierre, dit Bruenor. Mais Ventre-à-Pattes prétend que son ancien maître avait douze de ces choses, raisonna-t-il. Les puissantes magies vont pas par douze !

— Régis dit que son maître avait douze joyaux identiques, corrigea Drizzt. En vérité, le halfelin n'avait aucun moyen de savoir si les douze étaient magiques ou si c'était seulement le cas de certains d'entre eux.

— Mais alors pourquoi qu'cet homme aurait donné à Ventre-à-Pattes le seul qu'avait un pouvoir ?

Drizzt ne répondit pas à la question, mais son silence mena vite Bruenor à la même conclusion inéluctable. Régis avait une façon bien à lui d'obtenir des choses qui ne lui appartenaient pas, et bien que le halfelin ait expliqué que la pierre était un cadeau…

6

Bryn Shander

B ryn Shander ne ressemblait à aucune des autres communautés des Dix-Cités. Son fier fanion flottait haut dans le ciel, au sommet d'une colline au milieu de la toundra aride entre les trois lacs, au sud de l'extrémité orientale de la vallée des nains. Aucun bateau ne battait pavillon de cette cité, et elle n'avait de port sur aucun des lacs, pourtant il était quasiment incontesté qu'elle était le cœur de la région ainsi que son centre d'activité.

C'était l'endroit où faisaient étape les principales caravanes marchandes en provenance de Luskan, là où les nains venaient faire commerce, et où étaient logés la majeure partie des artisans, des graveurs sur ivoire et des experts qui estimaient leurs œuvres.

La proximité avec Bryn Shander était le deuxième facteur déterminant quant à la prospérité et la taille des villages de pêcheurs, seulement devancé par celui du nombre de poissons pêchés. Ainsi, Termalaine et Targos (sur les rives sud-est de Maer Dualdon) tout comme Caer-Konig et Caer-Dineval (sur les rives occidentales du lac Dinneshere), tous les quatre à moins d'une journée de voyage de la cité principale, étaient-ils les villages dominants sur les lacs.

De hautes murailles entouraient Bryn Shander, aussi bien pour protéger la ville du vent mordant que des invasions des gobelins ou des barbares. À l'intérieur, les bâtiments étaient semblables à ceux des autres villes : de basses constructions de bois. Cependant, à Bryn Shander, elles étaient plus serrées les unes contre les autres, et souvent subdivisées pour abriter plusieurs familles. Pourtant, si peuplée qu'elle soit, la cité inspirait un sentiment de confort et de sécurité, car elle était le contact le plus tangible avec la civilisation qu'on pouvait trouver à six cent cinquante kilomètres à la ronde.

Régis appréciait toujours les bruits et les odeurs qui l'accueillaient quand il franchissait les portes de bois cerclées du mur nord de la cité principale. Dans une moindre mesure, l'agitation et les cris qui émanaient des marchés à ciel ouvert de Bryn Shander et les colporteurs qui y foisonnaient lui rappelaient les jours qu'il avait vécus à Portcalim. Et comme à Portcalim, les rues de la cité étaient peuplées d'une mosaïque de toutes les races que pouvaient compter les Royaumes, comme des natifs du désert, grands et à la peau brune, mêlés à des voyageurs des Moonshaes au teint clair. Les vantardises des Méridionaux au teint cuivré et les récits fantaisistes que racontaient les robustes montagnards pour quelques pièces résonnaient à presque tous les coins de rue.

Et Régis se délectait de chaque détail, car si l'endroit était différent, le bruit restait le même. S'il fermait les yeux tandis qu'il se faufilait dans l'une de ces rues étroites, il pouvait presque retrouver la joie de vivre de ces années passées à Portcalim.

Mais cette fois-ci, la mission du halfelin était si importante qu'elle assombrissait même son habituelle bonne humeur. Il avait été horrifié par la nouvelle sinistre apportée par le drow et il était nerveux à l'idée d'être le messager qui la délivrerait au conseil.

Loin du bruyant marché de la cité, Régis passa devant la magnifique demeure de Cassius, le porte-parole de Bryn Shander. C'était l'édifice le plus grand et le plus luxueux des Dix-Cités, avec une façade à colonnade et des bas-reliefs qui ornaient tous ses murs. Elle avait été construite à l'origine pour les assemblées des dix porte-parole, mais comme l'intérêt qu'on portait aux conseils s'était évanoui, Cassius, fin diplomate et n'hésitant pas à avoir recours à la manière forte, s'était approprié le palace, en faisant sa résidence officielle, et il avait déménagé la salle du conseil dans un entrepôt vide, perdu dans un coin éloigné de la ville. Plusieurs des autres porte-parole s'étaient plaints de ce changement, mais bien que les villages de pêcheurs puissent souvent exercer une influence sur la cité principale pour les questions d'intérêt public, ils avaient peu de recours face à un problème si négligeable pour l'ensemble de la population. Cassius saisissait bien la mentalité des habitants de la cité, et il savait comment garder les autres communautés sous sa coupe. La milice de Bryn Shander pouvait vaincre les forces combinées de cinq villages, quels qu'ils soient, et les officiers de Cassius avaient un monopole sur les liaisons commerciales vers les indispensables marchés du sud. Les autres porte-parole grommelaient peut-être sur le délogement de leur salle de conseil, mais leur dépendance envers la cité principale les empêchait d'entreprendre quelque action que ce soit contre Cassius.

Régis fut le dernier à pénétrer dans la petite salle. Il regarda autour de lui, examinant les neuf hommes qui s'étaient rassemblés autour de la table, et il se rendit compte à quel point ce qu'il s'apprêtait à faire était hors de propos. Il avait été élu porte-parole uniquement parce que personne d'autre à Bois Isolé ne se sentait suffisamment concerné pour vouloir s'asseoir au conseil, mais ses pairs avaient accédé à leurs postes par leurs actions valeureuses et héroïques. Ils étaient les chefs de leurs communautés, ceux qui avaient organisé la construction et les défenses des villes. Chacun de ces porte-parole avait eu son compte de combats et plus encore, car les raids de gobelins et de barbares qui s'abattaient sur les Dix-Cités étaient plus fréquents que les jours ensoleillés. À Valbise, la réalité de la vie était simple : qui ne pouvait se battre ne pouvait survivre, et les porte-parole du conseil faisaient partie des combattants les plus éminents des Dix-Cités.

Régis ne les avait jamais trouvés intimidants auparavant, car, normalement, il n'avait jamais rien à dire au conseil. Bois Isolé, un village retiré, dissimulé dans un petit bois dense de sapins, ne demandait rien à personne. Considérant l'insignifiance de sa flotte de pêche, les trois autres villages avec lesquels il partageait Maer Dualdon n'avaient aucune revendication le concernant. Régis n'avait jamais fait part de son opinion à moins d'y être contraint et s'en était toujours prudemment remis au consensus quand il s'agissait de voter. Si le conseil était divisé sur une question, Régis s'en remettait simplement à l'avis de Cassius. Aux Dix-Cités, nul ne pouvait se tromper en s'en remettant à Bryn Shander.

Mais ce jour-là, Régis s'aperçut que le conseil l'impressionnait. La nouvelle sinistre qu'il apportait le rendrait vulnérable à leurs tactiques d'intimidation et à leurs représailles souvent coléreuses. Il concentra son attention sur les deux porte-parole les plus puissants, Cassius de Bryn Shander et Kemp de Targos, tandis qu'ils discutaient, présidant la table rectangulaire. Kemp avait l'allure d'un frontalier bourru : pas très grand, mais au torse puissant, avec des bras noueux, et un maintien sévère qui effrayait ses amis comme ses ennemis.

Cassius, quant à lui, ne ressemblait guère à un guerrier. Il était de petite stature, avec des cheveux blancs bien coupés et un visage où jamais n'apparaissait l'ombre d'une barbe mal rasée. Ses grands yeux bleus et brillants semblaient toujours absorbés par une satisfaction intérieure, mais quiconque avait vu le porte-parole de Bryn Shander brandir une épée dans une bataille ou opérer ses manœuvres d'attaque sur le terrain ne pouvait douter ni de ses prouesses en matière de combat ni de son courage. Régis appréciait véritablement cet homme, pourtant il restait prudent, ne voulant pas se retrouver en position de faiblesse. Cassius avait la réputation d'obtenir ce qu'il voulait aux dépens des autres.

— Je déclare la réunion ouverte, ordonna Cassius, en donnant un coup de marteau sur la table.

Le porte-parole hôte ouvrait systématiquement la réunion avec la formalité des décrets, la lecture de titres et de propositions officielles dont le but initial était de donner à cette assemblée une aura d'importance, impressionnant surtout les brutes qui y assistaient parfois pour parler au nom de communautés plus isolées. Mais aujourd'hui, avec la dégénérescence globale du conseil, la formalité des décrets ne servait plus qu'à retarder la fin des débats, au grand regret des dix porte-parole. Par conséquent, les formalités étaient de plus en plus réduites à chaque réunion, et il avait été question de les supprimer carrément.

Quand la liste eut enfin été énoncée en totalité, Cassius en arriva aux questions importantes.

— La première question à l'ordre du jour, dit-il, jetant à peine un coup d'œil aux notes étalées devant lui, concerne le différend entre les cités sœurs de Caer-Konig et Caer-Dineval sur le lac Dinneshere quant à leurs territoires. Je vois que Dorim Lugar de Caer-Konig a apporté les documents qu'il avait promis lors de la dernière assemblée, je vais donc lui donner la parole : porte-parole Lugar.

Dorim Lugar, un homme décharné au teint bistre dont les yeux semblaient ne jamais cesser de rouler avec nervosité, bondit presque de son siège à cette introduction.

— J'ai dans la main, cria-t-il, son poing levé refermé sur un vieux parchemin, l'accord original entre Caer-Konig et Caer-Dineval, signé par les chefs des deux villes. (Il pointa un doigt accusateur dans la direction du porte-parole de Caer-Dineval :) avec ta propre signature, Jensin Brent !

— Cet accord a été signé pendant une période d'amitié et dans un esprit de bonne volonté, rétorqua Jensin Brent, un homme plus jeune aux cheveux blond doré, dont le visage innocent le dotait souvent d'un avantage sur les autres qui le pensaient naïf. Déroule le parchemin, porte-parole Lugar, et laisse le conseil le regarder. Ils pourront vérifier qu'il n'est fait mention d'aucune disposition concernant Havre-du-Levant. (Il regarda les autres porte-parole à la ronde.) Havre-du-Levant pouvait à peine être qualifié de hameau quand l'accord pour diviser le lac en deux a été signé, expliqua-t-il pour la énième fois. Ils n'avaient pas un seul bateau à mettre à l'eau.

— Confrères porte-parole ! cria Dorim Lugar, sortant certains de la léthargie qui avait commencé à les envahir. (Ce même débat avait constitué l'essentiel des quatre derniers conseils sans qu'aucun des protagonistes gagne de terrain sur l'autre. La question était de piètre intérêt et de peu d'importance pour tous, les deux porte-parole concernés et celui de Havre-du-Levant exceptés.) Caer-Konig ne saurait être tenu responsable de la croissance de Havre-du-Levant, plaida

Dorim Lugar. Qui aurait pu prévoir la Route du Levant ? demanda-t-il encore, faisant référence à la route droite et lisse que Havre-du-Levant avait fait construire jusqu'à Bryn Shander.

C'était une manœuvre intelligente qui se révélait être un atout pour la petite ville située sur le bord sud-est du lac Dinneshere. Alliant l'attrait de l'isolement de sa communauté avec un accès facile à Bryn Shander, Havre-du-Levant était devenu la ville dont l'expansion était la plus rapide au sein des Dix-Cités, dotée d'une flotte de pêche qui s'était étoffée au point de presque rivaliser avec celle de Caer-Dineval.

—C'est vrai ça, qui aurait pu le prévoir ? rétorqua Jensin Brent, trahissant un brin d'agacement. Il est évident que la croissance de Havre-du-Levant a eu pour résultat une concurrence sévère avec Caer-Dineval pour les eaux au sud du lac, tandis que Caer-Konig navigue en toute liberté dans la moitié nord. Pourtant, Caer-Konig a catégoriquement refusé de renégocier les dispositions de l'accord pour compenser ce déséquilibre. Nous ne pouvons pas prospérer dans des conditions pareilles !

Régis savait qu'il devait agir avant que la querelle entre Brent et Lugar soit hors de tout contrôle. Deux des précédentes assemblées avaient été ajournées à cause de leurs controverses stériles, et Régis ne voulait pas que ce conseil se désagrège avant qu'il leur ait parlé de l'attaque imminente des barbares.

Il hésita, mais il dut reconnaître qu'il n'avait pas le choix ; son refuge serait détruit s'il ne disait rien. Bien que Drizzt l'ait rassuré quant au pouvoir qu'il possédait, il conservait des doutes sur la véritable magie de la pierre. Malgré son manque d'assurance, un trait commun chez les créatures de petite taille, Régis s'aperçut qu'il avait une confiance aveugle dans le jugement de Drizzt. Le drow était peut-être la personne la plus instruite qu'il ait jamais connue, ayant vécu bien plus d'expériences que pouvait en conter Régis dans ses récits. Il était maintenant temps de passer à l'action, et le halfelin était fermement décidé à donner sa chance au plan du drow.

Il referma les doigts sur le petit marteau de bois qui était disposé devant lui, sur la table. Son contact était inhabituel et il s'aperçut alors que c'était la première fois qu'il utilisait cet ustensile. Il donna un coup léger sur la table de bois, mais les autres étaient absorbés par le concours de cris qui s'était déclenché entre Lugar et Brent. Régis se remit en mémoire l'urgence de la nouvelle apportée par le drow et frappa résolument le marteau sur la table.

Les autres porte-parole se tournèrent immédiatement vers le halfelin, une expression ébahie plaquée sur le visage. Régis s'exprimait rarement lors des réunions, et seulement quand il y était contraint par une question directe.

Cassius de Bryn Shander abattit son lourd marteau.

— Le conseil donne la parole au porte-parole… euh… au porte-parole de Bois Isolé, dit-il, et par son ton inégal, Régis put deviner qu'il avait eu du mal à prendre sa requête au sérieux.

— Mes chers confrères, commença Régis non sans hésitation, sa voix se brisant dans un couinement. Avec tout le respect dû au sérieux de la discussion entre les porte-parole de Caer-Dineval et de Caer-Konig, je crois que nous avons un problème plus urgent à débattre.

Jensin Brent et Dorim Lugar étaient livides devant cette interruption, mais les autres regardaient le halfelin avec curiosité.

Bon début, se dit Régis, *j'ai maintenant toute leur attention.*

Il s'éclaircit la voix, dans une tentative de rendre sa voix plus ferme et un peu plus impressionnante.

— J'ai appris, sans l'ombre d'un doute, que les tribus barbares sont en train de se rassembler pour lancer une attaque commune sur les Dix-Cités! (Bien qu'il tente de rendre son annonce dramatique, Régis se retrouva face à neuf hommes apathiques et désorientés.) À moins que nous formions une alliance, continua Régis sur le même ton pressant, la horde envahira nos communautés une par une, massacrant tous ceux qui oseront s'opposer à eux!

— Il est certain, porte-parole Régis de Bois Isolé, dit Cassius (d'une voix qu'il voulait apaisante, mais qui était en fait condescendante), que nous avons survécu aux précédents raids barbares. Il n'y a aucune raison de…

— Celui-ci est différent! cria Régis. Toutes les tribus se sont unifiées. Dans les raids précédents, les villages ont fait face à une seule tribu à la fois, et nous nous en sommes généralement bien sortis. Mais comment Termalaine ou Caer-Konig – ou même Bryn Shander – pourraient-ils résister à l'ensemble des tribus de Valbise?

Certains des porte-parole se renfoncèrent dans leurs sièges pour réfléchir aux paroles du halfelin; les autres commencèrent à parler entre eux, certains en plein désarroi, d'autres incrédules et irrités. Finalement, Cassius abattit de nouveau son marteau, appelant la salle au silence.

Puis, avec sa bravade habituelle, Kemp de Targos se leva lentement de son siège.

— Puis-je parler, mon ami Cassius? demanda-t-il avec une politesse superflue. Peut-être suis-je en mesure de remettre en perspective cette grave déclaration.

Régis et Drizzt avaient fait quelques suppositions sur les alliances possibles quand ils avaient planifié les actions du halfelin dans ce conseil. Ils savaient que Havre-du-Levant, qui avait été fondé sur le principe de la fraternité entre les communautés des Dix-Cités et qui prospérait ainsi, adopterait ouvertement le concept d'une défense commune contre la horde barbare. De même, Termalaine et Bois Isolé, les deux villages les plus accessibles et les plus souvent pillés des dix localités, accepteraient volontiers toute offre d'assistance.

Pourtant, même Agorwal, porte-parole de Termalaine, qui avait tant à gagner d'une alliance défensive, se déroberait et garderait le silence si Kemp de Targos refusait d'adhérer au plan. Targos était le plus grand et le plus puissant des neuf villages de pêche, avec une flotte qui faisait bien deux fois celle du suivant sur la liste.

— Chers confrères, membres du conseil, commença Kemp (se penchant par-dessus la table pour paraître plus imposant aux yeux de ses pairs), nous devrions en savoir plus sur le récit du halfelin avant de commencer à nous inquiéter. Nous avons repoussé les envahisseurs barbares et bien pire suffisamment souvent pour être certains que nos défenses, même celles des plus petits de nos villages, sont suffisantes.

Régis était de plus en plus tendu tandis que Kemp déroulait le fil de son discours, attaquant un par un les arguments du halfelin de façon à détruire sa crédibilité. Lors de leur préparation, Drizzt avait établi que Kemp de Targos était la clé du problème, mais Régis connaissait le porte-parole mieux que le drow et il savait que Kemp ne se laisserait pas manipuler aisément. Kemp et ses manières étaient l'illustration vivante des tactiques de la puissante ville de Targos. Il était grand et intimidant, souvent pris d'accès de colère qui en imposaient même à Cassius. Régis avait tenté de convaincre Drizzt de changer cette partie du plan, mais le drow avait été intransigeant.

— Si Targos consent à accepter l'alliance avec Bois Isolé, avait raisonné Drizzt, Termalaine s'y joindra volontiers et Bremen, le dernier village sur le lac, n'aura d'autre choix que de suivre le mouvement. Bryn Shander ne s'opposera certainement pas à une alliance forte entre les quatre villages du plus grand et du plus prospère des lacs, et avec Havre-du-Levant dans le pacte, une incontestable majorité de six voix sera obtenue.

Les autres n'auraient alors d'autre choix que de collaborer. Drizzt pensait que Caer-Dineval et Caer-Konig, craignant que Havre-du-Levant bénéficie d'une considération particulière dans les futurs conseils, feraient alors montre d'une loyauté ostentatoire, espérant grimper dans l'estime de Cassius. Bon-Hydromel et la Brèche de Dougan, les deux villages sur le lac d'Eaux-Rouges, bien que relativement à l'abri d'une invasion en provenance du nord, n'oseraient pas se tenir à l'écart des huit autres communautés.

Mais tout cela n'était que des spéculations pleines d'espoir, comme le comprit clairement Régis en voyant Kemp le regarder d'un air furieux de l'autre côté de la table.

Drizzt avait admis le fait que le plus grand obstacle à la formation de l'alliance serait Targos. Dans son arrogance, la puissante cité pouvait se croire capable de résister à tout raid barbare. Et si la ville parvenait à survivre, la destruction de certains de ses concurrents pourrait se révéler profitable pour elle.

—Vous dites avoir été informé d'une invasion, commença Kemp. Où avez-vous donc pu recueillir cette information précieuse, et sans doute, difficile à obtenir ?

Régis sentit la sueur perler sur ses tempes. Il savait où mènerait la question de Kemp, mais il n'était pas question de contourner la vérité.

—Par un ami qui voyage souvent dans la toundra, répondit-il sincèrement.

—Le drow ? demanda Kemp.

Avec sa tête penchée en arrière et Kemp qui le surplombait, Régis se retrouva rapidement sur la défensive. Le père du halfelin l'avait prévenu un jour qu'il serait toujours désavantagé dans ses tractations avec des humains, car ils étaient physiquement contraints de baisser les yeux pour lui parler, comme ils le faisaient avec leurs propres enfants. Dans de tels moments, les mots de son père sonnaient douloureusement juste aux oreilles de Régis. Il essuya une goutte de sueur sur sa lèvre supérieure.

—Je ne peux pas parler en votre nom à tous, continua Kemp, accompagnant ses paroles d'un ricanement qui tournait en ridicule le grave avertissement du halfelin, mais j'ai trop d'importants travaux à faire pour aller me cacher sur la foi des dires d'un elfe noir !

Le porte-parole rit de nouveau, et cette fois-ci, il n'était pas le seul.

Agorwal de Termalaine offrit un soutien inattendu à la cause chancelante du halfelin.

—Peut-être devrions-nous laisser le porte-parole de Bois Isolé continuer son récit. Si ce qu'il dit est vrai…

—Ses mots se font l'écho des mensonges d'un drow ! grogna Kemp. N'y prêtez pas attention. Nous avons repoussé les barbares auparavant, et…

Mais Kemp fut alors lui aussi interrompu quand, tout à coup, Régis bondit sur la table du conseil. C'était la partie la plus précaire du stratagème de Drizzt. Le drow avait confiance en son plan et l'avait décrit d'un ton détaché, comme si cela n'allait pas poser le moindre problème. Mais Régis avait l'impression qu'un désastre imminent planait autour de lui. Il croisa les mains derrière son dos et tenta de paraître maître de lui-même, même si Cassius n'entreprit aucune action contre sa tactique peu commune.

Pendant la diversion d'Agorwal, Régis avait sorti le rubis qu'il portait en pendentif de sous son gilet. Le joyau scintillait sur sa poitrine tandis qu'il parcourait la table d'un bout à l'autre, comme s'il s'agissait de son estrade personnelle.

— Que savez-vous du drow pour rire ainsi de lui ? demanda-t-il à ses confrères, s'adressant ostensiblement à Kemp. L'un de vous peut-il nommer une seule personne à laquelle il a nui ? Non ! Vous le punissez pour les crimes de ses pairs, pourtant avez-vous oublié que si Drizzt Do'Urden se trouve parmi nous c'est parce qu'il a rejeté les usages de son peuple ?

Le silence qui envahit la salle permit à Régis d'établir que son petit discours avait été soit impressionnant, soit absurde. Quoi qu'il en soit, il n'était pas assez arrogant ou stupide pour croire que cela suffirait à achever la besogne.

Il avança jusqu'à Kemp pour lui faire face. Cette fois, c'était au halfelin de baisser les yeux, mais le porte-parole de Targos semblait sur le point d'éclater de rire.

Régis devait réagir sans tarder. Il se pencha légèrement et leva la main jusqu'à son menton, en apparence pour se gratter, bien qu'en vérité le mouvement de son bras eût pour but de faire tournoyer son pendentif au passage. Il ne brisa pas le silence ambiant et se mit alors à compter patiemment comme Drizzt l'avait préconisé. Dix secondes s'écoulèrent et Kemp n'avait pas cillé. Drizzt avait dit que cette durée serait suffisante, mais Régis, étonné et inquiet de la facilité avec laquelle il avait accompli sa tâche, laissa passer encore dix secondes avant d'oser mettre les certitudes du drow à l'épreuve.

— Vous pouvez sûrement concevoir qu'il serait sage de se préparer à une telle attaque, suggéra calmement Régis. (Puis, dans un chuchotement que seul Kemp pouvait entendre, il ajouta :) ces gens comptent sur toi pour les guider, éminent Kemp. Une alliance militaire ne ferait qu'accroître ta stature et ton influence.

L'effet fut fulgurant.

— Peut-être que les paroles du halfelin recèlent plus que ce que nous avons cru au départ, dit mécaniquement Kemp, ses yeux vitreux rivés sur le rubis.

Abasourdi, Régis se redressa et remit prestement la pierre sous son gilet. Kemp secoua la tête comme pour se détacher d'un rêve déroutant en frottant ses yeux secs. Le porte-parole de Targos ne pouvait se rappeler les quelques instants qui venaient de s'écouler, mais la suggestion du halfelin avait été profondément implantée dans son esprit. Kemp se rendit compte, à sa propre stupéfaction, qu'il avait changé d'avis.

—Nous devrions écouter les paroles de Régis avec attention, déclara-t-il d'une voix forte. Car nous ne perdrions rien à forger une telle alliance, alors que ne rien faire pourrait en effet mener à de graves conséquences!

Jensin ne fut pas long à saisir cette occasion, et bondit de son siège.

—Le porte-parole Kemp parle avec sagesse, dit-il. Vous pouvez compter le peuple de Caer-Dineval, toujours partisan des efforts conjoints au sein des Dix-Cités, dans les rangs de l'armée qui repoussera la horde!

Les autres porte-parole s'alignèrent derrière Kemp comme Drizzt l'avait escompté, Dorim Lugar clamant sa loyauté encore plus fort que Brent.

Régis avait de quoi être fier de lui quand il quitta la salle du conseil un peu plus tard ce jour-là, et il avait retrouvé l'espoir que les Dix-Cités survivent. Pourtant, les pensées du halfelin étaient consumées par les implications de la découverte du pouvoir que recélait son rubis. Il se torturait l'esprit pour trouver la façon la moins risquée de transformer ce nouveau pouvoir de persuasion en gain de confort et de bénéfices.

Que c'est aimable de la part du Pacha Amas de m'avoir donné cette pierre-là, se dit-il tandis qu'il passait la porte principale de Bryn Shander et se dirigeait vers l'endroit où il était prévu qu'il retrouve Drizzt et Bruenor.

7

La Tempête imminente

Ils partirent au crépuscule, chargeant à travers la toundra comme une tornade déchaînée. Les animaux, tout comme les monstres, les féroces yetis y compris, fuyaient devant eux, terrorisés. Le sol gelé craquait sous le martèlement de leurs lourdes bottes, et le chuchotement du vent omniprésent sur la toundra était couvert par leur chant, le chant au dieu de la bataille.

Ils marchèrent pendant une bonne partie de la nuit et repartirent avant les premiers rayons de l'aube.

Ils étaient plus de deux mille guerriers barbares assoiffés de sang et de victoire.

⚔ ⚔ ⚔ ⚔ ⚔

Drizzt Do'Urden était assis à peu près à mi-chemin du sommet de la face nord du Cairn de Kelvin, pelotonné dans sa cape pour se protéger du vent mordant qui hurlait entre les amas rocheux de la montagne. Le drow avait passé là chacune de ses nuits depuis le conseil qui s'était tenu à Bryn Shander, ses yeux violets balayant la plaine obscure à l'affût des premiers signes de la tempête. À la demande de Drizzt, Bruenor s'était arrangé pour que Régis soit à ses côtés. Avec la morsure du vent pareille à celle d'un animal invisible, le halfelin se serrait entre deux rochers pour mieux se protéger des éléments hostiles.

S'il avait eu le choix, Régis se serait volontiers tapi dans la chaleur de sa demeure à Bois Isolé, au fond de son lit moelleux, écoutant la plainte tranquille du balancement des branches d'arbres au-dehors. Mais il comprenait que, en tant que porte-parole, tout le monde attendait de lui qu'il aide à l'exécution du plan d'action qu'il avait proposé au conseil. Il apparut évident aux porte-parole et à Bruenor, qui

71

les avait rejoints en tant que représentant des nains, que le halfelin ne serait pas d'un grande aide pour organiser le combat ou tracer les plans de bataille. Alors quand Drizzt dit à Bruenor qu'il avait besoin d'un courrier pour participer à sa surveillance, le nain avait promptement proposé la candidature de Régis.

Maintenant le halfelin se sentait vraiment misérable. Ses pieds et ses doigts étaient engourdis par le froid, et son dos lui faisait mal à force d'être adossé à la pierre dure. C'était la troisième nuit que Régis passait dehors, et il ronchonnait et se plaignait sans cesse, ponctuant son inconfort d'éternuements occasionnels. Malgré tout cela, Drizzt restait assis là, immobile et indifférent aux conditions de sa surveillance, son dévouement stoïque envers son devoir l'emportant sur toute considération personnelle.

—Combien de nuits devrons-nous encore attendre? pleurnicha Régis. Un de ces matins, j'en suis sûr – peut-être même demain, on me retrouvera là-haut, gelé à mort sur cette maudite montagne!

—Ne crains rien, petit ami, répondit Drizzt avec un sourire. Le vent nous annonce l'hiver. Les barbares arriveront bien trop tôt, déterminés à prendre les premières neiges de vitesse.

Tandis qu'il parlait, le drow aperçut du coin de l'œil une petite lueur, ténue au possible. Il se releva subitement, surprenant le halfelin, et se tourna dans la direction de la lueur, ses muscles tendus par une méfiance prudente, plissant les yeux pour distinguer un autre signe confirmant sa vision.

—Que…, commença à dire Régis, mais Drizzt le fit taire d'un signe de la main. Une deuxième lueur fugace apparut au fond de leur champ de vision.

—Ton vœu a été exaucé, dit Drizzt avec assurance.

—Ils sont là-bas? chuchota Régis. Sa vision nocturne était loin d'être aussi perçante que celle de Drizzt.

Drizzt se tenait debout, silencieux et concentré depuis un petit moment, tentant de déterminer mentalement la distance qui les séparait des feux de camp pour calculer le temps qu'il faudrait aux barbares pour arriver à destination.

—Va voir Bruenor et Cassius, petit ami, dit-il enfin. Dis-leur que la horde atteindra le Plateau de Bremen demain, quand le soleil sera à son zénith.

—Viens avec moi, dit Régis. Ils ne te mettront sûrement pas dehors alors que tu leur apportes de si pressantes nouvelles.

—J'ai une tâche plus importante à accomplir, répondit Drizzt. Maintenant, vas-y! Dis à Bruenor – et seulement à Bruenor – que je le retrouverai sur le Plateau de Bremen aux premières lueurs de l'aube.

Tout en disant cela, le drow s'évanouit dans la nuit sans un bruit. Une longue route l'attendait.

—Où vas-tu ? lança Régis dans son dos.

—Chercher l'horizon de l'horizon ! lui répondit un cri dans la nuit noire.

Puis il n'y eut plus que le murmure du vent.

⚔ ⚔ ⚔ ⚔ ⚔

Les barbares finirent d'installer leur campement peu de temps avant que Drizzt atteigne leur périmètre. À une telle proximité des Dix-Cités, les envahisseurs étaient sur leurs gardes ; la première chose que remarqua Drizzt était qu'ils avaient placé de nombreuses sentinelles. Mais si alertes qu'elles soient, leurs feux de camp ne brûlaient que d'une faible lueur et c'était la nuit, l'heure du drow. Si efficaces qu'ils soient, les guetteurs n'étaient pas de taille face à un elfe venant d'un monde où la lumière était inconnue, car il pouvait invoquer des ténèbres qui l'enveloppaient telle une véritable cape, des ténèbres si épaisses que même l'œil le plus perçant ne pouvait voir au travers. Aussi invisible qu'une ombre dans la nuit, d'un pas silencieux et feutré comme celui d'un chat en chasse, Drizzt dépassa les gardes et pénétra à l'intérieur du campement.

À peine une heure auparavant, les barbares chantaient et parlaient de la bataille qu'ils livreraient le lendemain. Mais même le flot d'adrénaline et la soif de sang qui coulaient dans leurs veines ne pouvaient dissiper l'épuisement qu'ils devaient à leur marche forcée. La plupart d'entre eux dormaient à poings fermés, leur respiration lourde et cadencée rassurant Drizzt tandis qu'il avançait précautionneusement parmi eux à la recherche de leurs chefs, qui devaient sans doute être en train de régler les derniers détails du plan de bataille.

Il y avait plusieurs rassemblements de tentes dans le campement, mais il n'y en avait qu'une avec des gardes postés à l'entrée. Son volet était fermé, mais Drizzt pouvait voir des chandelles briller à l'intérieur, et il pouvait entendre des voix bourrues, dont le ton s'élevait fréquemment avec colère. Le drow la contourna pour se glisser derrière. Par chance, aucun guerrier n'avait été autorisé à installer son lit si près de la tente, ce qui permit à Drizzt de bénéficier d'un isolement suffisant. Par mesure de précaution, il sortit la figurine représentant une panthère de son sac. Puis il en sortit une mince dague avec laquelle il fit un petit trou dans la tente en peau de cerf pour pouvoir observer discrètement ce qui s'y passait.

Il y avait huit hommes à l'intérieur, les sept chefs barbares et un homme brun plus petit que Drizzt savait ne pas être un natif du Nord.

Les chefs étaient assis sur le sol en demi-cercle autour du Méridional debout, lui posant des questions sur le terrain et sur les forces auxquelles ils allaient faire face le lendemain.

— Nous devrions détruire le village dans les bois en premier, insista le plus grand des hommes présents, celui qui arborait le symbole de l'Élan, peut-être le plus grand homme que Drizzt ait jamais vu. Après cela, nous pourrions en revenir à ton plan et marcher sur la ville nommée Bryn Shander.

L'homme plus petit avait l'air tout à fait nerveux et indigné, bien que Drizzt puisse voir que sa peur du gigantesque roi barbare tempérerait sa réponse.

— Grand roi Heafstaag, répondit-il non sans hésitation, si les flottes de pêcheurs voient qu'il y a du grabuge et qu'elles arrivent à Bryn Shander avant nous, nous nous retrouverons face à une armée supérieure en nombre, qui nous attendra derrière les solides murailles de la ville.

— Ce ne sont que de faibles Méridionaux ! gronda Heafstaag, en bombant fièrement son torse puissant.

— Puissant roi, je vous assure que mon plan satisfera votre soif de sang méridional, dit l'homme brun.

— Alors, parle, deBernezan des Dix-Cités. Prouve ta valeur à mon peuple !

Drizzt pouvait voir que cette dernière déclaration secouait le dénommé deBernezan, car le ton de l'ordre du roi barbare montrait son mépris manifeste pour le Méridional.

Sachant ce que pensaient en général les barbares des étrangers, le drow comprit que la plus petite erreur à n'importe quel moment de la campagne coûterait probablement sa vie au petit homme.

DeBernezan se pencha pour fouiller l'intérieur de sa botte et en ressortit un parchemin. Il le déroula et le tint de façon que les rois barbares puissent le voir. C'était une carte médiocre, grossièrement tracée et rendue encore plus floue par les légers tremblements de la main du Méridional, mais Drizzt pouvait clairement y discerner plusieurs traits distinctifs des Dix-Cités, qui se détachaient sur la plaine désertique.

— À l'ouest du Cairn de Kelvin, expliqua deBernezan (faisant courir son doigt le long de la rive occidentale du plus grand lac de la carte), entre la montagne et Maer Dualdon, se trouve un haut plateau complètement dégagé que l'on appelle le Plateau de Bremen, qui mène vers le sud. De là où nous nous trouvons, c'est le chemin le plus direct vers Bryn Shander, et je pense que c'est la route que nous devrions prendre.

—La ville sur les rives de ce lac, raisonna Heafstaag, devrait alors être la première broyée !

—C'est Termalaine, répondit deBernezan. Tous ses habitants sont des pêcheurs et seront sortis sur le lac quand nous y passerons. Vous ne trouveriez pas l'exercice à votre goût !

—Nous ne laisserons aucun ennemi vivant derrière nous ! hurla Heafstaag, et plusieurs autres rois signifièrent leur accord à grands cris.

—Non, bien sûr que non, dit deBernezan, mais il ne faudra pas beaucoup d'hommes pour vaincre Termalaine une fois ses bateaux de sortie. Laissez le roi Haalfdane et la tribu de l'Ours mettre la ville à sac pendant que le gros de la force, mené par le roi Beorg et vous-même, continuera sur Bryn Shander. Les brasiers de Termalaine en flammes devraient attirer l'intégralité de la flotte, même les navires des autres villages de Maer Dualdon, jusqu'à Termalaine où le roi Haalfdane pourra les exterminer sur les quais. Il est important de les garder à distance de la forteresse de Targos. La population de Bryn Shander ne recevra aucune assistance à temps pour la soutenir, et devra seule faire face à votre charge. La tribu de l'Élan encerclera la base de la colline sur laquelle se trouve la cité, pour la priver de toute issue et l'isoler de tout renfort de dernière minute.

Drizzt observa attentivement tandis que deBernezan décrivait cette seconde division des forces barbares sur le plan. Déjà, l'esprit calculateur du drow élaborait les premières stratégies de défense. La colline au sommet de laquelle se trouvait Bryn Shander n'était pas très haute, mais sa base était large, et les barbares qui devaient la contourner pour surveiller ses arrières seraient à bonne distance du gros de la troupe. À bonne distance des renforts.

—La cité tombera avant le lever du soleil ! déclara triomphalement deBernezan. Et vos hommes festoieront avec le plus beau butin de toutes les Dix-Cités !

Une acclamation soudaine s'éleva juste à cet instant du côté des rois assis comme pour saluer la déclaration de victoire du Méridional.

Drizzt tourna le dos à la tente pour réfléchir à ce qu'il venait d'entendre. Cet homme brun nommé deBernezan connaissait bien les cités et il voyait bien leurs forces et leurs faiblesses. Si Bryn Shander tombait, aucune résistance organisée ne pourrait prendre forme pour chasser les envahisseurs. En effet, une fois la cité fortifiée entre leurs mains, les barbares pourraient frapper à leur guise n'importe quelle autre ville.

—De nouveau, tu m'as prouvé ta valeur, dit Heafstaag au Méridional, et les conversations qui s'ensuivirent confirmèrent au drow que ce plan avait finalement été accepté.

Drizzt concentra alors ses sens affûtés sur le campement qui l'entourait, à la recherche du meilleur itinéraire possible pour s'en aller. Il remarqua tout à coup deux gardes qui venaient de son côté en discutant. Bien qu'ils soient trop éloignés pour que leurs yeux humains distinguent quoi que ce soit à part une ombre à côté de la tente, il savait que le moindre mouvement de sa part attirerait sûrement leur attention.

Agissant dans l'instant, Drizzt laissa tomber la figurine noire sur le sol.

—Guenhwyvar, appela-t-il doucement. Viens à moi, mon ombre.

⚔ ⚔ ⚔ ⚔ ⚔

Quelque part dans un coin de l'immense plan astral, l'entité de la panthère avançait à pas rapides et délicats dans sa traque de l'entité du cerf. Les animaux de ce monde naturel avaient rejoué cette scène un nombre incalculable de fois, suivant l'ordre harmonieux qui guidait la vie de leurs homologues du plan Matériel. La panthère s'accroupit pour le bond final, sentant la suavité de la mise à mort imminente. Cette attaque était dans l'ordre naturel des choses : elle était la finalité de la vie de la panthère, et la viande qui en résultait était sa récompense.

Elle s'arrêta d'un coup, pourtant, quand elle entendit l'appel de son véritable nom, car répondre à la voix de son maître prenait le pas sur toute autre directive.

L'esprit du grand félin se rua dans le long et noir couloir qui caractérisait le vide entre les plans, cherchant le point lumineux unique qu'était sa vie dans le plan Matériel. Puis elle fut aux côtés de l'elfe noir, son âme sœur et maître, accroupie dans l'ombre près des peaux tendues d'un campement humain.

Elle comprit l'urgence de l'appel de son maître et ouvrit promptement son esprit aux instructions du drow.

Les deux gardes barbares approchaient avec précaution, tentant de discerner les formes sombres qui se tenaient derrière la tente de leurs rois. Tout à coup, Guenhwyvar bondit vers eux d'un saut puissant, passant sans effort au-dessus de leurs épées dégainées. Les gardes agitèrent inutilement leurs armes et se ruèrent à la poursuite du fauve, criant pour alerter le reste du camp.

Dans l'agitation qui suivit cette diversion, Drizzt partit tranquillement à pas de loup dans une autre direction. Il entendait les cris d'alarme alors que Guenhwyvar filait comme une flèche au milieu des installations des guerriers endormis et ne put s'empêcher de sourire quand le fauve traversa un groupe en particulier. Quand ils virent la panthère, qui se déplaçait avec la grâce et la rapidité d'un esprit, les membres de la tribu du Tigre tombèrent à genoux au lieu de la prendre en chasse, levant les mains et entonnant un chant en remerciement à Tempus. Drizzt n'eut pas grand mal à fuir le périmètre du campement, car toutes les sentinelles se ruaient dans la direction du brouhaha. Quand le drow regagna l'obscurité de la toundra, il vira vers le sud en direction du Cairn de Kelvin et prit de la vitesse, volant au-dessus de la plaine désolée, concentré d'un bout à l'autre sur les derniers détails de l'élaboration d'un plan de riposte fatal. Les étoiles l'informaient qu'il restait moins de trois heures avant l'aube, et il savait qu'il ne devait pas être en retard pour sa rencontre avec Bruenor afin que l'embuscade soit correctement organisée.

Les bruits des barbares surpris s'évanouirent vite, les prières de la tribu du Tigre exceptées : celles-ci dureraient jusqu'à l'aube. Quelques minutes plus tard, Guenhwyvar trottait tranquillement aux côtés de Drizzt.

— Tu m'as sauvé la vie une bonne centaine de fois, mon amie fidèle, dit Drizzt tout en caressant le cou musclé du grand fauve. Cent fois et même plus !

⚔ ⚔ ⚔ ⚔ ⚔

— Ça fait deux jours qu'ils s'disputent et qu'ils s'bagarrent maintenant, observa Bruenor avec dégoût. C'est une bénédiction qu'un ennemi plus sérieux pointe enfin l'bout d'son nez !

— Mieux vaut faire référence à la venue des barbares dans d'autres termes, répondit Drizzt, bien qu'un sourire soit apparu sur ses traits sévères. (Il savait que son plan était solide et que le peuple des Dix-Cités aurait l'avantage dans la bataille qui devait avoir lieu aujourd'hui.) Va maintenant, et prépare le piège – tu n'as pas beaucoup de temps.

— Nous avons commencé à faire monter les femmes et les enfants dans les navires dès que Ventre-à-Pattes nous a transmis la nouvelle, expliqua Bruenor. Nous aurons chassé cette vermine de notre territoire avant la fin du jour ! (Le nain écarta largement les jambes dans la position de combat qu'il avait coutume d'adopter, frappant son bouclier de sa hache pour appuyer ses dires.) T'es d'bon conseil pour la bataille, l'elfe. Ton plan prendra les barbares par surprise, et encore, y répartira équitablement les mérites entre tous ceux qu'ont soif de gloire.

— Cela devrait même plaire à Kemp de Targos, approuva Drizzt.

Bruenor donna une tape à Drizzt sur le bras et se détourna pour s'en aller.

— Tu t'battras à mes côtés, alors? demanda-t-il par-dessus son épaule, bien qu'il connaisse déjà la réponse.

— Comme de juste, lui assura Drizzt.

— Et l'gros chat?

— Guenhwyvar a déjà joué le rôle qu'elle avait à jouer dans cette bataille, répondit le drow. Je renverrai bientôt mon amie chez elle.

Bruenor était ravi de sa réponse; il ne faisait aucune confiance à l'étrange bête du drow.

— Elle est pas naturelle, c'te bête, se dit-il tandis qu'il entreprenait le pénible trajet qui descendait du Plateau de Bremen vers les armées réunies des Dix-Cités.

Bruenor était trop loin de Drizzt pour que celui-ci discerne ses dernières paroles, mais le drow le connaissait suffisamment bien pour saisir l'idée générale de ses bougonnements. Il comprenait que Bruenor, comme beaucoup d'autres, se sente mal à l'aise à proximité du fauve occulte. La magie tenait une grande part dans le monde souterrain de son peuple, une réalité indispensable de leur vie de tous les jours, mais elle était beaucoup plus rare et moins bien comprise par la population de la surface. Les nains en particulier étaient généralement mal à l'aise avec la magie, celle qu'ils utilisaient pour ensorceler leurs armes et armures magiques mise à part.

Le drow, au contraire, n'avait jamais ressenti la moindre inquiétude aux côtés de Guenhwyvar depuis le tout premier jour où il avait rencontré le fauve. La figurine avait appartenu à Masoj Hun'ett, un drow de haut rang, appartenant à une éminente famille de la grande ville de Menzoberranzan. C'était un cadeau qu'un seigneur démon lui avait fait, en échange de son assistance dans une affaire de gnomes fauteurs de troubles. Les chemins de Drizzt et de la panthère s'étaient croisés plusieurs fois durant les années passées dans la cité obscure, souvent dans des rencontres calculées. Ils partageaient une empathie qui transcendait les relations que le fauve avait avec son maître de l'époque. Guenhwyvar avait même sauvé Drizzt d'une mort certaine, sans avoir été appelée, comme si elle avait déjà été en train de veiller sur le drow quand celui-ci n'était pas encore son maître.

Drizzt était parti seul dans une expédition qui devait le mener de Menzoberranzan à une cité voisine, quand il fut capturé par un pêcheur d'Outreterre. C'était un habitant des cavernes obscures semblable à un crabe, qui se dissimulait habituellement dans les tunnels où il se trouvait une haute niche et y suspendait une toile d'araignée invisible et gluante. Comme un pêcheur, la créature avait attendu, et comme un poisson, Drizzt était tombé dans son piège. Il se retrouva complètement entortillé dans les fils gluants, qui le réduisirent à l'impuissance, tandis qu'il était soulevé le long de la paroi de la grotte.

Il pensait n'avoir aucune chance de survivre à cet affrontement et comprenait fort bien qu'une mort certaine et épouvantable l'attendait.

Mais ensuite Guenhwyvar était arrivée, bondissant le long de la paroi parmi les fissures et les saillies rocheuses jusqu'à parvenir à la hauteur du monstre. Sans aucun égard pour sa propre vie et sans qu'on lui ait donné aucun ordre, le fauve avait chargé droit sur le pêcheur d'Outreterre, le délogeant de son perchoir. Le monstre, uniquement préoccupé de sa propre sécurité, avait tenté de s'enfuir à toute allure, mais Guenhwyvar, vindicative, s'était jetée sur lui comme pour le punir d'avoir attaqué Drizzt.

Le drow et la panthère savaient tous les deux depuis ce jour-là qu'ils étaient destinés à faire leur route ensemble. Pourtant, le fauve n'avait aucun moyen de désobéir à la volonté de son maître, et Drizzt pas le moindre droit de revendiquer la figurine que possédait Masoj, d'autant plus que la Maison Hun'ett était bien plus puissante que sa propre famille dans la stricte hiérarchie du monde souterrain.

C'est ainsi que le drow et le félin poursuivirent leurs relations épisodiques de compagnons distants.

Peu après, cependant, se produisit un incident que Drizzt ne put ignorer. Masoj emmenait souvent Guenhwyvar dans ses raids, que ce soit contre des Maisons drows ennemies ou contre d'autres habitants du monde souterrain. Le fauve suivait normalement ses ordres avec efficacité, enchanté d'assister son maître au combat – mais, lors d'un raid en particulier (contre un clan de svirfnebelins, de modestes gnomes, mineurs des profondeurs, qui avaient l'infortune de partager leur habitat avec les drows), la méchanceté de Masoj était allée trop loin.

Après la première attaque portée contre le clan, les gnomes survivants s'étaient éparpillés dans le dédale des couloirs de leurs mines. Le raid avait été couronné de succès : les trésors recherchés avaient été récoltés et les gnomes avaient été défaits. De toute évidence, ils étaient incapables de poser encore le moindre problème au drow. Mais Masoj voulait plus de sang.

Il utilisa Guenhwyvar, la chasseresse fière et majestueuse, comme son instrument meurtrier. Il envoya le fauve à la poursuite des gnomes en fuite, un par un, jusqu'à ce qu'ils soient tous exterminés.

Drizzt et plusieurs autres drows assistèrent au spectacle. Les autres, dans leur habituelle vilenie, apprécièrent pleinement le divertissement, mais Drizzt en fut profondément dégoûté. De plus, il discerna l'humiliation douloureusement gravée sur les traits fiers du fauve. Guenhwyvar était une chasseresse, pas un assassin, et l'utiliser en tant que tel était scandaleusement dégradant, sans parler des horreurs que Masoj infligeait à ces gnomes innocents.

C'était en fin de compte le dernier d'une longue liste d'outrages que Drizzt ne pouvait plus supporter. Il avait toujours su qu'il était différent de sa race, en bien des points, bien qu'il ait craint plusieurs fois de se révéler bien plus proche d'eux qu'il le croyait. Pourtant, il faisait rarement preuve d'insensibilité, considérant que la mort d'un être avait de l'importance, bien plus que le simple sport qu'elle représentait aux yeux de l'écrasante majorité des drows. Il n'avait pas d'appellation pour désigner ce trait de caractère, car il n'avait jamais trouvé aucun terme y faisant référence dans la langue des drows, mais pour les habitants de la surface qui en viendraient à connaître Drizzt, cela s'appelait conscience.

Un jour de cette même dizaine, Drizzt réussit à se retrouver seul avec Masoj en dehors des terres surpeuplées de Menzoberranzan. Il savait qu'il n'y aurait pas de retour en arrière une fois que le coup fatal aurait été porté, mais il n'hésita même pas, glissant son cimeterre entre les côtes de sa victime prise au dépourvu. C'était la première fois de sa vie qu'il tuait l'un des membres de sa race, un acte qui l'avait totalement dégoûté malgré l'opinion qu'il avait de ses semblables.

Il avait ensuite pris la figurine et s'était enfui. Sa seule intention était de faire sa demeure de l'une des innombrables cavités obscures du monde souterrain, mais il avait fini par se retrouver à la surface. Et là, rejeté et persécuté ville après ville dans les régions peuplées du sud à cause de ses origines, il avait dirigé ses pas vers la frontière sauvage des Dix-Cités, un creuset de renégats, le dernier avant-poste de l'humanité, où il était au moins toléré.

Peu lui importait que, même en cet endroit, presque tous cherchaient à l'éviter. Il avait trouvé l'amitié du halfelin, des nains, et de la fille adoptive de Bruenor, Catti-Brie.

Et il avait Guenhwyvar à ses côtés.

Il caressa de nouveau le cou musclé du grand fauve et quitta le Plateau de Bremen pour trouver un coin obscur où il pourrait se reposer avant la bataille.

8

LES CHAMPS ENSANGLANTÉS

La horde arriva à l'entrée du Plateau de Bremen juste avant midi. Ils mouraient d'envie d'annoncer leur charge glorieuse avec un chant de guerre, mais ils savaient que la discrétion était essentielle à la réussite du plan de bataille de deBernezan.

Celui-ci fut réconforté par la vue familière des voiles qui ponctuaient les eaux de Maer Dualdon, tandis qu'il trottait aux côtés du roi Haalfdane. La surprise serait totale, croyait-il. Puis, il releva avec une ironie amusée que sur certains des bateaux flottaient déjà les drapeaux rouges annonçant une prise.

— Plus de richesses pour les vainqueurs, siffla-t-il dans sa barbe.

Les barbares n'avaient donc toujours pas entamé leur chant quand la tribu de l'Ours se sépara du gros des troupes et se dirigea vers Termalaine, bien que le nuage de poussière qui marquait leur progression aurait suffi à signaler à un observateur prudent qu'il se passait quelque chose d'inhabituel. Les envahisseurs déferlèrent vers Bryn Shander et poussèrent leur première acclamation quand le fanion de la cité principale fut en vue.

Les forces combinées des quatre villages de Maer Dualdon attendaient, cachées dans Termalaine. Leur objectif était de frapper vite et bien, d'écraser la petite tribu qui attaquait la ville aussi vite que possible avant d'aller à la rescousse de Bryn Shander, coinçant le reste de la horde entre les deux armées. Kemp de Targos était en charge de cette opération, mais il avait concédé le premier tir à Agorwal, porte-parole de la cité menacée.

Des torches embrasaient les bâtiments en bordure de la ville quand l'armée sauvage de Haalfdane se rua à l'intérieur. Termalaine était la deuxième ville la plus peuplée parmi les neuf villages de pêcheurs, juste derrière Targos, mais c'était une ville étendue et dépouillée, dont les maisons s'éparpillaient sur un vaste espace, entrecoupé de larges avenues. La cité avait préservé l'intimité de ses habitants en leur attribuant un minimum d'espace personnel, ce qui lui donnait un air dépeuplé et trompeur quant à l'importance de sa population. Pourtant, deBernezan eut l'impression que les rues étaient inhabituellement désertes. Il fit part de son inquiétude au roi barbare qui se tenait à ses côtés, mais Haalfdane lui assura que les rats qui peuplaient cette ville étaient partis se terrer à l'approche de la tribu de l'Ours.

—Sortez-les de leurs trous et brûlez leurs maisons! hurla le roi barbare. Que les pêcheurs sur le lac entendent les cris de leurs femmes, et qu'ils voient la fumée de leur ville partie en flammes!

Mais alors une flèche se planta avec un bruit sourd dans le torse de Haalfdane, s'enfonçant profondément dans sa chair et lui déchirant le cœur. Le barbare, stupéfait, baissa des yeux horrifiés sur le fût vibrant, incapable d'émettre un dernier cri avant que les ténèbres de la mort se referment sur lui.

Avec son arc en bois de frêne, Agorwal de Termalaine avait réduit au silence le roi de la tribu de l'Ours. Et au signal du tir d'Agorwal, surgirent les quatre armées de Maer Dualdon.

Ils bondirent du haut des toits de chaque édifice, surgirent des allées et des embrasures de chaque rue. Contre l'assaut féroce de cette multitude, les barbares troublés et surpris comprirent immédiatement que la fin de leur combat était proche. Beaucoup furent mis en pièces avant même d'avoir eu le temps de dégainer leurs armes.

Les envahisseurs les plus aguerris réussirent à se rassembler en petits groupes, mais les habitants des Dix-Cités, qui se battaient pour leurs demeures et leurs familles, munis d'armes ensorcelées forgées par les nains, fondirent immédiatement sur eux. Sans peur, ils écrasèrent le reste des envahisseurs sous le poids de leur nombre.

Dans une ruelle à la limite de Termalaine, Régis plongea derrière l'abri d'une petite charrette comme deux barbares passaient non loin de lui. Le halfelin était face à un dilemme personnel : il ne voulait pas qu'on le traite de lâche, mais il n'avait aucune intention de se jeter dans la bataille contre des races bien plus grandes que lui. Quand le danger fut passé, il fit le tour de la charrette et tenta de déterminer sa prochaine action.

Tout à coup, un homme brun – un membre de la milice des Dix-Cités, supposa Régis – pénétra dans la ruelle et aperçut le halfelin. Régis savait qu'il n'était plus temps de se cacher, qu'il lui fallait maintenant faire face.

—Deux de ces racailles viennent de passer par là, lança-t-il résolument au Méridional. Venez avec moi, si nous faisons vite, nous pouvons encore les rattraper!

Mais deBernezan avait d'autres plans. Dans une tentative désespérée de sauver sa propre vie, il avait décidé de se glisser dans une ruelle et d'émerger d'une autre comme un des membres de la force des Dix-Cités. Il avait l'intention de n'épargner aucun témoin de sa traîtrise. Il marcha fermement vers Régis, sa mince épée dégainée.

Régis sentit que quelque chose clochait dans les manières de l'homme qui se rapprochait.

—Qui êtes-vous? demanda-t-il, bien que, d'une certaine façon, il n'attende pas vraiment de réponse.

Il pensait connaître à peu près tout le monde dans la ville, mais il ne croyait pas avoir vu cet homme auparavant. Déjà, il avait le désagréable soupçon que cet homme était le traître que Drizzt avait décrit à Bruenor.

—Comment se fait-il que je ne vous ai pas vu arriver avec les autres tout à l'heur…

DeBernezan dirigea un coup d'épée en direction des yeux du halfelin. Régis, habile et toujours sur ses gardes, réussit à faire un écart pour l'éviter, mais la lame égratigna le coin de sa tête et l'élan de son esquive l'envoya rouler au sol. Avec un sang-froid troublant, l'homme brun se rapprocha encore, imperturbable et indifférent.

Régis lutta pour se remettre sur ses pieds et recula au même rythme que son assaillant, mais il buta alors contre le flanc de la petite charrette. DeBernezan avançait inexorablement. Le halfelin n'avait plus nulle part où s'enfuir.

Aux abois, Régis sortit le rubis qu'il portait en pendentif sous son gilet.

—S'il vous plaît, ne me tuez pas, supplia-t-il, tenant la pierre étincelante par sa chaîne, la laissant se balancer de façon séduisante. Si vous me laissez vivre, je vous donnerai ce joyau et vous montrerai où en trouver de nombreux autres! (Régis fut encouragé par la légère hésitation de deBernezan à la vue de la pierre.) Il est certain qu'il est merveilleusement taillé et qu'il vaut tout l'or du trésor d'un dragon!

DeBernezan avait toujours son épée dégainée, mais Régis comptait les secondes qui passaient et l'homme brun ne cillait pas. La main gauche du halfelin commença à se raffermir, tandis que sa main droite, dissimulée derrière son dos, serrait fermement la poignée de la petite mais lourde masse que Bruenor avait forgée spécialement pour lui.

—Venez, regardez de plus près, suggéra doucement Régis. (DeBernezan, entièrement sous le charme de la pierre scintillante, se plia

en deux pour mieux examiner la danse fascinante de son chatoiement.)
Ce n'est pas vraiment de bonne guerre, déplora Régis à haute voix,
confiant dans le fait que deBernezan était totalement inconscient de ce
qu'il pouvait bien dire à cet instant.

Il assena la boule hérissée de la masse sur l'arrière du crâne de
l'homme penché vers lui.

Régis regarda le résultat de sa sale besogne et haussa distraitement
les épaules. Il avait seulement fait le nécessaire.

Les bruits des combats dans la rue se rapprochèrent de l'allée où
il avait trouvé refuge et le sortirent de sa contemplation. De nouveau, le
halfelin suivit son instinct. Il rampa sous le corps de son ennemi tombé
à terre, puis une fois en dessous, il pivota pour donner l'impression
d'être tombé sous le poids de son ennemi.

Quand il inspecta les dégâts causés par la première attaque de
deBernezan, il fut heureux de voir qu'il n'avait pas perdu son oreille. Il
espérait que sa blessure était suffisamment sérieuse pour rendre crédible
ce simulacre de lutte à mort.

⚔ ⚔ ⚔ ⚔ ⚔

Le gros de la force barbare atteignit la large colline basse au
sommet de laquelle se tenait Bryn Shander sans être conscient de ce
qui était advenu à leurs compagnons à Termalaine. Là encore, ils se
séparèrent, Heafstaag menant la tribu de l'Élan le long du bord oriental
de la colline et Beorg se dirigeant droit sur la cité fortifiée avec le reste
de la horde. Dès lors, ils entonnèrent leur chant de bataille, espérant
décontenancer d'autant plus la population déjà bouleversée et effrayée
des Dix-Cités.

Mais derrière les murailles de Bryn Shander se déroulait une
scène très différente de ce que les barbares imaginaient. L'armée de la
ville ainsi que les forces conjointes de Caer-Konig et de Caer-Dineval
se tenaient là, leurs arcs, lances et marmites d'huile bouillante prêts
pour le combat.

Par un ironique et sinistre coup du sort, la tribu de l'Élan, hors
de vue de la muraille en façade de la ville, poussa une acclamation
quand les premiers cris d'agonie résonnèrent sur la colline, pensant
que les victimes étaient les habitants des Dix-Cités pris par surprise.
Quelques secondes plus tard, comme Heafstaag menait ses hommes
le long de la courbe orientale de la butte, eux aussi se retrouvèrent en
plein désastre. Les armées résolues de Bon-Hydromel et de la Brèche de
Dougan étaient tapies là, et les barbares furent débordés avant même
de savoir ce qui leur tombait dessus.

Après les premiers moments de confusion, cependant, Heafstaag parvint à reprendre le contrôle de la situation. Ses guerriers avaient survécu à de nombreuses batailles, c'étaient des combattants expérimentés qui ne connaissaient pas la peur. Même avec les pertes dues à l'assaut initial, ils n'étaient pas moins nombreux que l'armée qui leur faisait face, et Heafstaag était certain qu'il pouvait rapidement prendre le dessus sur les pêcheurs et mettre ses hommes en position malgré tout.

Mais alors, chargeant par la Route du Levant, l'armée de Havre-du-Levant arriva en criant et fondit sur le flanc gauche de l'armée des barbares. Heafstaag, toujours imperturbable, donna l'ordre à ses hommes de prendre la position adéquate pour se protéger de ce nouvel ennemi quand quatre-vingt-dix nains aguerris et lourdement armés se ruèrent sur leurs arrières. L'armée de nains aux visages sinistres attaqua dans une formation en V emmenée par Bruenor. Ils ouvrirent les rangs de la tribu de l'Élan, balayant les barbares comme une faux coupe l'herbe à ras.

Les barbares combattirent avec courage, et de nombreux pêcheurs moururent sur les versants orientaux de Bryn Shander. Mais la tribu de l'Élan était surpassée en nombre et débordée sur ses flancs : le sang des barbares se déversait en plus grandes quantités que celui de leurs ennemis. Heafstaag faisait des efforts frénétiques pour reformer ses troupes, mais tout semblant de formation et d'ordre se désintégrait autour de lui. Le roi géant comprit avec horreur – et avec honte – que chacun de ses guerriers périrait dans ce champ s'ils ne trouvaient pas le moyen de s'échapper vers la sécurité de la toundra.

Ce fut Heafstaag en personne, lui qui n'avait jamais battu en retraite au combat, qui prit la tête de la fuite désespérée. Accompagné d'autant de guerriers qu'il put en rassembler, il se rua sur le flanc de l'armée des nains, cherchant un passage entre celle-ci et l'armée de Havre-du-Levant. La plupart des barbares furent taillés en morceaux par les lames du peuple de Bruenor, mais quelques-uns parvinrent à quitter la zone encerclée et à détaler vers le Cairn de Kelvin.

Heafstaag parvint à s'extirper de ce goulet, tuant deux nains au passage, mais tout à coup le roi géant fut englouti par une sphère d'impénétrables ténèbres. Il plongea au travers la tête la première, mais quand il émergea en pleine lumière de l'autre côté, il se retrouva face à un elfe noir.

⚔ ⚔ ⚔ ⚔

Bruenor avait déjà sept entailles à rajouter sur le manche de sa hache, et il fonça sur le numéro huit, un adolescent barbare grand et dégingandé. Trop jeune pour avoir de la barbe, il brandissait pourtant l'étendard de la tribu de l'Élan avec l'aplomb d'un combattant expérimenté. Bruenor considéra avec curiosité le regard engageant et le visage paisible du jeune homme alors qu'il se rapprochait de lui. Il fut surpris de ne pas voir ses traits tordus par la soif de sang, révélant plutôt une certaine profondeur. Le nain s'aperçut qu'il déplorait sincèrement le fait de devoir tuer quelqu'un de si jeune et de si peu commun, et sa pitié le fit hésiter quand tous deux engagèrent le combat.

Mais, fidèle à la férocité de ses origines, l'adolescent ne fit pas de sentiments, et l'hésitation de Bruenor lui permit de porter le premier coup. Avec une précision mortelle, il abattit la hampe de son étendard sur la tête de son ennemi, la brisant en deux au passage. L'incroyable puissance du choc bossela le casque de Bruenor et lui fit faire un petit bond en arrière. Aussi robuste que la montagne rocheuse dans laquelle il creusait ses mines, Bruenor mit les mains sur ses hanches et leva des yeux furieux sur le barbare, qui faillit en lâcher son arme, choqué qu'il était que le nain soit encore debout.

— Petit imbécile, grogna Bruenor tandis qu'il balayait les jambes de l'adolescent pour le faire chuter. On t'a jamais dit qu'fallait pas frapper un nain sur la tête ?

Le jeune barbare tenta désespérément de se remettre sur ses pieds, mais Bruenor le frappa au visage avec son bouclier d'acier.

— Huit ! hurla le nain tandis qu'il partait en trombe à la recherche du numéro neuf.

Mais il considéra pendant un moment le jeune homme tombé à terre, en secouant la tête. La perte d'un homme dont le regard comme les prouesses étaient tellement empreints d'intelligence, et qui ressemblait si peu aux féroces natifs de Valbise, était un gâchis irréparable.

⚔ ⚔ ⚔ ⚔ ⚔

La fureur de Heafstaag redoubla quand il reconnut son nouvel adversaire comme étant un drow.

— Chien de sorcier ! rugit-il en levant sa hache énorme vers le ciel.

Tandis qu'il parlait, Drizzt, d'une chiquenaude, auréola de flammes violettes le grand barbare des orteils aux oreilles. Heafstaag hurla d'horreur devant le feu magique, bien que sa peau ne soit pas brûlée par les flammes. Drizzt se jeta sur lui, ses deux cimeterres tournoyants le dardant de coups, trop rapides pour que le roi barbare puisse tous les esquiver.

Son sang dégoulinait de nombreuses blessures légères, mais ce n'était qu'une gêne mineure pour Heafstaag. L'énorme hache s'abattit dans une courbe descendante, et bien que Drizzt parvienne à dévier sa course, l'effort lui laissa le bras gourd. Le barbare balança de nouveau sa hache. Cette fois-ci, Drizzt réussit à rouler hors de portée de son balayage meurtrier et, quand il se releva, ce fut pour voir Heafstaag, déséquilibré par la manœuvre, faire un faux pas et se retrouver exposé à une riposte. Drizzt n'hésita pas, plongeant profondément l'une de ses lames dans le flanc du roi barbare.

Heafstaag poussa un cri de douleur et répliqua d'un coup à revers en représailles. Drizzt pensait lui avoir porté un coup fatal, et sa surprise fut totale quand il vit la tête plate de la hache de Heafstaag s'écraser dans ses côtes et l'envoyer voltiger dans les airs. Le barbare chargea vivement à la suite, désireux d'achever ce dangereux adversaire avant que celui-ci puisse se remettre sur ses pieds.

Mais Drizzt était aussi agile qu'un chat. Il atterrit au sol dans une roulade et se releva pour faire face à l'assaut de Heafstaag, l'un de ses cimeterres fermement pointé en avant. Sa hache perchée au-dessus de la tête ne pouvant lui être d'aucune aide, le barbare piégé ne put freiner son élan suffisamment tôt pour éviter de s'empaler le ventre sur la pointe cruelle de la lame. Il jeta pourtant un regard furieux au drow et commença à balancer sa hache. Déjà convaincu de la force surhumaine du barbare, Drizzt était resté sur ses gardes cette fois-ci. Il planta sa deuxième lame juste en dessous de la première, ouvrant le bas de l'abdomen de Heafstaag d'une hanche à l'autre.

La hache de Heafstaag tomba au sol, inoffensive, comme il portait la main à sa blessure dans une tentative désespérée d'empêcher ses entrailles de se répandre. Son énorme tête pendante roulait d'un côté à l'autre, tout commença à tourner autour de lui, et il se sentit tomber dans un puits sans fond.

Plusieurs autres barbares, poursuivis par des nains déchaînés, arrivèrent à ce moment-là et se saisirent de leur roi avant qu'il touche le sol. Leur dévouement envers Heafstaag était tel que deux d'entre eux le soulevèrent et l'emmenèrent au loin, tandis que les autres firent front devant la marée de nains qui arrivait sur eux, sachant qu'ils seraient taillés en pièces, mais espérant laisser à leurs compagnons suffisamment de temps pour mettre leur roi à l'abri.

Drizzt roula au sol pour s'éloigner des barbares et bondit sur ses pieds pour prendre en chasse les deux hommes qui portaient Heafstaag. Il avait le sentiment écœurant que le terrible roi pourrait survivre, même à cette dernière blessure gravissime, et il était déterminé à en finir. Mais quand il se releva, il eut lui aussi l'impression que tout se mettait à tourner autour de lui. Le pan de sa cape était maculé de son propre sang, et il eut brusquement du mal à reprendre son souffle. Le soleil éclatant de midi brûlait ses yeux nocturnes, et il était trempé de sueur.

Drizzt s'effondra dans les ténèbres.

Les trois armées qui attendaient derrière les murs de Bryn Shander s'étaient rapidement débarrassées du premier rang des envahisseurs, avant de repousser les barbares subsistants à mi-chemin de la colline. Imperturbable et pensant que le temps jouerait en sa faveur, la horde féroce s'était regroupée autour de Beorg et avait commencé à revenir vers la ville dans une marche ferme et prudente.

Quand les barbares entendirent arriver la charge qui gravissait la pente orientale, ils supposèrent que Heafstaag avait fini sa bataille de l'autre côté de la colline et qu'il était de retour pour les aider à faire une entrée fracassante dans la cité. Puis Beorg aperçut des barbares qui fuyaient vers le nord par Colbise, l'étendue de terre qui faisait face au Plateau de Bremen, entre le lac Dinneshere et le versant occidental du Cairn de Kelvin. Le roi de la tribu du Loup savait que les siens étaient en péril. Sans donner aucune explication en dehors de la promesse d'enfoncer la pointe de sa lance dans quiconque discuterait ses ordres, Beorg commença à détourner ses hommes pour les mener loin de la cité, espérant se regrouper avec Haalfdane et la tribu de l'Ours pour sauver autant de ses hommes que possible.

Avant même d'avoir pu complètement renverser le sens de la marche, il constata que Kemp et les quatre armées de Maer Dualdon se trouvaient derrière lui, leurs rangs à peine éclaircis par le massacre de Termalaine. Les armées de Bryn Shander, Caer-Konig, et Caer-Dineval apparurent devant le mur de la ville, et Bruenor arriva sur le côté de la colline, menant le clan des nains et les trois dernières armées des Dix-Cités.

Beorg ordonna à ses hommes de former un cercle serré.

— Tempus nous regarde, leur hurla-t-il. Faites en sorte qu'il soit fier de son peuple !

Il restait près de huit cents barbares, et ils combattaient avec la conviction d'être bénis par leur dieu. Ils tinrent leur formation pendant presque une heure, chantant et trépassant, avant que leurs rangs se disloquent et que le chaos s'abatte sur eux.

Ils furent moins de cinquante à s'en tirer vivants.

Après que les dernières frappes eurent enfin été portées, les guerriers des Dix-Cités, épuisés, s'attelèrent à la tâche sinistre de trier leurs morts. Plus de cinq cents de leurs compagnons avaient été tués et deux cents de plus finiraient par mourir de leurs blessures, pourtant le bilan n'était pas si lourd si l'on considérait les deux mille barbares étendus morts dans les rues de Termalaine et sur les pentes de Bryn Shander.

Plusieurs héros étaient nés ce jour-là, et Bruenor, bien que pressé de repartir sur les champs de bataille orientaux à la recherche des compagnons qui manquaient à l'appel, marqua une longue pause quand le dernier d'entre eux fut porté triomphalement en haut de la colline jusqu'à Bryn Shander.

— Ventre-à-Pattes ? s'exclama le nain.

— Mon nom c'est Régis, rétorqua le halfelin du haut de son perchoir, croisant fièrement les bras sur sa poitrine.

— Respect, mon bon nain, dit l'un des hommes qui portaient Régis. En combat singulier, le porte-parole de Bois Isolé a tué le traître qui avait déchaîné cette horde sur nous, et ce, bien qu'il ait été cruellement blessé lors du combat !

Bruenor eut un gloussement amusé tandis que la procession le dépassait.

— Y a plus à dire sur c'te histoire que c'qu'en a été dit, j'en prends l'pari, gloussa-t-il à l'attention de ses amis tout aussi amusés que lui. Ou j'suis un gnome barbu !

⚔ ⚔ ⚔ ⚔

Kemp de Targos et l'un de ses lieutenants furent les premiers à arriver près de la silhouette étendue de Drizzt Do'Urden. Kemp donna de petits coups de pied à l'elfe noir du bout de sa botte maculée de sang, n'obtenant en guise de réponse qu'un gémissement à peine conscient.

— Il est vivant, dit Kemp à son lieutenant avec un sourire amusé. C'est dommage.

Il donna un nouveau coup de pied au drow blessé, cette fois avec plus d'enthousiasme. Son compagnon eut un rire approbateur et releva lui aussi son pied, s'apprêtant à porter un coup pour se joindre au jeu.

Tout à coup, un poing recouvert d'une cotte de mailles s'abattit sur les reins de Kemp, avec assez de force pour faire voltiger le porte-parole au-dessus de Drizzt et l'envoyer rebondir sur la pente raide de la colline. Son lieutenant se retourna d'un coup, se baissant juste assez pour recevoir le second coup de Bruenor en plein dans la figure.

— Et un pour toi aussi ! grommela le nain furieux quand il sentit le nez de l'homme se fracasser sous l'impact.

Cassius de Bryn Shander, qui avait vu l'incident des hauteurs de la colline, poussa un cri de rage et se rua sur la pente en direction de Bruenor.

— Tu devrais prendre des leçons en matière de diplomatie ! le sermonna-t-il.

— Reste où t'es, fils de cochon des marais ! répondit d'un ton menaçant Bruenor. Vous d'vez vos fichues vies et vos saletés d'pénates au drow, hurla-t-il à quiconque pouvait l'entendre, et vous l'traitez comme un chien !

— Prends garde à tes paroles, le nain ! rétorqua Cassius, saisissant la garde de son épée non sans hésitation.

Les nains s'alignèrent en cercle autour de leur chef, et les hommes de Cassius se rassemblèrent autour de lui.

Puis une troisième voix s'éleva avec clarté.

— Prends garde à tes propres paroles, Cassius, avertit Agorwal de Termalaine. J'aurais fait la même chose à Kemp si j'avais eu le courage de ce nain ! (Il montra le nord du doigt.) Le ciel est dégagé, cria-t-il. Mais si le drow n'avait pas été là, il serait envahi par la fumée de Termalaine en flammes !

Le porte-parole de Termalaine et ses compagnons s'avancèrent pour rejoindre les rangs des nains. Deux d'entre eux relevèrent Drizzt du sol avec ménagement.

— Ne crains rien pour ton ami, vaillant nain, dit Agorwal. On prendra bien soin de lui dans ma cité. Plus jamais, au grand jamais, ni moi, ni mes concitoyens de Termalaine ne le jugerons à cause de sa couleur de peau et de la réputation de ses semblables !

Cassius était fou de rage.

— Que tes soldats quittent les terres de Bryn Shander, sinon…! cria-t-il à Agorwal, en vain, car les hommes de Termalaine étaient déjà en train de partir.

Satisfait que le drow soit entre de bonnes mains, Bruenor et son clan continuèrent leurs recherches sur le champ de bataille.

— Je n'oublierai pas ça ! lui cria Kemp, loin en contrebas de la colline.

Bruenor cracha dans la direction du porte-parole de Targos et se remit en route, inébranlable.

Et c'est ainsi que l'alliance entre les peuples des Dix-Cités ne dura pas plus longtemps que leur ennemi commun.

Épilogue

Parcourant la colline, les pêcheurs des Dix-Cités allaient d'un ennemi à l'autre, pillant les quelques richesses que possédaient les barbares et achevant d'un coup d'épée les malheureux qui n'étaient pas tout à fait morts.

Pourtant, au milieu de ce carnage, un soupçon de pitié était sur le point d'éclore. Un habitant de Bon-Hydromel retourna sur le dos la forme molle d'un jeune barbare inanimé, se préparant à l'achever avec son poignard. Bruenor tomba sur eux à ce moment-là par hasard et, reconnaissant le jeune homme comme étant le porteur d'étendard qui avait bosselé son casque, il retint le coup du pêcheur.

— Le tue pas. C'est jamais qu'un jeunot, et il pouvait pas vraiment piger c'que son peuple et lui f'saient.

— Bah ! s'offusqua le pêcheur. Quelle pitié auraient eue ces chiens envers les nôtres d'enfants, je te le demande ? Il a déjà un pied dans la tombe, de toute façon.

— J'te demande quand même d'le laisser ! gronda Bruenor, faisant rebondir sa hache contre son épaule avec impatience. En fait, j'insiste !

Le pêcheur se renfrogna en réponse aux sourcils froncés du nain, mais il avait été témoin de l'efficacité de Bruenor au combat et pensait qu'il valait mieux éviter de le pousser à bout. Avec un soupir dégoûté, il s'éloigna sur la colline pour trouver des victimes moins bien protégées.

Le jeune homme remua sur l'herbe en poussant un gémissement.

— T'as donc encore une étincelle de vie, dit Bruenor. (Il se mit à genoux à côté de la tête de l'adolescent et la souleva par les cheveux pour croiser son regard.) Entendons-nous bien, mon garçon. J'viens d'te sauver la vie, là – pourquoi, j'en sais trop rien –, mais crois pas qu'les gens des Dix-Cités t'aient pardonné. Je veux qu'tu voies la désolation qu'ton peuple a semée. Peut-être que t'as la tuerie dans l'sang, et si c'est l'cas, alors qu'la lame du pêcheur t'achève ici et maintenant ! Mais j'ai l'impression qu'tu vaux mieux qu'ça, et t'auras l'temps d'me prouver que j'ai raison. Tu vas m'servir, moi et mes hommes, pendant cinq ans et un jour dans nos mines, pour prouver qu'tu mérites de vivre et d'être libre. (Bruenor vit que l'adolescent avait de nouveau perdu connaissance.) T'en fais pas, murmura-t-il. Tu m'comprendras bien avant qu't'en aies fini, sois-en bien sûr!

Il était sur le point de laisser retomber la tête du jeune homme mais, au lieu de cela, il la déposa sur l'herbe avec ménagement.

Les témoins du spectacle du nain bourru en train de montrer de la compassion envers le jeune barbare furent vraiment surpris, mais aucun d'entre eux ne pouvait deviner ce que cette scène allait impliquer. Bruenor lui-même, à cause de tous ses *a priori* sur la réputation des barbares, n'aurait pu prédire que ce jeune homme, Wulfgar, deviendrait celui qui donnerait un nouveau visage à cette région rude de la toundra.

⚔ ⚔ ⚔ ⚔ ⚔

Loin au sud, au sein d'un large col parmi les pics imposants de l'Épine dorsale du Monde, Akar Kessell se languissait dans la vie facile que Crenshinibon lui avait assurée. Ses esclaves gobelins avaient encore capturé une femme d'une caravane marchande pour son agrément, mais, à cet instant, son regard était attiré par quelque chose d'autre. Par de la fumée, qui s'élevait dans le ciel dégagé au-dessus des Dix-Cités.

Des barbares, devina Kessell.

Il avait entendu des rumeurs comme quoi les tribus étaient en train de se rassembler quand les sorciers de Luskan et lui-même avaient visité Havre-du-Levant. Mais cela n'avait pas d'importance pour lui, et pourquoi cela en aurait-il eu? Il avait tout ce dont il avait besoin ici même à Cryshal-Tirith et n'avait nulle envie de quitter les lieux.

Nulle envie qui soit forgée par son propre esprit.

Crenshinibon était une relique véritablement dotée d'une vie propre par sa magie, et sa vie consistait à conquérir et à commander. L'Éclat de cristal ne se satisfaisait pas de cette existence dans une chaîne de montagnes désolée, où les seuls serviteurs étaient de modestes gobelins. Il voulait plus que cela. Il voulait le pouvoir.

Les réminiscences des Dix-Cités qui avaient envahi l'esprit de Kessell quand il avait aperçu la colonne de fumée avaient attisé la soif de la relique, elle utilisa donc encore le pouvoir de suggestion qu'elle avait sur lui.

Une image se greffa brusquement sur les aspirations les plus profondes du sorcier. Il se vit assis sur le trône de Bryn Shander, incommensurablement riche, et estimé par l'ensemble de sa cour. Il imagina la réaction de la Tour des Arcanes à Luskan quand les sorciers qui s'y trouvaient, Eldeluc et Dendybar en particulier, entendraient parler d'Akar Kessell, Seigneur des Dix-Cités et Maître de tout Valbise! Lui offriraient-ils alors une toge dans leur ordre dérisoire?

Même si Kessell appréciait pleinement l'existence tranquille qu'il s'était créée, il trouvait l'idée attrayante. Il laissa son esprit s'égarer, explorant les chemins qui s'offraient à lui pour atteindre un objectif aussi ambitieux.

Il élimina l'idée de dominer mentalement les pêcheurs comme il l'avait fait avec la tribu de gobelins, car même le plus stupide d'entre eux avait résisté un bon moment à sa volonté. Et quand l'un d'eux parvenait à s'éloigner des abords immédiats de la tour, il retrouvait alors la capacité de déterminer ses propres actes et s'enfuyait dans les montagnes. Non, la simple domination mentale ne fonctionnerait pas avec les humains.

Kessell envisagea d'utiliser le pouvoir qu'il sentait palpiter au cœur de l'édifice de Cryshal-Tirith, des forces de destruction au-delà de tout ce dont il avait pu entendre parler, même à la Tour des Arcanes. Cela l'aiderait, mais ne suffirait pas. Même la puissance de Crenshinibon était limitée, nécessitant de longues périodes d'exposition au soleil afin de rassembler de nouvelles forces pour remplacer l'énergie utilisée. De plus, il y avait dans les Dix-Cités beaucoup trop d'habitants bien trop éparpillés pour les renfermer dans la même sphère d'influence, et Kessell ne voulait pas tous les exterminer. Les gobelins étaient pratiques, mais il tardait au sorcier de voir des humains s'incliner devant lui, de vrais hommes comme ceux qui l'avaient persécuté tout au long de sa vie.

Pour tout ce qu'il avait vécu auparavant, il avait mérité le cristal.

Finalement, ses cogitations le menèrent inévitablement à une même conclusion : il aurait besoin d'une armée.

Il considéra les gobelins qu'il commandait pour l'instant. Fanatiquement dévoués au moindre de ses vœux, ils mourraient volontiers pour lui (en fait, plusieurs étaient déjà morts). Pourtant, eux-mêmes étaient loin d'être assez nombreux pour engloutir la vaste région des trois lacs.

Puis, il vint au sorcier une pensée diabolique, de nouveau insinuée dans son esprit par l'Éclat de cristal.

— Combien de grottes et de cavernes y a-t-il dans cette chaîne de montagnes vaste et accidentée, s'écria-t-il. Et combien de gobelins, d'ogres, de trolls et même de géants peuvent-elles bien abriter ?

Les prémices d'une vision retorse prirent forme dans son esprit. Il se vit à la tête d'une énorme armée de géants et de gobelins ratissant les plaines, imbattable et irrésistible.

Comme il ferait trembler les hommes !

Il se rallongea sur un coussin moelleux et fit appeler la nouvelle fille du harem. Il avait un nouveau jeu en tête, une idée qui lui était venue dans l'un de ses rêves étranges ; il contraindrait la jeune femme à supplier et à gémir, et finalement, à mourir. Le sorcier décida cependant qu'il envisagerait sérieusement la possibilité de régner sur les Dix-Cités qui venait de s'ouvrir largement devant lui. Mais il était inutile de se presser ; il avait le temps. Les gobelins pourraient toujours lui trouver un nouveau jouet.

Crenshinibon semblait lui aussi être en paix. Il avait semé une graine dans l'esprit de Kessell, graine qui, il le savait, allait germer en plan de conquête. Mais comme Kessell, la relique n'avait aucun besoin de se précipiter.

L'Éclat de cristal avait attendu dix mille ans avant de retourner à la vie et d'avoir l'occasion de faire étinceler son pouvoir de nouveau. Il pouvait attendre encore un peu.

Deuxième partie

Wulfgar

Tradition

L a prononciation même du mot évoque une idée de gravité et de solennité. La tradition. « *Suuz'chok* » dans la langue des drows, et là aussi, et dans chaque langue que j'ai entendue, le mot roule sur la langue avec un poids et une puissance formidable.

La tradition. C'est le fondement de ce que nous sommes, le lien avec notre patrimoine, le rappel du fait qu'en tant que peuple, si ce n'est en tant qu'individu, nous traverserons les âges. Pour beaucoup de gens et de nombreuses sociétés, la tradition est le pilier de la société et de la loi, un trait d'identité durable qui prohibe les revendications antagonistes du hors-la-loi ou la mauvaise conduite du renégat. C'est ce qui fait profondément écho dans nos cœurs, nos esprits et nos âmes et qui nous rappelle qui nous sommes en affirmant qui nous étions. Pour beaucoup, c'est même bien plus qu'une loi ; c'est une religion, qui guide la foi comme elle guide la moralité et la société. Pour beaucoup, la tradition est elle-même un lieu, aux rituels anciens et aux textes sacrés, griffonnés sur des parchemins illisibles jaunis par l'âge ou ciselés sur des roches éternelles. Pour beaucoup, la tradition est tout. Personnellement, je la vois comme une épée à double tranchant, qui tranche même plus profondément dans le sens de l'erreur.

J'ai vu la tradition à l'œuvre à Menzoberranzan, le sacrifice rituel du troisième enfant mâle (ce qui fut presque mon propre destin), les mécanismes des trois écoles des drows. La tradition a justifié les avances de ma sœur lors de la cérémonie de fin d'études à Melee-Magthere et m'a dénié toute possibilité de revendication envers cette célébration maudite. La tradition tient les Matrones sous sa coupe, limitant les perspectives de tout mâle. Même les guerres cruelles de Menzoberranzan, Maison contre Maison, sont enracinées dans la tradition, justifiées par le fait qu'il en a toujours été ainsi.

De tels défauts ne sont pas l'apanage des drows. Souvent, je vais m'asseoir sur la face nord du Cairn de Kelvin pour contempler la toundra déserte et les lumières clignotantes des feux de camp des immenses campements barbares. Là aussi se trouve un peuple entièrement consumé par la tradition, un peuple qui s'accroche à des codes anciens et à des usages qui leur ont autrefois permis de survivre sur des terres inhospitalières, mais qui de nos jours les entravent autant qu'ils les soutiennent, si ce n'est plus. Les barbares de Valbise suivent les troupeaux de caribous d'un bout à l'autre de la vallée. Il fut une époque, depuis longtemps révolue, où c'était la seule façon de survivre dans ces contrées, mais leur existence ne serait-elle pas plus simple si seulement ils commerçaient avec la population des Dix-Cités, offrant des peaux et de la bonne viande de gibier en échange de matériaux plus durs, rapportés du Sud, qui leur permettraient de se construire des demeures permanentes ?

Il fut une époque, depuis longtemps révolue, avant qu'une civilisation digne de ce nom parvienne si loin dans le nord, où les barbares refusaient de parler, ou même de tolérer qui que ce soit d'autre au sein de Valbise, les différentes tribus ne s'alliant que pour chasser les intrus. Dans ces temps anciens, tout nouveau venu devenait inévitablement un rival pour la maigre viande et les rares autres vivres ; cette xénophobie était alors nécessaire à une survie primaire.

Les pêcheurs des Dix-Cités, avec leurs techniques de pêche perfectionnées et leur fructueux commerce avec Luskan, ne sont en rien rivaux des barbares – je crois bien que la plupart d'entre eux n'ont même jamais mangé de gibier. Et pourtant, la tradition exige des barbares qu'ils n'établissent aucune relation amicale avec leurs voisins, et bien sûr qu'ils leur fassent fréquemment la guerre.

La tradition.

Avec quelle gravité résonne ce mot ! Le pouvoir qu'il dégage ! Si la tradition nous enracine, nous fonde et nous donne espoir parce qu'elle nous rappelle qui nous sommes, elle peut aussi semer la destruction et être un obstacle au changement.

Je ne prétendrais jamais comprendre suffisamment les autres peuples pour exiger d'eux qu'ils changent leurs traditions, cependant, il me semble insensé de rester inflexiblement fidèle à ces mœurs et à ces usages sans égard pour les changements qui ont eu lieu dans le monde qui nous entoure.

Car ce monde est en constante évolution, mû par les avancées technologiques et magiques, par les grandeurs et les décadences des populations, et même par le mélange des races, comme dans les communautés demi-elfes. Le monde n'est pas statique, et si les traditions, qui sont à la base de la perception que nous en avons, n'évoluent pas, cela nous condamnera, je pense, à subir un dogme destructeur.

Alors, nous tomberons sous la lame la plus noire de cette épée à double tranchant.

Drizzt Do'Urden

9

LE P'TIT DEVIENT GRAND

Régis s'allongea paresseusement contre le tronc de son arbre préféré et savoura un bâillement interminable, ses fossettes de chérubin baignées par le vif rayon de soleil qui parvenait à percer à travers l'épais enchevêtrement de branches. Sa canne à pêche s'élevait dans les airs à côté de lui, bien que son hameçon ait été depuis longtemps nettoyé de tout appât. Régis attrapait rarement du poisson, mais il se félicitait de ne jamais gaspiller plus d'un vers.

Il était venu là tous les jours depuis son retour à Bois Isolé. Il passait maintenant les hivers à Bryn Shander, appréciant la compagnie de son bon ami Cassius. La cité sur la colline ne soutenait pas la comparaison avec Portcalim, mais le palace du porte-parole était, dans tout Valbise, ce qui se rapprochait le plus de l'opulence. Régis se trouvait plutôt malin d'avoir persuadé Cassius de l'inviter à passer le rude hiver là-bas.

Une brise fraîche souffla en provenance de Maer Dualdon, déclenchant le soupir ravi du halfelin. Bien que la moitié de kythorn soit déjà passée, c'était la première journée chaude de cette courte saison, et Régis était déterminé à en profiter. Pour la première fois depuis plus d'un an, il était sorti avant midi, et il avait pour projet de rester à cet endroit, d'enlever ses vêtements, et de laisser le soleil pénétrer de sa chaleur chaque centimètre de son corps jusqu'à la dernière lueur rougeoyante du crépuscule.

Un cri furieux sur le lac attira son attention. Il releva la tête et ouvrit à moitié l'une de ses paupières lourdes. La première chose qu'il remarqua, à sa profonde satisfaction, fut que sa bedaine s'était considérablement arrondie pendant l'hiver, et sous cet angle, allongé à plat sur le dos, il ne pouvait voir que le bout de ses orteils.

Au milieu de l'eau, quatre bateaux (deux de Termalaine et deux de Targos) manœuvraient autour d'un coin de pêche : ils couraient l'un après l'autre, enchaînant bordées et brusques virages, tandis que leurs marins maudissaient et crachaient sur les bateaux arborant le drapeau de l'autre ville. Cela faisait quatre ans et demi, depuis la bataille de Bryn Shander, que les deux cités étaient pratiquement en guerre. Bien que leurs luttes soient le plus souvent menées à coups de poing et à renforts d'insultes plutôt que l'arme à la main, plus d'un bateau avait été percuté, entraîné sur les rochers ou poussé vers les eaux peu profondes de la berge.

Régis haussa les épaules avec impuissance et reposa la tête sur son gilet plié. Rien n'avait beaucoup changé ces dernières années du côté des Dix-Cités. Régis et quelques-uns des autres porte-parole avaient entretenu le vif espoir qu'une communauté unie était possible, malgré la querelle animée entre Kemp de Targos et Agorwal de Termalaine au sujet du drow.

Même sur les rives du lac opposé, l'accalmie avait été de courte durée entre les rivaux de longue date. La trêve entre Caer-Dineval et Caer-Konig n'avait duré que jusqu'à ce que l'un des navires de Caer-Dineval fasse une prise d'un mètre cinquante, précieuse et rare, et ce sur la partie du lac Dinneshere que Caer-Konig lui avait cédée en compensation du territoire perdu suite à l'expansion de la flotte de Havre-du-Levant.

De plus, Bon-Hydromel et la Brèche de Dougan, les villes les plus modestes et farouchement indépendantes du lac méridional d'Eaux-Rouges, avaient impudemment réclamé une compensation à Bryn Shander et Termalaine. Ils avaient subi de lourdes pertes dans la bataille sur les pentes de Bryn Shander, bien qu'ils n'aient jamais considéré que cette affaire les concerne en quoi que ce soit. Ils en avaient déduit que les deux villes qui avaient le plus bénéficié de l'effort commun devaient en payer le prix. Les villages septentrionaux, bien sûr, hésitèrent devant cette requête. Et ainsi, la leçon que tous auraient pu tirer des avantages de cette unification resta vaine. Les dix communautés demeurèrent aussi divisées que par le passé.

En vérité, le village qui avait le plus profité de ce combat était Bois Isolé. La population globale des Dix-Cités n'avait pas connu une grande évolution. De nombreux aspirants à la fortune – ou des vauriens en fuite – continuèrent à se propager dans la région, mais beaucoup se firent tuer ou repartirent vers le sud, découragés par les conditions brutales de la région.

Bois Isolé, cependant, s'était considérablement développé. Maer Dualdon, avec son rendement régulier de truites-sans-cervelle, restait le lac le plus productif des trois. Entre Termalaine et Targos toujours en lutte, et Bremen qui était le théâtre de fréquentes inondations, Bois Isolé apparaissait comme la plus séduisante des quatre localités. Les membres de la petite communauté avaient même lancé une campagne pour attirer les nouveaux venus, vantant Bois Isolé comme étant « La demeure du Héros Halfelin », et comme le seul endroit ombragé par des arbres à plus de cent kilomètres à la ronde.

Régis avait abandonné le poste de porte-parole peu de temps après la bataille, une décision à laquelle il était arrivé en même temps que les habitants de la ville. En pleine expansion, Bois Isolé tenait à se débarrasser de sa réputation de creuset de renégats ; la ville avait donc besoin de quelqu'un de plus offensif au conseil. Et Régis souhaitait tout simplement ne plus être importuné par cette responsabilité.

Bien sûr, le halfelin avait trouvé le moyen de transformer sa gloire en profit. Chaque nouvel arrivant dans la ville devait reverser une partie de ses premières prises pour avoir le droit d'arborer l'étendard de Bois Isolé, et Régis avait persuadé le nouveau porte-parole et les autres chefs de la ville de lui attribuer une partie de cette rémunération, étant donné que son nom avait été utilisé pour faire venir de nouveaux habitants.

Le halfelin arborait un large sourire chaque fois qu'il pensait à sa bonne fortune. Il passait des jours paisibles, allant et venant à son gré, se contentant généralement de s'allonger contre le tronc moussu de son arbre favori, mettant une unique ligne à l'eau et laissant la journée s'écouler.

Sa vie avait pris un tour agréable, car le seul travail qu'il effectuait à présent était de graver l'ivoire. Ses œuvres faites à la main avaient vu leur valeur multipliée par dix, un prix relevé en partie grâce à la renommée somme toute modeste du halfelin, mais plus encore parce qu'il avait persuadé des connaisseurs en visite à Bryn Shander que sa « patte » unique, son style et sa taille donnaient à ses gravures sur ivoire une valeur esthétique et artistique toute particulière.

Régis caressa le rubis qui reposait sur sa poitrine nue. Il lui semblait pouvoir « persuader » à peu près n'importe qui d'à peu près n'importe quoi ces jours-ci.

⚔ ⚔ ⚔ ⚔ ⚔

Le marteau tintait avec fracas sur le métal rougeoyant. Des étincelles jaillissaient de l'estrade où se trouvait l'enclume dans un arc incandescent, avant d'aller mourir dans l'obscurité de la grotte. Le lourd marteau s'abattait encore et encore, aisément dirigé par un bras énorme et musclé.

Dans la petite pièce surchauffée, le forgeron ne portait qu'un pantalon et un tablier de cuir noué autour de la taille. Il luisait de sueur dans le rougeoiement orangé de la forge, de noires traînées de

103

suie noircissant le creux de ses muscles, ses larges épaules et son torse. Ses mouvements rythmés et inlassables étaient empreints d'une telle aisance qu'ils semblaient presque surnaturels, comme s'il était le dieu qui avait forgé le monde avant l'arrivée de l'homme mortel.

Un sourire approbateur s'élargit sur son visage quand il sentit la rigidité de l'acier s'atténuer un peu sous la force de ses coups. Jamais auparavant il n'avait senti une telle force dans le métal. Cette force le poussait aux limites de sa propre résistance, et quand il parvint enfin à prendre le dessus, il fut parcouru d'un tressaillement aussi excitant que le frisson de la bataille.

— Bruenor sera content.

Wulfgar s'interrompit un moment et réfléchit à ce qu'impliquaient ses pensées, souriant malgré lui quand il se souvint du premier jour qu'il avait passé dans les mines des nains. Quel jeune homme entêté et ombrageux il avait été alors, privé de son droit à mourir sur le champ d'honneur par un nain grognon qui justifiait sa compassion inopportune en la qualifiant de « bonne affaire ».

C'était le cinquième et dernier printemps qu'il passait au service des nains, dans des tunnels qui le forçaient à voûter en permanence ses deux mètres quinze. Il lui tardait de retrouver la liberté de la toundra à ciel ouvert, où il pourrait étirer les bras vers la chaleur du soleil ou vers l'insaisissable lune. Il pourrait aussi s'allonger à plat sur le dos sans plier les jambes, chatouillé par la morsure glacée du vent incessant, l'esprit envahi de visions mystiques et d'horizons inconnus à la vue des étoiles cristallines.

Et pourtant, malgré tous ces inconvénients, Wulfgar devait bien admettre que les courants d'air chauds et le fracas permanent des installations des nains lui manqueraient. Lors de sa première année de servitude, il s'était raccroché au code brutal de son peuple (qui définissait la capture comme une disgrâce), récitant le chant de Tempus comme une litanie stimulante pour résister à la faiblesse qui s'insinuait en lui en compagnie de ces Méridionaux doux et civilisés.

Mais Bruenor était aussi solide que le métal qu'il martelait. Le nain confessait sans honte le peu d'amour qu'il portait à la guerre, mais il balançait sa hache (qui avait autant d'entailles que lui de victimes) avec une précision mortelle, et il encaissait des coups qui abattraient un ogre.

Dans les premiers jours de leur relation, le nain avait été une énigme pour Wulfgar. Le jeune barbare était contraint de faire preuve d'un certain respect à l'égard de Bruenor, car le nain l'avait vaincu sur le champ d'honneur. Même à ce moment-là, alors qu'ils étaient clairement définis par les lignes de combat comme deux ennemis, Wulfgar avait distingué une profonde lueur d'affection dans les yeux du nain, qui l'avait troublé. Son peuple et lui-même étaient venus là pour piller les Dix-Cités, mais l'attitude de Bruenor ressemblait plus à celle d'un père sévère qu'à celle du maître envers son esclave. Toutefois, Wulfgar n'oubliait jamais son rang au sein des mines, car Bruenor était souvent bourru et insultant à son égard, le chargeant de tâches subalternes, parfois avilissantes.

La colère de Wulfgar s'était dissipée au fil des mois. Il en était venu à accepter stoïquement sa pénitence, suivant les ordres de Bruenor sans discuter ni se plaindre. Petit à petit, sa situation s'était améliorée.

Bruenor lui avait enseigné l'art de la forge, et plus tard, il lui avait appris à travailler le métal pour en faire des armes et des outils de qualité. Finalement, un jour que Wulfgar n'oublierait jamais, il lui avait été attribué sa propre forge et son enclume personnelle où il pouvait travailler en solitaire et sans contrôle – bien que Bruenor pointe souvent son nez pour se plaindre d'une frappe défectueuse ou pour débiter quelques instructions. Plus encore que la liberté relative dont il bénéficiait, le petit atelier avait restauré la fierté de Wulfgar. Il s'appropria le marteau de forge dès sa première frappe, remplaçant le stoïcisme méthodique du domestique par la ferveur et la minutie du forgeron. Le barbare se prit à s'inquiéter de la plus petite bavure, reprenant parfois entièrement certaines pièces pour corriger une légère imperfection. Wulfgar était ravi de ce nouvel d'état d'esprit, le voyant comme un attribut qui lui serait bien utile à l'avenir, bien qu'il ne sache pas encore comment.

Bruenor appelait cela du *caractère*.

Ce travail porta également ses fruits au niveau de son physique. Fendre les pierres et marteler le métal avait fait saillir les muscles du barbare, redéfinissant la silhouette dégingandée de son adolescence : il avait gagné en corpulence et il était maintenant d'une force incomparable. Il possédait également une grande endurance, car le rythme des nains infatigables avait fortifié son cœur et poussé ses poumons au-delà de leurs limites.

Wulfgar se mordit la lèvre avec honte en se rappelant avec une acuité frappante sa première pensée consciente après la bataille de Bryn Shander. Il avait fait le serment de rendre la monnaie de sa pièce à Bruenor par le sang dès qu'il en aurait fini de son temps de servitude. Il comprenait maintenant, à sa propre stupéfaction, qu'il était devenu un homme meilleur sous le tutorat de Bruenor Marteaudeguerre, et que la simple pensée de lever une arme contre lui l'écœurait.

Il transforma son émotion soudaine en mouvement, frappant l'acier de son marteau, aplatissant encore et encore sa pointe incroyablement dure dans ce qui ressemblait à une lame. Cette pièce ferait une bonne épée.

Bruenor serait content.

10

Les ténèbres s'amoncellent

L'orque Torga faisait face au gobelin Crock avec une satisfaction non dissimulée. Leurs tribus respectives étaient en guerre depuis des années, depuis aussi longtemps que pouvaient s'en souvenir leurs membres. Ils partageaient une vallée de l'Épine dorsale du Monde et se disputaient territoire et nourriture avec la brutalité typique de leurs races.

Et ils se trouvaient maintenant face à face, sans avoir dégainé leurs armes, contraints de se rendre en cet endroit par une force encore plus grande que la haine qu'ils se portaient. N'importe où ailleurs, dans n'importe quelle autre circonstance, les tribus n'auraient jamais pu être aussi proches l'une de l'autre sans s'engager dans une bataille féroce. Mais à présent, ils devaient se contenter de menaces stériles et de regards furieux, car il leur avait été ordonné de mettre leurs différences de côté.

Torga et Crock se tournèrent et marchèrent côte à côte vers l'édifice qui abritait celui qui deviendrait leur maître.

Ils entrèrent dans Cryshal-Tirith et se retrouvèrent devant Akar Kessell.

⚔ ⚔ ⚔ ⚔ ⚔

Deux tribus supplémentaires avaient rejoint les rangs de son armée grandissante. Partout sur le plateau qui abritait la tour flottaient les étendards de nombreux clans : les gobelins de la Lance Vrillante, les orques de la Lacération, ceux de la Langue Tranchée et beaucoup d'autres, tous venus pour servir le maître. Kessell avait même réussi à faire venir un important clan d'ogres, et une quarantaine de verbeegs renégats, les plus petits des géants, mais des géants tout de même.

Mais sa réussite la plus éclatante était le recrutement d'un groupe de géants du givre qui s'étaient égarés par là et dont le seul souhait était de satisfaire le porteur de Crenshinibon.

Kessell avait largement profité de sa vie à Cryshal-Tirith, où chacun de ses caprices avait été docilement satisfait par la première tribu de gobelins qu'il avait rencontrée. Les gobelins avaient même réussi un raid sur une caravane marchande et avaient fourni au sorcier quelques femmes humaines pour son loisir. La vie de Kessell avait été simple et confortable, exactement comme il l'aimait.

Mais Crenshinibon n'était pas satisfait. La soif de pouvoir de la relique était insatiable. Il pouvait se contenter de bénéfices modestes sur une courte période, mais exigeait ensuite de son détenteur qu'il s'emploie à des conquêtes autrement ambitieuses. Il ne s'opposerait pas ouvertement à Kessell, car dans leur lutte incessante pour soumettre l'autre à sa volonté, c'était Kessell qui avait le dernier mot. Le petit Éclat de cristal avait en réserve un pouvoir incroyable, mais, sans porteur, il était semblable à une épée dans son fourreau sans main pour l'en tirer. Par conséquent, Crenshinibon accomplissait sa volonté par le biais de la manipulation, glissant des images de conquêtes au cœur des rêves du sorcier, permettant à Kessell de saisir les possibilités qu'offrait le pouvoir. Il agitait devant le nez de l'apprenti autrefois maladroit une carotte à laquelle il ne pouvait pas résister : le respect.

Kessell, qui avait toujours été méprisé par les sorciers prétentieux de Luskan – et par n'importe qui d'autre, à ce qu'il semblait –, était une proie facile. Lui qui avait été le paillasson sur lequel les puissants essuyaient leurs bottes mourait d'envie d'inverser les rôles.

Et maintenant, il avait l'occasion de transformer ses rêves en réalité, comme l'assurait fréquemment Crenshinibon. En portant la relique sur son cœur, il pouvait se transformer en conquérant ; il pouvait faire trembler les populations, même les sorciers de la Tour des Arcanes, à la simple mention de son nom.

Il devait rester patient. Il avait passé plusieurs années à maîtriser les subtilités de la domination mentale d'une, puis de deux tribus de gobelins. Cependant, la tâche de rassembler des dizaines de tribus et de faire plier leur inimitié naturelle devant une cause commune, à son service, était bien plus ambitieuse. Il fallait les conduire jusqu'à lui, une à la fois, et s'assurer qu'il les avait totalement soumises à sa volonté avant de tenter d'en faire venir une autre.

Mais cela fonctionnait, et aujourd'hui il avait réussi à acheminer deux tribus rivales simultanément avec de bons résultats. Quand ils étaient entrés dans Cryshal-Tirith, Torga comme Crock ne pensaient qu'à trouver le moyen de tuer l'autre sans que cela déclenche le courroux du sorcier. Mais quand ils étaient partis, après un court entretien avec Kessell, ils discutaient comme de vieux amis de la gloire des batailles qu'ils mèneraient dans l'armée d'Akar Kessell.

Kessell s'affala de nouveau paresseusement sur ses coussins en considérant sa bonne fortune. Son armée prenait véritablement forme. Il avait des géants du givre pour prendre en charge le haut commandement, des ogres pour garder la tour où il s'installerait, des verbeegs comme force de frappe fatale, et des trolls épouvantables et effrayants comme garde du corps. Et d'après son dernier décompte, il disposait de dix mille guerriers gobelins et assimilés fanatiquement fidèles, prêts à mener à bien sa vague de destructions.

—Akar Kessell! cria-t-il à la femme du harem qui manucurait ses ongles longs tandis qu'il était assis là à réfléchir (bien que l'esprit de la captive ait été détruit depuis bien longtemps par Crenshinibon). Gloire au Tyran de Valbise!

⚔ ⚔ ⚔ ⚔ ⚔

Loin au sud des steppes gelées, dans les contrées civilisées où les hommes avaient plus de temps pour le loisir et la réflexion, et où chaque action n'était pas forcément déterminée par l'impérieuse nécessité, les sorciers et les aspirants sorciers se faisaient moins rares. Les véritables mages, qui avaient étudié les arts occultes durant toute leur vie, pratiquaient leur activité avec tout le respect dû à la magie, toujours prudent quant aux conséquences des sorts qu'ils jetaient.

À moins d'être consumés par la soif de pouvoir, ce qui était une chose très dangereuse, ils mesuraient leurs expériences avec précaution et causaient rarement des désastres.

Les aspirants mages, par contre, des hommes qui avaient hérité d'un certain degré de prouesse magique, que ce soit en trouvant un parchemin, le livre des sorts d'un maître, ou une relique, provoquaient souvent des catastrophes colossales.

C'est ce qui arriva dans une contrée à mille six cents kilomètres d'Akar Kessell et de Crenshinibon. Un apprenti, qui faisait la fierté de son maître, était entré en possession du diagramme d'un puissant cercle magique, puis il avait cherché – et trouvé – un sort d'évocation. Appâté par la promesse du pouvoir, il réussit à soutirer des notes privées de son maître le véritable nom d'un démon.

La sorcellerie, l'art d'évoquer des entités en provenance d'autres plans d'existence et de les asservir, était ce que préférait le jeune homme. Son maître l'avait autorisé à faire venir des midges ainsi que des mânes au travers d'un portail magique – sous sa stricte supervision –, espérant ainsi démontrer les dangers inhérents à cette pratique et renforcer ses exhortations à la prudence. Mais la démonstration n'avait servi qu'à attiser l'appétit du jeune homme pour cet art. Il avait supplié son maître de l'autoriser à tenter l'évocation d'un vrai démon, mais le sorcier savait qu'il n'était pas encore prêt pour un tel test.

L'apprenti n'était pas du même avis.

Il acheva de graver le cercle ce même jour. Il était si sûr de lui et de ses compétences qu'il ne passa pas un jour de plus (certains sorciers pouvaient en passer dix) à vérifier les runes et les symboles, et qu'il ne prit même pas la peine de tester le cercle avec une entité moindre comme les mânes.

Et maintenant, il était assis à l'intérieur, ses yeux rivés sur les flammes du brasier qui lui servirait de portail vers les Abysses. Avec un sourire confiant, exagérément fier, l'aspirant sorcier invoqua le démon.

Errtu, un démon majeur aux proportions gigantesques entendit son nom faiblement énoncé dans le plan lointain. En temps normal, la bête énorme aurait ignoré un appel aussi faible ; l'auteur de cette évocation n'avait certes pas fait preuve d'une force suffisante pour contraindre le démon à se soumettre.

Pourtant, Errtu était ravi de cet appel fatidique. Quelques années plus tôt, le démon avait ressenti un déferlement du pouvoir dans le plan Matériel, qu'il croyait pouvoir être l'apogée d'une quête qu'il avait entreprise un millénaire auparavant. Le démon avait passé ces dernières années à souffrir fiévreusement, impatient qu'un sorcier lui ouvre un chemin afin qu'il puisse se rendre dans le monde matériel et voir ce qu'il en était.

Le jeune apprenti avait l'impression d'être entraîné dans la danse hypnotique des flammes du brasier. Celles-ci s'étaient regroupées en une flamme unique, semblable à celle d'une bougie mais de dimension plusieurs fois supérieure, et elle oscillait de façon cruellement tentante, d'un côté et de l'autre, d'un côté, de l'autre.

L'apprenti fasciné n'était même pas conscient que le feu gagnait en intensité. Sa flamme s'élevait de plus en plus haut, son scintillement s'accélérait, et elle passa par toutes les couleurs du spectre avant de briller du blanc de la chaleur ultime.

D'un côté et de l'autre ; d'un côté, de l'autre.

Elle oscillait plus vite, à présent, s'agitant avec frénésie pour se préparer à recevoir la puissante entité qui attendait dans l'autre plan. D'un côté et de l'autre ; d'un côté, de l'autre.

L'apprenti était en sueur. Il savait que le pouvoir du sort était en train de dépasser ses limites, que la magie avait pris le dessus et qu'il était incapable de la stopper. D'un côté et de l'autre ; d'un côté, de l'autre.

Maintenant, il voyait l'ombre noire au sein des flammes, les énormes mains griffues et les ailes de cuir, semblables à celles des chauves-souris. Et la taille de cette bête ! Un géant, même selon les standards de son espèce.

—Errtu ! appela le jeune homme, le mot étant arraché de sa bouche par les exigences du sort. Le porteur de ce nom n'était pas clairement identifié dans les notes de son maître, mais il vit que c'était un démon puissant, un monstre qui se classait juste en dessous des seigneurs démons dans la hiérarchie des Abysses.

D'un côté et de l'autre ; d'un côté, de l'autre.

La tête grotesque était à présent visible, pareille à celle d'un singe, avec le museau et la mâchoire d'un chien, les incisives surdimensionnées d'un sanglier, et d'immenses yeux rouge sang plissés qui scrutaient les alentours depuis les flammes du brasier. Sa salive acide grésilla en tombant dans le feu. D'un côté et de l'autre ; d'un côté, de l'autre. Le feu s'intensifia, atteignant son paroxysme, et Errtu traversa. Le démon ne s'arrêta pas un instant pour examiner le jeune humain terrifié qui avait sottement invoqué son nom. Il entama une lente traque, faisant le tour du cercle magique à la recherche d'indices sur l'étendue des pouvoirs de ce sorcier.

L'apprenti réussit enfin à s'apaiser. Il avait invoqué un démon majeur ! Ce fait l'aida à restaurer sa confiance dans ses talents de sorcier.

—Viens devant moi ! ordonna-t-il, conscient qu'une main de fer était nécessaire pour maîtriser une créature des chaotiques plans inférieurs.

Errtu, imperturbable, continua sa quête. L'apprenti se mit en colère.

—Tu vas m'obéir ! hurla-t-il. C'est moi qui t'ai fait venir ici, et je suis le seul à pouvoir mettre un terme à ton supplice ! Tu dois obéir à mes ordres, et après cela, je te renverrai gentiment dans ton plan sordide ! Maintenant, viens devant moi !

L'apprenti était prêt à relever le défi. L'apprenti était fier.

Mais Errtu avait trouvé une erreur dans le tracé d'une rune, un défaut fatal pour un cercle magique qui ne pouvait se permettre d'être presque parfait.

L'apprenti était mort.

Dans le plan Matériel, Errtu perçut plus distinctement la sensation de puissance familière, et il n'eut pas grand mal à déterminer la source de ces émanations. Il prit son essor et s'envola au-dessus des cités humaines. Partout où on l'apercevait il semait la panique, mais il n'interrompit pas son trajet pour savourer le chaos qu'il semait au sol.

Droit comme une flèche, Errtu volait à toute allure par-dessus les lacs et les montagnes, parcourant d'immenses étendues de terres désertes. Il volait vers la chaîne de montagnes septentrionale des Royaumes, l'Épine dorsale du Monde, et vers la relique ancienne qu'il avait passé des siècles à chercher.

⚔ ⚔ ⚔ ⚔ ⚔

Kessell sut que le démon approchait bien avant que ses troupes commencent à s'éparpiller, terrorisées devant l'ombre noire qui fondait sur eux. Crenshinibon en avait informé le sorcier, la relique pensante pouvant anticiper les actions de la puissante créature des plans inférieurs qui la poursuivait depuis des temps immémoriaux.

Mais Kessell n'était pas inquiet. Dans sa tour de pouvoir, il se sentait capable de faire face à un démon vengeur aussi puissant qu'Errtu. Et il avait un avantage indéniable sur le démon : il était le porteur attitré de la relique. Celle-ci s'était accoutumée à lui et, comme tant d'autres artefacts magiques datant de l'aube du monde, Crenshinibon ne pouvait être arraché à son détenteur par l'usage de la force. Errtu désirait brandir un jour la relique et n'oserait donc pas s'opposer à Kessell au risque de s'exposer au courroux de Crenshinibon.

Un flot de salive acide s'échappa de la bouche du démon quand il vit la tour à l'image de la relique.

— Pendant combien d'années t'ai-je cherché ? rugit-il victorieusement.

N'étant pas une créature du plan Matériel, Errtu voyait clairement l'entrée de la tour et se dirigea aussitôt vers elle. Aucun des gobelins de Kessell, ni même des géants, ne s'interposa pour faire obstacle à l'entrée du démon.

Flanqué de ses trolls, le sorcier attendait Errtu dans la pièce principale de Cryshal-Tirith, au rez-de-chaussée de la tour. Il savait bien que les trolls ne lui serviraient pas à grand-chose face à un démon qui maîtrisait le feu, mais il tenait à leur présence pour renforcer la première impression que le démon aurait de lui. Il savait qu'il possédait le pouvoir de s'en débarrasser sans trop de difficultés, mais une autre pensée lui était venue, implantée là encore par l'Éclat de cristal.

Le démon pourrait être très utile.

Errtu freina d'un coup quand il passa la porte d'entrée étroite et arriva sur le sorcier et sa cour. Étant donné la localisation retirée de la tour, le démon s'attendait que le cristal soit brandi par un orque, ou peut-être par un géant. Il avait espéré intimider et duper ce porteur à l'esprit lent pour qu'il lui cède la relique, mais la vue d'un humain en toge, probablement même un mage, venait modifier ses plans.

— Salutations, puissant démon, dit poliment Kessell en s'inclinant profondément. Bienvenue dans mon humble demeure.

Errtu gronda de rage et se rua en avant. La haine et la jalousie dévorante qu'il éprouvait pour l'humain suffisant lui faisaient oublier les risques qu'il courait à vouloir détruire le détenteur attitré de la relique.

Crenshinibon rafraîchit la mémoire du démon.

Une explosion de lumière soudaine palpita dans les murs de la tour, engloutissant Errtu dans un éclat aussi douloureux que celui d'une dizaine de soleils du désert. Le démon s'arrêta et couvrit ses yeux sensibles. La lumière se dissipa assez vite, mais Errtu resta au sol et ne se rapprocha plus du sorcier.

Kessell eut un sourire en coin : la relique l'avait soutenu. Débordant d'assurance, il s'adressa de nouveau au démon, cette fois-ci d'un ton sévère :

— Tu es venu chercher ceci, dit-il, cherchant dans les plis de sa tunique pour dévoiler le cristal. (Les yeux d'Errtu s'étrécirent, se fixant sur l'objet qu'il poursuivait depuis si longtemps.) Tu ne peux pas l'avoir, dit catégoriquement Kessell en le replaçant sous sa toge. Il est à moi, trouvé en toute légitimité, et il ne t'accorderait aucun droit de le revendiquer !

La fierté insensée de Kessell, ce défaut qui l'avait toujours conduit vers d'inévitables tragédies, le poussait à continuer de railler le démon impuissant.

Assez, l'avertit une sensation intérieure, cette voix silencieuse qu'il soupçonnait être l'expression de la volonté de l'Éclat.

— Ce ne sont pas tes affaires, cria Kessell en retour d'une voix forte.

Errtu regarda autour de lui, se demandant à qui s'adressait le sorcier. Les trolls ne lui avaient certainement prêté aucune attention. Par précaution, il lança plusieurs sorts de détection, craignant un assaillant invisible.

Tu railles un ennemi dangereux, persista le cristal. *Je t'ai protégé du démon, et pourtant tu t'entêtes à t'aliéner une créature qui pourrait se révéler être un allié de valeur !*

Comme c'était généralement le cas quand Crenshinibon communiquait avec le sorcier, Kessell commença à envisager de nouvelles possibilités. Il opta pour un compromis, un accord qui profiterait à la fois au démon et à lui-même.

Errtu évalua sa situation. Il ne pouvait pas massacrer l'humain impertinent, même s'il se serait véritablement délecté d'un tel acte.

Cependant, repartir sans la relique et abandonner la quête qu'il poursuivait depuis des siècles n'était pas une option acceptable.

—J'ai une offre à vous proposer, une affaire qui pourrait peut-être vous intéresser, dit Kessell d'un ton séduisant, évitant le regard assassin que le démon lui lançait. Restez à mes côtés et entrez à mon service en tant que commandant de mes armées ! Avec vous à leur tête et le pouvoir de Crenshinibon et d'Akar Kessell derrière eux, ils ratisseront les terres du nord !

—Te servir ? répondit Errtu dans un rire. Tu n'as pas de prise sur moi, humain.

—Vous comprenez mal la situation, rétorqua Kessell. Ne le voyez pas comme une servitude, mais comme une occasion de participer à une campagne prometteuse en matière de destructions et de conquêtes ! Vous avez droit à mon extrême respect, puissant démon. Je ne me permettrais pas de me désigner comme votre maître.

Crenshinibon, à force d'intrusions dans son inconscient, avait bien entraîné Kessell. L'attitude moins menaçante qu'adopta alors Errtu révélait son intérêt pour la proposition du sorcier.

—Et réfléchissez aux bénéfices que vous pourriez un jour en tirer, continua Kessell. Les humains ne vivent pas bien longtemps selon vos critères éternels. Qui donc brandira l'Éclat de cristal quand Akar Kessell ne sera plus ?

Errtu eut un sourire diabolique et s'inclina devant le sorcier.

—Comment pourrais-je refuser une offre aussi généreuse ? grinça-t-il de son horrible voix démoniaque. Montre-moi, sorcier, les glorieuses conquêtes qui nous attendent.

Kessell dansait presque de joie. Son armée était enfin au complet. Il avait son général.

11

CROCS DE L'ÉGIDE

La sueur perlait sur la main de Bruenor quand il introduisit la clé dans la serrure poussiéreuse de la lourde porte en bois. C'était le début d'un processus qui allait soumettre tout son talent et son expérience à l'épreuve ultime. Comme tous les maîtres forgerons des nains, il attendait fébrilement ce moment depuis le début de son long apprentissage.

Il dut pousser fort pour ouvrir la porte de la petite pièce. Le bois craquait et gémissait en signe de protestation, s'étant déformé et distendu depuis la dernière fois que la porte avait été ouverte, de nombreuses années auparavant. Cependant c'était un soulagement pour Bruenor qui craignait que quiconque pose le regard sur ses biens les plus précieux.

Il parcourut du regard les sombres couloirs pour s'assurer qu'il n'avait pas été suivi – bien que ce secteur soit rarement utilisé –, puis il entra dans la pièce, sa torche en avant pour consumer les fils des toiles d'araignée qui pendaient devant lui.

La pièce n'était meublée que d'un coffre en bois cerclé, enserré de deux lourdes chaînes attachées par un cadenas énorme. D'abondantes toiles d'araignée s'entrecroisaient sur chaque face du coffre, et une épaisse couche de poussière le recouvrait. Un autre signe encourageant, constata Bruenor. Il jeta encore un coup d'œil méfiant dans le couloir, puis referma la porte de bois aussi silencieusement qu'il le put.

Il s'agenouilla devant le coffre et posa la torche sur le sol à côté de lui. Plusieurs toiles d'araignée léchées par les flammes partirent en fumée dans une lueur orangée. Bruenor prit un petit bout de bois dans la sacoche à sa ceinture et retira la clé en argent qui pendait à une chaîne autour de son cou. Il tint fermement le bout de bois face à lui et, tout en maintenant les doigts de son autre main sous le niveau du cadenas, il glissa délicatement la clé dans la serrure.

C'était maintenant le moment délicat. Bruenor tourna doucement la clé, à l'écoute. Quand il entendit le déclic de la serrure, il s'arc-bouta et éloigna vivement sa main de la clé. L'anneau se délogea et le lourd cadenas tomba en avant, révélant le levier à ressort qui avait été coincé derrière, contre le coffre. La petite aiguille cogna contre le bout de bois et Bruenor poussa un soupir de soulagement. Bien qu'il ait installé ce piège près d'un siècle plus tôt, il savait que le poison du serpent Faiseurdeveuve de la Toundra avait conservé son efficacité mortelle.

Malgré la solennité de l'instant, Bruenor était envahi par l'excitation, et il débarrassa précipitamment le coffre de ses chaînes, essuyant la poussière de son couvercle. Il le saisit et commença à le soulever, mais il freina brusquement son mouvement, retrouvant son calme et se rappelant l'importance de chacun de ses actes.

Toute personne qui serait tombée sur ce coffre et qui aurait réussi à survivre à son piège mortel aurait été enchantée des trésors trouvés à l'intérieur. Une coupe en argent, une bourse d'or, et une dague grossièrement sertie étaient mêlées à d'autres objets plus personnels et de moindre valeur : un casque bosselé, de vieilles bottes, et d'autres pièces similaires, bien peu tentantes pour un voleur.

Mais ces objets n'étaient guère qu'un leurre. Bruenor les retira du coffre, et les jeta négligemment sur le sol crasseux.

Le pied du lourd coffre se trouvait à peine au-dessus du sol, ne laissant présager aucune supercherie. Mais Bruenor avait astucieusement abaissé le niveau du sol, ajustant le coffre par-dessus avec une telle précision que même un observateur attentif aurait juré qu'il reposait par terre. Le nain trouva au fond du coffre un petit nœud dans le bois, qu'il retira, et enfonça un doigt épais à travers la petite ouverture. Là aussi, le bois avait joué au cours des années, et Bruenor dut tirer vigoureusement pour dégager la planche. Elle se décoinça dans un brusque craquement, le faisant basculer en arrière. Un instant plus tard, il se penchait de nouveau sur le coffre avec prudence pour contempler son plus grand trésor.

Un bloc du mithral le plus pur, une petite bourse en cuir, un coffret en or et un porte-parchemin en argent surmonté d'un diamant à l'une de ses extrémités, tous étaient disposés exactement comme Bruenor les avaient laissés si longtemps auparavant.

Les mains du nain tremblaient, et il dut s'interrompre plusieurs fois pour en essuyer la sueur tandis qu'il retirait les précieux objets du fond du coffre, mettant dans son sac ceux qui pouvaient y tenir et déposant le bloc de mithral sur une couverture qu'il avait déroulée. Il replaça ensuite prestement le fond factice, prenant garde à remettre parfaitement en place le nœud dans le bois, et il réinstalla son faux trésor à l'intérieur. Il renchaîna le coffre et le referma à clé, le laissant exactement tel qu'il l'avait trouvé, sauf qu'il ne réarma pas le piège de l'aiguille, devenu inutile.

⚔ ⚔ ⚔ ⚔ ⚔

Bruenor avait construit sa forge en plein air, dans un petit recoin dissimulé au pied du Cairn de Kelvin. Il y avait peu de passage, car l'endroit se situait à l'extrémité nord de la vallée des nains, bordé par le Plateau de Bremen qui s'élargissait vers la toundra dégagée sur le versant ouest de la montagne, et par Colbise qui s'évasait de façon identique côté est. À sa grande surprise, Bruenor s'aperçut que la pierre qui s'y trouvait était dure et sans défaut, profondément imprégnée de la force de la terre, et qu'elle serait parfaite pour son petit temple.

Comme toujours, Bruenor rejoignit son lieu sacré d'un pas mesuré, empreint de révérence. Portant à présent les trésors de son héritage, le nain laissa ses pensées dériver à travers les siècles vers Castelmithral, l'ancienne demeure de son peuple, et se souvint du discours que lui avait tenu son père le jour où il avait reçu son premier marteau de forgeron :

— Si t'as d'bonnes dispositions pour l'métier, lui avait-il dit, et qu't'es assez chanceux pour vivre longtemps et sentir la force d'la terre, tu connaîtras un jour exceptionnel. Une extraordinaire bénédiction a été accordée à notre peuple – certains diraient une malédiction – car, une fois dans sa vie, juste une fois, l'meilleur de tous nos forgerons peut réaliser l'arme de son choix, qui surpass'ra tout ce qu'il a jamais pu faire. Sois prudent ce jour-là, fiston, car tu mettras beaucoup d'toi-même dans c'te arme. T'égaleras plus jamais d'ta vie sa perfection et, en sachant ça, tu perdras beaucoup d'la passion du forgeron, celle qui guide l'balancement d'ton marteau. Ta vie t'paraîtras peut-être bien vide après c'jour-là, mais si t'es aussi bon qu'ta lignée t'destine à l'être, tu forgeras une arme de légende, qui s'perpétuera longtemps après qu'tes os seront poussière.

Le père de Bruenor, fauché par l'arrivée des ténèbres qui s'étaient abattues sur Castelmithral, n'avait pas vécu assez longtemps pour vivre son jour exceptionnel, mais s'il avait eu cette chance, il aurait utilisé une partie du matériel que portait maintenant Bruenor. Le nain ne considérait pas le fait de s'être attribué ces trésors comme un manque de respect, car il savait qu'il allait forger une arme dont son père aurait été fier.

Le jour de Bruenor était venu.

L'image d'un marteau à deux têtes caché au sein du bloc de mithral était venue à Bruenor dans un rêve, plus tôt dans la dizaine. Le nain avait immédiatement reconnu les signes et savait qu'il devait agir rapidement pour que tout soit prêt lors de la nuit de pouvoir qui approchait à grands pas. Déjà, la lune était ronde et brillante dans le ciel. Elle serait pleine la nuit du solstice, le moment intermédiaire entre les saisons, quand la magie était dans l'air. La pleine lune ne ferait que rehausser l'enchantement de cette nuit-là, et Bruenor espérait bien doter son œuvre d'une aura magique particulièrement puissante – son dweomer – lorsqu'il l'ensorcellerait.

Le nain avait encore beaucoup à faire s'il voulait être prêt. Il avait entamé le processus avec la construction de la petite forge. C'était la partie la plus simple et il s'y était attaqué machinalement, tentant de concentrer ses pensées sur la tâche qu'il était en train d'accomplir pour les détourner de l'angoissante perspective de la réalisation de l'arme.

À présent, le moment qu'il attendait était venu. Il sortit le lourd bloc de mithral de son sac, sentant sa pureté et sa force. Il avait eu en main des blocs similaires auparavant et l'appréhension l'envahit un instant. Il regarda fixement le métal argenté.

Pendant un long moment, celui-ci resta un bloc carré. Puis, ses bords semblèrent s'arrondir tandis que l'image du merveilleux marteau de guerre apparaissait clairement dans l'esprit du nain. Le cœur de Bruenor s'emballa et sa respiration devint haletante.

Sa vision avait été bien réelle.

Il alluma la forge et se mit aussitôt au travail, besognant toute la nuit jusqu'à ce que la lumière de l'aube dissipe le charme sous lequel il était. Il revint chez lui ce jour-là juste pour récupérer le manche en adamantium qu'il avait mis de côté pour l'arme, retourna à la forge pour dormir, puis fit nerveusement les cent pas en attendant que la nuit tombe.

Dès que la lumière du jour déclina, Bruenor se remit au travail avec empressement. Le métal se façonnait facilement sous ses mains expertes, et il sut que la tête du marteau serait formée avant que l'aube puisse l'interrompre. Bien qu'il ait encore des heures de travail devant lui, Bruenor ressentit un élan de fierté à cet instant. Il savait qu'il respecterait ses objectifs. Il attacherait le manche d'adamantium la nuit suivante, et le tout serait prêt à être ensorcelé sous la pleine lune de la nuit du solstice d'été.

Le hibou fondit silencieusement sur le petit lapin, guidé par ses sens aiguisés. Ce serait une mise à mort classique, l'infortunée bête n'étant même pas consciente de l'arrivée du prédateur. Pourtant, le hibou était étrangement agité, et sa concentration de chasseur vacilla au dernier moment. Le grand oiseau manquait rarement sa prise, mais cette fois-ci il repartit le ventre vide, volant à tire-d'aile vers sa demeure sur le versant du Cairn de Kelvin.

Loin sur la toundra, un loup solitaire était assis aussi immobile qu'une statue, anxieux, mais patient, tandis que l'immense lune d'été apparaissait à l'horizon. Il attendit que l'orbe séduisant s'élève pleinement dans le ciel, puis il poussa le hurlement ancestral de sa race. Au loin, des cris de loups et d'autres habitants de la nuit s'élevèrent en réponse, encore et encore, tous invoquant le pouvoir des cieux.

La magie était dans l'air ; une certaine excitation s'emparait de tout le monde : la nuit du solstice d'été venait de commencer.

Particulièrement réceptif, Bruenor ressentit clairement cette magie. Mais absorbé par l'apothéose de l'œuvre de sa vie, il avait atteint un stade de concentration sereine. Ses mains ne tremblèrent pas quand il ouvrit le couvercle doré du petit coffret.

Le puissant marteau de guerre était fixé sur l'enclume devant le nain. C'était la plus belle œuvre jamais réalisée par Bruenor, puissante et délicatement ouvragée, mais dans l'attente des runes délicates et de l'énonciation des formules qui feraient d'elle une arme au pouvoir spécial.

Bruenor retira avec révérence le petit maillet et le ciseau d'argent du coffret et s'approcha du marteau de guerre. Sans hésitation, car il savait qu'il avait peu de temps pour accomplir une tâche si complexe, il positionna le ciseau sur le mithral et le frappa solidement avec le maillet. Le métal immaculé résonna d'une note claire et pure qui fit frissonner le nain admiratif. Il savait, au fond de son cœur, que toutes les conditions étaient parfaites, et il tressaillit de nouveau quand il pensa au résultat du labeur de ces nuits.

Il ne vit pas les yeux sombres qui l'épiaient avec intensité du haut d'une crête non loin de là.

Bruenor n'avait pas besoin de modèle pour les premières ciselures ; ces symboles étaient gravés dans son âme et son cœur. Sur le côté de l'une des têtes du marteau de guerre, il inscrivit solennellement le marteau et l'enclume de Moradin le Forgeur-d'âme, puis, de l'autre côté de la tête du marteau, il grava les haches croisées de Clangeddin, le père de la bataille des nains. Il prit ensuite le porte-parchemin et retira délicatement le diamant qui le bouchait. Il poussa un soupir de soulagement quand il vit que le rouleau à l'intérieur avait survécu aux décennies. Essuyant la sueur de ses mains, il retira le parchemin et le déroula doucement, le posant sur la partie plate de l'enclume. Le papier semblait vierge, mais petit à petit les rayons de la pleine lune firent apparaître ses symboles, les runes secrètes de pouvoir.

C'était l'héritage de Bruenor, et bien qu'il ne les ait jamais vues auparavant, leurs lignes et leurs courbes occultes lui parurent agréablement familières. Confiant, le nain positionna fermement le ciseau d'argent entre les symboles des dieux qu'il avait déjà gravés et il commença à inscrire les runes secrètes sur le marteau de guerre. Il sentait leur magie passer du parchemin à l'arme et les regardait avec stupéfaction disparaître une à une du parchemin une fois gravées dans le mithral. Le temps n'eut plus de valeur pour lui tandis qu'il plongeait profondément dans la transe de sa tâche, mais quand il eut fini de graver les runes, il remarqua que la lune avait dépassé son point culminant et qu'elle déclinait.

La première véritable épreuve pour le nain eut lieu quand il superposa aux runes déjà gravées le symbole du joyau dans la montagne de Dumathoïn, le Gardien des Secrets. Les lignes du symbole du dieu s'alignaient parfaitement avec celles des runes, voilant les tracés de pouvoir secrets.

Bruenor savait que son œuvre était presque achevée. Il libéra le lourd marteau de guerre de son étau et prit la petite bourse en cuir. Il eut besoin de prendre plusieurs profondes inspirations pour se rasséréner, car c'était le dernier et le plus décisif des tests de ses capacités. Il desserra la corde de la bourse et s'émerveilla du miroitement exquis de la poussière de diamant à la douce lumière de la lune.

Derrière la crête, Drizzt Do'Urden retint son souffle, mais prit garde à ne pas troubler la concentration de son ami.

Bruenor inspira de nouveau, puis il ouvrit la bourse d'un coup sec, libérant son contenu haut dans le ciel nocturne. Il saisit le marteau de guerre à deux mains et le souleva au-dessus de sa tête. Le nain sentit que sa force était aspirée hors de lui tandis qu'il prononçait les sorts, mais il n'avait aucun moyen de savoir véritablement à quel point il avait été performant avant que sa tâche soit achevée. Le niveau de perfection de ses ciselures déterminait l'efficacité de ses formules, car tandis qu'il gravait les runes sur le marteau, leur force s'était écoulée dans son cœur. Ce pouvoir attirait alors la poussière magique sur l'arme dont la puissance pouvait être mesurée en fonction de l'amas de poussière scintillante qu'elle avait capturée.

Un voile noir s'abattit sur le nain. Sa tête lui tournait et il ne comprenait pas ce qui l'empêchait de s'effondrer, mais le pouvoir dévorant des sorts l'avait transcendé. Bien qu'il n'en soit pas conscient, les mots continuaient de s'échapper de ses lèvres dans un flot inébranlable, sapant ses forces petit à petit. Puis, par bonheur, il se sentit tomber, et s'évanouit bien avant de toucher le sol.

Drizzt se détourna et s'effondra contre la crête rocheuse ; lui aussi était épuisé par la simple vue de ce spectacle. Il ne savait pas si son ami survivrait à l'épreuve de cette nuit, et pourtant il était ravi pour lui. Il avait en effet été témoin du moment le plus triomphant de la vie du nain, même si cela n'avait pas été le cas de Bruenor, inconscient lorsque la tête en mithral du marteau s'était mise à étinceler d'énergie magique, mettant un terme à la pluie de diamants.

Et pas un seul grain de l'éclatante poussière n'avait échappé à l'évocation de Bruenor.

12

LE CADEAU

Wulfgar était assis sur les hauteurs de la face nord de la Rampe de Bruenor, les yeux intensément braqués sur la vallée rocheuse qui s'étendait en dessous de lui, à la recherche de tout mouvement indiquant le retour du nain. Le barbare venait souvent à cet endroit pour être seul avec ses pensées et le gémissement du vent. Juste en face de lui, de l'autre côté de la vallée des nains, se trouvaient le Cairn de Kelvin et la partie septentrionale du lac Dinneshere. Une plate étendue de terre s'étendait entre eux, connue sous le nom de Colbise, qui menait au nord-est et à la plaine dégagée.

Et pour le barbare, le col qui menait à sa terre natale.

Bruenor avait expliqué qu'il serait absent pendant quelques jours, et Wulfgar avait d'abord été content d'être délivré des critiques et des ronchonnements incessants du nain. Mais son soulagement se révéla être de courte durée.

—Tu t'inquiètes pour lui, n'est-ce pas ? dit une voix derrière lui.

Il n'avait pas besoin de se retourner pour savoir que c'était celle de Catti-Brie.

Il laissa sa question sans réponse, se figurant qu'elle l'avait de toute façon posée pour la forme, et qu'elle ne le croirait pas s'il niait.

—Il reviendra, dit Catti-Brie d'un ton dédaigneux. Bruenor est aussi solide que la pierre de la montagne, et il n'y a rien dans la toundra qui puisse l'arrêter.

Le jeune barbare se tourna alors pour contempler la jeune fille. Longtemps auparavant, quand une confiance solide avait commencé à s'établir entre Bruenor et Wulfgar, le nain avait présenté le jeune barbare à sa « fille », une humaine du même âge que lui.

En apparence, c'était une jeune fille calme, mais dotée d'un feu intérieur et d'un courage que Wulfgar n'était pas habitué à rencontrer chez une femme. Chez les barbares, on enseignait aux filles à garder pour elles leurs pensées et leurs opinions, futiles selon les critères des hommes. Comme son mentor, Catti-Brie disait exactement ce qu'elle pensait et ne laissait pas vraiment de doute sur la façon dont elle voyait les choses. Les joutes verbales qui l'opposaient à Wulfgar étaient quasi permanentes, mais celui-ci était néanmoins ravi d'avoir une compagne de son âge, quelqu'un qui ne le regardait pas du haut de son expérience.

Catti-Brie l'avait aidé à supporter sa difficile première année de servitude, le traitant avec respect (bien qu'elle soit rarement d'accord avec lui) quand il n'en avait aucun pour lui-même. Wulfgar avait même le sentiment qu'elle avait quelque chose à voir avec la décision de Bruenor de prendre le jeune barbare en apprentissage.

Ils avaient le même âge mais, par bien des côtés, Catti-Brie paraissait beaucoup plus mature, avec un solide sens des réalités qui lui permettait de maîtriser ses humeurs. Cependant, à l'image de son pas sautillant, Catti-Brie serait toujours une enfant. Cet équilibre inhabituel de calme et de courage, de sérénité et de joie débridée intriguait Wulfgar et le déstabilisait chaque fois qu'il parlait avec elle.

Bien sûr, d'autres émotions jouaient en défaveur de Wulfgar quand il se trouvait avec Catti-Brie. Elle était incontestablement belle, avec ses somptueuses et épaisses boucles auburn qui roulaient sur ses épaules et son regard pénétrant, d'un bleu ténébreux, qui aurait fait rougir n'importe quel soupirant. Pourtant, ce qui intéressait Wulfgar était au-delà de toute attraction physique. Catti-Brie était différente de tout ce qu'il avait toujours connu, elle ne se conformait pas au rôle dévolu à la femme d'après ce qu'avait appris Wulfgar dans la toundra. Il n'était pas sûr d'apprécier cette indépendance, mais il s'aperçut qu'il était bien incapable de nier l'attirance qu'il ressentait pour elle.

— Tu viens souvent sur ces hauteurs, n'est-ce pas ? demanda Catti-Brie. Que cherches-tu donc ?

Wulfgar haussa les épaules, doutant lui-même de la réponse.

— Ta maison ?

— Ça, et d'autres choses qu'une femme ne pourrait comprendre.

Catti-Brie écarta d'un sourire l'attaque involontaire.

— Essaie quand même, insista-t-elle, un soupçon de sarcasme dans la voix. Peut-être que mon ignorance pourra apporter un éclairage nouveau à tes problèmes.

Elle sauta avec légèreté en bas du rocher pour faire le tour du barbare et s'assit sur la corniche à côté de lui.

Wulfgar s'émerveilla de ses mouvements gracieux. Comme le curieux mélange d'émotions qui la caractérisait, le physique de

Catti-Brie se révélait également être une énigme. Elle était grande et mince, délicate selon toute apparence, mais, ayant grandi dans les grottes des nains, elle était habituée aux tâches pénibles et difficiles.

— Il s'agit d'aventure, et d'une parole non tenue, dit mystérieusement Wulfgar, peut-être pour impressionner la jeune fille, mais surtout pour se convaincre qu'une femme ne devrait pas se préoccuper de ce genre de choses.

— Une parole que tu voudrais tenir, raisonna Catti-Brie, dès que tu en auras l'occasion.

Wulfgar approuva d'un hochement de tête solennel.

— C'est mon héritage, un fardeau qui m'a été transmis quand mon père a été tué. Un jour viendra…

Il laissa sa voix s'éteindre, et reporta les yeux avec convoitise au-delà du Cairn de Kelvin, sur le vide de la toundra dégagée.

Catti-Brie secoua la tête, ses boucles brunes dansant sur ses épaules. Elle voyait au-delà de son air mystérieux, suffisamment pour comprendre qu'il prévoyait d'entreprendre une mission très dangereuse, probablement suicidaire, au nom de l'honneur.

— Je ne sais pas quelles sont tes motivations. Bonne chance à toi pour ton aventure, mais si tu t'y lances sans autre raison que celles que tu as citées, alors tu es en train de gâcher ta vie.

— Qu'est-ce qu'une femme pourrait savoir de l'honneur? riposta Wulfgar avec colère.

Mais Catti-Brie n'était pas intimidée et ne céda pas.

— En effet, quoi donc? reprit-elle. Penses-tu vraiment que tout soit entre tes mains énormes pour nulle autre raison que ce que tu as dans le pantalon?

Wulfgar rougit violemment et se détourna, incapable de faire face à un tel aplomb chez une femme.

— Qui plus est, continua Catti-Brie, tu peux dire ce que tu veux sur les raisons pour lesquelles tu es monté ici aujourd'hui. Je sais que tu t'inquiètes pour Bruenor, et tu peux toujours nier, je n'en tiendrais pas compte.

— Tu sais seulement ce qui t'arrange!

— Tu lui ressembles beaucoup, dit brusquement Catti-Brie, ignorant les commentaires de Wulfgar. Tu es plus proche du nain que tu ne l'admettras jamais, dit-elle en riant. Tous les deux entêtés, fiers, et incapables d'admettre les sentiments sincères que vous avez l'un pour l'autre. Fais à ta façon, alors, Wulfgar de Valbise. À moi, tu peux mentir, mais à toi-même… C'est une autre histoire!

Elle bondit de son perchoir et s'éloigna en sautillant sur les rochers vers les cavernes des nains.

Wulfgar la regarda partir, admiratif devant le balancement de ses hanches minces et la danse gracieuse de ses pieds malgré la colère qu'il ressentait. Il ne prit pas le temps de se demander pourquoi il était si furieux contre Catti-Brie.

Il savait bien que s'il le faisait il découvrirait, comme d'habitude, qu'il était en colère parce qu'elle avait vu juste.

⚔ ⚔ ⚔ ⚔ ⚔

Drizzt Do'Urden veilla patiemment sur son ami inanimé pendant deux longs jours. À la fois inquiet pour Bruenor et curieux quant au merveilleux marteau de guerre, le drow réussit pourtant à rester à distance respectueuse de la forge secrète.

Finalement, à l'aube du troisième jour, Bruenor remua et s'étira. Drizzt s'éloigna à pas feutrés, descendant le sentier que le nain emprunterait quelques instants plus tard. Ayant trouvé une clairière adéquate, il installa un petit campement à la hâte.

La lumière du soleil apparut à Bruenor, d'abord comme dans un brouillard, et il lui fallut plusieurs minutes avant de pouvoir retrouver ses repères. Puis, une fois sa vision revenue, il se focalisa sur la gloire étincelante du marteau de guerre.

Il regarda vivement autour de lui, cherchant sur le sol des traces de la poussière qu'il avait lancée. Ne trouvant rien, son impatience s'intensifia. Il tremblait de nouveau quand il souleva l'arme magnifique, la retournant dans ses mains, sentant son équilibre parfait et sa force incroyable. Bruenor eut le souffle coupé quand il vit que la poussière de diamants avait fusionné dans le tracé profond des symboles des trois dieux gravés dans le mithral. Transporté par la perfection de son œuvre, Bruenor comprit le sentiment de vide dont lui avait parlé son père. Il savait qu'il ne reproduirait jamais un tel niveau de perfection, et il se demanda si, sachant cela, il serait jamais capable d'élever de nouveau son marteau de forgeron.

Tentant de faire le tri dans ses émotions, le nain remit le maillet et le ciseau en argent dans leur coffret doré et replaça le parchemin dans son tube, bien que celui-ci soit vierge à présent : les runes magiques ne réapparaîtraient plus jamais. Il s'aperçut que cela faisait plusieurs jours qu'il n'avait pas mangé, et qu'il n'avait pas retrouvé toutes les forces que la magie avait épuisées. Il rassembla tout ce qu'il pouvait porter, hissa l'énorme marteau de guerre sur son épaule et se dirigea d'un pas lourd vers sa demeure.

L'odeur délicieuse du lapin rôti l'accueillit comme il arrivait au niveau du campement de Drizzt.

— T'es donc rev'nu d'tes périples, dit-il pour saluer son ami.

Drizzt regarda fixement le nain dans les yeux, ne voulant pas laisser paraître sa curiosité dévorante pour le marteau de guerre.

— À ta requête, mon bon nain, dit-il en s'inclinant profondément. Tu avais sûrement assez d'hommes à ma recherche pour savoir que je reviendrais.

Bruenor concéda ce point, et se contenta d'une maigre justification :

— J'avais b'soin d'toi, dit-il d'un air absent.

Un besoin plus pressant venait de lui apparaître à la vue de la viande en train de cuire.

Drizzt eut un sourire entendu. Il avait déjà mangé ; ce lapin, il l'avait attrapé et rôti exprès pour Bruenor.

— Veux-tu te joindre à moi ? demanda-t-il.

Avant même qu'il eût terminé sa proposition, Bruenor s'était jeté sur le lapin avec avidité. Il s'interrompit pourtant tout à coup, adressant un regard suspicieux au drow :

— Ça fait combien d'temps qu't'es là ? demanda-t-il nerveusement.

— Depuis ce matin, je viens juste d'arriver, mentit Drizzt, respectant l'intimité de ce moment unique pour le nain.

Bruenor eut un petit sourire satisfait à cette réponse et mordit dans le lapin, tandis que Drizzt en mettait un autre sur la broche.

Le drow attendit que Bruenor soit absorbé par son repas, puis il attrapa vivement le marteau de guerre. Le temps que Bruenor puisse réagir, Drizzt avait déjà soulevé l'arme.

— C'est trop grand pour un nain, remarqua négligemment Drizzt. Et trop lourd pour mon bras mince. (Il regarda Bruenor, qui se tenait debout devant lui, les bras croisés et tapant impatiemment du pied.) Pour qui, alors ?

— T'as l'don d'fourrer ton nez là où il a rien à faire, l'elfe, répondit le nain d'un ton bourru.

Drizzt répondit par un rire.

— Le jeune homme, Wulfgar ? demanda-t-il en feignant l'incrédulité. (Il savait bien que le nain nourrissait des sentiments profonds envers le jeune barbare, même s'il savait pertinemment que Bruenor ne l'admettrait jamais ouvertement.) Une bien belle arme pour être donnée à un barbare. C'est toi qui l'as forgée ?

Malgré ses réprimandes, Drizzt était véritablement impressionné par la qualité du travail de Bruenor. Bien que le marteau soit bien trop lourd pour qu'il s'en serve, il pouvait clairement sentir à quel point il était incroyablement bien équilibré.

— C'est un vieux marteau, c'est tout, marmonna Bruenor. Le

p'tit a perdu sa massue ; j'peux décemment pas le libérer dans c'coin sauvage sans une arme !

—Et il s'appelle ?

—*Crocs de l'égide*, répondit Bruenor sans réfléchir, le nom fusant de ses lèvres avant même qu'il ait eu le temps d'y réfléchir.

Il ne s'en souvenait pas, mais le nain avait déterminé le nom de l'arme quand il l'avait ensorcelée dans un flot d'incantations lors de la cérémonie.

—Je comprends, dit Drizzt, tendant le marteau à Bruenor pour lui rendre. Un vieux marteau, mais assez bon pour le petit. Il faudra bien que le mithral, l'adamantium et le diamant suffisent.

—Ah, tais-toi donc, dit hargneusement Bruenor, le visage cramoisi de confusion.

Drizzt s'inclina profondément pour s'excuser.

—Pourquoi as-tu requis ma présence, mon ami ? demanda le drow, changeant de sujet.

Bruenor s'éclaircit la voix.

—Le p'tit, grommela-t-il doucement. (Drizzt ne fut pas sans remarquer la boule dans la gorge de Bruenor, et il étouffa la taquinerie qu'il s'apprêtait à lui lancer.) Il s'ra libre avant l'hiver, continua Bruenor, et il est pas assez entraîné. Il est plus fort qu'aucun homme que j'aie jamais vu, et il bouge avec la grâce d'un cerf aérien, mais l'est encore trop vert dans l'art du combat.

—Tu veux que je l'entraîne ? demanda Drizzt d'un air incrédule.

—Ben, moi j'peux pas l'faire ! se fâcha brusquement Bruenor. Il fait deux mètres quinze et il apprendrait pas grand-chose des frappes à ras de terre d'un nain !

Le drow regarda son compagnon frustré avec curiosité. Comme tous ceux qui étaient proches de Bruenor, il savait qu'un lien s'était tissé entre le nain et le jeune barbare, mais il ne s'était pas aperçu qu'il était si solide.

—J'l'ai pas pris sous mon aile pendant cinq ans pour le laisser s'faire réduire en bouillie par une sal'té d'yeti d'la toundra ! laissa échapper Bruenor, impatient devant l'hésitation du drow et nerveux à l'idée que son ami en ait deviné plus qu'il aurait dû. Tu vas l'faire, oui ?

Drizzt sourit encore, mais cette fois-ci sans trace de moquerie. Il se rappelait son propre combat contre des yetis de la toundra presque cinq ans auparavant. Bruenor lui avait sauvé la vie ce jour-là, ce n'était pas la première fois qu'il avait une dette envers le nain, et ce ne serait probablement pas la dernière.

—Les dieux savent que je te dois plus que cela, mon ami. Bien sûr que je l'entraînerai.

Bruenor poussa un grognement et attrapa l'autre lapin.

⚔ ⚔ ⚔ ⚔ ⚔

Le bruit des martèlements de Wulfgar résonnait et se répercutait dans les installations des nains. Furieux de la justesse des propos de Catti-Brie, il était retourné à son travail avec ferveur.

—Arrête tes coups d'marteau, fit une voix bourrue derrière lui.

Wulfgar se retourna. Il était si absorbé par son travail qu'il n'avait pas entendu Bruenor entrer. Il laissa échapper un sourire de soulagement, mais se rendant rapidement compte de cette marque de faiblesse, il reprit une mine sévère.

Bruenor observa la haute taille et l'imposante corpulence du jeune barbare, ainsi que les prémices d'une barbe blonde clairsemée sur la peau dorée de son visage.

—J'peux décemment plus continuer à t'appeler le p'tit, avoua le nain.

—Vous avez le droit de m'appeler comme cela vous plaît, rétorqua Wulfgar, je suis votre esclave.

—T'as un esprit aussi sauvage qu'la toundra, dit Bruenor en souriant. T'as jamais été, et tu s'ras jamais l'esclave ni d'un nain ni d'un homme !

Le compliment inattendu du nain prit Wulfgar par surprise. Il tenta d'y répondre, mais ne trouva rien à dire.

—J't'ai jamais vu comme un esclave, le p'tit, continua Bruenor. Tu m'as servi pour expier les crimes d'ton peuple, et j't'ai beaucoup appris en retour. Maintenait, range ton marteau. (Il fit une pause de quelques instants pour considérer le travail délicat de Wulfgar.) T'es un bon forgeron, avec un bon ressenti d'la pierre, mais t'es pas fait pour vivre dans une grotte de nain. Il est temps qu'tu sentes le soleil sur ta peau de nouveau.

—La liberté ? chuchota Wulfgar.

—Sors-toi cette idée d'la tête ! se fâcha Bruenor. (Il pointa un doigt épais vers le barbare et gronda d'un ton menaçant :) t'es mien jusqu'aux derniers jours d'l'automne, oublie pas ça !

Wulfgar dut se mordre la lèvre pour réprimer son rire. La capacité du nain à passer brusquement de la compassion à la fureur l'avait toujours désorienté et déstabilisé. Quatre années passées aux côtés de Bruenor lui avaient appris à composer avec ces brusques accès d'irritabilité – et à ne pas en tenir compte.

—Finis c'que t'as à finir ici, lui ordonna Bruenor. Je t'emmènerai dehors pour rencontrer ton instructeur d'main matin, et sur ta parole, tu l'écouteras comme tu m'écoutes moi !

Wulfgar grimaça devant l'idée de servir encore quelqu'un d'autre, mais il avait accepté sa servitude envers Bruenor sans condition pour une période de cinq ans et un jour, et il ne se déshonorerait pas en revenant sur son serment. Il exprima son accord d'un hochement de tête.

— J'te verrai plus beaucoup, continua Bruenor, alors j'veux avoir ta parole que plus jamais tu brandiras une arme contre le peuple des Dix-Cités.

Wulfgar se raidit fermement.

— Je ne peux pas t'accorder cela, répliqua-t-il audacieusement. Quand j'aurai rempli les clauses que tu as déterminées devant moi, je partirai en homme libre de suivre sa volonté !

— Ça m'suffira, concéda Bruenor, son respect augmentant encore devant la fierté têtue de Wulfgar.

Il se tut pendant un moment pour contempler le jeune barbare hautain et s'aperçut qu'il était heureux du rôle qu'il avait joué dans son éducation.

— T'as cassé ta fichue hampe sur ma tête, commença le nain non sans hésitation. (Il s'éclaircit la voix. Le dernier point à l'ordre du jour le mettait mal à l'aise : il n'était pas sûr de savoir comment s'en sortir sans paraître sentimental et stupide.) L'hiver s'ra vite sur nous après la fin d'ta servitude avec moi. Je peux pas décemment t'renvoyer dans les terres sauvages sans arme. (Il repartit vivement vers l'entrée pour prendre le marteau de guerre.) *Crocs de l'égide*, dit-il d'un ton bourru alors qu'il la tendait à Wulfgar. J'briderai pas ta volonté, mais tu vas m'donner ta parole, pour ma tranquillité d'esprit, qu'jamais tu lèveras cette arme contre le peuple des Dix-Cités !

Dès que ses mains se refermèrent sur le manche en adamantium, Wulfgar sentit la qualité du marteau de guerre magique. Les runes au tracé incrusté de diamants scintillaient dans le rougeoiement de la forge et créaient une myriade de petits reflets dansant sur les parois de la pièce. Les barbares de la tribu de Wulfgar s'étaient toujours enorgueillis de l'excellence de leurs armes, mesurant même la valeur d'un homme à l'aune de sa lance ou de son épée, mais Wulfgar n'avait jamais rien vu qui puisse égaler les détails exquis et la force pure de *Crocs de l'égide*. Ses mains le manipulaient avec une telle aisance, et sa taille comme son poids lui convenaient si parfaitement qu'il avait l'impression d'être né pour brandir cette arme. Il se dit aussitôt qu'il adresserait ses prières aux dieux du destin de nombreuses nuits durant : ils méritaient certainement ses remerciements pour lui avoir fourni ce trésor.

Tout comme Bruenor.

— Tu as ma parole, bafouilla Wulfgar, tellement bouleversé par le magnifique cadeau qu'il pouvait à peine parler.

Il se ressaisit pour pouvoir en dire plus, mais, le temps qu'il parvienne à détacher son regard fixe du magnifique marteau, Bruenor était parti.

Le nain s'éloigna à pas lourds dans les longs couloirs qui menaient à ses appartements, marmonnant des imprécations devant sa faiblesse, et espérant qu'il ne croiserait aucun membre de son clan. Jetant un regard prudent autour de lui, il essuya les larmes de ses yeux gris.

13

COMME L'ORDONNE LE PORTEUR

— Rassemble tes troupes et vas-y, Biggrin, dit le sorcier à l'immense géant du givre qui se tenait devant lui dans la salle du trône de Cryshal-Tirith. Rappelle-toi que tu représentes l'armée d'Akar Kessell. Vous êtes le premier groupe à pénétrer dans la région, et le secret est la clé de notre victoire. Ne me décevez pas ! Je ne manquerai pas de surveiller le moindre de vos mouvements.

— Nous vous décevrons pas, maître, répondit le géant. Le repaire sera aménagé et préparé pour votre venue !

— J'ai confiance en toi, assura Kessell au commandant imposant. Va-t'en maintenant.

Le géant du givre prit le miroir enroulé dans une couverture que Kessell lui avait donné, adressa une dernière révérence à son maître et sortit de la pièce.

— Ce ne sont pas eux que tu aurais dû envoyer, siffla Errtu, qui s'était tenu à côté du trône, invisible, pendant toute la conversation. Les verbeegs et le géant du givre qui les commande seront aisément repérables au sein d'une communauté d'êtres humains et de nains.

— Biggrin est un chef avisé, riposta Kessell, irrité par l'impertinence du démon. Le géant est assez astucieux pour garder ses troupes hors de vue.

— Pourtant, les humains auraient été plus appropriés pour cette mission, comme te l'a montré Crenshinibon.

— C'est moi le chef ! cria Kessell. (Il sortit l'Éclat de cristal de sous sa tunique et l'agita d'une façon menaçante devant Errtu, se penchant en avant dans une tentative d'appuyer son avertissement.) Crenshinibon conseille, mais c'est moi qui décide ! N'oublie pas ta place, puissant démon. Je suis le porteur du cristal, et je ne tolérerai pas que tu remettes en question chacune de mes actions.

Les yeux rouge sang d'Errtu s'étrécirent dangereusement, et Kessell se rassit sur son trône, se rappelant brusquement que menacer le démon n'était peut-être pas très sage. Mais Errtu se calma vite, conscient que les crises stupides de Kessell n'étaient qu'un inconvénient mineur devant le bénéfice qu'il comptait retirer au final.

—Crenshinibon existe depuis l'aube du monde, grinça le démon, avançant un dernier argument. Il a orchestré une bonne centaine de campagnes bien plus importantes que celle que tu es sur le point d'entreprendre. Peut-être serait-il sage d'écouter attentivement ses conseils.

Kessell tressauta nerveusement. L'Éclat de cristal lui avait effectivement conseillé d'utiliser les humains qu'il aurait bientôt sous sa domination pour la première incursion dans la région. Il avait réussi à se forger une dizaine d'excuses pour justifier son choix d'envoyer les géants, mais en vérité il voulait prouver au cristal et au démon impertinent – ainsi qu'à lui-même – qu'il était le seul à commander.

—Je suivrai le conseil de Crenshinibon quand je le jugerai approprié, dit-il à Errtu. (De l'une des nombreuses poches de sa toge, il sortit un deuxième cristal, une copie conforme de Crenshinibon, celui qu'il avait utilisé pour ériger la tour.) Amène ceci à l'endroit voulu et célèbre la cérémonie, lui enjoignit-il. Je te rejoindrai par le portail d'un miroir quand tout sera prêt.

—Tu veux élever une seconde Cryshal-Tirith quand la première est encore debout ? rechigna Errtu. Cela épuisera prodigieusement la relique !

—Silence ! ordonna Kessell, tremblant. Va et célèbre la cérémonie ! Que le cristal reste mon affaire !

Errtu prit la réplique de la relique et s'inclina profondément. Sans un mot, le démon sortit de la pièce d'un pas raide. Il savait que Kessell voulait sottement prouver son ascendant sur le cristal, aux dépens de la sagesse de rigueur et de tactiques militaires avisées. Le sorcier n'avait pas ni la capacité ni l'expérience nécessaire pour orchestrer cette campagne.

Errtu avait fait une proposition à la dérobée à Crenshinibon pour se débarrasser de Kessell et prendre sa suite comme porteur. Mais l'Éclat avait refusé l'offre du démon. Il préférait les manifestations qu'exigeait Kessell pour se rassurer aux constantes luttes de volonté qui ne manqueraient pas de l'opposer au puissant démon.

⚔ ⚔ ⚔ ⚔ ⚔

Même au milieu de géants et de trolls, la fière stature du roi barbare n'était en rien diminuée. Il passa la porte d'acier de la tour obscure à grandes enjambées, avec un air de défi, se frayant un chemin entre les affreux gardes trolls avec un grognement menaçant. Il détestait cet endroit empreint de sorcellerie et, quand l'aiguillon singulier de la tour était apparu à l'horizon, tel un doigt gelé s'élevant au-dessus du sol, il avait décidé d'ignorer son appel. Mais finalement il n'avait pas pu résister aux injonctions du maître de Cryshal-Tirith.

Heafstaag détestait le sorcier. Selon tous les critères d'un barbare, Akar Kessell était un faible, usant de tours de magie et d'évocations diaboliques au lieu d'utiliser ses muscles. Et Heafstaag le détestait d'autant plus qu'il ne pouvait s'opposer au pouvoir dont disposait le sorcier.

Le roi barbare repoussa violemment les rideaux ballants et perlés qui isolaient la salle d'audience privée d'Akar Kessell, au premier étage de la tour. Le sorcier reposait sur un énorme coussin de satin au milieu de la chambre, ses ongles longs et vernis tapotant impatiemment le sol. Plusieurs esclaves nues, dont l'esprit avait été soumis puis broyé par la domination du cristal, restaient dans l'attente du moindre caprice du porteur de l'Éclat.

Voir des femmes assujetties à un tel simulacre d'homme, chétif et pitoyable, déclencha la colère de Heafstaag. Il envisagea, et ce n'était pas la première fois, la possibilité de fendre profondément le crâne du sorcier avec sa grande hache dans une charge soudaine. Mais la chambre était remplie de paravents et de piliers stratégiquement disposés, et même s'il refusait de croire que la volonté du sorcier puisse faire obstacle à sa fureur, il savait que le démon apprivoisé de Kessell ne serait pas loin de son maître.

—Je suis si heureux que tu aies pu te joindre à moi, noble Heafstaag, dit Kessell avec un calme désarmant. (Errtu et Crenshinibon se trouvaient à portée de main. Il se sentait en totale sécurité, même en présence du rude roi barbare. Il caressa distraitement une des esclaves, dans une démonstration de son pouvoir absolu.)

» Vraiment, tu aurais dû venir plus tôt. La majeure partie de mes armées est déjà rassemblée ; le premier groupe d'éclaireurs est déjà parti. (Il se pencha en avant vers le barbare pour appuyer ses dires :) Si je ne trouve aucun rôle à jouer pour tes hommes dans mes plans, dit-il avec un rictus diabolique, je n'aurai donc absolument pas besoin de ton peuple.

Heafstaag ne broncha pas et ne changea pas d'expression.

—Viens maintenant, puissant roi, susurra le sorcier, viens t'asseoir et partager les richesses de ma table.

Heafstaag se raccrocha à sa fierté et resta immobile.

—Très bien ! se fâcha Kessell. (Il serra le poing et prononça les paroles d'un sort.) À qui dois-tu fidélité ? demanda-t-il d'un ton péremptoire.

Le corps de Heafstaag se raidit.

—À Akar Kessell ! répondit-il malgré sa répulsion.

—Et dis-moi encore qui est celui qui commande les tribus de la toundra.

—Ils suivent mes ordres, répondit Heafstaag, et je suis ceux d'Akar Kessell. Akar Kessell commande les tribus de la toundra !

Le sorcier relâcha le poing, et le roi barbare s'affaissa.

—Je ne suis pas spécialement heureux de te faire subir cela, dit Kessell, frottant une coulure sur l'un de ses ongles vernis. Ne me force pas à le refaire. (Il saisit un parchemin qui se trouvait derrière le coussin de satin et le lança sur le sol.) Assieds-toi devant moi, enjoignit-il à Heafstaag. Raconte-moi encore ta défaite.

Heafstaag s'installa sur le sol, en face de son maître, et déroula le parchemin.

C'était une carte des Dix-Cités.

14

Les yeux lavande

Bruenor avait retrouvé son expression sévère quand il fit appeler Wulfgar le matin suivant. Cependant, et même s'il n'en montra rien, il fut profondément touché de voir *Crocs de l'égide* reposer nonchalamment sur l'épaule du jeune barbare comme s'il avait toujours été là – comme s'il avait toujours été destiné à s'y trouver.

Wulfgar, lui aussi, avait un air maussade qu'il croyait dû au fait de passer au service de quelqu'un d'autre. Mais s'il avait examiné ses émotions de plus près, il aurait reconnu qu'il était véritablement attristé de se séparer du nain.

Catti-Brie les attendait au dernier croisement du couloir qui les menait au-dehors.

— Vous avez l'air bien revêches tous les deux ce matin ! dit-elle comme ils approchaient. Mais ne vous en faites pas, le soleil amènera un sourire sur vos visages.

— Tu as l'air ravie de cette séparation, répondit Wulfgar, un peu perturbé, bien que l'étincelle qui s'alluma dans ses yeux à la vue de la jeune fille démente sa colère. Tu sais, bien sûr, que je quitte la ville des nains aujourd'hui ?

Catti-Brie eut un signe de main désinvolte.

— Tu reviendras bien assez tôt, sourit-elle. Et sois heureux de t'en aller ! Considère que les leçons que tu t'apprêtes à apprendre te seront nécessaires si tu veux un jour atteindre tes objectifs.

Bruenor se tourna vers le barbare. Wulfgar ne lui avait jamais parlé de ce qui se passerait après la fin de sa servitude, et le nain, même s'il désirait préparer Wulfgar du mieux possible, n'avait toujours pas accepté sa résolution de partir.

Wulfgar regarda la jeune fille d'un air menaçant, lui rappelant clairement que leur discussion quant à sa parole non tenue devait rester privée. Catti-Brie, par sa discrétion naturelle, n'avait aucune intention de discuter plus avant de ce sujet. Elle prenait simplement plaisir à taquiner Wulfgar pour faire ressortir ses émotions. Catti-Brie reconnaissait le feu qui animait le fier jeune homme. Elle le voyait chaque fois qu'il posait les yeux sur Bruenor, son mentor, qu'il veuille l'admettre ou non. Et elle le remarquait chaque fois que Wulfgar la regardait.

— Je suis Wulfgar, fils de Beornegar, proclama-t-il fièrement, redressant ses larges épaules et sa mâchoire ferme. J'ai grandi dans la tribu de l'Élan, les meilleurs guerriers de tout Valbise ! Je ne sais rien de ce tuteur, mais il sera bien en peine de m'apprendre quoi que ce soit de l'art du combat !

Catti-Brie échangea un sourire entendu avec Bruenor quand lui et Wulfgar passèrent devant elle.

— Adieu, Wulfgar, fils de Beornegar, cria-t-elle après lui. La prochaine fois que nous nous rencontrerons, je me souviendrai bien de tes leçons d'humilité !

Wulfgar regarda en arrière d'un air toujours aussi menaçant, mais Catti-Brie ne perdit rien de son large sourire.

Le nain et le barbare quittèrent l'obscurité des mines peu après l'aube, descendant le long de la vallée rocheuse vers l'endroit convenu, où ils devaient retrouver le drow. C'était un jour d'été chaud et sans nuages, le bleu du ciel blanchi par la brume du matin. Wulfgar étira ses bras haut dans les airs, atteignant les limites de ses longs muscles. Son peuple avait vocation à vivre dans les vastes étendues de la toundra, et il était soulagé d'être sorti de l'étroitesse étouffante des grottes faites pour les nains.

Drizzt Do'Urden était au point de rendez-vous quand ils arrivèrent. Le drow était appuyé contre la face ombragée d'un gros rocher, cherchant à se soulager de la lumière éblouissante du soleil. Le capuchon de sa cape était rabattu bas sur son visage comme protection supplémentaire. Drizzt considérait comme une malédiction due à ses origines le fait que, peu importe le nombre d'années qu'il passerait parmi les habitants de la surface, son corps ne s'adapterait jamais complètement à la lumière du jour.

Il restait là, immobile, mais pleinement conscient de l'approche de Bruenor et de Wulfgar.

Qu'ils fassent le premier pas, pensa-t-il, désireux de voir comment le jeune homme réagirait devant cette situation inédite.

Curieux de connaître ce personnage mystérieux qui allait devenir son tuteur et son maître, Wulfgar marcha résolument vers lui et s'arrêta juste en face du drow. Depuis les ombres de son capuchon, Drizzt le regarda s'approcher, stupéfait du jeu gracieux des muscles saillants de l'homme immense. Au départ, le drow avait prévu de se conformer à la requête outrancière de Bruenor pour lui faire plaisir, d'attendre un petit moment, puis de s'excuser et de s'en aller. Mais tandis qu'il remarquait le rythme souple et régulier des grandes enjambées du barbare – une aisance surprenante pour quelqu'un de sa taille – Drizzt se surprit à vouloir relever le défi de développer le potentiel apparemment illimité du jeune homme.

Le drow se rendit compte que la partie la plus pénible de cette rencontre, comme chaque fois, serait la réaction de Wulfgar en le découvrant.

Impatient d'en finir, il releva son capuchon et fit face au barbare.

Les yeux de Wulfgar s'élargirent d'horreur et de dégoût.

— Un elfe noir! cria-t-il avec incrédulité. Un chien de sorcier! (Il se tourna vers Bruenor, comme s'il venait d'être trahi.) Tu ne peux décemment pas me demander cela! Je n'ai aucun besoin ni aucun désir d'apprendre les artifices magiques de sa race décrépite!

— Il t'apprendra à te battre – rien de plus, dit Bruenor.

Le nain s'attendait à cette réaction. Il n'était pas du tout inquiet, pleinement conscient, comme Catti-Brie, que Drizzt inculquerait au jeune homme trop fier l'humilité dont il manquait.

Wulfgar grogna d'un air de défi.

— Que puis-je apprendre de l'art du combat avec un elfe gringalet? Les miens sont élevés pour être de véritables guerriers! (Il regarda Drizzt avec un mépris non dissimulé.) Pas des chiens de tricheurs comme ses semblables!

Drizzt regarda calmement Bruenor, demandant silencieusement la permission de commencer la leçon du jour. Le nain eut un petit sourire en coin devant l'ignorance du barbare et exprima son accord d'un hochement de tête.

En un clin d'œil, les deux cimeterres jaillirent de leurs gaines et attaquèrent le barbare. Instinctivement, Wulfgar leva son marteau de guerre pour frapper.

Mais Drizzt était le plus rapide. Le plat de ses lames s'abattait en une succession de claques rapides sur les joues de Wulfgar, y traçant de fines raies sanglantes. Tandis que le barbare entamait une riposte, Drizzt fit tournoyer l'une de ses armes mortelles dans un arc descendant, sa pointe acérée plongeant vers l'arrière du genou de Wulfgar. Celui-ci réussit à l'éviter en décalant sa jambe, mais, comme Drizzt l'avait escompté, ce mouvement le déséquilibra. Le drow glissa négligemment ses cimeterres dans leurs gaines de cuir tandis qu'il envoyait violemment son pied dans le ventre du barbare, étendant celui-ci dans la poussière et faisant voltiger le marteau magique de ses mains.

— Maintenant qu'on s'est bien compris, déclara Bruenor (tentant de dissimuler son amusement pour ménager l'ego fragile de Wulfgar), j'vais donc m'en aller !

Il jeta un regard interrogateur à Drizzt, pour être sûr que le drow était à l'aise avec cette situation.

— Donne-moi quelques dizaines, répondit Drizzt avec un clin d'œil en lui retournant son sourire.

Bruenor se retourna vers Wulfgar, qui avait récupéré *Crocs de l'égide* et qui se reposait, accroupi sur un genou, regardant le drow avec une stupéfaction muette.

— Écoute bien c'qu'il aura à t'dire, mon garçon, lui ordonna une dernière fois le nain. Où il t'découpera en morceaux assez p'tits pour la gorge d'un vautour.

$$\times \quad \times \quad \times \quad \times \quad \times$$

Pour la première fois depuis cinq ans, Wulfgar regardait au-delà des frontières des Dix-Cités, vers la large étendue dégagée de Valbise, qui se déployait devant lui. Le drow et lui avaient passé le reste de leur première journée ensemble à descendre en bas de la vallée et à contourner les pics à l'est du Cairn de Kelvin. C'était là, juste au-dessus du pied de la face nord de la montagne, que se trouvait la grotte peu profonde dans laquelle Drizzt s'était installé.

Meublée de quelques peaux de bêtes et ustensiles de cuisine, la grotte n'avait rien de luxueux. Mais elle était bien utile au drow sans prétention, lui fournissant intimité et isolement, ce qu'il préférait de loin aux railleries et aux menaces des humains. Pour Wulfgar, dont le peuple restait rarement au même endroit plus d'une nuit, la grotte elle-même paraissait être un luxe.

Comme le crépuscule commençait à s'étendre sur la toundra, Drizzt remua, mettant un terme à sa courte sieste dans l'ombre agréable du fond de sa grotte. Wulfgar était content que le drow lui fasse suffisamment confiance pour dormir tranquillement, si manifestement vulnérable, et ce dès le premier jour qu'ils passaient ensemble. Ce fait, associé à la raclée que Drizzt lui avait infligée plus tôt, avait poussé Wulfgar à remettre en question la fureur qui l'avait saisi à la vue de l'elfe noir.

— Commençons-nous l'entraînement ce soir, alors ? demanda Drizzt.

— Vous êtes le maître, dit amèrement Wulfgar. Je ne suis que l'esclave !

— Tu n'es pas plus un esclave que je le suis moi-même, répondit Drizzt.

Wulfgar se tourna vers lui avec curiosité.

—Nous avons tous les deux une dette envers le nain, expliqua Drizzt. Il m'a sauvé la vie bien des fois et c'est pourquoi j'ai accepté de t'apprendre mon art du combat. Tu respectes le serment que tu lui as fait en échange de ta vie, c'est pourquoi tu es obligé d'apprendre ce que j'ai à t'enseigner. Je ne suis le maître d'aucun homme, et je ne compte même jamais le devenir.

Wulfgar se retourna vers la toundra. Il ne faisait pas encore entièrement confiance à Drizzt, bien qu'il ne voie aucune raison pour que le drow simule une attitude amicale.

—Nous nous acquittons ensemble de notre dette envers Bruenor, dit Drizzt. (Il ressentait de l'empathie pour le jeune homme qui contemplait intensément sa terre natale pour la première fois depuis des années.) Profite de cette nuit, barbare. Fais ce que bon te semble et rappelle à tes souvenirs la sensation du vent sur ton visage. Nous commencerons demain, à la tombée de la nuit.

Wulfgar ne pouvait nier qu'il appréciait le respect que lui témoignait le drow.

⚔ ⚔ ⚔ ⚔ ⚔

Pendant la journée, Drizzt se reposa à l'ombre fraîche de sa grotte, tandis que Wulfgar s'acclimatait à ce nouveau territoire et chassait pour leur souper.

La nuit venue, ils combattirent.

Drizzt assaillit le jeune barbare sans relâche, lui donnant une claque du plat de sa lame chaque fois qu'il laissait apparaître une faille dans sa défense. Leurs échanges s'intensifiaient parfois dangereusement, car le fier barbare était de plus en plus furieux et frustré par la supériorité du drow. Cela ne faisait que le désavantager, car, dans sa fureur, tout semblant de discipline s'évanouissait. Drizzt était toujours prompt à le lui faire remarquer par une série de claques et de coups vrillés qui finissaient par étendre Wulfgar au sol.

Pourtant, et c'était tout à son honneur, Drizzt ne railla jamais le barbare ni ne tenta de l'humilier. Le drow s'acquitta de sa tâche avec méthode, comprenant que la priorité était d'affûter les réflexes du barbare et de lui apprendre à se soucier de sa défense.

Drizzt était véritablement impressionné par les capacités innées de Wulfgar. Le potentiel incroyable du jeune homme le stupéfiait. Au départ, il craignait que sa fierté têtue et son amertume l'empêchent de faire tout progrès, mais le barbare s'était révélé à la hauteur du défi.

Reconnaissant le profit qu'il pouvait tirer d'un expert en armes tel que Drizzt, Wulfgar l'écoutait attentivement. Au lieu de le laisser se reposer sur ses acquis, sa fierté le poussait à rechercher tout ce qui pouvait l'aider à mener à terme ses objectifs ambitieux. À la fin de la première dizaine, il arrivait à maîtriser ses humeurs capricieuses durant ces séances, et il était déjà capable de dévier plusieurs des attaques ingénieuses du drow.

Drizzt ne dit pas grand-chose durant cette première dizaine, bien qu'il adresse à l'occasion un compliment au barbare sur une parade ou à une riposte de qualité, ou plus généralement sur les rapides progrès que faisait Wulfgar sur une période si courte. Celui-ci s'aperçut qu'il était avide des remarques du drow quand il exécutait une manœuvre particulièrement difficile, et qu'il appréhendait les claques inévitables quand il se retrouvait sottement en position vulnérable.

Le respect que le jeune barbare avait pour Drizzt ne cessa d'augmenter. Il y avait quelque chose chez le drow, qui vivait sans se plaindre dans une solitude stoïque, qui en appelait au sens de l'honneur de Wulfgar. Il ne pouvait pas encore deviner que Drizzt avait choisi de mener cette vie, mais il était certain, d'après ce qu'il avait déjà vu du drow, que cela avait quelque chose à voir avec ses principes.

Au milieu de la seconde dizaine, Wulfgar avait acquis une parfaite maîtrise de *Crocs de l'égide*, faisant adroitement tournoyer sa poignée et sa tête pour bloquer les deux cimeterres vrombissants, et ripostant par des frappes savamment mesurées. Drizzt pouvait voir le changement subtil qui avait lieu en lui, car le barbare cessait de simplement réagir aux coups et aux frappes habiles de ses cimeterres et commençait à identifier ses propres points faibles, ainsi qu'à anticiper l'attaque à suivre.

Quand il fut convaincu que la technique défensive de Wulfgar s'était suffisamment améliorée, Drizzt commença les leçons sur l'attaque. Le drow savait que son propre style offensif ne serait pas des plus efficaces pour Wulfgar. Le barbare pouvait user de sa force inégalée plus efficacement que de feintes trompeuses et de retournements. Les semblables de Wulfgar étaient par nature des combattants agressifs, tendant plus volontiers à frapper qu'à parer les coups. Le puissant barbare pouvait terrasser un géant d'un seul coup bien placé.

Tout ce qui lui restait à apprendre, c'était la patience.

⚔ ⚔ ⚔ ⚔ ⚔

À la tombée d'une nuit sans lune, tandis qu'il se préparait pour la leçon du soir, Wulfgar remarqua le scintillement lointain d'un feu de camp sur la plaine. Il l'observa, fasciné, alors que plusieurs autres lueurs surgissaient brusquement devant ses yeux, se demandant même s'il pouvait s'agir des feux de sa propre tribu.

Drizzt approcha en silence, sans que le barbare captivé le remarque. Les yeux perçants du drow avaient remarqué le remue-ménage du campement lointain bien avant que la lueur des feux soit assez vive pour que Wulfgar puisse les percevoir.

— Ton peuple a survécu, dit-il pour réconforter le jeune homme.

Wulfgar sursauta devant l'apparition soudaine de son instructeur.

— Tu sais ce qui leur est arrivé ? demanda-t-il.

Drizzt avança à côté de lui et contempla la toundra.

— Leurs pertes ont été lourdes lors de la bataille de Bryn Shander, dit-il. Et les hivers qui ont suivi ont été cruellement mordants pour beaucoup de femmes et d'enfants qui n'avaient plus d'hommes pour chasser. Ils ont fui vers l'ouest pour trouver les rennes, s'alliant à d'autres tribus pour être plus forts. Leurs membres ont conservé les noms de leurs tribus originelles, mais en vérité il n'en reste véritablement plus que deux : la tribu de l'Élan et celle de l'Ours.

» Tu faisais partie de la tribu de l'Élan, je crois, continua Drizzt, obtenant en réponse le hochement de tête de Wulfgar. Les tiens s'en sont bien sortis. Ils dominent la plaine maintenant, et même s'il faudra encore bien des années avant que les habitants de la toundra retrouvent leur vigueur d'autrefois, les jeunes guerriers entrent déjà dans l'âge adulte.

Wulfgar fut envahi par une vague de soulagement. Il avait craint que la bataille de Bryn Shander ait décimé son peuple au point qu'il ne puisse jamais s'en remettre. La toundra était deux fois plus rude pendant l'hiver glacé, et Wulfgar avait souvent envisagé la possibilité que la perte soudaine de tant de guerriers (certaines tribus avaient perdu l'ensemble de leurs hommes) ait condamné les survivants à une mort lente.

— Tu en sais beaucoup sur mon peuple, remarqua Wulfgar.

— J'ai passé plusieurs jours à les observer, expliqua Drizzt tout en se demandant quel cours pouvaient bien suivre les pensées du barbare, afin d'apprendre leurs usages et leurs astuces pour prospérer sur des terres si inhospitalières.

Wulfgar gloussa doucement et secoua la tête, encore impressionné par la révérence sincère dont faisait preuve le drow chaque fois qu'il parlait des natifs de Valbise. Il le connaissait depuis moins de deux dizaines, mais il percevait suffisamment bien la personnalité de Drizzt Do'Urden pour savoir que la réflexion qu'il s'apprêtait à faire tomberait juste :

— Je parie que tu as même silencieusement abattu des cerfs dans l'obscurité, pour qu'ils soient découverts à la lumière du jour par des gens trop affamés pour s'interroger sur leur bonne fortune.

Drizzt ne répondit pas à la remarque et ne détourna pas les yeux, mais Wulfgar était sûr d'avoir bien deviné.

—Connais-tu Heafstaag? demanda le barbare après quelques instants de silence. C'était le roi de ma tribu, un homme aux nombreuses cicatrices, et de grand renom.

Drizzt se souvenait fort bien du barbare borgne. La simple mention de son nom déclencha une douleur sourde dans l'épaule du drow, là où il avait été blessé par la lourde hache de l'homme immense.

—Il est vivant, répondit Drizzt, dissimulant quelque peu son mépris. Heafstaag parle maintenant au nom de l'ensemble des tribus du Nord. Il ne reste personne dont la lignée soit suffisamment légitime pour s'opposer à lui dans un combat, ou pour le tenir en échec.

—C'est un roi puissant, dit Wulfgar, ignorant le ton venimeux du drow.

—C'est un combattant féroce, corrigea Drizzt.

Ses yeux lavande transpercèrent Wulfgar, surpris par leur brusque éclat coléreux. Wulfgar vit le caractère incroyable qui se reflétait dans ces iris violets, la force intérieure dont était doté le drow, d'une qualité si pure qu'elle rendrait jaloux le plus noble des rois.

—Tu es devenu un homme dans l'ombre d'un nain à la moralité indiscutable, le réprimanda Drizzt. N'as-tu donc rien appris de cette expérience?

Wulfgar, abasourdi, ne trouva rien à répondre.

Drizzt décida que le temps était venu de mettre à nu les principes du barbare et de juger de la sagesse et de l'utilité d'enseigner au jeune homme.

—Un roi est un homme de convictions, à la forte nature, qui mène par l'exemple, et qui se soucie véritablement des souffrances de son peuple, le sermonna-t-il. Ce n'est pas une brute qui gouverne uniquement parce qu'il est le plus fort. Je pensais que tu aurais appris à faire la distinction.

Drizzt remarqua l'embarras qui envahissait Wulfgar et il sut que les années qu'il avait passées dans les grottes des nains avaient profondément secoué les bases sur lesquelles il avait été élevé. Il espéra que la foi de Bruenor dans la droiture de Wulfgar se révélerait justifiée. Comme Bruenor des années auparavant, il en était venu à reconnaître l'aspect prometteur de ce jeune homme intelligent, et il se rendit compte que l'avenir de Wulfgar lui importait. Il se détourna brusquement et commença à s'éloigner, laissant au barbare le soin de trouver les réponses à ses propres questions.

—Et la leçon? cria Wulfgar dans son dos, toujours déconcerté et surpris.

— Tu viens d'avoir ta leçon pour ce soir, répondit Drizzt sans même se retourner ni ralentir. C'était peut-être la plus importante que j'enseignerai jamais.

Le drow s'évanouit dans l'obscurité de la nuit, bien que l'image nette de ses yeux lavande reste clairement gravée dans les pensées de Wulfgar.

Le barbare se retourna vers les lointains feux de camp.

Se posant mille questions.

15

SUR LES AILES DE LA FATALITÉ

Ils entrèrent dans Valbise alors qu'une bourrasque violente balayait les terres des Dix-Cités, en provenance de l'est dégagé. Ironiquement, ils suivirent le même sentier qu'avaient emprunté Drizzt et Wulfgar à peine deux dizaines plus tôt, le long du flanc du Cairn de Kelvin. La bande de verbeegs, cependant, se dirigea vers le sud, du côté des villes, plutôt que vers la toundra dégagée au nord. Grands et fins, ils étaient les plus petits des géants, mais ils représentaient quand même une force formidable.

Un géant du givre menait les éclaireurs de la vaste armée d'Akar Kessell. Couverts par le bruit des bourrasques hurlantes, ils avançaient à toute allure vers un repaire secret découvert par des orques envoyés en éclaireurs, au sein d'un éperon rocheux sur le versant sud de la montagne. Il n'y avait guère qu'une vingtaine de monstres, mais chacun d'eux portait un énorme balluchon d'armes et de vivres.

Leur chef se hâtait vers leur destination. Il s'appelait Biggrin, un géant rusé et d'une force immense, dont la lèvre supérieure avait été arrachée par la mâchoire cruelle d'un loup énorme, figeant sur son visage la grotesque caricature d'un sourire. Cette mutilation ne faisait qu'ajouter à la stature du géant, inspirant à ses troupes habituellement indisciplinées le respect que causait la peur. Akar Kessell avait personnellement choisi Biggrin comme chef de ses éclaireurs avancés, bien qu'il lui ait été conseillé d'envoyer un groupe moins visible, composé d'hommes de Heafstaag, pour cette mission délicate. Mais Kessell tenait Biggrin en haute estime et il était impressionné par la quantité considérable de vivres que pouvait porter la petite bande de verbeegs.

La troupe s'installa dans ses nouveaux quartiers avant minuit et s'affaira immédiatement à construire des installations où dormir, des remises et une petite cuisine. Puis ils attendirent, silencieux et prêts à lancer les premières frappes de l'assaut d'Akar Kessell sur les Dix-Cités.

Un messager orque venait tous les deux jours vérifier l'état de la bande et délivrer les dernières instructions du sorcier, informant Biggrin de la progression de la prochaine troupe d'approvisionnement. Tout se passait selon le plan de Kessell, mais Biggrin constata avec inquiétude que plusieurs de ses guerriers étaient de plus en plus impatients et nerveux chaque fois qu'un messager apparaissait, espérant que le temps de partir en guerre était enfin venu.

Mais les instructions étaient toujours les mêmes : rester cachés et attendre.

Après à peine deux dizaines passées dans l'atmosphère tendue de la grotte étouffante, la camaraderie entre les géants s'était désintégrée. Les verbeegs étaient des créatures faites pour l'action, pas pour la méditation, et l'ennui les conduisait inévitablement à la frustration.

Les querelles devinrent la norme, menant souvent à de cruels combats. Biggrin n'était jamais bien loin, et le géant du givre imposant réussissait généralement à interrompre les bagarres avant qu'un membre de la troupe soit sérieusement blessé. Le géant savait pertinemment qu'il ne pourrait pas maîtriser la soif de bataille de la bande encore très longtemps.

Le cinquième messager se glissa dans la grotte lors d'une nuit particulièrement chaude et inconfortable. Dès que l'orque infortuné pénétra dans la salle commune, il fut entouré d'une vingtaine de verbeegs hargneux.

—Quelles sont les nouvelles, alors ? demanda impatiemment l'un d'eux.

Pensant que le soutien d'Akar Kessell était une protection suffisante, l'orque regarda le géant avec un mépris non dissimulé.

—Va chercher ton maître, soldat, ordonna-t-il.

Tout à coup, une main énorme attrapa l'orque par la peau du cou et le secoua brutalement :

—On t'a posé une question, racaille, dit un second géant. Quelles sont les nouvelles ?

L'orque, ayant visiblement perdu tout sang-froid, riposta par une menace coléreuse à l'attention de son assaillant :

—Le sorcier va t'écorcher vif !

—J'en ai assez supporté, grogna le premier géant, se baissant pour serrer sa main énorme autour du cou de l'orque.

D'un seul de ses bras massifs, il souleva la créature bien au-dessus du sol. L'orque s'agita et se tordit pitoyablement en tout sens, devant les verbeegs indifférents. Une invective retentit, suivie d'une autre :

— Allez, écrase son cou crasseux !

— Arrache-lui les yeux et jette-le dans un trou sans fond !

Biggrin pénétra dans la pièce, se frayant prestement un chemin parmi les rangs pour découvrir l'origine de ce tumulte. Le géant ne fut pas surpris de trouver le verbeeg en train de torturer un orque. En vérité, le chef des géants était amusé par ce spectacle, mais il savait combien il était dangereux de mettre le versatile Akar Kessell en colère. Il avait vu plus d'un gobelin indiscipliné condamné à une mort lente pour avoir désobéi, ou simplement pour apaiser les tendances perverses du sorcier.

— Pose cette chose misérable par terre, ordonna calmement Biggrin.

Plusieurs grognements de protestation s'élevèrent autour du géant du givre.

— Enfonce sa tête cont' le mur ! cria l'un deux.

— Mords son nez ! renchérit un autre.

Le visage de l'orque était tout boursouflé à cause du manque d'air et il ne se débattait presque plus. Le verbeeg qui le tenait soutint le regard fixe et menaçant de Biggrin encore quelques instants, puis il lança sa victime impuissante devant les bottes du géant du givre.

— T'as qu'à l'garder, alors, gronda férocement le verbeeg à Biggrin. Mais s'il m'dit encore quoi qu'ce soit, j'le mangerons pour du sûr !

— J'en ai marre d'ce trou, se plaignit un géant dans les rangs du fond. Quand y a une vallée entière d'nains crasseux prêts à s'faire cueillir !

Le grognement reprit plus intensément.

Biggrin regarda autour de lui et étudia la fureur bouillonnante qui agitait l'ensemble de ses troupes, menaçant de faire sombrer le repaire entier dans un accès irrépressible de violence.

— D'main soir, on irons commencer à sortir voir c'qui nous attend, proposa Biggrin en réponse. (C'était une manœuvre risquée, et le géant du givre le savait, mais l'alternative était un désastre certain.) Just' trois à la fois, et sans rien dire à personne !

L'orque avait retrouvé un semblant de sang-froid et entendu la proposition de Biggrin. Il commença à protester, mais le chef des géants le fit taire immédiatement.

— Ferm' ta bouche, chien d'orque, lui ordonna Biggrin, arborant un sourire ironique tout en regardant fixement le verbeeg qui avait menacé le messager, où j'laisserons mes amis t'manger !

Les géants hurlèrent leur joie et échangèrent des claques sur l'épaule avec leurs compagnons, de nouveau camarades. Biggrin leur avait promis de l'action mais, malgré l'enthousiasme vigoureux de ses soldats, il doutait de sa décision. Les cris décrivant diverses recettes que les verbeegs avaient concoctées – « L'nain aux pommes » et « Barbu, Battu et Bien cuit » – retentissaient en un tonnerre d'acclamations approbatrices.

Biggrin redoutait ce qui pouvait advenir si l'un des verbeegs tombait sur un être du petit peuple.

⚔ ⚔ ⚔ ⚔ ⚔

Biggrin laissa les verbeegs quitter le repaire par groupes de trois, et seulement pendant la nuit. Même s'il lui paraissait improbable qu'un nain se déplace aussi loin au nord de la vallée, il savait que c'était prendre un risque insensé. Un soupir de soulagement lui échappait chaque fois qu'une patrouille revenait sans incident.

Le simple fait d'être autorisé à sortir de la grotte étriquée avait considérablement remonté le moral des verbeegs. La tension à l'intérieur du repaire disparut tandis que les troupes retrouvaient leur enthousiasme pour la guerre à venir. Du haut du versant du Cairn de Kelvin, ils apercevaient souvent les lumières de Caer-Konig et Caer-Dineval, ainsi que celles de Termalaine sur le bord opposé à l'ouest, et même de Bryn Shander loin vers le sud. Voir ces villes leur permettait de fantasmer sur leurs victoires futures, et ces pensées suffisaient à les apaiser pendant leur longue attente.

Une autre dizaine s'écoula. Tout semblait bien se passer. Ayant remarqué l'amélioration que cette once de liberté avait apportée au moral de ses troupes, Biggrin commença à se détendre vis-à-vis de sa décision risquée.

Mais alors, deux nains, qui avaient été informés par Bruenor qu'il y avait de la pierre de qualité à l'ombre du Cairn de Kelvin, firent le voyage jusqu'à l'extrémité nord de la vallée pour étudier son potentiel minier. Ils arrivèrent sur les pentes méridionales de la montagne rocheuse tard dans l'après-midi, et au crépuscule leur campement était installé sur un rocher plat à côté d'un torrent rapide.

C'était leur vallée, et elle n'avait pas été le théâtre de troubles depuis des années. Ils prirent donc peu de précautions.

Et c'est ainsi que la première patrouille de verbeegs qui quitta le repaire ce soir-là repéra les flammes d'un feu de camp et entendit le dialecte caractéristique des nains abominés.

⚔ ⚔ ⚔ ⚔ ⚔

De l'autre côté de la montagne, Drizzt Do'Urden se réveilla de sa somnolence diurne. Émergeant de la grotte dans les ténèbres qui s'épaississaient, il trouva Wulfgar à l'endroit habituel, perché sur une haute pierre, méditant les yeux rivés sur la plaine.

— Tu te languis de ta maison ? demanda le drow pour la forme.

Wulfgar haussa ses immenses épaules et répondit distraitement :

— Peut-être.

Le barbare avait commencé à se poser de nombreuses questions sur son peuple et leur façon de vivre depuis qu'il avait appris à respecter Drizzt. Le drow était une énigme pour lui, une combinaison déroutante d'habileté exceptionnelle au combat et d'une parfaite maîtrise de soi. Drizzt semblait capable de mesurer chacun de ses mouvements à l'aune de l'aventure et d'une morale incontestable.

Wulfgar adressa un regard interrogateur au drow.

— Pourquoi es-tu là ? demanda-t-il tout à coup.

Maintenant, c'était Drizzt qui contemplait pensivement l'étendue dégagée qui leur faisait face. Les premières étoiles de la soirée étaient apparues, leur reflet scintillant nettement dans les sombres iris des yeux de l'elfe. Mais Drizzt ne les voyait pas ; son esprit s'égarait dans les lointains souvenirs des villes sans lumière des drows, dans leurs immenses complexes de cavernes bien en dessous du sol.

— Je me rappelle, se souvint Drizzt avec l'acuité saisissante des souvenirs terribles, la première fois que j'ai vu le monde de la surface. J'étais bien plus jeune à l'époque, et je faisais partie d'un important groupe de pilleurs. Nous sommes discrètement sortis par une grotte secrète et nous avons fait une descente sur un petit village elfique. (Le drow tressaillit devant les images qui défilaient dans son esprit.) Mes compagnons ont massacré tous les membres du clan des elfes des bois. Toutes les femmes. Tous les enfants.

Wulfgar l'écoutait, envahi par une horreur grandissante. Le raid que décrivait Drizzt aurait tout aussi bien pu être perpétré par la féroce tribu de l'Élan.

— Mon peuple tue, continua Drizzt d'un air grave. Ils tuent sans pitié. (Il regarda Wulfgar dans les yeux pour s'assurer que le barbare le comprenait bien.) Ils tuent de sang-froid.

Il s'interrompit un moment pour laisser le barbare mesurer le poids de ses paroles. La description simple, mais sans appel de ces tueurs impassibles avait troublé Wulfgar. Il avait été élevé et entraîné au sein de guerriers passionnés, des hommes dont le seul but dans la vie était la poursuite de la gloire au combat – luttant en priant Tempus. Le jeune barbare ne pouvait tout simplement pas comprendre une telle cruauté.

Mais Wulfgar devait bien admettre que la différence était subtile. Qu'il s'agisse de drows ou de barbares, les résultats de leurs raids étaient très semblables.

151

—La déesse démon qu'ils servent ne laisse aucune place aux autres races, expliqua Drizzt. Particulièrement aux autres races d'elfes.

—Mais tu ne seras jamais accepté dans ce monde, dit Wulfgar. Tu dois sûrement savoir que les humains te rejetteront toujours.

Drizzt hocha la tête.

—La plupart d'entre eux, approuva-t-il. Il y en a peu que je puisse appeler mes amis, pourtant je suis heureux. Tu vois, barbare, désormais je sais que je mérite leur respect, sans culpabilité ni honte. (Il se releva de sa position accroupie et commença à s'éloigner dans l'obscurité.) Viens, lui enjoignit-il. Combattons bien cette nuit, car je suis satisfait de l'évolution de ton savoir-faire, et cette partie de tes leçons est proche de son terme.

Wulfgar resta assis là encore un moment en méditant. Le drow vivait une vie dure et matériellement démunie, pourtant il était plus riche qu'aucun homme que Wulfgar ait connu. Drizzt s'était raccroché à ses principes dans des circonstances accablantes, faisant le choix de quitter l'univers familier de ses semblables pour rester dans un monde où il ne serait jamais ni accepté ni apprécié.

Il regarda l'elfe qui s'éloignait, devenu une simple ombre dans les ténèbres.

—Peut-être que nous ne sommes pas si différents l'un de l'autre, murmura-t-il dans sa barbe.

⚔ ⚔ ⚔ ⚔ ⚔

—Des espions! chuchota l'un des verbeegs.

—Bien stupides pour faire du feu quand qu'ils épient, dit un autre.

—On n'a qu'à les écraser! dit le premier, s'avançant vers la lueur orangée.

—Le chef a dit non! leur rappela le troisième. On sommes là pour voir, pas pour écraser!

Ils commencèrent à descendre le chemin rocailleux, avec le plus de discrétion possible, ce qui les rendit aussi silencieux qu'un rocher en train de tomber.

Les deux nains étaient parfaitement conscients que quelqu'un ou quelque chose était en train de se rapprocher d'eux. Ils dégainèrent leurs armes par mesure de précaution, mais ils pensèrent qu'il devait s'agir de Wulfgar ou de Drizzt, ou peut-être de pêcheurs de Caer-Konig qui avaient vu la lueur de leur feu et venaient partager leur dîner avec eux.

Quand le campement apparut aux yeux des verbeegs, juste en dessous d'eux, les monstres purent voir que les nains se tenaient fermement debout, l'arme à la main.

— Ils nous avons vus ! dit l'un des géants, se dissimulant dans l'obscurité.

— Ah, tais-toi, ordonna le deuxième.

Le troisième géant, sachant aussi bien que le deuxième que les nains ne pouvaient pas encore savoir qui ils étaient, empoigna l'épaule de celui-ci et lui adressa un clin d'œil malveillant.

— S'ils nous avons vus, raisonna-t-il, nous ont pas d'autres choix que d'les écraser !

Le deuxième géant gloussa doucement, percha sa lourde massue sur son épaule et s'avança vers le campement.

Les nains furent abasourdis quand le verbeeg bondit hors d'un amas rocheux, à peine à quelques mètres de leur campement, et qu'il fonça vers eux. Même mis au pied du mur, un nain reste coriace, d'autant plus que ceux-là étaient du clan de Castelmithral, et qu'ils avaient mené des batailles sur la toundra impitoyable toute leur vie. Ce combat ne serait pas aussi facile que le verbeeg l'avait pensé.

Le premier nain se baissa pour esquiver une frappe pesante du premier monstre et riposta en assenant son marteau sur les orteils du verbeeg. Le géant leva instinctivement son pied blessé, se mettant à sautiller à cloche-pied, et le guerrier nain aguerri le fit promptement tomber en le frappant au genou.

L'autre nain avait réagi rapidement, lançant son marteau avec précision. Il atteignit un autre géant dans l'œil, ce qui l'envoya s'écraser dans les rochers.

Mais le troisième verbeeg, le plus intelligent des trois, avait ramassé une pierre avant de charger et il riposta à l'attaque du nain d'un lancer d'une force extraordinaire.

La pierre rebondit sur la tempe du nain infortuné, projetant violemment sa tête sur le côté qui roulait mollement sur ses épaules lorsqu'il chuta, mort, sur le sol.

Le premier nain pouvait facilement venir à bout du géant qu'il avait mis à terre, mais le dernier monstre fut sur lui en un instant. Les deux combattants enchaînèrent parades et ripostes, le nain prenant légèrement l'avantage. Celui-ci ne dura que le temps que le géant qui avait été frappé à l'œil par le marteau lancé se soit suffisamment rétabli pour lui sauter dessus.

Les deux verbeegs assenèrent une avalanche de coups sur le nain. Il réussit à les esquiver et à les dévier jusqu'à ce que l'un deux finisse par s'abattre en plein sur son épaule et le fit tomber sur le dos. Il reprit son souffle rapidement, car il était aussi robuste que la pierre sur laquelle il avait atterri, mais une lourde botte le piétina, le maintenant sur le ventre.

—Aplatis-le! supplia le géant blessé que le nain avait mis à terre. Après, on l'emmènerons au cuisinier!

—On vons pas faire ça! grogna le géant qui surplombait le nain. (Il pesa sur sa lourde botte, pressant lentement la vie hors de sa victime.) C'est nous qu'Biggrin emmènerons au cuisinier s'il découvrons c'qu'on avons fait!

Les deux autres géants furent véritablement effrayés à l'évocation du courroux de leur chef brutal. Ils regardèrent avec impuissance leur compagnon plus rusé dans l'espoir d'une solution.

—On vont les mettre avec leurs sales affaires au fin fond d'un trou et jamais on en r'parlerons!

⚔ ⚔ ⚔ ⚔ ⚔

À plusieurs kilomètres à l'est, dans sa tour solitaire, Akar Kessell attendait patiemment. En automne, la dernière – et la plus importante – des caravanes marchandes en provenance de Luskan reviendrait aux Dix-Cités, chargée de richesses et de vivres pour le long hiver. Sa vaste armée serait réunie et en route d'ici là, marchant glorieusement vers les pitoyables pêcheurs pour les détruire. À la simple pensée des avantages qu'il tirerait de cette victoire facile, des frissons de plaisir parcoururent le sorcier.

Il était bien loin de savoir que les premières frappes de la guerre avaient déjà eu lieu.

16

Des tombes peu profondes

Quand Wulfgar se réveilla juste avant midi, reposé de son long labeur de la nuit dernière, il fut surpris de voir Drizzt déjà levé, frais et dispos, s'activant à la préparation d'un bagage pour un long périple.

— Aujourd'hui, nous entamons un nouveau genre de leçon, expliqua Drizzt au barbare. Nous nous mettrons en route dès que tu auras mangé quelque chose.

— Où irons-nous?

— D'abord, aux mines des nains, répondit Drizzt. Bruenor voudra te voir pour pouvoir évaluer tes progrès par lui-même. (Il sourit au grand homme.) Il ne devrait pas être déçu!

Wulfgar sourit, persuadé que ses récentes prouesses au marteau impressionneraient même le nain bourru.

— Et après?

— À Termalaine, sur les rives de Maer Dualdon. J'ai un ami là-bas. Un des rares, ajouta-t-il vivement avec un clin d'œil, provoquant le sourire de Wulfgar. Un homme qui s'appelle Agorwal. Je veux que tu rencontres certains des habitants des Dix-Cités afin que tu puisses mieux les juger.

— Qu'ai-je donc à juger? demanda Wulfgar avec colère.

Les yeux sombres et sagaces du drow le transpercèrent. Wulfgar comprenait clairement ce que Drizzt avait en tête. L'elfe noir tentait de donner un visage au peuple que les barbares considéraient comme leur ennemi déclaré, en lui montrant la vie quotidienne de ces hommes, ces femmes et ces enfants qui auraient pu être les victimes de sa propre hampe si la lutte sur les pentes de Bryn Shander avait pris une autre tournure.

Intrépide dans n'importe quelle bataille, Wulfgar était véritablement effrayé à l'idée de faire face à ces gens. Le jeune barbare avait déjà commencé à remettre en question les vertus de son peuple belliqueux ; les visages innocents qu'il allait rencontrer dans la ville que les siens avaient nonchalamment destinée à brûler pourraient bien finir d'ébranler les fondations mêmes de son monde.

Les deux compagnons se mirent en route peu de temps après, reprenant les mêmes sentiers qu'à l'aller, sur les pistes orientales du Cairn de Kelvin. Un vent poussiéreux en provenance de l'est soufflait sans interruption, les assaillant de minuscules grains de sable cuisants tandis qu'ils parcouraient le versant exposé de la montagne. Bien que le soleil éblouissant soit particulièrement éreintant pour Drizzt, il garda un pas sûr et ne s'arrêta pas pour se reposer.

Tard dans l'après-midi, quand ils contournèrent enfin un éperon méridional, ils étaient épuisés, mais de bonne humeur.

— À l'abri des mines, j'avais oublié comme le vent de la toundra peut être cruel ! dit Wulfgar en riant.

— Nous serons protégés une fois dans l'enceinte de la vallée, dit Drizzt. (Il caressa le petit récipient vide qu'il portait sur le flanc.) Viens, je sais où nous pouvons remplir nos outres avant de continuer.

Il mena Wulfgar vers l'ouest, en bas des pentes méridionales de la montagne. Le drow connaissait un torrent glacé non loin de là, dont les eaux provenaient de la neige qui fondait au sommet du Cairn de Kelvin.

Le ruisseau chantait joyeusement, dansant autour des rochers. Les oiseaux alentour chantaient à l'approche des compagnons, et un lynx s'éclipsa en silence. Tout semblait normal, mais au moment où ils arrivèrent sur le rocher large et plat qu'utilisaient habituellement les voyageurs pour établir leur campement, Drizzt sentit que quelque chose n'allait pas du tout. S'avançant avec prudence, il chercha un signe concret qui confirmerait ses soupçons grandissants.

Wulfgar, cependant, plongea à plat ventre sur la pierre et immergea dans l'eau froide son visage zébré de poussière et de transpiration. Quand il en ressortit, son regard avait retrouvé sa brillance, comme si l'eau glacée lui avait rendu sa vitalité. Mais le barbare remarqua alors des taches pourpres sur le rocher et il suivit leur piste sanglante jusqu'au petit morceau de peau et de cheveux qui s'était accroché au bord acéré d'une pierre, juste au-dessus du ruisseau tumultueux.

Étant tous les deux de talentueux traqueurs, il ne fut pas bien difficile pour le rôdeur et le barbare de comprendre qu'un combat s'était déroulé récemment à cet endroit. Ils reconnurent les poils épais qui recouvraient le morceau de peau comme étant de la barbe, d'où ils déduisirent qu'il devait s'agir d'un nain. Ils trouvèrent trois jeux d'empreintes de pieds géants à proximité. Suivant en parallèle les traces qui s'étiraient vers le sud à une courte distance de l'étendue sablonneuse, ils tombèrent vite sur des tombes peu profondes.

—Aucun des deux n'est Bruenor, dit Drizzt avec un air sévère en examinant les deux cadavres. Ce sont des nains plus jeunes. Bundo, fils de Marteau-Abattu, et Dourgass, fils d'Argo Lamelugubre, je crois.

—Nous devrions nous rendre aux mines le plus vite possible, suggéra Wulfgar.

—Bientôt, répondit le drow. Nous en avons encore beaucoup à apprendre sur ce qui s'est passé ici, et ce soir pourrait être notre dernière chance. S'agissait-il de géants renégats qui passaient simplement par là, ou bien ont-ils une tanière dans la région ? Et y a-t-il plus de ces bêtes infectes ?

—On devrait le dire à Bruenor, argumenta Wulfgar.

—Et c'est ce que nous allons faire, dit Drizzt. Mais si ces trois-là sont encore à proximité, ce que je crois étant donné qu'ils ont pris le temps d'enterrer leurs victimes, ils pourraient fort bien revenir pour reprendre l'exercice quand la nuit tombera. (Il dirigea le regard de Wulfgar vers l'ouest, où le ciel avait déjà commencé à se teinter des ombres roses du crépuscule.) Es-tu prêt à combattre, barbare ?

Avec un grognement résolu, Wulfgar délogea *Crocs de l'égide* de son épaule et tapa de sa main libre le manche d'adamantium.

—On va bien voir s'ils apprécient l'exercice de ce soir !

Ils se dissimulèrent derrière une falaise rocheuse au sud de la pierre plate et ils attendirent, tandis que le soleil disparaissait derrière la ligne de l'horizon et que les ombres du soir s'épaississaient.

L'attente ne fut pas bien longue, car les trois verbeegs qui avaient tué les nains la nuit précédente furent les premiers à sortir de la tanière, impatients de partir à la recherche de proies fraîches. À grand fracas, la patrouille arriva bientôt sur les pentes de la montagne, près du rocher plat et du ruisseau.

Wulfgar partit immédiatement à l'attaque, mais Drizzt le retint à temps pour ne pas qu'il trahisse leur position. Le drow avait bien l'intention de tuer ces géants, mais il voulait d'abord voir s'il pouvait apprendre quelque chose sur la raison qui les avait amenés là.

—Enfer et damnation, grommela l'un des géants. Pas un nain dans l'coin !

—Quelle guigne, grogna un autre. Et pour not' dernière nuit dehors, en plus. (Les compagnons de la créature la regardèrent avec curiosité.) L'autre groupe arrive demain matin, expliqua le verbeeg. Not' nombre va doubler, et avec les ogres puants et les orques au camp, l'chef nous laisserons plus sortir jusqu'à c'que tout r'vienne au calme.

—Vingt de plus dans c'trou puant, se plaignit l'un des autres. D'quoi nous rendre fous !

—On devrons bouger, alors, dit le troisième. Y a rien à chasser par là et pas une seconde d'nuit à perdre.

Les deux aventuriers derrière la falaise se crispèrent quand les géants parlèrent de partir.

—Si nous pouvons arriver jusqu'à ce rocher, raisonna Wulfgar, (il pointait sans le savoir le même amas rocheux que les géants avaient utilisé pour leur embuscade de la veille), nous les aurons avant même qu'ils se soient aperçus de notre présence !

Il se tourna nerveusement vers Drizzt, mais recula immédiatement quand il vit le drow. Ses yeux lavande brûlaient d'un éclat que Wulfgar n'avait jamais vu auparavant.

—Ils ne sont que trois, dit Drizzt, la fragile touche de sérénité de sa voix menaçant de se rompre à tout moment. Nous n'avons pas besoin de les surprendre.

Wulfgar ne savait pas exactement comment prendre ce changement inattendu chez l'elfe noir.

—Tu m'as appris à mettre toutes les chances de mon côté, dit-il prudemment.

—Oui, au combat, répondit Drizzt. Mais là, c'est de vengeance qu'il s'agit. Que les géants nous voient, et qu'ils ressentent de la terreur devant le sort terrible qui les attend !

Les cimeterres apparurent tout à coup dans ses mains fines tandis qu'il contournait la falaise, sa foulée régulière résonnant de façon déconcertante d'une indéfectible promesse de mort.

Un des géants hurla de surprise, et ils se figèrent quand ils virent le drow apparaître devant eux. Inquiets et perplexes, ils formèrent une ligne défensive en travers de la pierre plate. Les verbeegs avaient entendu des légendes à propos des drows, certaines racontaient même qu'elfes noirs et géants avaient un jour uni leurs forces, mais l'apparition soudaine de Drizzt les prit totalement par surprise.

Il appréciait leurs tremblements nerveux et se contint pour savourer l'instant.

—Pourquoi qu't'es là, donc ? demanda avec précaution l'un des géants.

—Je suis un ami des nains, répondit Drizzt avec un rire cruel.

Wulfgar bondit à ses côtés comme le plus grand des géants chargeait sans hésitation. Mais Drizzt l'arrêta net. Le drow pointa l'un de ses cimeterres vers le géant qui s'avançait et dit avec un calme inébranlable :

—Tu es mort.

Aussitôt, le verbeeg fut entouré de flammes violacées. Il poussa un cri de terreur et recula, mais Drizzt avançait vers lui d'un pas assuré.

Une pulsion irrésistible s'empara de Wulfgar, le poussant à lancer le marteau de guerre, comme si *Crocs de l'égide* exerçait sur lui sa propre volonté. L'arme siffla dans l'air de la nuit et réduisit en bouillie le géant du milieu, projetant son corps en miettes dans le ruisseau en crue.

Wulfgar fut véritablement saisi d'effroi devant la puissance et la dangereuse efficacité de son jet, mais il était surtout inquiet pour son combat avec le troisième géant puisque la seule arme qui lui restait était son petit poignard. Ledit géant profita de l'avantage et chargea sauvagement. Wulfgar voulut saisir sa dague.

Mais à la place, il trouva *Crocs de l'égide*, revenu dans sa main par magie. Il ignorait totalement le pouvoir exceptionnel dont Bruenor avait imprégné l'arme, et il n'avait pour l'instant pas le temps d'y réfléchir.

Terrifié, mais n'ayant nulle part où s'enfuir, le plus grand des géants attaqua rageusement Drizzt, donnant bien plus d'un avantage à l'elfe. Le monstre leva haut son imposante massue, son mouvement exagéré par la fureur, et Drizzt planta prestement les pointes de ses armes dans le ventre ainsi exposé de la créature, à travers sa tunique de cuir. Après seulement une légère hésitation, le géant termina sa frappe puissante. Mais le drow agile eut amplement le temps de bloquer le coup, et comme la secousse qui en résulta déséquilibra le lourd géant, Drizzt lui infligea deux petites entailles supplémentaires sur l'épaule et le cou.

— Tu as vu, mon garçon ? cria gaiement le drow à Wulfgar. Il se bat comme l'un des tiens.

Wulfgar était au cœur du combat avec le dernier géant, manœuvrant *Crocs de l'égide* avec aisance pour dévier les puissantes frappes du monstre, mais il parvenait à entrevoir des bribes de la bataille qui se déroulait à côté de lui. La scène jetait une ombre sinistre sur la valeur de ce que Drizzt lui avait appris, car le drow était en train de jouer avec le verbeeg, déchaînant librement sa fureur sur lui. Encore et encore, le monstre se relevait pour le coup fatal, et chaque fois, Drizzt se contentait d'une frappe rapide et s'esquivait d'un bond. Le sang du verbeeg coulait à flots d'une bonne dizaine de plaies, et Wulfgar savait que Drizzt pouvait en finir à tout instant.

Mais il était stupéfait de voir que l'elfe noir s'amusait à infliger de tels supplices.

Wulfgar n'avait pas encore porté de coup sérieux à son adversaire, attendant le bon moment, comme Drizzt le lui avait appris, quand le verbeeg furieux se serait épuisé lui-même. Le barbare pouvait déjà voir que les coups du géant étaient moins fréquents et moins vigoureux.

Finalement, baigné de sueur et respirant bruyamment, le verbeeg glissa et baissa sa garde. *Crocs de l'égide* s'abattit droit sur lui, une fois, puis encore une autre, et le géant s'écroula tout entier.

Le tendon tranché, le verbeeg que combattait Drizzt était maintenant à terre, accroupi sur un genou. Quand Drizzt vit le deuxième géant tomber devant Wulfgar, il décida de mettre fin à la partie. Le géant balança vainement sa massue, et avant même qu'il ait achevé son mouvement, Drizzt le transperça d'un de ses cimeterres, mettant cette fois-ci tout son poids dans l'attaque cruelle. La pointe de sa lame s'enfonça sous le cou du géant pour finir dans son cerveau.

⚔ ⚔ ⚔ ⚔ ⚔

Plus tard, tandis que Wulfgar se reposait en contemplant le résultat de leur ouvrage, une question insistante vint à l'esprit de Drizzt :

— Le marteau ? demanda-t-il simplement.

Wulfgar baissa les yeux sur *Crocs de l'égide* et haussa les épaules.

— Je n'en sais rien, répondit-il honnêtement. Il est revenu dans ma main par sa propre magie !

Drizzt sourit pour lui-même. Il savait. Quel merveilleux chef-d'œuvre avait réalisé Bruenor, pensa-t-il. Et comme le nain devait se soucier du jeune homme pour lui avoir fait un tel cadeau !

— Il y a une vingtaine de verbeegs sur le point d'arriver, grogna Wulfgar.

— Et une vingtaine d'entre eux sont déjà là, ajouta Drizzt. Va tout de suite trouver Bruenor, ordonna-t-il. Ces trois-là venaient tout droit de leur repaire, je ne devrais pas avoir trop de mal à retrouver leur trace et à découvrir où se terrent les autres !

Wulfgar acquiesça d'un signe de tête, mais il regardait Drizzt avec inquiétude. La flamme inhabituelle qu'il avait vue couver dans les yeux du drow avant qu'ils attaquent les verbeegs l'avait décontenancé. Il ne savait pas vraiment jusqu'où l'elfe noir pouvait aller.

— Qu'est-ce que tu comptes faire quand tu auras trouvé leur repaire ?

Drizzt ne dit rien, mais son sourire narquois ajouta à la crainte du barbare. Finalement, le drow apaisa les inquiétudes de son ami.

— Retrouve-moi ici demain, dans la matinée. Je t'assure que je ne commencerai pas à m'amuser sans toi !

— Je serai de retour avant les premières lueurs de l'aube, répondit Wulfgar d'un air grave.

Il tourna les talons et disparut dans l'obscurité, se dirigeant aussi vite qu'il le pouvait à la lumière des étoiles.

Drizzt s'éloigna lui aussi, suivant la piste des trois géants vers l'ouest sur les hauteurs du Cairn de Kelvin. Finalement, il entendit les voix de baryton des géants et, peu après, il vit les portes de bois construites à la hâte, astucieusement dissimulées derrière des broussailles, à mi-pente d'un contrefort rocheux.

Drizzt attendit patiemment et vit bientôt émerger de la tanière une deuxième patrouille de trois géants. À leur retour, un troisième groupe sortit. Le drow cherchait à savoir si l'alarme avait été donnée suite à l'absence de la première patrouille. Mais Drizzt fut rassuré par les quelques bribes de conversation qu'il parvint à saisir. D'une nature indisciplinée et peu fiable, les géants présumaient que leurs compagnons s'étaient perdus ou qu'ils avaient simplement déserté. Quand le drow s'éclipsa quelques heures plus tard pour déterminer ses actions futures, il était certain que l'élément de surprise jouait toujours en sa faveur.

⚔ ⚔ ⚔ ⚔ ⚔

Wulfgar courut toute la nuit. Il délivra son message à Bruenor et repartit vers le nord sans attendre que le clan se réveille. Ses grandes enjambées le conduisirent à la pierre plate plus d'une heure avant les premières lueurs du jour, avant même que Drizzt soit revenu du repaire. Il retourna derrière la falaise pour attendre le drow, chaque seconde qui passait amplifiant son inquiétude.

Finalement, incapable d'attendre plus longtemps, il dénicha la piste des verbeegs et commença à la suivre vers leur tanière, fermement décidé à découvrir ce qui se passait. Il n'avait pas fait six mètres qu'une main gifla sa nuque. Par réflexe, il fit demi-tour pour faire face à son assaillant, mais son étonnement se mua en joie quand il vit Drizzt se tenir devant lui.

Drizzt était retourné au rocher plat peu après que Wulfgar fut arrivé, mais il était resté caché, observant le barbare pour voir si le jeune guerrier impulsif aurait confiance en leur pacte ou s'il déciderait de prendre les choses en main.

—Ne doute jamais d'un rendez-vous tant que l'heure n'est pas passée, le sermonna sévèrement le drow, touché par l'inquiétude du barbare.

Wulfgar n'eut pas le temps de répondre car brusquement les deux compagnons entendirent le cri bourru d'une voix familière:

—Donnez-moi un d'ces cochons d'géants qui couinent que je l'tue! lança Bruenor derrière eux, debout sur la pierre plate à côté du ruisseau.

Les nains furieux pouvaient se déplacer à une vitesse incroyable. En moins d'une heure, le clan de Bruenor s'était rassemblé et ils avaient suivi le barbare, égalant presque l'allure frénétique de son pas.

—Salut à toi, lança Drizzt en avançant pour rejoindre le nain.

Il trouva Bruenor en train de regarder les trois verbeegs morts avec une satisfaction sinistre. Le chef était entouré de cinquante nains, soit plus de la moitié du clan, le visage couvert d'acier et prêts pour le combat.

—L'elfe, le salua Bruenor avec sa considération habituelle. Il y a un nid, n'est-ce pas ?

Drizzt hocha la tête.

—À un kilomètre et demi vers le nord, mais que ce ne soit pas ta préoccupation première. Les géants qui s'y trouvent ne vont aller nulle part, mais ils attendent des invités aujourd'hui même.

—Le p'tit m'l'a dit, dit Bruenor. Un renfort d'une vingtaine de monstres ! (Il balança négligemment sa hache.) J'ai comme l'sentiment qu'y vont pas y arriver jusqu'à leur tanière ! Une idée d'où qu'ils pourraient bien v'nir ?

—Ils ne peuvent venir que du nord ou de l'est, raisonna Drizzt. Quelque part sur les sentiers de Colbise, vers le nord du lac Dinneshere. Ton peuple va les accueillir, alors ?

—Bien sûr, répondit Bruenor, ils passeront par Valtombe, ça, c'est certain ! (Ses yeux pétillèrent.) Qu'est-ce que tu comptes faire ? demanda-t-il à Drizzt. Et qu'est-ce qu'en est du p'tit ?

—Il reste avec moi, insista Drizzt. Il a besoin de se reposer. Nous surveillerons le repaire.

Une lueur avide dans l'œil de Drizzt fit comprendre à Bruenor que le drow avait autre chose en tête que l'observation.

—Fou d'elfe, dit-il dans sa barbe. Il va probablement s'charger tout seul de toute c'te clique ! (Il regarda autour de lui avec curiosité, posant de nouveau les yeux sur les géants morts). Et il va gagner !

Puis Bruenor examina les deux aventuriers, essayant de trouver une correspondance entre leurs armes et les blessures des verbeegs.

—Le p'tit en a abattu deux, dit Drizzt en réponse à la question silencieuse du nain.

L'ombre d'un sourire émergea sur le visage sévère de Bruenor.

—Deux pour lui et juste un pour toi, hein ? Tu t'relâches, l'elfe.

—Balivernes, rétorqua Drizzt. J'ai considéré qu'il avait besoin de pratique !

Bruenor secoua la tête, surpris par l'élan de fierté qu'il ressentait envers Wulfgar, sentiment qu'il n'avait aucune intention de partager avec lui au risque de lui monter la tête.

—Tu t'relâches ! lança-t-il encore comme il prenait la tête de son clan. Les nains entamèrent une psalmodie rythmée, un air ancien qui avait autrefois résonné dans les salles argentées de leur patrie perdue.

Bruenor se retourna pour regarder ses deux amis aventureux et se demanda sincèrement ce qu'il resterait du repaire de géants d'ici à ce que ses compagnons nains et lui-même soient revenus.

17

Vengeance

Les nains lourdement chargés marchaient inlassablement. Ils étaient parés au combat, certains portant de lourds balluchons et d'autres supportant le poids de longues poutres de bois sur leurs épaules.

La prévision du drow quant à la direction d'où pouvaient arriver les renforts semblait être la seule éventualité possible, et Bruenor savait exactement où les recevoir. Il y avait un seul col qui permettait un accès facile pour descendre dans la vallée rocheuse : Valtombe, bien au-dessus du niveau de la toundra, quoique en dessous des pentes méridionales de la montagne.

Bien qu'ils aient marché sans repos pendant la moitié de la nuit et la majeure partie de la matinée, les nains se mirent immédiatement au travail. Ils n'avaient aucune idée du temps qu'il faudrait aux géants pour arriver, bien qu'il soit peu probable que cela se produise à la lumière du jour ; ils voulaient être sûrs que tout soit prêt. Bruenor était fermement décidé à exterminer cette troupe guerrière en un rien de temps et avec un minimum de pertes. Des sentinelles furent postées sur les hauteurs du flanc de la montagne, et d'autres envoyées sur la plaine. Sous les instructions de Bruenor, le reste du clan prépara la zone pour l'embuscade. Un groupe s'attela à creuser une tranchée pour les faire trébucher et un autre commença à assembler les poutres de bois pour monter les deux énormes catapultes. Les arbalétriers massifs cherchaient les meilleurs postes d'observation parmi les gros rochers du proche versant de la montagne, du haut desquels ils pourraient déclencher leur assaut.

En peu de temps, tout fut prêt. Mais les nains ne s'arrêtaient toujours pas pour se reposer. Ils continuaient d'examiner chaque centimètre de la zone, cherchant tout avantage sur les verbeegs dont ils pourraient profiter.

Plus tard dans la journée, quand le soleil commença à disparaître derrière la ligne d'horizon, l'un des guetteurs annonça qu'il avait aperçu un nuage de poussière loin vers l'ouest, qui allait en s'agrandissant. Peu après, un éclaireur revint de la plaine pour rapporter qu'une troupe de vingt verbeegs, de quelques ogres et d'au moins une dizaine d'orques se pressait vers Valtombe. Bruenor fit signe à ses arbalétriers, dissimulés à leurs postes. Les nains responsables des catapultes inspectèrent les arcs immenses et mirent la dernière touche à leur camouflage. Puis les meilleurs combattants du clan, emmenés par Bruenor en personne, se camouflèrent dans de petites dépressions le long du chemin accidenté de Valtombe, coupant des touffes d'herbe épaisse avec soin pour pouvoir s'en recouvrir.

Ils frapperaient les premiers.

⚔ ⚔ ⚔ ⚔

Drizzt et Wulfgar avaient pris position entre les gros rochers du Cairn de Kelvin, au-dessus du repaire des géants. Ils avaient dormi à tour de rôle pendant la journée. La seule crainte qu'avait le drow pour Bruenor était que certains des géants quittent leur tanière pour aller à la rencontre des renforts et qu'ils gâchent l'effet de surprise dont bénéficiaient les nains.

Après plusieurs heures sans que rien ne se passe, les inquiétudes de Drizzt se révélèrent fondées. Le drow se reposait à l'ombre d'une saillie tandis que Wulfgar surveillait la tanière. Le barbare pouvait à peine voir les portes de bois dissimulées derrière les broussailles, mais il entendit distinctement grincer leurs gonds quand l'une d'elles s'ouvrit. Il attendit quelques instants avant d'aller réveiller le drow, pour être sûr qu'il y avait bel et bien des géants en train de sortir de leur trou.

Puis il entendit les géants parler à travers l'obscurité de la porte ouverte et, tout à coup, une demi-douzaine de verbeegs émergea à la lumière du soleil.

Il se tourna vers Drizzt, mais le trouva debout devant lui, à l'affût, ses grands yeux se plissant comme il observait les géants dans la lumière vive.

— Je ne sais pas ce qu'ils vont faire, dit Wulfgar.

— Ils vont chercher leurs compagnons disparus, répondit Drizzt.

Grâce à son oreille fine, il avait entendu, plus distinctement que son compagnon, des bribes de la conversation qui avait eu lieu avant que les géants émergent.

Ces verbeegs avaient pour mission de retrouver la patrouille qui n'avait que trop tardé, ou au moins de découvrir où s'en étaient allés les géants manquant à l'appel, et ce, le plus discrètement possible. Ils étaient censés revenir dans la nuit, avec ou sans les autres.

— Il faut prévenir Bruenor, dit Wulfgar.

— Ils auront trouvé leurs compagnons morts et donné l'alerte bien avant que nous puissions revenir, répondit Drizzt. D'ailleurs, je crois que Bruenor a déjà assez de géants sur les bras.

— Alors, quoi? demanda Wulfgar. Il est certain qu'il sera dix fois plus difficile de vaincre les occupants du repaire s'ils s'attendent à du grabuge.

Le barbare remarqua que la flamme ardente était revenue dans les yeux du drow.

— Ils ne se douteront de rien si ces géants ne reviennent jamais, dit Drizzt d'un ton détaché, comme si la tâche d'arrêter six verbeegs ne constituait qu'un obstacle mineur. Wulfgar l'écouta avec incrédulité, bien qu'il ait déjà deviné ce que Drizzt avait en tête.

Le drow remarqua l'appréhension de Wulfgar et eut un large sourire.

— Allez, le p'tit, lui enjoignit-il, utilisant ce surnom condescendant pour aiguillonner la fierté du barbare. Tu t'es entraîné dur pendant de nombreuses dizaines pour te préparer à un moment tel que celui-là.

Il sauta légèrement par-dessus un petit précipice sur la saillie rocheuse, et il se retourna vers Wulfgar, ses yeux illuminés par le soleil de l'après-midi, étincelant avec frénésie.

— Viens, répéta le drow, lui faisant signe de la main. Ils ne sont que six!

Wulfgar secoua la tête avec résignation et poussa un soupir. Au cours des dizaines de son entraînement, il avait appris à connaître Drizzt comme un combattant redoutable, se contrôlant à la perfection, qui pesait chacune de ses feintes et de ses attaques avec une calme précision. Mais durant ces deux derniers jours, Wulfgar avait vu le côté excessivement audacieux – voire téméraire – du drow. L'assurance inébranlable de Drizzt était la seule chose qui persuadait Wulfgar que l'elfe n'était pas suicidaire, et la seule chose qui le contraignait à le suivre tout en étant profondément convaincu que c'était une erreur. Il se demanda si la confiance qu'il accordait au drow avait des limites.

Il sut en cet endroit et en cet instant que Drizzt le conduirait un jour dans une situation de laquelle il ne pourrait pas réchapper.

⚔ ⚔ ⚔ ⚔ ⚔

La patrouille de géants se dirigea d'abord vers le sud un petit moment, suivie discrètement par Wulfgar et Drizzt. Les verbeegs ne retrouvèrent aucune trace des géants disparus dans leurs environs immédiats et, craignant que ceux-ci soient maintenant trop proches des mines des nains, ils firent un brusque virage vers le nord-est, dans la direction générale du rocher plat où s'était déroulée l'échauffourée.

—Nous devons fondre sur eux sans tarder, dit Drizzt à son compagnon. Rapprochons-nous de nos proies.

Wulfgar acquiesça. Peu de temps après, ils arrivèrent à proximité d'un secteur accidenté constellé de pierres déchiquetées, où le sentier étroit se tortillait dans de brusques virages. Le sol s'élevait dans une pente légère, et les compagnons reconnurent le chemin qu'ils suivaient, ils savaient qu'il donnait sur le rebord d'un petit gouffre. La lumière du jour s'était suffisamment affaiblie pour leur fournir un minimum de couverture. Drizzt et Wulfgar échangèrent des regards entendus ; il était temps de passer à l'action.

⚔ ⚔ ⚔ ⚔ ⚔

Drizzt, de loin le plus expérimenté des deux, discerna rapidement le style d'attaque qui offrait le plus de chances de succès. Il fit signe à Wulfgar de s'arrêter.

—Nous devons frapper et nous éloigner, chuchota-t-il, avant de frapper encore.

—Ce n'est pas une tâche facile contre un ennemi aussi méfiant, dit Wulfgar.

—J'ai ici quelque chose qui pourrait nous aider.

Le drow enleva son sac à dos, en sortit la petite figurine et appela son ombre. Quand le merveilleux félin apparut brusquement, le barbare eut un hoquet horrifié et s'éloigna d'un bond.

—Quel démon as-tu invoqué ? s'exclama-t-il aussi fort qu'il l'osait, ses jointures blanchissant sous la pression de sa poigne sur *Crocs de l'égide*.

—Guenhwyvar n'est pas un démon, dit Drizzt pour rassurer son compagnon imposant. C'est une amie, et une alliée de valeur.

Le fauve grogna, comme si elle l'avait compris, et Wulfgar fit un autre pas en arrière.

—Ce n'est pas une bête naturelle, rétorqua le barbare. Je ne me battrai pas aux côtés d'un démon invoqué par sorcellerie !

Les barbares de Valbise ne craignaient ni homme, ni bête, mais la magie noire leur était totalement étrangère, et leur ignorance les rendait impressionnables.

—Si les verbeegs apprennent ce qui est véritablement arrivé à la patrouille disparue, Bruenor et les siens seront en danger, dit sombrement Drizzt. La panthère nous aidera à arrêter ce groupe. Laisseras-tu tes propres peurs nous empêcher de secourir les nains ?

Wulfgar se redressa et retrouva un certain aplomb. Le fait que Drizzt ait joué sur sa fierté et sur la très réelle menace qui planait sur les nains représentait une pression suffisante pour que le barbare mette de côté sa répulsion à l'égard de la magie noire.

— Avec le fauve, nous sommes certains de tous les avoir. Je ne risquerai pas la vie du nain parce que tu es mal à l'aise.

Drizzt savait qu'il faudrait plusieurs heures à Wulfgar pour accepter Guenhwyvar, si cela arrivait jamais, mais pour l'instant, la seule chose dont il avait vraiment besoin était que le barbare accepte de coopérer durant l'attaque.

Les géants marchaient depuis plusieurs heures. Drizzt les observa patiemment tandis que leur formation commençait à se relâcher, laissant parfois un ou deux monstres à la traîne. Les choses se mettaient en place exactement comme le drow l'avait espéré.

Le chemin prenait un dernier tournant entre deux rochers gigantesques, avant de s'élargir considérablement et de s'élever dans une pente plus raide sur la dernière étendue qui menait au rebord du gouffre. Il faisait alors un brusque virage et se poursuivait le long de la corniche, bordé par une solide paroi rocheuse d'un côté et par une pente abrupte et rocailleuse de l'autre.

Drizzt fit signe à Wulfgar de se tenir prêt, puis il mit le fauve en action.

⚔ ⚔ ⚔ ⚔ ⚔

La troupe de guerriers avançait d'un pas tranquille, composée d'une vingtaine de verbeegs suivis de trois ogres et d'une dizaine d'orques. Ils atteignirent Valtombe bien après la tombée de la nuit. Ils étaient plus nombreux que ce qu'avaient prévu les nains, mais les orques ne leur posaient pas vraiment de problèmes et ils savaient comment s'y prendre avec les ogres. L'issue de cette bataille dépendrait des géants.

La longue attente n'avait en rien détendu les nerfs à vif des nains. Aucun membre du clan n'avait dormi depuis presque une journée et ils restaient sous tension, impatients de venger les leurs.

Le premier verbeeg pénétra sans incident sur le champ pentu, mais quand le dernier membre de la troupe d'envahisseurs dépassa la lisière de la zone d'embuscade, les nains de Castelmithral attaquèrent. Le groupe de Bruenor frappa en premier, bondissant de leurs trous, souvent juste à côté d'un géant ou d'un orque et taillant la cible la plus proche. Ils orientaient leurs coups pour les estropier, respectant les principes de base de la philosophie des nains pour combattre les géants : le tranchant de la hache taillade le tendon et les muscles de l'arrière du genou, la tête plate du marteau en écrase la rotule.

Bruenor abattit un géant d'une seule frappe, puis il se détourna pour s'enfuir, mais se retrouva face à l'épée brandie d'un orque. N'ayant pas le temps d'échanger des coups, Bruenor lança son arme dans les airs, en criant :

—Attrape !

Les yeux de l'orque suivirent sottement la diversion de l'envol de la hache. Bruenor flanqua la créature par terre en lui assenant un coup de son front casqué dans le menton, rattrapa sa hache qui retombait et s'enfuit dans la nuit, ne s'interrompant qu'une seconde pour donner un coup de pied à l'orque au passage.

Les monstres avaient été totalement pris par surprise, et beaucoup d'entre eux étaient déjà allongés au sol, poussant des cris. Puis, les balistes entrèrent en action. Des projectiles gros comme des épieux décollèrent vers les premières lignes, renversant les géants de côté et les bousculant les uns contre les autres. Les arbalétriers bondirent hors de leur cachette et déclenchèrent un déluge de tirs, avant de lâcher leurs arbalètes et de charger sur le versant de la colline.

Le groupe de Bruenor, maintenant dans sa formation en V, se rua de nouveau dans la mêlée.

Les monstres n'eurent jamais l'occasion de se regrouper, et quand ils furent enfin à même de brandir leurs armes, leurs rangs avaient été décimés.

La bataille de Valtombe fut terminée en trois minutes. Aucun nain ne fut sérieusement blessé, et parmi les envahisseurs, seul l'orque que Bruenor avait assommé resta en vie.

⚔ ⚔ ⚔ ⚔ ⚔

Guenhwyvar comprit ce que voulait son maître et bondit silencieusement parmi les pierres brisées en bordure du sentier, dépassant les verbeegs en les contournant avant de se positionner sur la paroi rocheuse au-dessus du chemin. Elle se ramassa sur elle-même au maximum, ombre parmi les ombres qui s'épaississaient.

Un premier géant passa en dessous d'elle, mais, immobile comme une statue, la panthère attendait docilement le bon moment. Drizzt et Wulfgar se rapprochèrent à pas de loup, profitant d'une vue dégagée sur les arrières de la patrouille.

Le dernier des géants, un verbeeg extraordinairement gros, s'arrêta un moment pour reprendre son souffle.

Guenhwyvar frappa prestement.

La panthère leste sauta de la paroi et laboura le visage du géant de ses longues griffes, avant de rebondir sur le monstre, utilisant sa large épaule comme un tremplin pour regagner la paroi rocheuse en un autre endroit. Le géant hurla de douleur en agrippant son visage lacéré.

Crocs de l'égide atteignit la créature à la nuque, la propulsant dans le ravin.

Le dernier géant du reste du groupe entendit le cri de douleur et il revint immédiatement sur ses pas, déboulant dans le dernier virage juste à temps pour voir son infortuné compagnon dégringoler sur le dévers rocheux. Le fauve n'hésita pas et s'abattit sur sa seconde victime, ses griffes acérées s'agrippant fermement à la poitrine du géant. Du sang jaillit violemment quand ses crocs de cinq centimètres de long s'enfoncèrent profondément dans le cou charnu. Ne prenant aucun risque, Guenhwyvar le ratissa de ses quatre pattes puissantes pour empêcher toute riposte, mais, le géant stupéfait fut à peine capable de réagir avant que les ténèbres les plus profondes se referment sur lui.

Le reste de la patrouille se rapprochant maintenant à vive allure, Guenhwyvar s'éloigna d'un bond, laissant le géant haletant se noyer dans son propre sang. Drizzt et Wulfgar prirent position de chaque côté du sentier derrière de gros rochers, le drow dégainant ses cimeterres et le barbare tenant fermement le marteau qui était revenu dans ses mains.

Le fauve ne faiblit pas. La panthère avait déjà joué ce scénario plusieurs fois avec son maître, et comprenait bien l'avantage de l'effet de surprise. Elle hésita un moment jusqu'à ce que le reste des géants apparaisse à sa vue, puis elle partit en courant sur le sentier, filant comme une flèche entre les rochers qui dissimulaient son maître et Wulfgar.

— Mince alors! cria l'un des verbeegs, indifférent à son compagnon mourant. Ça, c'est du gros fauve! Et aussi noir qu'les marmites d'mon cuisinier!

— Cours-lui après! beugla un autre. On en f'rons un nouveau manteau pour çuilà qui l'attrap'rons!

Ils sautèrent par-dessus le géant abattu sans même y penser, et ils se ruèrent à la poursuite de la panthère sur le sentier.

Drizzt était le plus proche des géants qui chargeaient. Il laissa passer les deux premiers, se concentrant sur les deux qui suivaient. Ils passèrent côte à côte devant le rocher qui le dissimulait, et l'elfe bondit devant eux sur le sentier, enfonçant profondément son cimeterre dans la poitrine d'un des géants de sa main gauche, et aveuglant l'autre d'une balafre transversale de sa main droite. Utilisant le cimeterre planté dans le premier géant comme pivot, le drow roula derrière son ennemi chancelant et plongea son autre arme dans le dos du monstre. Il parvint à dégager ses deux lames d'une subtile torsion et s'éloigna d'un bond tandis que le géant mortellement blessé s'effondrait sur le sol.

Wulfgar, lui aussi, laissa le premier géant continuer sa course. Le second avait presque atteint le niveau du barbare quand Drizzt attaqua les deux qui arrivaient derrière. Le géant s'arrêta net et fit demi-tour pour aller aider les autres, mais, de sa position derrière le rocher, Wulfgar balança *Crocs de l'égide* dans un grand arc qui retomba droit sur le torse du verbeeg. L'air littéralement expulsé de ses poumons, le monstre tomba sur le dos. Wulfgar renversa prestement son mouvement et balança *Crocs de l'égide* dans la direction opposée. Le géant de tête se retourna juste à temps pour le prendre dans la figure.

Sans hésitation, Wulfgar se jeta sur le géant le plus proche, enroulant ses bras puissants autour du cou massif du monstre à terre. Le géant se ressaisit rapidement et l'enserra à son tour avec la force d'un ours et, bien qu'encore assis, il n'eut pas grand mal à soulever entièrement son ennemi du sol. Mais les années qu'il avait passées à balancer un marteau et à fendre des pierres dans les mines des nains avaient doté le barbare d'une force d'acier. Il resserra sa prise sur le géant et fit lentement pivoter ses bras noués. Avec un craquement sonore, la tête du verbeeg tomba sur le côté.

Le géant que Drizzt avait aveuglé fouettait l'air au hasard avec sa lourde massue. Le drow était en mouvement constant, dansant autour de ses flancs en profitant de la moindre occasion pour assener une rafale de coups précis sur le monstre sans défense. Drizzt visait toutes les parties vitales qu'il pouvait atteindre sans dommage, espérant venir à bout de son adversaire avec efficacité.

Crocs de l'égide à présent revenu dans ses mains, Wulfgar marcha sur le verbeeg qu'il avait cogné au visage pour s'assurer qu'il était mort. Il garda un œil prudemment rivé sur le sentier à l'affût de tout signe du retour de Guenhwyvar. Ayant vu la puissante panthère à l'œuvre, il ne tenait pas personnellement à engager les hostilités avec elle.

Quand le dernier géant fut étendu mort, Drizzt s'avança sur le chemin pour rejoindre son ami.

— Tu ne te rends pas encore compte de tes propres prouesses au combat! dit-il en riant, donnant une claque dans le dos du grand homme. Six géants ne sont pas au-delà de tes capacités!

— Allons-nous trouver Bruenor à présent? demanda Wulfgar, alors que le feu dansait encore dangereusement dans les yeux lavande du drow.

Il comprit qu'ils n'étaient pas encore partis.

— Ce n'est pas la peine, répondit Drizzt. Je suis sûr que les nains ont la situation bien en main. Mais nous avons effectivement un problème, continua-t-il. Nous avons pu tuer le premier groupe de géants et conserver l'élément de surprise. Très bientôt, cependant, avec la disparition d'encore six de leurs membres, les occupants du repaire vont se mettre en alerte au plus petit signe de danger.

— Les nains devraient revenir dans la matinée, dit Wulfgar. Nous pourrions attaquer leur tanière avant midi.

— Il sera trop tard, dit Drizzt, feignant la déception. J'ai peur que toi et moi devions frapper ce soir, sans délai.

Wulfgar n'en fut pas surpris ; il ne discuta même pas. Il craignait que le drow et lui se mesurent à trop gros pour eux, que son plan soit trop extravagant, mais il commençait à accepter un fait indiscutable : il suivrait Drizzt dans n'importe quelle aventure, si improbables que soient leurs chances de survie.

Et il commençait à s'avouer qu'il aimait tenter la chance aux côtés de l'elfe noir.

18

L'antre de Biggrin

Drizzt et Wulfgar furent agréablement surpris de découvrir la porte arrière du repaire des verbeegs. Elle se trouvait en haut de la pente raide du versant ouest de la saillie rocheuse. Des piles d'ordures et d'os étaient éparpillées sur le sol au bas des rochers, et un filet de fumée, fin mais régulier, s'échappait de la grotte ouverte, exhalant une bonne odeur de mouton rôti.

Les deux compagnons s'accroupirent dans les broussailles sous l'entrée pendant un petit moment pour déterminer le degré d'activité de la tanière. La lune s'était levée, pâle et brillante, et la nuit s'était considérablement éclaircie.

— Je me demande si nous serons à l'heure pour le dîner, remarqua le drow, un petit sourire sarcastique toujours plaqué sur le visage.

Wulfgar secoua la tête et rit de l'aplomb étonnant du drow.

Bien qu'ils aient tous deux entendu des bruits de marmites s'entrechoquant et quelques voix s'élever dans l'ombre juste derrière l'ouverture, aucun géant ne sortit hors de la grotte jusqu'à peu avant le clair de lune. Un verbeeg gras, probablement le cuisiner du repaire d'après sa tenue, arriva sur le seuil en traînant des pieds et jeta un tas d'ordures provenant d'une grande marmite en acier sur la pente.

— Il est à moi, dit Drizzt, brusquement sérieux. Peux-tu me fournir une diversion ?

— Le fauve fera l'affaire, répondit Wulfgar, bien qu'il ne soit pas spécialement désireux de rester seul avec Guenhwyvar.

Drizzt grimpa furtivement la pente rocheuse, essayant de rester dissimulé dans les ombres noires. Il savait qu'à la lumière de la lune il serait vulnérable, jusqu'à ce qu'il soit parvenu au-dessus de l'entrée, mais l'escalade se révéla plus difficile que ce qu'il avait pensé et son avancée était lente. Quand il eut presque atteint l'ouverture, il entendit le chef cuisinier des géants remuer à l'entrée, apparemment en train de remplir une autre marmite d'ordures.

Mais le drow n'avait nulle part où aller. Un appel en provenance de la grotte détourna l'attention du cuisinier. Devant le peu de temps qu'il lui restait pour se mettre à l'abri, Drizzt accéléra sur les derniers mètres jusqu'au niveau de la porte et scruta rapidement l'intérieur de la cuisine éclairée par des torches.

La pièce était à peu près carrée, contenant un grand four de pierre sur le mur opposé à l'entrée de la grotte. À côté de ce four se trouvait une porte en bois légèrement entrouverte, et Drizzt entendit plusieurs voix de géants s'élever derrière elle. Le cuisinier n'était visible nulle part, mais une marmite d'ordures était posée sur le sol, juste derrière l'entrée.

— Il sera vite de retour, murmura le drow pour lui-même comme il choisissait ses prises et escaladait silencieusement le mur au-dessus de l'entrée de la grotte.

Au pied de la pente, Wulfgar, nerveux, restait assis totalement immobile, tandis que Guenhwyvar faisait les cent pas devant lui.

Quelques minutes plus tard, le chef sortit avec la marmite. Le verbeeg était en train de jeter les ordures quand Guenhwyvar entra dans son champ de vision. D'un grand bond, le fauve se propulsa au pied de la pente. Inclinant la tête en direction du cuisinier, la panthère noire se mit à feuler.

— Ah, vas-y-t'en de là, espèce de matou galeux, dit sèchement le géant (visiblement peu impressionné par l'apparition soudaine du fauve), avant que j't'écrase ta tête et que j'te jette dans une marmite bouillante !

La bravade du verbeeg était une menace en l'air. Tandis qu'il agitait son poing surdimensionné, toute son attention concentrée sur le fauve, la silhouette noire de Drizzt Do'Urden sauta sur son dos du haut du mur. Ses cimeterres en main prêts à servir, le drow ne perdit pas de temps et trancha la gorge du géant d'une oreille à l'autre. Sans un cri, le verbeeg roula au bas des rochers pour finir au milieu du reste des ordures. Drizzt atterrit brutalement sur le seuil de la grotte et vira sur lui-même, priant pour qu'aucun autre géant ne soit entré dans la cuisine.

Il était en sécurité pour le moment : la pièce était vide. Comme Guenhwyvar et Wulfgar escaladaient la saillie, il leur fit silencieusement signe de le suivre à l'intérieur. La cuisine était petite – pour des géants – et peu garnie. Il y avait une table contre le mur où reposaient de nombreuses casseroles. À côté se trouvait un grand billot pour la découpe, dans lequel était enfoncé un couperet rouillé et ébréché, qui n'avait pas dû être lavé depuis des dizaines. À la gauche de Drizzt se trouvaient des étagères abritant des épices, des herbes et d'autres provisions. Le drow s'approcha pour les examiner tandis que Wulfgar s'avançait pour scruter la salle adjacente – qui était occupée.

Également de forme carrée, cet autre espace était un peu plus grand que la cuisine. Une longue table divisait la pièce en deux, et au-delà, juste en face de l'endroit où il se tenait, Wulfgar vit une seconde porte. Trois géants étaient assis du côté de la table la plus proche de Wulfgar, un quatrième se tenait debout entre eux et la porte, et deux autres étaient assis en face. Le groupe se régalait avec le mouton et aspirait à grand bruit l'épais ragoût, s'insultant et se raillant les uns et les autres – ce qui était typique d'un dîner entre verbeegs. Wulfgar constata avec intérêt que les monstres arrachaient la viande des os à main nue. Il n'y avait aucune arme dans la salle.

Drizzt, tenant un sac qu'il avait trouvé sur les étagères, dégaina de nouveau l'un de ses cimeterres et rejoignit Wulfgar avec Guenhwyvar.

— Ils sont six, chuchota Wulfgar, pointant la salle à manger du doigt.

Le grand barbare souleva *Crocs de l'égide* et hocha la tête avec empressement. Drizzt jeta un regard furtif par la porte et élabora prestement un plan d'attaque. Il pointa Wulfgar du doigt, puis la porte.

— À droite, chuchota-t-il. (Puis il dirigea son doigt vers lui :) derrière toi, à gauche.

Wulfgar le comprit parfaitement, mais il se demanda pourquoi il n'avait pas inclus Guenhwyvar. Il montra le fauve du doigt.

Drizzt haussa simplement les épaules en souriant, et Wulfgar comprit. Même le barbare sceptique était sûr que Guenhwyvar trouverait elle-même où se placer au mieux.

Wulfgar se secoua pour faire cesser les picotements nerveux de ses muscles et serra fermement *Crocs de l'égide*. Avec un clin d'œil rapide à son compagnon, il fit irruption dans la pièce et se jeta sur la cible la plus proche. Le géant, le seul du groupe qui était debout à cet instant, parvint à se retourner et à faire face à son assaillant, mais ce fut tout. *Crocs de l'égide* s'élança dans un grand arc rasant et, avec une précision mortelle, il frappa le géant au ventre, lui écrasant le bas du thorax dans son ascension. Avec une force incroyable, Wulfgar souleva le monstre énorme à près de un mètre du sol. Il tomba, rompu et hors d'haleine, à côté du barbare, mais celui-ci ne lui accorda pas plus d'attention ; il planifiait déjà sa seconde frappe.

Drizzt dépassa son ami à toute allure, Guenhwyvar sur ses talons, se dirigeant vers les deux géants ébahis assis le plus à gauche de la table. Il secoua le sac ouvert qu'il tenait et le fit tournoyer en atteignant ses cibles, les aveuglant dans un nuage de farine. Le drow ne ralentit en rien son mouvement quand il enfonça son cimeterre dans la gorge de l'un des verbeegs poudrés, avant de monter sur la table de bois d'une roulade arrière. Guenhwyvar bondit sur l'autre géant, ses mâchoires puissantes déchirant l'aine du monstre.

Les deux verbeegs de l'autre côté de la table furent les premiers du groupe à véritablement réagir. L'un d'eux sauta pour faire face à l'attaque tourbillonnante de Drizzt, tandis que le second, se désignant involontairement comme la prochaine cible de Wulfgar, s'enfuit en courant vers la porte du fond.

Wulfgar repéra rapidement le géant qui s'échappait et lança *Crocs de l'égide* sans hésitation. Si Drizzt, alors au beau milieu de sa roulade sur la table, s'était rendu compte à quel point il avait été proche d'entrer en collision avec le marteau de guerre, il aurait pu adresser quelques mots bien sentis à son ami. Mais le marteau atteignit sa cible, heurtant l'épaule du verbeeg et projetant le monstre contre le mur avec suffisamment de force pour lui briser le cou.

Le géant que Drizzt avait égorgé était étendu au sol et se tortillait, tentant vainement d'enrayer l'écoulement de sang vital, et Guenhwyvar n'aurait pas grand mal à achever l'autre. Il ne restait que deux verbeegs à combattre.

Drizzt termina sa roulade et se releva sur ses pieds de l'autre côté de la table, évitant prestement d'être empoigné par le verbeeg qui l'attendait. Il s'élança sur le côté, entre son adversaire et la porte. Le géant, ses énormes mains déployées, se retourna vivement vers lui et chargea. Mais les deux cimeterres du drow étaient dégainés, leurs deux lames s'entrelaçant dans une danse mortelle et hypnotique. Chaque fois que l'une d'elles s'abattait à la vitesse de l'éclair, elle envoyait un autre des doigts noueux du géant à terre. Bientôt, là où s'étaient trouvées les mains du verbeeg ne restèrent que deux moignons ensanglantés.

Hors de lui, le géant balança avec frénésie ses bras semblables à des massues. Le cimeterre de Drizzt s'enfonça vivement au travers de son crâne, mettant un terme à la folie furieuse de la créature.

Pendant ce temps, le dernier géant s'était rué sur le barbare désarmé. Il enroula son bras énorme autour de Wulfgar et le souleva dans les airs, tentant de l'écraser à mort.

Wulfgar raidit ses muscles dans une tentative désespérée d'empêcher son ennemi plus imposant de rompre les os de son dos.

Le barbare avait du mal à trouver son souffle. Furieux, il écrasa son poing dans le menton du géant et releva la main pour un second coup.

Mais alors, grâce au dweomer dont Bruenor l'avait doté, le marteau de guerre magique revint dans sa main. Avec un hurlement de joie, Wulfgar enfonça le manche de *Crocs de l'égide* dans l'œil du géant, le faisant sortir de son orbite. Le géant relâcha sa prise et la douleur atroce le fit chanceler en arrière. Le monde était devenu tellement flou et douloureux que le monstre ne vit même pas *Crocs de l'égide* s'élever en arc au-dessus de la tête de Wulfgar et plonger à toute vitesse vers son crâne. Il sentit une déflagration chaude lorsque le lourd marteau lui ouvrit la tête, faisant rebondir son corps sans vie contre la table et renversant le ragoût et le mouton partout sur le sol.

—Ne gaspille pas la nourriture! cria Drizzt dans une colère feinte comme il se précipitait pour récupérer une côtelette qui semblait particulièrement juteuse.

Tout à coup, ils entendirent les bruits de pas de lourdes bottes et des cris venant du couloir derrière la seconde porte.

—Retournons dehors! cria Wulfgar en se tournant vers la cuisine.

—Restons ici, hurla Drizzt. Nous commençons tout juste à nous amuser! (Il montra un tunnel sombre, éclairé par des torches, dont l'entrée débouchait sur le mur gauche de la pièce.) Par là! Vite!

Wulfgar savait qu'ils poussaient leurs chances, mais encore une fois, il se surprit à écouter l'elfe.

Et encore une fois, le barbare souriait.

Wulfgar dépassa les lourdes poutres de soutènement en bois de l'entrée du tunnel et partit à toute allure dans les ténèbres. Il avait parcouru une dizaine de mètres en la désagréable compagnie de Guenhwyvar, quand il s'aperçut que Drizzt ne le suivait pas. Il se retourna juste à temps pour voir le drow sortir tranquillement de la salle à manger, dépassant les poutres de bois d'un air détaché. Drizzt avait rengainé ses cimeterres. À la place, il tenait une longue dague dont la pointe cruelle était fermement plantée dans un morceau de mouton.

—Les géants? demanda Wulfgar dans l'obscurité.

Drizzt se déplaça sur le côté, se positionnant derrière l'une des poutres de bois massives.

—Ils sont juste derrière moi, expliqua-t-il calmement tandis qu'il arrachait une autre bouchée à son repas. La mâchoire de Wulfgar se décrocha quand une bande de verbeegs chargea dans le tunnel, ne remarquant même pas le drow dissimulé.

—*Prayne de crabug ahm keike rinedere be-yogt iglo kes gron!* cria Wulfgar en tournant les talons, et il partit en courant dans le couloir, espérant que celui-ci n'aboutissait pas dans une impasse.

Drizzt retira le mouton de la pointe de sa lame et le laissa accidentellement tomber sur le sol, maudissant silencieusement le gâchis de cette bonne nourriture. Léchant la dague jusqu'à la nettoyer entièrement, il attendit patiemment. Quand le dernier verbeeg le dépassa, il s'élança hors de sa cachette, cinglant de sa dague l'arrière du genou du géant à la traîne, et filant se dissimuler de l'autre côté de la poutre.

Le géant blessé hurla de douleur, mais le temps que ses compagnons se soient retournés vers lui, le drow était introuvable.

Wulfgar se glissa derrière un virage, contre le mur, devinant aisément ce qui avait stoppé la poursuite. La bande avait fait demi-tour quand ils s'étaient aperçus qu'il y avait un autre intrus plus près de la sortie.

Un géant bondit entre les poutres de soutènement et prit position, ses jambes largement écartées et sa massue levée, ses yeux allant d'une porte à l'autre comme il tentait de se figurer quelle direction avait bien pu suivre son assaillant. Derrière lui, sur le côté, Drizzt retira un petit couteau de chacune de ses bottes et se demanda comment les géants pouvaient être assez stupides pour se faire abuser deux fois par le même tour en l'espace de dix secondes.

Peu désireux de s'étendre sur sa bonne fortune, l'elfe se rua derrière sa victime suivante et avant que ses compagnons, encore dans le tunnel, puissent percevoir un cri d'avertissement, il enfonça profondément l'un de ses couteaux dans la cuisse du géant, sectionnant le tendon de son jarret. Celui-ci vacilla sur le côté et Drizzt, tout en lui sautant dessus, s'émerveilla de la cible facile que constituaient les veines épaisses du cou d'un verbeeg quand leur mâchoire se serrait de douleur.

Mais le drow n'avait pas le temps de s'arrêter pour méditer sur les hasards du combat. Le reste de la bande, cinq géants en colère, avait déjà écarté leur compagnon blessé dans le tunnel et n'était qu'à quelques enjambées derrière lui. Il planta fermement le second couteau dans le cou du verbeeg et se dirigea vers la porte qui menait vers les profondeurs du repaire. Il aurait pu y arriver, sauf que le premier géant qui revint dans la salle à manger avait une pierre à la main. En règle générale, les verbeegs sont plutôt adeptes des jets de pierre, et celui-là était plus doué que la plupart. La tête sans casque du drow était sa cible, et il visait bien.

Le lancer de Wulfgar atteignit également sa cible. *Crocs de l'égide* fracassa la colonne vertébrale du dernier géant comme il dépassait son compagnon blessé dans le tunnel. Celui-ci, qui s'employait toujours à retirer la dague de Drizzt de son genou, regarda avec incrédulité son compagnon mort si subitement et le barbare fou furieux qui chargeait maintenant sur lui.

Du coin de l'œil, Drizzt vit arriver la pierre. Il réussit à se pencher suffisamment pour éviter que sa tête soit atteinte, mais le lourd projectile le heurta à l'épaule et l'envoya voltiger sur le sol. Le monde tournait autour de lui comme s'il avait été son axe. Il lutta pour se réorienter, car inconsciemment il savait que le géant fondait sur lui pour l'achever. Mais tout lui paraissait flou. Puis, quelque chose qui se trouvait par terre, juste devant son visage, parvint à attirer son attention. Il riva son regard dessus, s'efforçant de le voir nettement et de faire en sorte que sa tête cesse de tourner.

Le doigt d'un verbeeg.

Le drow avait repris ses esprits. Il attrapa vivement son arme.

Il savait qu'il était trop tard quand il vit le géant qui le surplombait, sa massue levée pour une frappe mortelle.

Le géant blessé s'avança vers le milieu du tunnel pour faire face à l'assaut du barbare. La jambe du monstre s'était engourdie et il ne pouvait pas s'ancrer solidement au sol. Wulfgar, *Crocs de l'égide* aisément revenu dans ses mains, il le dégagea d'une frappe et continua jusqu'à la salle à manger. Deux géants l'y attendaient.

Guenhwyvar se faufila entre les jambes d'un géant tandis qu'il se retournait et bondit aussi haut et aussi loin que le lui permettaient ses muscles lisses. Juste au moment où le verbeeg qui se tenait au-dessus de Drizzt commença à balancer sa massue vers l'elfe couché sur le ventre, Drizzt vit une ombre noire passer devant son visage. Une entaille irrégulière apparut sur la joue du géant. Drizzt comprit ce qui s'était passé quand il entendit Guenhwyvar atterrir sur la table, avant de se propulser plus loin dans la salle. Bien qu'un second géant ait maintenant rejoint le premier, leurs deux massues dressées prêtes à frapper, Drizzt avait gagné tout le temps dont il avait besoin. D'un mouvement fulgurant, il sortit l'un de ses cimeterres de son fourreau et le planta dans l'aine du premier géant. De douleur, le monstre se plia en deux, faisant office de bouclier en prenant le coup de son camarade sur la nuque.

—Merci, murmura le drow tout en roulant sur le cadavre, atterrissant sur ses pieds et lançant une autre frappe vers le haut, mais cette fois-ci en se relevant pour accompagner le mouvement de son arme.

Un autre géant perdit la vie à cause de son hésitation car, pendant que le verbeeg stupéfait regardait d'un air perplexe le cerveau de son ami qui maculait sa massue, la lame incurvée du drow s'enfonça dans sa cage thoracique, déchirant ses poumons et finissant sa course dans le cœur du monstre.

Le temps passait au ralenti pour le géant mortellement blessé. La massue qu'il avait lâchée sembla mettre plusieurs minutes à atteindre le sol. Avec le mouvement à peine perceptible de l'arbre qui tombe, le verbeeg partit en arrière, libérant le cimeterre. Il savait qu'il était en train de tomber, mais le sol ne venait pas à sa rencontre. Il ne vint jamais…

Wulfgar espérait qu'il avait frappé le géant qui se trouvait dans le tunnel suffisamment fort pour le garder un bon moment à l'écart de l'échauffourée – il serait en effet dans une position délicate si celui-ci arrivait derrière lui à cet instant. Il en avait largement pour son compte avec les deux géants auxquels il faisait face à présent en matière de parades et de ripostes. Il n'avait pas besoin de se soucier de ses arrières, cependant, car le verbeeg blessé était effondré contre la paroi du tunnel, inconscient de ce qui l'entourait. Et dans la direction opposée, Drizzt venait d'en finir avec les deux autres géants. Wulfgar eut un rire sonore quand il vit son ami essuyer le sang de sa lame et se diriger vers eux. Un des verbeegs remarqua lui aussi l'elfe noir, et il se dégagea de sa bataille avec le barbare pour faire face à ce nouvel ennemi.

— Hé, espèce de p'tit avorton, tu crois pouvoir m'affronter et vivre pour l'raconter ? beugla le géant.

Feignant le désespoir, Drizzt l'examina du regard. Comme d'habitude, il trouva un moyen aisé de gagner le combat. Guenhwyvar avait rampé derrière les corps des géants pour atteindre une position favorable. Drizzt fit un petit pas en arrière, entraînant le géant sur la trajectoire du fauve.

La massue du géant s'écrasa sur les côtes de Wulfgar, le propulsant contre la poutre de bois. Mais le barbare était fait d'une étoffe plus solide que le bois, et il encaissa stoïquement le coup, rendant le double avec *Crocs de l'égide*. Le verbeeg frappa encore, et Wulfgar riposta de nouveau. Le barbare combattait presque sans interruption depuis plus de dix minutes, mais l'adrénaline coulait à flots dans ses veines et il se sentait à peine essoufflé. Il commença à se réjouir des heures interminables qu'il avait passées à peiner pour Bruenor dans les mines, tout comme des kilomètres et des kilomètres de course dans lesquels l'avait entraîné Drizzt durant leurs séances, tandis que ses coups s'abattaient, de plus en plus fréquents, sur son adversaire fatigué.

Le géant avançait sur Drizzt.

— Ah, reste en place, espèce d'misérable rat ! gronda-t-il. Et va pas t'servir d'tes combines perfides ! On voulons voir comment qu'tu t'en sors dans un combat à la loyale !

Juste au moment où les deux adversaires se rejoignaient, Guenhwyvar parcourut comme une flèche les derniers mètres qui la séparaient d'eux et plongea profondément ses crocs dans l'arrière de la cheville du verbeeg. Par réflexe, le géant se retourna vers ce nouvel attaquant, mais il se reprit vite et reporta vivement les yeux vers l'elfe…

Juste à temps pour voir le cimeterre pénétrer dans sa poitrine.

Drizzt répondit à l'expression perplexe du monstre par une question :

— Où dans les Neuf Enfers as-tu pu pêcher l'idée que je me battrais à la loyale ?

Le verbeeg s'éloigna en vacillant. La lame n'avait pas atteint son cœur, mais il savait que sa blessure serait fatale si elle n'était pas soignée. Du sang se répandait abondamment sur la tunique de cuir du monstre, et il peinait à trouver son souffle.

Drizzt et Guenhwyvar alternaient leurs attaques, l'un portant une frappe d'un côté avant de s'éloigner pour esquiver les ripostes maladroites du monstre tandis que l'autre se ruait sur son autre flanc. Ils savaient tous les deux, tout comme le géant, que ce combat serait bientôt terminé.

Le géant qui combattait Wulfgar ne pouvait pas plus longtemps soutenir une position défensive avec sa lourde massue. Le barbare commençait à se fatiguer lui aussi, alors il entonna un vieux chant guerrier de la toundra, le Chant de Tempus, dont les notes stimulantes l'exaltèrent pour le déluge de coups final. Il attendit que la massue du verbeeg penche inexorablement vers le bas pour balancer *Crocs de l'égide* en avant, une fois, puis deux, puis une dernière fois. Wulfgar faillit s'écrouler d'épuisement après la troisième frappe, mais le géant s'affaissa sur le sol. Péniblement, le barbare pesa sur son arme et regarda ses deux têtes trancher et écraser le verbeeg jusqu'à en faire de la bouillie.

— Bien joué ! dit Wulfgar en riant quand le dernier géant fut abattu.

Drizzt marcha jusqu'au barbare, son bras gauche pendant mollement sur le côté. Sa veste et sa chemise étaient déchirées là où la pierre l'avait frappé, et la peau exposée de son épaule était enflée et meurtrie.

Wulfgar regarda la blessure avec une inquiétude sincère, mais Drizzt répondit à sa question muette en levant le bras devant lui, bien qu'il grimace de douleur sous l'effort.

— Cela guérira vite, assura-t-il à Wulfgar. Ce n'est qu'une méchante bosse, et je trouve que c'est un petit prix à payer pour les cadavres de treize verbeegs !

Un gémissement sourd émana du tunnel.

— Douze pour l'instant, corrigea Wulfgar. Apparemment, il y en a un qui n'est pas tout à fait mort.

Avec une profonde inspiration, Wulfgar souleva *Crocs de l'égide* et se détourna pour finir la besogne.

— Un instant, insista Drizzt, une pensée taraudant son esprit. Quand les géants se sont rués sur toi dans le tunnel, tu as crié quelque chose, dans ta langue natale, je crois. Qu'est-ce que tu as dit ?

Wulfgar rit de bon cœur.

— C'est un vieux cri de bataille de la tribu de l'Élan, expliqua-t-il. « Que la force soit avec mes amis, et que la mort s'abatte sur mes ennemis ! »

Drizzt regarda le barbare avec suspicion et se demanda jusqu'à quel point Wulfgar savait mentir.

⚔. ⚔. ⚔. ⚔. ⚔.

Le verbeeg blessé était toujours appuyé contre la paroi du tunnel quand les deux compagnons et Guenhwyvar revinrent vers lui. La dague du drow était profondément enfoncée dans son genou, sa lame inextricablement coincée entre deux os. Le géant regarda les hommes qui s'approchaient avec un regard rempli de haine, quoique étrangement calme.

— Tu vas payer pour tout ça, cracha-t-il à Drizzt. Biggrin va bien s'amuser avec toi avant d'te tuer, sois-en sûr !

— Il a donc une langue, dit Drizzt à Wulfgar. (Puis, s'adressant de nouveau au géant :) Biggrin ?

— Le propriétaire de la grotte, répondit le géant. Biggrin va vouloir faire ta connaissance.

— Et bien, nous aussi, nous voulons rencontrer Biggrin ! explosa Wulfgar. Nous avons une dette à lui faire payer – un petit problème concernant deux nains !

Dès que Wulfgar mentionna les nains, le géant cracha encore. En un éclair, le cimeterre de Drizzt fut hors de son fourreau et s'immobilisa à un centimètre de la gorge du monstre.

— Tue-moi et finis-en, dit le géant en riant, véritablement indifférent à son sort. (Le calme du monstre décontenança Drizzt.) Je sers le maître ! proclama le géant. C'est une gloire de mourir pour Akar Kessell !

Wulfgar et Drizzt se regardèrent avec inquiétude. Ils n'avaient jamais vu ni entendu parler de ce genre de dévouement fanatique chez un verbeeg, et cette vision les perturbait. Le défaut principal des verbeegs, celui qui les avait toujours empêchés de parvenir à dominer les races plus petites, était leur réticence à se consacrer sans réserve à quelque cause que ce soit et leur incapacité à suivre un chef.

— Qui est Akar Kessell ? demanda Wulfgar.

Le géant eut un rire diabolique.

— Si vous être des amis des cités, vous l'saurez bien assez tôt !

— Je pensais que tu avais dit que Biggrin était le propriétaire de cette grotte, dit Drizzt.

— De la grotte, répondit le géant, et d'une tribu autrefois. Mais Biggrin suit le maître, maintenant !

— Nous avons un problème, murmura Drizzt à Wulfgar. As-tu jamais entendu parler d'un chef verbeeg qui abandonnerait le pouvoir à un autre sans combattre ?

— J'ai peur pour les nains, dit Wulfgar.

Drizzt se retourna vers le géant et décida de changer de sujet pour obtenir des informations quant à leur situation immédiate.

— Qu'y a-t-il à l'autre bout du tunnel ?

— Rien, répondit trop vivement le verbeeg. Euh, c'est juste un coin où qu'on dort, c'est tout.

Loyal, mais stupide, constata Drizzt. Il se tourna de nouveau vers Wulfgar :

— Nous devons exterminer Biggrin et tous les autres occupants de la grotte qui pourraient aller avertir cet Akar Kessell.

— Qu'est-ce qu'on fait de celui-là ? demanda Wulfgar.

Mais le géant répondit à la question à la place de Drizzt. Animé par ses rêves de gloire, il préférait mourir pour le sorcier. Il tendit ses muscles, ignorant la douleur de son genou, et bondit sur les deux compagnons. *Crocs de l'égide* écrasa la clavicule et le cou du verbeeg en même temps que le cimeterre de Drizzt s'enfonçait entre ses côtes et que la mâchoire de Guenhwyvar se refermait sur ses entrailles.

Mais le masque mortuaire du démon arborait un sourire.

⚔ ⚔ ⚔ ⚔ ⚔

Le couloir derrière la porte du fond de la salle à manger n'était pas éclairé, et les compagnons durent retourner dans le second couloir enlever une torche de son support pour l'emporter avec eux. Comme ils serpentaient le long du long tunnel, pénétrant de plus en plus profondément dans les entrailles de la colline, ils dépassèrent plusieurs petites pièces. La plupart étaient vides, mais certaines débordaient de provisions de toutes sortes : nourriture, peaux de bêtes, massues et lances.

Drizzt supposa qu'Akar Kessell avait prévu d'utiliser cette grotte comme camp de base pour son armée.

L'obscurité était totale sur une bonne distance et Wulfgar, qui ne disposait pas de la vision nocturne de son compagnon elfe, devint nerveux quand la lueur de la torche déclina. Mais ils arrivèrent ensuite dans une vaste salle, de loin la plus grande qu'ils aient vue, au-delà de laquelle le tunnel s'ouvrait sur la nuit.

— Nous sommes arrivés à la porte de devant, dit Wulfgar. Et elle est entrebâillée. Tu crois que Biggrin est parti ?

— Chut, dit Drizzt pour le faire taire.

Le drow pensait avoir entendu quelque chose dans les ténèbres, loin sur sa droite. Il se dirigea à pas de loup dans cette direction, laissant Wulfgar au centre de la pièce avec la torche.

Drizzt s'arrêta net quand il entendit les voix bourrues de géant devant lui, mais il ne comprenait pas pourquoi il ne parvenait pas à discerner leurs volumineuses silhouettes. Quand il arriva devant un vaste foyer, il comprit. Les voix retentissaient à travers la cheminée.

— Biggrin ? demanda Wulfgar comme il le rejoignait.

— Sûrement, raisonna Drizzt. Tu crois que tu peux passer par la cheminée ?

Le barbare acquiesça. Il hissa d'abord Drizzt – le bras gauche du drow ne lui étant pas d'une grande utilité pour le moment – et il le suivit, laissant là Guenhwyvar pour monter la garde.

Le conduit ascendant de la cheminée serpentait sur quelques mètres, puis se séparait en deux branches. L'une d'elles descendait vers la salle d'où provenaient les voix, et l'autre s'élevait vers la surface en se rétrécissant. La conversation était sonore et véhémente à présent, et Drizzt emprunta le conduit descendant pour en savoir plus. Wulfgar tint les pieds du drow pour l'assister dans la partie finale de la descente, comme la paroi devenait presque verticale. Suspendu à l'envers, dissimulé derrière le rebord d'un autre foyer, Drizzt jeta un regard furtif sur la pièce. Il vit trois géants : le premier se trouvait près de la porte du fond de la salle, donnant l'impression de vouloir s'en aller, le deuxième tournait le dos à la cheminée et se faisait réprimander par le troisième, un géant du givre immensément large et haut.

Drizzt sut par son sourire tordu, dénué de lèvre supérieure, que c'était Biggrin qu'il observait.

— Pour l'dire à Biggrin ! plaida le géant plus petit.

— Tu t'es enfui d'la bataille, dit Biggrin d'un air menaçant. T'as laissé mourir tes camarades !

— Non…, protesta le géant, mais Biggrin en avait entendu assez.

D'un grand coup de sa hache énorme, il trancha la tête du géant.

⚔ ⚔ ⚔ ⚔ ⚔

En sortant de la cheminée, les deux hommes retrouvèrent Guenhwyvar qui montait la garde avec diligence. Le fauve tourna sur lui-même en grognant quand il reconnut ses compagnons, et Wulfgar, ne comprenant pas que le ronronnement rauque était amical, fit prudemment un pas en arrière.

—Il doit y avoir un tunnel latéral plus loin dans le couloir principal, raisonna Drizzt, n'ayant pas le temps de s'amuser de la nervosité de son ami.

—Finissons-en, alors, dit Wulfgar.

Ils trouvèrent le tunnel comme le drow l'avait pronostiqué et arrivèrent bientôt à une porte qu'ils pensaient devoir mener à la pièce où se trouvait le reste des géants. Ils échangèrent une tape sur l'épaule pour se souhaiter bonne chance et Drizzt caressa Guenhwyvar, même si Wulfgar déclina son invitation à en faire autant. Puis ils firent irruption à l'intérieur.

La salle était vide : son autre porte, invisible depuis le poste d'observation de Drizzt dans la cheminée, était entrouverte.

⚔ ⚔ ⚔ ⚔ ⚔

Biggrin envoya le seul soldat qui lui restait porter un message à Akar Kessell par une porte latérale secrète. Le géant avait été déshonoré, et il savait que le sorcier n'accepterait pas facilement la perte de si nombreuses troupes de valeur. La seule chance de Biggrin était de s'occuper des deux guerriers intrus et d'espérer que leurs têtes apaiseraient son chef impitoyable. Le géant pressa son oreille contre la porte et attendit que ses victimes pénètrent dans la pièce adjacente.

⚔ ⚔ ⚔ ⚔ ⚔

Wulfgar et Drizzt passèrent une seconde porte et se retrouvèrent dans une salle somptueuse, dont le sol était orné d'épaisses fourrures et de grands coussins duveteux. Deux autres portes permettaient de sortir de la pièce. L'une d'elles était légèrement ouverte sur un couloir obscur, et l'autre était fermée.

Soudain, Wulfgar arrêta Drizzt de sa main déployée et lui fit signe de rester silencieux. La qualité du guerrier véritable, ce sixième sens qui lui permet de sentir le danger invisible, était entrée en jeu. Lentement, le barbare se tourna vers la porte fermée et leva *Crocs de l'égide* au-dessus de sa tête. Il s'interrompit un moment et pencha la tête, tendant l'oreille, à l'écoute d'un bruit confirmant ses soupçons. Il n'y en eut aucun, mais Wulfgar avait confiance en son instinct. Il poussa un hurlement en l'honneur de Tempus et lança le marteau. Il mit la porte en pièces avec un craquement sonore, projetant les planches – et Biggrin – sur le sol.

Drizzt remarqua le balancement de la porte secrète, ouverte de l'autre côté de la pièce derrière le chef des géants, et il comprit que le dernier d'entre eux avait dû s'éclipser. Le drow mit rapidement Guenhwyvar à l'œuvre. La panthère comprit elle aussi ce qui se passait, car elle détala, réglant la question de Biggrin qui se tortillait toujours au sol d'un seul bond puissant, et elle se rua hors de la grotte pour traquer le verbeeg en fuite.

Le sang ruisselait sur le côté de la grande tête du géant, mais l'os épais de son crâne avait repoussé le marteau. Drizzt et Wulfgar regardèrent avec incrédulité comme l'énorme géant du givre secouait ses bajoues et se relevait pour aller à leur rencontre.

—Ce n'est pas possible, protesta Wulfgar.

—C'est un géant tenace, dit Drizzt en haussant les épaules.

Le barbare attendit que *Crocs de l'égide* soit revenu dans sa main, puis il avança avec le drow pour faire face à Biggrin.

Le géant resta dans l'embrasure de la porte afin qu'aucun de ses adversaires ne puisse attaquer ses flancs, tandis que Wulfgar et Drizzt approchaient avec assurance. Tous trois échangeaient des regards menaçants et se jaugeaient tout en balançant placidement leurs armes.

—Tu dois être Biggrin, dit Drizzt en s'inclinant.

—C'est bien moi, proclama le géant. Biggrin! L'dernier ennemi qu'verront vos yeux!

—Aussi confiant qu'opiniâtre, remarqua Wulfgar.

—Petit humain, rétorqua le géant, j'ai écrasé des centataines d'tes semblables chétifs!

—Raison de plus pour te tuer, déclara calmement Drizzt.

Avec une vitesse et une férocité soudaines qui surprirent ses deux adversaires, Biggrin balança sa hache énorme devant lui. Wulfgar recula hors de sa portée, et Drizzt parvint à se baisser en dessous de la frappe, mais le drow frissonna quand il vit la lame de la hache arracher un large pan du mur de pierre.

Wulfgar bondit droit sur le monstre dès que la hache l'eut dépassé, frappant le large thorax de Biggrin avec *Crocs de l'égide*. Le géant tressaillit, mais encaissa le coup.

—Va falloir m'frapper plus fort qu'ça, petit homme! beugla-t-il alors qu'il lançait un puissant coup à revers avec la tête plate de sa hache.

De nouveau, Drizzt esquiva la frappe en se baissant. Wulfgar, toutefois, si aguerri qu'il soit, ne bougea pas assez vite pour se retrouver hors de portée. Le barbare parvint à positionner *Crocs de l'égide* devant lui, mais la force pure de l'arme lourde de Biggrin le fracassa contre le mur. Il s'affaissa sur le sol.

Drizzt savait que les choses étaient mal engagées. Son bras gauche était toujours inutilisable, ses réflexes ralentis par l'épuisement, et ce géant était simplement trop puissant pour qu'il puisse parer la moindre de ses frappes. Il réussit à glisser un petit coup de cimeterre au géant tandis que celui-ci préparait sa prochaine frappe, avant de s'enfuir dans le couloir principal.

— Cours, espèce d'chien noir ! rugit le géant. J'suis à ta poursuite, et j't'aurai !

Biggrin fonça derrière Drizzt, pensant que sa victoire était déjà acquise.

Le drow dégaina ses cimeterres quand il atteignit le tunnel principal et chercha un endroit pour tendre une embuscade au monstre. N'en trouvant aucun, il avança vers la sortie et attendit.

— Où c'est qu'tu t'caches ? railla Biggrin comme sa silhouette massive pénétrait dans le couloir.

Perché parmi les ombres, le drow lui lança ses deux couteaux. Les deux atteignirent leur cible, mais Biggrin ralentit à peine.

Drizzt sortit de la grotte. Il savait que si Biggrin ne le suivait pas, il devrait retourner à l'intérieur ; il ne pouvait certainement pas laisser Wulfgar y mourir. Les premiers rayons de l'aube percèrent sur la montagne, et Drizzt s'inquiéta de la luminosité croissante, craignant qu'elle gâche toutes ses chances de tendre une embuscade. Escaladant l'un des petits arbres qui dissimulaient l'entrée, il sortit sa dague.

Biggrin se rua à l'extérieur sous la lumière du soleil et regarda autour de lui, cherchant des signes du drow en fuite.

— T'es fait, espèce de misérable chien ! T'as nulle part où t'enfuir !

Tout à coup, Drizzt fut sur le dos du monstre, transperçant et tailladant son visage dans une avalanche de coups de poignard. Le géant hurla de fureur et propulsa violemment son corps massif en arrière, envoyant Drizzt voltiger dans le tunnel, incapable de trouver une prise ferme avec son bras affaibli. Il atterrit lourdement sur son épaule blessée et la douleur intense manqua le faire défaillir. Il se tordit et se tortilla en tous sens pendant un moment, tenant de se remettre sur ses pieds, mais il cogna contre une lourde botte. Il savait que Biggrin n'avait pas pu le rejoindre aussi rapidement. Il se retourna lentement sur le dos, se demandant d'où avait bien pu venir ce nouveau géant.

Mais le combat prit une tout autre tournure quand il vit que c'était Wulfgar qui se tenait au-dessus de lui, *Crocs de l'égide* fermement en main et une mine résolue peinte sur le visage. Wulfgar garda les yeux rivés sur le géant tandis qu'il pénétrait dans le tunnel.

— Il est pour moi, dit le barbare d'un ton sinistre.

Biggrin avait véritablement l'air hideux. L'endroit où le marteau l'avait frappé était couvert de sang séché, tandis que l'autre côté de sa tête, son visage et son cou ruisselaient du sang vif de plusieurs nouvelles blessures. Les deux couteaux que Drizzt avait lancés étaient toujours enfoncés dans le torse du géant, comme des médailles d'honneur morbides.

—Est-ce que tu peux encaisser une autre frappe? le défia Wulfgar en lançant de nouveau *Crocs de l'égide* sur le géant.

En réponse, Biggrin bomba sa poitrine d'une manière provocante pour bloquer le coup.

—J'peux encaisser tout c'que t'as en réserve! se vanta-t-il.

Crocs de l'égide atteignit sa cible, et Biggrin chancela d'un pas. Le marteau lui avait brisé une côte ou deux, mais le géant pouvait supporter cela.

Cependant, de façon bien plus meurtrière, *Crocs de l'égide* avait poussé l'un des couteaux de Drizzt au travers du cœur de Biggrin.

—Je peux courir, à présent, chuchota Drizzt à Wulfgar quand il vit le géant recommencer à avancer.

—Je reste là, s'obstina le barbare sans le moindre tremblement de peur dans la voix.

Drizzt dégaina ses cimeterres.

—Bien parlé, mon courageux ami. Abattons donc cette bête infecte – on aura largement de quoi manger!

—Tu vas découvrir qu'c'est plus dur à faire qu'à dire! rétorqua Biggrin. (Il sentit une piqûre soudaine dans sa poitrine, mais chassa la douleur d'un grognement.) J'ai encaissé tes meilleurs coups, et pourtant j'viens sur toi! Tu peux pas espérer gagner!

Drizzt, tout comme Wulfgar, craignait qu'il y ait plus de vérité dans les vantardises du géant que ce qu'ils voulaient bien admettre. Ils étaient au bout du rouleau, blessés et à bout de souffle, pourtant fermement décidés à rester et à finir la besogne.

Mais l'assurance qu'affichait le géant alors qu'il approchait d'un pas régulier était des plus déroutantes.

Biggrin se rendit compte que quelque chose n'allait pas du tout quand il arriva à quelques pas des deux compagnons. Wulfgar et Drizzt s'en étaient aperçus eux aussi, car, tout à coup, les enjambées du géant ralentirent.

Celui-ci les regarda avec indignation, comme s'il avait été trahi.

—Chiens! haleta-t-il, une goutte de sang jaillissant de sa bouche. Par quelle diablerie...

Biggrin tomba raide mort sans ajouter un mot.

⚔. ⚔. ⚔. ⚔. ⚔.

—Devons-nous partir à la recherche du fauve? demanda Wulfgar quand ils revinrent à la porte secrète.

—Aie confiance en mon ombre, répondit-il. Guenhwyvar ne laissera pas s'échapper le verbeeg. Par ailleurs, j'ai un bon repas qui m'attend encore dans la grotte.

—Vas-y, lui dit Wulfgar. Je vais rester ici attendre que la panthère revienne.

Drizzt étreignit l'épaule du grand homme en partant. Ils avaient traversé beaucoup de choses dans le peu de temps qu'ils avaient passé ensemble, et Drizzt se doutait que leurs aventures ne faisaient que commencer.

Le drow chanta un chant de ripaille en s'engageant dans le couloir principal, mais seulement pour tromper Wulfgar, car la table où se trouvait le repas ne serait pas son premier arrêt. Le géant avec lequel ils avaient parlé plus tôt s'était montré évasif quant à ce qui se trouvait au bout du seul tunnel qu'ils n'avaient pas encore exploré. Et après tout ce qu'ils avaient découvert, Drizzt pensait que cela ne pouvait être qu'une seule chose: un trésor.

⚔. ⚔. ⚔. ⚔. ⚔.

La panthère courait à grandes foulées souples parmi les pierres brisées, réduisant facilement l'écart qui la séparait du géant au pas lourd. Bientôt, Guenhwyvar put entendre la respiration laborieuse du verbeeg tandis que la créature luttait à chaque bond, à chaque escalade. Le géant tentait de rejoindre Valtombe et la toundra qui s'étendait au-delà. Mais sa fuite était si désespérée qu'il ne quitta pas le versant du Cairn de Kelvin pour le sol plus praticable de la vallée. Il cherchait une route plus directe, croyant que ce serait le chemin le plus rapide vers la sécurité.

Guenhwyvar connaissait les différents secteurs de la montagne aussi bien que son maître, elle savait où se trouvaient les tanières de chaque créature. Le fauve avait déjà déterminé le chemin qu'il voulait faire prendre au géant. Comme un chien de berger, elle raccourcit la distance qui la séparait du monstre et lui griffa le flanc, faisant dévier sa course vers un petit lac profond sur la montagne. Le verbeeg terrifié, certain que le marteau de guerre fatal ou le vif cimeterre n'étaient pas loin derrière, n'osa pas s'arrêter pour lutter contre la panthère. Il s'élança aveuglément sur le chemin que Guenhwyvar lui avait choisi.

Peu de temps après, la panthère se détacha du géant et partit en courant. Quand le fauve atteignit le bord des eaux froides, il inclina la tête et concentra ses sens affûtés, espérant discerner quelque chose qui pourrait l'aider à mener à bien sa besogne. Puis Guenhwyvar remarqua le frémissement presque imperceptible d'un mouvement dans l'eau, sous le scintillement des premières lueurs de l'aube. Ses yeux perçants reconnurent la longue forme sombre qui restait mortellement immobile. Satisfaite que le piège soit tendu, Guenhwyvar se positionna derrière une proche saillie et elle attendit.

Le géant avança d'un pas lourd vers l'étendue d'eau, respirant bruyamment. Il s'appuya un moment contre un gros rocher, malgré sa terreur. Les alentours semblaient suffisamment sûrs pour l'instant. Dès qu'il eut repris son souffle, le géant regarda vivement autour de lui, s'assurant qu'il n'était pas poursuivi, puis il recommença à avancer.

Il n'y avait qu'un seul passage pour traverser le bassin, un rondin tombé par-dessus qui l'enjambait en son centre, et les autres chemins possibles pour contourner la retenue d'eau, bien que celle-ci ne soit pas bien large, se faufilaient entre des dévers à pic et des parois protubérantes, annonciateurs d'une progression pénible.

Le verbeeg testa le rondin. Il semblait robuste, alors le monstre commença prudemment à traverser. La panthère attendit que le géant soit presque au centre de l'étendue d'eau, puis elle débaula hors de sa cachette et bondit dans les airs vers le verbeeg. Le fauve atterrit lourdement sur le géant surpris, planta ses griffes dans la poitrine du monstre et rebondit vers la sécurité de la rive. Guenhwyvar termina sa course dans l'eau glacée, mais réussi à s'en extirper vivement. Le géant, cependant, agita les bras avec frénésie pendant un moment, tentant de maintenir son équilibre précaire, avant de se renverser dans une giclée d'éclaboussure. L'eau se referma sur lui pour l'engloutir. Désespérément, le géant se jeta sur un rondin flottant à proximité, la forme que Guenhwyvar avait reconnue plus tôt.

Mais comme les mains du verbeeg se baissaient, la silhouette qu'il avait prise pour un rondin s'agita brusquement : le serpent constricteur aquatique de quinze mètres de long était en train de s'enrouler autour de sa proie à une vitesse vertigineuse. Les anneaux implacables plaquèrent les bras du géant contre ses flancs et entamèrent leur compression impitoyable.

Guenhwyvar secoua l'eau glacée de sa fourrure noire et luisante et reporta son regard vers le bassin. Quand une autre partie du serpent monstrueux enserra le cou du verbeeg et entraîna le monstre impuissant sous la surface, la panthère fut satisfaite que sa mission soit accomplie. Avec un long rugissement sonore proclamant sa victoire, Guenhwyvar repartit en bondissant vers le repaire.

19

DE SINISTRES NOUVELLES

D rizzt parcourut les couloirs à pas feutrés et dépassa les cadavres des géants morts, ne ralentissant que pour attraper un autre gros morceau de mouton sur la grande table. Il passa sous les poutres de soutènement et s'engagea dans le couloir sombre, tentant de se raisonner pour calmer son impatience. Si c'était là que les géants avaient caché leur trésor, la pièce qui l'abritait pouvait être derrière une porte dérobée, ou peut-être même gardée par un monstre, bien qu'il soit peu probable qu'il s'agisse d'un géant, car celui-ci se serait joint à la bataille.

Le tunnel était relativement long, se dirigeant droit vers le nord, et Drizzt supposa qu'il était maintenant en train de se déplacer sous la masse du Cairn de Kelvin. Il avait dépassé la dernière torche, mais il était ravi d'être dans l'obscurité. Il avait passé la majeure partie de sa vie à parcourir les tunnels sans lumière du monde souterrain, et ses grands yeux le guidaient plus précisément dans l'obscurité la plus totale que dans les zones éclairées.

Le couloir s'achevait abruptement sur une porte barricadée et cerclée, verrouillée par une barre de métal elle-même retenue par une grosse chaîne et un cadenas. Drizzt ressentit une pointe de culpabilité pour avoir laissé Wulfgar derrière lui. Le drow avait deux faiblesses : la plus importante était le plaisir que lui procurait le combat, mais non loin derrière, la seconde était le frisson de découvrir le butin de ses ennemis vaincus. Ce n'était pas l'or ni les pierres précieuses qui attiraient Drizzt ; il se moquait des richesses et ne gardait que rarement les trésors qu'il avait gagnés. C'était simplement le frisson de plaisir de les voir pour la première fois, l'excitation de les passer au crible et, peut-être, de découvrir un incroyable artefact ancien dont on avait perdu la trace au cours des âges, ou encore le livre des sorts d'un puissant mage de jadis.

Sa culpabilité s'envola quand il sortit un petit ustensile pour crocheter les serrures de la sacoche à sa ceinture. Il n'avait jamais été officiellement formé à l'art du cambriolage, mais il était aussi agile que n'importe quel maître voleur. Grâce à ses doigts sensibles et son oreille affûtée, il ne fut pas particulièrement gêné par la serrure grossière ; le cadenas s'ouvrit en quelques secondes. Drizzt tendit l'oreille avec attention à l'écoute de tout bruit derrière la porte. N'en entendant aucun, il souleva délicatement la grosse barre et la posa de côté. Après avoir tendu l'oreille une dernière fois, il dégaina l'un de ses cimeterres, retint sa respiration, et poussa la porte.

Il reprit son souffle dans un soupir déçu. La pièce était éclairée par la lumière déclinante de deux torches. Elle était petite et vide, excepté un grand miroir avec une monture métallique au centre de la salle. Drizzt évita d'entrer dans le champ du miroir, il savait que ces objets possédaient parfois d'étranges propriétés magiques, et il s'avança pour l'examiner de plus près.

Il faisait à peu près la moitié de la taille d'un homme, mais avait été élevé à la hauteur du regard par un pied d'acier finement ouvragé. Le fait que son cadre soit en argent et qu'il se trouve dans un endroit si isolé amena Drizzt à penser qu'il y ne s'agissait pas là d'un miroir ordinaire. Cependant, son examen minutieux ne lui révéla ni runes occultes ni inscriptions qui révélaient ses propriétés.

Incapable de découvrir quoi que ce soit d'inhabituel dans la salle, Drizzt s'avança imprudemment devant la glace. Tout à coup, un brouillard rosâtre commença à tourbillonner dans le miroir, faisant apparaître un espace tridimensionnel contenu à l'intérieur de la surface plane. Drizzt sauta sur le côté, plus curieux qu'effrayé, et il regarda le spectacle qui se précisait.

Le brouillard se mua en une épaisse fumée, comme s'il était alimenté par un feu caché. Puis, en son centre, dans une sorte d'explosion en forme de champignon, apparut le visage d'un homme, hâve et décharné, arborant les peintures traditionnelles de certaines cités du Sud.

—Pourquoi me déranges-tu ? demanda le visage en s'adressant à l'espace vide devant le miroir.

Drizzt fit un autre pas de côté, s'éloignant encore du champ visuel de l'étrange reflet. Il considéra la possibilité de se confronter au mage mystérieux, mais pensa que ses amis comptaient trop sur lui pour qu'il tente quelque chose d'aussi imprudent.

—Viens devant moi, Biggrin ! ordonna la vision. (Elle attendit quelques secondes, avec un sourire méprisant et impatient, de plus en plus nerveuse.) Quand je découvrirai l'imbécile qui m'a appelé par inadvertance, je le transformerai en lapin et le jetterai dans une fosse aux loups! cria frénétiquement l'apparition.

Dans une lueur soudaine, le miroir revint à la normale.

Drizzt se gratta le menton et se demanda s'il y avait encore quoi que ce soit qu'il puisse faire ou découvrir dans cette pièce. Il décida que les risques étaient tout simplement trop grands pour l'instant.

⚔ ⚔ ⚔ ⚔ ⚔

Quand Drizzt repartit dans le repaire, il trouva Wulfgar assis avec Guenhwyvar dans le couloir principal, à peine à quelques mètres de la porte close et barricadée. Le barbare caressait les épaules et le cou musclés de la bête.

—Je vois que Guenhwyvar a gagné ton amitié, dit Drizzt en s'approchant.

Wulfgar sourit.

—C'est une alliée de valeur, dit-il, taquinant l'animal d'une secousse. Et une authentique guerrière!

Il commença à se relever, mais fut violemment projeté au sol.

Une explosion secoua le repaire comme le carreau d'une baliste cognait violemment contre les lourdes portes, fendant leurs barres de bois et les projetant à l'intérieur. Une des portes fut coupée en deux et la plus haute charnière de l'autre fut arrachée, la laissant suspendue à sa charnière basse sous un angle étrange.

Drizzt dégaina son cimeterre et se mit devant Wulfgar pour le protéger tandis que le barbare tentait de retrouver son équilibre.

Brusquement, un combattant barbu sauta sur la porte en suspension, un bouclier circulaire arborant le blason traditionnel d'une chope débordante d'écume sur un bras, l'autre brandissant une hache de bataille entaillée et maculée de sang.

—Sortez d'là et v'nez vous frotter à moi, les géants! lança Bruenor en frappant son bouclier de sa hache – comme si le clan n'avait pas déjà fait suffisamment de tapage pour alerter les occupants du repaire!

—Calme-toi, nain furieux, dit Drizzt en riant. Les verbeegs sont tous morts.

Bruenor repéra ses amis et sauta dans le tunnel, bientôt suivi par le reste de son clan tapageur.

—Tous morts! cria le nain. Sois maudit, l'elfe, j'savais bien qu't'u garderais tout le plaisir pour toi!

—Et les renforts? demanda Wulfgar.

Bruenor gloussa avec malice.

— Un peu d'confiance, veux-tu, mon garçon ? Ils sont entassés dans une fosse commune, quoiqu'ils méritaient pas qu'on les enterre, j'te l'dis ! Il y en a qu'un d'vivant, un orque pitoyable qui continuera d'respirer que l'temps qu'il continuera d'agiter sa saleté d'langue !

Après l'épisode du miroir, Drizzt souhaitait vivement interroger l'orque.

— L'as-tu questionné ? demanda-t-il à Bruenor.

— Ah, il est muet pour l'moment, répondit le nain. Mais j'ai quelques p'tits trucs qui d'vraient l'aider à s'mettre à table !

Drizzt savait à quoi s'en tenir. Les orques n'étaient pas des créatures loyales, mais une fois sous l'envoûtement d'un mage, les torturer, quelle que soit la technique employée, ne donnait généralement pas de grands résultats. Ils avaient besoin de quelque chose pour contrecarrer cette magie, et Drizzt avait son idée sur ce qui pourrait marcher.

— Va chercher Régis, conseilla-t-il à Bruenor. Le halfelin pourra tirer les vers du nez de l'orque.

— Ce s'rait plus rigolo d'le torturer, se lamenta Bruenor, mais il comprenait que la suggestion du drow était plus judicieuse. Il était plus qu'anxieux – et inquiet – de voir tant de géants travailler ensemble. Et avec des orques à leurs côtés à présent…

⚔ ⚔ ⚔ ⚔ ⚔

Drizzt et Wulfgar étaient assis au fond de la petite salle, aussi loin que possible de Bruenor et de ses deux semblables. Une de ses troupes était revenue de Bois Isolé avec Régis cette même nuit, et bien qu'ils soient tous épuisés à force de marcher et de se battre, ils étaient trop impatients d'en savoir plus sur cette attaque pour dormir. Régis et l'orque captif s'étaient installés dans la pièce adjacente pour une conversation privée, dès que le prisonnier avait été sous la ferme influence du rubis que le halfelin portait en pendentif.

Bruenor s'occupait en préparant une nouvelle recette, un ragoût de cerveaux de géants, faisant bouillir les affreux ingrédients à l'odeur nauséabonde dans un crâne de verbeeg évidé.

— Utilisez vot' tête ! s'était-il justifié en réponse aux expressions d'horreur et de dégoût de Drizzt et de Wulfgar. Une oie d'basse-cour a meilleur goût qu'une oie sauvage parce qu'elle utilise pas ses muscles. Ça doit être du pareil au même pour les cerveaux d'géants !

Drizzt et Wulfgar n'avaient pas tout à fait vu les choses de la même façon. Cependant, ils ne voulaient pas quitter le secteur et risquer de manquer ce que Régis pourrait avoir à dire, alors ils s'étaient réfugiés dans un coin à l'opposé de Bruenor, poursuivant une conversation privée.

Celui-ci tendit l'oreille pour les écouter, curieux de connaître le sujet de leur conversation.

— Un demi-point pour le dernier dans la cuisine, insistait Wulfgar, et un demi-point pour la panthère.

— Et toi, tu n'as qu'un demi-point pour celui du gouffre, rétorqua Drizzt.

— D'accord, dit Wulfgar. Et on partage le point en deux pour celui du couloir, et pour Biggrin ?

Drizzt acquiesça.

— Alors, en ajoutant tous les points et tous les demi-points, en incluant les victimes sur lesquelles on s'est mis à plusieurs, ça fait dix et demi pour moi et dix et demi pour toi.

— Et quatre pour le fauve.

— Quatre pour la panthère, répéta Drizzt. Tu t'es bien battu, mon ami. Tu t'es bien défendu pour l'instant, mais j'ai le sentiment que de nombreuses autres batailles nous attendent, et c'est ma plus grande expérience qui remportera la victoire au final !

— Tu vieillis, mon cher elfe, le taquina Wulfgar, s'adossant de nouveau contre le mur. (La tache claire d'un rictus confiant perça à travers sa barbe blonde.) Nous verrons. Nous verrons.

Bruenor souriait lui aussi, à la fois devant la compétition bon enfant entre ses amis mais aussi de la fierté constante que lui inspirait le jeune barbare. Wulfgar se débrouillait bien pour soutenir la comparaison avec un vétéran aussi talentueux que Drizzt Do'Urden.

Régis émergea de l'autre salle, et le voile sombre sur son visage habituellement jovial jeta un froid sur l'atmosphère enjouée de la pièce.

— Nous sommes en mauvaise posture, dit le halfelin d'un air grave.

— Où est l'orque ? demanda Bruenor en sortant sa hache de sa ceinture, se méprenant sur le sens des paroles du halfelin.

— Là-bas. Il va bien, répondit Régis.

L'orque avait été ravi de tout raconter à son nouvel ami sur les plans d'Akar Kessell pour envahir les Dix-Cités, et sur l'importance des forces qu'il avait rassemblées. Régis tremblait quand il apprit la nouvelle à ses amis.

— Tous les orques, toutes les tribus de gobelins et tous les clans de verbeegs de la région de l'Épine dorsale du Monde se sont rassemblés autour d'un sorcier nommé Akar Kessell, commença le halfelin. (Drizzt et Wulfgar se regardèrent, reconnaissant le nom de Kessell. Le barbare avait pensé que celui-ci était un immense magiques mises quand le verbeeg en avait parlé, mais Drizzt avait d'autres soupçons, surtout après l'épisode du miroir).

» Ils projettent d'attaquer les Dix-Cités, continua Régis. Et mêmc les barbares ont rejoint leurs rangs, menés par un puissant chef borgne !

Le visage de Wulfgar rougit de colère et d'embarras. Son peuple luttant aux côtés des orques ! Il connaissait le chef dont parlait Régis, car Wulfgar faisait partie de la tribu de l'Élan, et en tant que héraut de Heafstaag, il en avait même porté l'étendard. Drizzt avait lui aussi gardé un douloureux souvenir du roi borgne. Il posa une main réconfortante sur l'épaule de Wulfgar.

—Allez à Bryn Shander, dit le drow à Bruenor et Régis. Les habitants de la région doivent se préparer !

Régis grimaça devant l'inutilité de la démarche. Si les estimations de l'orque quant à la taille de l'armée qui se rassemblait étaient correctes, l'ensemble des Dix-Cités réunies ne pourrait pas résister à l'assaut. Le halfelin baissa la tête et articula silencieusement, ne voulant pas alarmer ses amis :

—Il faut partir !

⚔ ⚔ ⚔ ⚔ ⚔

Bien que Bruenor et Régis aient pu convaincre Cassius de l'urgence et de l'importance de la nouvelle dont ils devaient faire part, il fallut plusieurs jours pour réunir tous les porte-parole en conseil. C'était le pic de la saison des truites-sans-cervelle, la fin de l'été, et le dernier moment pour attraper une grosse prise pour la dernière caravane marchande de Luskan. Les porte-parole des neuf villages de pêcheurs étaient conscients de leurs responsabilités envers leurs communautés, mais ils étaient réticents à l'idée d'abandonner les lacs, ne serait-ce qu'un seul jour.

Et donc, à l'exception de Cassius de Bryn Shander, de Muldoon, le nouveau porte-parole de Bois Isolé (qui admirait Régis, le considérant comme le héros de sa ville), de Glensather de Havre-du-Levant, la communauté toujours prête à faire alliance dans l'intérêt des Dix-Cités, et d'Agorwal de Termalaine qui faisait preuve d'une loyauté à toute épreuve envers Bruenor, l'humeur du conseil n'était pas très réceptive.

Kemp, qui en voulait toujours à Bruenor pour l'altercation qu'ils avaient eue au sujet de Drizzt après la bataille de Bryn Shander, était particulièrement remonté. Avant même que Cassius ait eu la possibilité d'entamer la formalité des décrets, le porte-parole bourru de Targos sauta de son siège et abattit ses deux poings sur la table :

—Au diable les lectures protocolaires et rentrons dans le vif du sujet! gronda Kemp. De quel droit nous convoques-tu ici, Cassius, nous forçant à quitter les lacs? Au moment même où nous sommes assis autour de cette table, les marchands de Luskan se préparent pour leur voyage!

—Nous avons été informés d'une invasion imminente, porte-parole Kemp, répondit calmement Cassius, qui comprenait la colère du pêcheur. Je ne t'aurais pas convoqué à cette période de la saison, ni aucun de vous, si cela n'avait pas été urgent.

—Les rumeurs sont donc vraies, railla Kemp. Une invasion, dis-tu? Bah! Je vois bien ce qui se cache derrière cette parodie de conseil!

Il se tourna vers Agorwal. La lutte entre Targos et Termalaine s'était envenimée dans les toutes dernières dizaines, malgré les efforts de Cassius pour amener leurs porte-parole à la table des négociations.

Agorwal avait accepté une entrevue, mais Kemp y était résolument opposé. Et donc, avec les soupçons qui planaient, de plus en plus nombreux, la date de ce conseil en urgence n'aurait pu être plus mal choisie.

—C'est une tentative bien lamentable! hurla Kemp. (Il regarda ses confrères porte-parole à la ronde.) Un effort pitoyable d'Agorwal et de ses partisans calculateurs pour obtenir une décision en leur faveur dans la querelle qui oppose Termalaine à Targos!

Stimulé par l'atmosphère suspicieuse qu'avait créée l'intervention de Kemp, le nouveau porte-parole de Caer-Konig, Schermont, pointa un doigt accusateur vers Jensin Brent de Caer-Dineval :

—Quel rôle as-tu joué dans cette tricherie? cracha-t-il à son rival acharné.

Schermont avait obtenu son poste après que le premier porte-parole de Caer-Konig fut tué sur les eaux du lac Dinneshere dans une bataille avec un bateau de Caer-Dineval. Dorim Lugar avait été l'ami et le chef de Schermont, et la politique que menait d'une main de fer le nouveau porte-parole était encore plus haineuse envers Caer-Dineval que celle de son prédécesseur.

Régis et Bruenor restèrent silencieux sur leurs chaises, consternés et impuissants devant toutes ces chamailleries. Finalement, Cassius abattit violemment son marteau, cassant sa poignée en deux, ce qui fit taire les autres suffisamment longtemps pour qu'il puisse s'exprimer.

—Un peu de silence! ordonna-t-il. Retenez vos propos venimeux et écoutez celui qui nous apporte de sinistres nouvelles!

Les porte-parole retombèrent dans leurs sièges et gardèrent le silence, mais Cassius craignait que les dégâts aient déjà été faits. Il donna la parole à Régis.

Sincèrement terrifié par ce qu'il avait appris de l'orque captif, Régis fit avec passion le récit de la bataille que ses amis avaient remportée sur le repaire de verbeegs et sur le sol de Valtombe.

—Et Bruenor a capturé l'un des orques qui escortaient les géants, dit-il avec force.

Certains des porte-parole eurent le souffle coupé à l'idée que de telles créatures puissent former des alliances. Mais Kemp et quelques autres, qui s'étaient déjà fait une opinion sur le véritable objectif de cette réunion, restèrent sceptiques.

—L'orque nous a parlé, continua Régis d'un air grave, de l'arrivée d'un puissant sorcier, Akar Kessell, et de sa vaste horde de gobelins et de géants! Ils veulent conquérir les Dix-Cités!

Il pensait que son ton dramatique se révélerait efficace.

Mais Kemp était indigné.

—Sur la parole d'un orque, Cassius? Tu nous as convoqués, nous forçant à quitter les lacs dans ce moment critique à cause de la menace d'un orque puant?

—Le récit du halfelin n'a rien d'inhabituel, ajouta Schermont. Nous avons tous entendu parler d'un gobelin capturé qui disait tout et n'importe quoi pour sauver sa tête sans valeur!

—Ou peut-être y avait-il d'autres motivations en jeu, siffla Kemp, regardant de nouveau Agorwal.

Bien qu'il soit profondément convaincu de la véracité de ces nouvelles sinistres, Cassius se rassit dans son siège sans dire un mot. Les tensions sur les lacs étaient tellement vives, et la dernière foire de cette saison particulièrement infructueuse était si proche qu'il s'attendait que les choses se passent ainsi. Il adressa un regard résigné à Régis et Bruenor et haussa les épaules tandis que, encore une fois, le conseil dégénérait en un concours de hurlements.

Au milieu du tumulte qui s'ensuivit, Régis sortit son rubis en pendentif de sous son gilet et donna un petit coup de coude à Bruenor. Ils échangèrent un regard déçu; ils avaient espéré que le joyau magique ne serait pas nécessaire.

Régis abattit son marteau pour demander la parole et Cassius la lui accorda. Alors, comme il l'avait fait cinq ans auparavant, il sauta sur la table et se dirigea vers son principal adversaire.

Mais cette fois-ci ne se déroula pas comme il l'avait prévu. Kemp avait passé des heures et des heures durant ces cinq dernières années à réfléchir sur ce dernier conseil d'avant l'invasion. Le porte-parole était satisfait de l'aboutissement final de tous ces événements, et, en vérité, il avait compris que les Dix-Cités, tout comme lui-même, étaient redevables envers le halfelin qui les avait contraints à prendre en compte son avertissement. Cependant, Kemp était furieux que son refus initial ait été balayé si aisément. Il était d'un tempérament bagarreur et, encore plus que la pêche, il n'aimait rien tant que la bataille, mais son esprit était vif et toujours en alerte devant le danger.

Il avait observé Régis plusieurs fois durant ces quelques dernières années, et il avait écouté avec intensité les récits des prouesses du halfelin dans l'art de la persuasion. Comme Régis s'approchait de lui, le porte-parole robuste détourna le regard.

—Va-t'en, escroc! grogna-t-il, poussant défensivement son siège dos à la table. Tu sembles avoir une étrange façon de convaincre les gens d'adhérer à ton point de vue, mais tu ne m'envoûteras pas cette fois-ci! (Il s'adressa aux autres porte-parole.) Prenez garde au halfelin! il y a de la magie à l'œuvre chez lui, soyez-en sûrs!

Kemp s'aperçut qu'il n'avait aucun moyen de prouver ses dires, mais il comprit également que cela ne serait pas nécessaire. Régis regardait autour de lui, confondu et même incapable de répondre aux accusations du porte-parole. Même Agorwal ne regardait plus Régis dans les yeux, bien que le porte-parole de Termalaine tente de le dissimuler avec tact.

—Assieds-toi, tricheur! le railla Kemp. Ta magie ne vaut rien si nous n'en sommes pas dupes!

Bruenor, jusque-là silencieux, se leva brusquement d'un bond, son visage déformé par la fureur.

—Et ça, c'est d'l'escroquerie, chien de Targos? le défia le nain.

Il décrocha un sac de sa ceinture et fit rouler son contenu sur la table en direction de Kemp. C'était la tête tranchée d'un verbeeg. Plusieurs porte-parole, horrifiés, firent un bond en arrière, mais Kemp resta imperturbable.

—Nous avons déjà eu à faire à des géants renégats à de nombreuses reprises, répondit nonchalamment le porte-parole.

—Renégats? répéta Bruenor avec incrédulité. On a abattu une quarantaine d'ces bestioles, sans compter les orques et les ogres!

—Une bande de passage, expliqua Kemp d'un ton égal et obstiné. Et ils sont tous morts, comme vous l'avez dit. Pourquoi donc en faire une question pour le conseil? Si ce sont des honneurs que tu désires, puissant nain, alors tu en auras! (Sa voix dégoulinait de venin, et il regardait le visage rougissant de Bruenor avec un profond plaisir.) Peut-être Cassius pourrait-il prononcer un discours en ton honneur devant tous les habitants des Dix-Cités.

Bruenor frappa des poings sur la table, englobant du regard tous les hommes qui l'entouraient dans une menace ouverte envers quiconque voudrait poursuivre les insultes de Kemp.

— On est v'nus ici pour vous aider à sauver vos maisons et vos familles ! hurla-t-il. Peut-être bien qu'vous nous croirez et qu'vous f'rez quelque chose pour survivre. Ou peut-être bien qu'vous écouterez les dires du chien d'Targos et qu'vous f'rez rien. Dans tous les cas, j'en ai soupé d'vous autres ! Faites c'que vous voulez, et qu'vos dieux vous prennent en pitié !

Il fit demi-tour et sortit d'un pas raide de la salle.

Le ton sinistre de Bruenor avait amené plusieurs des porte-parole à se rendre compte que la menace était trop sérieuse pour être considérée comme la supercherie d'un captif désespéré, ou même comme un plan plus insidieux de Cassius et d'autres conspirateurs. Pourtant, Kemp ne changerait pas d'avis : fier et arrogant, il était certain qu'Agorwal et ses amis non-humains – le halfelin et le nain –, utilisaient le prétexte d'une invasion pour prendre l'ascendant sur la cité de Targos, mieux placée dans la hiérarchie.

Derrière celle de Cassius, l'opinion de Kemp était d'un poids considérable au sein des Dix-Cités, en particulier pour les habitants de Caer-Konig et de Caer-Dineval, qui, à la lumière de la ferme neutralité de Bryn Shander envers leur différend, cherchaient chacun à obtenir la faveur de Targos.

Il restait suffisamment de porte-parole méfiants envers leurs rivaux et disposés à accepter l'explication de Kemp pour empêcher Cassius d'amener le conseil à mettre en place une action décisive.

Régis observait le spectacle des parties opposées échangeant des salves d'arguments, mais il avait perdu toute crédibilité, et il n'eut plus aucune influence sur le reste de la réunion. À la fin, peu fut décidé. Le mieux que purent obtenir Agorwal, Glensather et Muldoon de Cassius fut une déclaration publique :

— Un avertissement général doit être diffusé dans chaque foyer des Dix-Cités. Que les habitants soient informés de nos sinistres nouvelles, et qu'ils soient assurés que je ferai toute la place nécessaire au sein des murs de Bryn Shander pour toute personne désirant notre protection.

Régis regarda les porte-parole divisés. Sans union, le halfelin se demandait comment les hautes murailles de Bryn Shander pourraient bien les protéger.

20

L'ESCLAVE D'AUCUN HOMME

— J' veux pas d'contestations, grogna Bruenor, bien qu'aucun de ses quatre amis, qui se tenaient à ses côtés sur les pentes rocheuses de la rampe, n'ait la moindre intention de se prononcer contre sa décision.

Dans leur mesquinerie et leur fierté, la majorité des porte-parole avaient condamné leurs communautés à une destruction presque certaine, et ni Drizzt, ni Wulfgar, ni Catti-Brie, ni Régis ne s'étaient attendus que les nains se joignent à une cause si désespérée.

— Quand vas-tu obstruer les mines ? demanda Drizzt.

Le drow n'avait pas encore décidé s'il rejoindrait les nains dans l'emprisonnement auto-infligé de leurs grottes, mais il avait prévu de jouer les sentinelles pour Bryn Shander au moins jusqu'à ce que l'armée d'Akar Kessell arrive dans la région.

— Les préparatifs commencent ce soir, dit Bruenor. Mais une fois qu'tout s'ra en place, on aura pas d'raisons d'se précipiter. On laissera ces orques puants arriver jusqu'à un cheveu d'nous avant d'faire tomber les tunnels, et d'les ensevelir dessous. Tu vas rester avec nous, alors ?

Drizzt haussa les épaules. Bien qu'il soit encore fui par la plupart des habitants des Dix-Cités, le drow ressentait un fort sentiment de loyauté à leur égard. Il n'était pas sûr de pouvoir tourner le dos au foyer qu'il s'était choisi, même si cela semblait suicidaire dans ces circonstances. Et Drizzt n'avait pas vraiment envie de revenir à un monde souterrain et obscur, même dans les grottes hospitalières de la ville des nains.

— Et toi, tu décides quoi ? demanda Bruenor à Régis.

Le halfelin, lui aussi, était déchiré entre ses instincts de survie et sa loyauté envers les Dix-Cités. Avec l'aide du rubis, il avait bien vécu sur les rives de Maer Dualdon pendant ces dernières années. Mais, à présent, sa couverture était tombée. À cause des rumeurs qui avaient filtré du conseil, tout le monde à Bryn Shander murmurait au sujet de l'influence magique du halfelin. Il ne faudrait pas longtemps avant que toutes les communautés entendent parler des accusations de Kemp et se mettent à l'éviter, si ce n'était à le fuir ouvertement. De toute façon, Régis savait que sa période de vie facile à Bois Isolé était proche de son terme.

— Merci pour l'invitation, dit-il à Bruenor. Je viendrai avant que Kessell arrive.

— Bien, répondit le nain. T'auras une chambre près d'celle du p'tit, pour qu'aucun des nains soit obligé d'entendre tes jérémiades !

Il adressa à Drizzt un bref clin d'œil enjoué.

— Sans façons, dit Wulfgar.

Bruenor le regarda avec curiosité, se méprenant sur les intentions du barbare et se demandant pourquoi il s'opposait à ce que Régis soit logé à côté.

— Fais gaffe à toi, mon garçon, le taquina le nain. Si tu penses qu'on va t'installer à côté d'la d'moiselle, alors tu d'vrais penser à baisser ta tête pour éviter l'balayage de ma hache !

Catti-Brie gloussa doucement, un peu gênée, mais véritablement touchée.

— Vos mines ne sont pas un endroit pour moi, dit brusquement Wulfgar. Ma vie est sur la plaine.

— T'oublies qu'ta vie c'est moi qu'en décide ! rétorqua Bruenor.

En vérité, son cri relevait plus du manque de patience d'un père que de la fureur d'un maître.

Wulfgar se dressa devant le nain, fier et sévère. Drizzt comprit ce qu'il avait en tête et en fut ravi. Bruenor avait également une petite idée d'où voulait en venir le barbare, et bien qu'il déteste l'idée d'une séparation, il se sentit plus fier que jamais du jeune homme.

— Ma période de servitude n'est pas achevée, commença Wulfgar, cependant je me suis acquitté bien des fois de la dette que j'avais envers toi, mon ami, et envers ton peuple. Je suis Wulfgar ! proclama-t-il fièrement, la mâchoire ferme et les muscles bandés. Je ne suis plus le p'tit, mais un homme ! Un homme libre !

Bruenor sentit ses yeux s'humidifier. Pour la première fois, il ne fit rien pour le cacher. Il s'avança devant l'immense barbare et retourna le regard inflexible de Wulfgar avec un air de sincère admiration.

— Alors, nous y v'là, observa Bruenor. Est-ce que j'peux quand même te d'mander, si d'ton propre chef tu vas décider d'rester et d'te battre à mes côtés ?

Wulfgar secoua la tête.

— Mon tribut envers toi est entièrement payé, en vérité. Et pour toujours je te donnerai le nom d'ami… Mon cher ami. Mais je dois encore m'acquitter d'une autre dette.

Il porta son regard vers le Cairn de Kelvin et au-delà. Les étoiles innombrables brillaient au-dessus de la toundra, faisant paraître la plaine dégagée encore plus vaste et désertique.

— Là-bas, dans un autre monde !

Catti-Brie soupira et remua inconfortablement. Elle était la seule à pleinement comprendre le vague tableau que dépeignait Wulfgar. Et elle n'était pas enchantée de son choix.

Bruenor hocha la tête, respectant la décision du barbare.

— Va, alors, et que ta vie soit belle, dit-il, s'efforçant de maîtriser sa voix défaillante, tandis qu'il s'engageait sur le sentier rocailleux. (Il s'arrêta une dernière fois et reporta son regard sur la haute taille du jeune barbare.) T'es un homme, et y a personne pour l'contester, dit-il par-dessus son épaule. Mais oublie jamais qu'tu s'ras toujours mon p'tit !

— Je ne l'oublierai pas, chuchota furtivement Wulfgar comme Bruenor disparaissait dans le tunnel.

Il sentit la main de Drizzt sur son épaule.

— Quand comptes-tu partir ? demanda le drow.

— Ce soir, répondit Wulfgar. Ces jours sinistres ne me laissent pas le choix.

— Et où vas-tu ? demanda Catti-Brie, qui connaissait déjà la vérité, tout comme la vague réponse que donnerait Wulfgar.

Le barbare reporta son regard embué vers la plaine.

— À la maison.

Il commença à descendre le sentier, et Régis le suivit. Mais Catti-Brie resta en arrière et fit signe à Drizzt de faire de même.

— Fais tes adieux à Wulfgar cette nuit, dit-elle au drow. Je ne crois pas qu'il reviendra.

— C'est à lui de déterminer où se trouve son foyer, répondit Drizzt, supposant que la nouvelle de l'alliance entre Heafstaag et Kessell avait joué un rôle dans la décision de Wulfgar. (Il regarda avec respect le barbare qui s'en allait.) Il doit s'occuper de quelques affaires privées.

— Plus que ce que tu crois, dit Catti-Brie. (Drizzt la regarda avec curiosité.) Wulfgar a une aventure en tête, expliqua-t-elle. (Elle n'avait eu pas l'intention de trahir sa parole envers Wulfgar, mais elle pensait que Drizzt Do'Urden, plus que quiconque, était susceptible de trouver un moyen de l'aider.) Une quête qui, à mon sens, lui a été imposée avant qu'il soit prêt.

—Les histoires de la tribu sont ses affaires, dit Drizzt, devinant ce que suggérait la jeune fille. Les barbares ont leurs propres usages et ne voient pas les étrangers d'un bon œil.

—Pour ce qui est des tribus, je suis d'accord, dit Catti-Brie, mais le chemin de Wulfgar, à moins que je me trompe, ne le mène pas directement chez lui. Il a une autre idée en tête, une aventure à laquelle il a souvent fait allusion, mais qu'il n'a jamais décrite en détail. Je sais seulement qu'elle implique de grands dangers, et un serment qu'il n'est pas sûr lui-même de pouvoir tenir, le pensant au-dessus de ses seules capacités.

Drizzt reposa les yeux sur la plaine étoilée et reconsidéra les propos de la jeune fille. Il savait que Catti-Brie était plus avisée et observatrice que son âge le laissait supposer.

Il ne doutait pas de ses suppositions.

Les étoiles scintillaient dans la nuit froide, le dôme céleste engloutissant la plate ligne de l'horizon. Un horizon encore exempt des feux d'une armée en progression, constata Drizzt.

Il avait peut-être le temps.

⚔ ⚔ ⚔ ⚔ ⚔

Bien que l'avertissement de Cassius ait été diffusé en deux jours, même dans les villages les plus éloignés, seuls quelques groupes de réfugiés prirent la route pour Bryn Shander. C'était exactement ce à quoi s'attendait Cassius, ou il n'aurait jamais fait la courageuse proposition d'abriter tous ceux qui viendraient.

Bryn Shander était une assez grande cité, et sa population actuelle n'était pas si nombreuse qu'elle avait pu l'être autrefois. Il y avait beaucoup de bâtiments inoccupés dans ses murs et un secteur entier de la ville, celui réservé aux caravanes de marchands en visite, était totalement vide à cette période de l'année. Toutefois, si la moitié seulement des habitants des neuf autres communautés des Dix-Cités venaient à chercher refuge, Cassius serait bien en peine d'honorer sa promesse.

Le porte-parole n'était pas inquiet. Les habitants des Dix-Cités étaient un peuple robuste, qui vivait tous les jours sous la menace d'une invasion de gobelins. Cassius savait qu'il faudrait plus qu'un avertissement pour leur faire quitter leurs demeures. La loyauté entre les villes étant au plus bas, peu de chefs seraient enclins à convaincre les habitants de leur cité de s'enfuir.

Et finalement, Glensather et Agorwal furent les seuls porte-parole à arriver aux portes de Bryn Shander. Presque tous les habitants de Havre-du-Levant avaient suivi leur chef, mais Agorwal avait moins de la moitié de Termalaine derrière lui. Les bruits qui couraient en provenance de l'arrogante cité de Targos, elle-même aussi bien défendue que Bryn Shander, établissaient clairement qu'aucun de ses habitants ne comptait partir. Beaucoup des pêcheurs de Termalaine, craignant l'avantage économique que Targos prendrait sur eux, avaient refusé d'abandonner la pêche pendant le mois le plus lucratif de la saison.

C'était également le cas de Caer-Konig et Caer-Dineval. Dans cette compétition acharnée, aucun des ennemis n'osait laisser le plus petit avantage à l'autre, et pas un seul de leurs habitants ne s'enfuit vers Bryn Shander. Pour ces deux communautés en état de siège, les orques n'étaient guère qu'une menace lointaine dont elles se préoccuperaient si elle venait un jour à se préciser, alors que la lutte qui les opposait était brutalement concrète et manifeste dans leur vie de tous les jours.

À la périphérie occidentale, la ville de Bremen demeurait farouchement indépendante des autres communautés, voyant la proposition de Cassius comme une tentative peu convaincante de Bryn Shander pour réaffirmer sa position de première ville des Dix-Cités. Bon-Hydromel et la Brèche de Dougan n'avaient pas l'intention d'aller se cacher dans la cité fortifiée ou d'envoyer la moindre troupe pour aider dans la bataille.

Ces deux cités sur Eaux-Rouges, le plus petit des lacs et le moins fourni en truites-sans-cervelle, ne pouvaient se permettre de quitter leurs bateaux un seul instant. Ils avaient entendu l'appel à l'unité cinq ans auparavant devant la menace d'une invasion barbare, et bien que leurs pertes aient été les plus lourdes de toutes les villes, c'étaient eux qui en avaient retiré le moins de bénéfices.

Plusieurs groupes arrivèrent de Bois Isolé, mais beaucoup parmi les habitants du village septentrional préférèrent rester chez eux. Leur héros avait perdu la face, et même Muldoon voyait maintenant le halfelin d'un autre œil, faisant passer l'avertissement de l'invasion pour un malentendu, ou peut-être même pour une mystification délibérée.

L'intérêt général de la région s'était effacé devant la fierté obstinée et les profits personnels, la plupart des habitants des Dix-Cités confondant alliance et dépendance.

⚔ ⚔ ⚔ ⚔ ⚔

Régis revint à Bryn Shander pour prendre des dispositions personnelles le lendemain du jour du départ de Wulfgar. Un de ses amis allait arriver de Bois Isolé avec ses biens les plus précieux, il resta donc dans la cité, observant à son grand dépit que les jours s'écoulaient sans qu'aucun préparatif digne de ce nom soit entrepris pour faire face à l'armée à venir. Même après le conseil, le halfelin avait gardé un certain espoir que la population se rendrait compte de la catastrophe imminente et se réunirait, mais maintenant il en venait à croire que la décision des nains d'abandonner les Dix-Cités et de s'enfermer dans leurs mines était la seule option valable s'ils désiraient survivre.

Régis se sentait en partie responsable de la tragédie future, convaincu qu'il avait fait preuve de négligence. Quand Drizzt et lui avaient décidé d'utiliser la situation politique et le pouvoir du rubis afin de forcer les villes à s'unifier contre les barbares, ils avaient passé des heures à pronostiquer les premières réponses des porte-parole et à peser la valeur de chaque ville dans l'alliance. Cette fois-ci, pourtant, Régis avait accordé plus de confiance à la population des Dix-Cités et au rubis, se figurant qu'il pouvait simplement employer son pouvoir pour balayer les quelques doutes résiduels sur la gravité de la situation.

Mais Régis ne pouvait pas continuer à alimenter sa culpabilité quand il entendait les réponses défiantes et arrogantes qui arrivaient des autres villes après son avertissement. Pourquoi devrait-il donc amener par la ruse ces gens à se défendre ? S'ils étaient suffisamment stupides pour laisser leur propre fierté entraîner leur destruction, comment pouvait-il espérer les secourir ?

— Vous aurez ce que vous méritez ! dit le halfelin à haute voix, souriant malgré lui quand il s'aperçut qu'il commençait à avoir l'air aussi cynique que Bruenor.

Mais cette dureté était la seule protection dont il disposait dans une situation si désespérée. Il espéra que son ami de Bois Isolé arriverait bientôt.

Son refuge se trouvait sous terre.

⚔ ⚔ ⚔ ⚔ ⚔

Akar Kessell était assis sur le trône de cristal dans la salle des visions, le deuxième étage de Cryshal-Tirith, ses doigts tapotant nerveusement le bras du grand fauteuil tandis qu'il regardait intensément le sombre miroir devant lui. Biggrin était très en retard pour son rapport sur la caravane de renforts. Le dernier appel que le sorcier avait reçu du repaire avait été suspect, personne ne se trouvant de l'autre côté à attendre sa réponse. À présent, le miroir du repaire ne révélait que des ténèbres, résistant à toutes les tentatives du sorcier de scruter la pièce.

Si le miroir avait été brisé, Kessell aurait pu ressentir un changement dans ses visions. Mais ce qui se passait était plus mystérieux,

208

car quelque chose qu'il ne pouvait comprendre bloquait sa vue à distance. Le mystère le décontenançait, il en venait à croire qu'il avait été dupé ou découvert. Ses doigts continuèrent leur tapotement nerveux.

— Il est peut-être temps de prendre une décision, suggéra Errtu, à sa place habituelle à côté du trône du sorcier.

— Nous n'avons pas encore atteint la plénitude de nos forces, rétorqua Kessell. De nombreuses tribus de gobelins et un important clan de géants ne sont pas arrivés. Et les barbares ne sont pas encore prêts.

— Les troupes ont soif de bataille, signala Errtu. Ils vont se battre les uns contre les autres – il se pourrait que ton armée tombe bientôt en pièces autour de toi !

Kessell concéda que le fait de garder autant de tribus de gobelins réunies si longtemps était une option dangereuse et risquée. Il serait peut-être plus avisé de partir en guerre tout de suite. Mais quand bien même, le sorcier voulait des certitudes. Il voulait que ses forces soient à leur apogée.

— Où est Biggrin ? brailla Kessell. Pourquoi n'a-t-il pas répondu à mes appels ?

— À quels préparatifs sont occupés les humains à présent ? demanda brusquement Errtu.

Mais Kessell ne l'écoutait pas. Il essuya la sueur de son visage. Peut-être que l'Éclat et le démon avaient eu raison en lui disant d'envoyer les barbares, moins repérables, au repaire.

Que pourraient bien penser les pêcheurs s'ils trouvaient une combinaison aussi improbable de monstres nichant dans leur secteur ? Que pouvaient-ils avoir deviné ?

Errtu nota le sentiment de gêne de Kessell avec une satisfaction mordante.

Le démon et l'Éclat avaient poussé Kessell à frapper bien plus tôt, dès que les messages de Biggrin avaient cessé d'arriver. Mais le sorcier couard, qui voulait encore s'assurer que ses forces seraient supérieures en nombre, avait continué à retarder l'assaut.

— Devrais-je aller voir les troupes ? demanda Errtu, certain que la résistance de Kessell s'était évanouie.

— Envoie des messagers aux barbares et aux tribus qui ne nous ont pas encore rejoints, lui intima Kessell. Dis-leur que combattre dans nos rangs, c'est se joindre au banquet de la victoire ! Mais aussi que ceux qui ne se battront pas à nos côtés tomberont sous nos coups ! Demain, nous marcherons !

Errtu se rua hors de la tour sans tarder, et bientôt des clameurs saluant le déclenchement de la guerre se répercutèrent d'un bout à l'autre de l'immense campement. Les gobelins et les géants se hâtaient, démontant les tentes et empaquetant les vivres. Ils avaient attendu ce moment pendant de longues dizaines, et ils n'avaient pas de temps à perdre pour les derniers préparatifs.

Cette même nuit, la vaste armée d'Akar Kessell leva le camp et commença sa longue marche vers les Dix-Cités.

Dans la tanière dévastée des verbeegs, le miroir de visions, intact, n'avait pas bougé, en sécurité sous l'épaisse couverture que Drizzt Do'Urden avait jetée par-dessus.

ÉPILOGUE

Il courut sous l'éclat du soleil le jour, il courut sous la faible lueur des étoiles la nuit, toujours avec le vent de l'est dans le visage. Ses longues jambes et ses grandes foulées le portaient inlassablement, simple point en mouvement dans la plaine déserte. Depuis des jours, Wulfgar se poussait aux extrêmes limites de son endurance, chassant et mangeant même pendant sa course, ne s'arrêtant que lorsque l'épuisement le clouait sur place.

Très loin au sud de sa position, déboulant de l'Épine dorsale du Monde comme un nuage toxique de fumées nauséabondes, venaient les armées de géants et de gobelins d'Akar Kessell. L'esprit perverti par la volonté de l'Éclat de cristal, leur seule volonté était de tuer, leur seul désir de détruire. Juste pour satisfaire Akar Kessell.

À trois jours de route de la vallée des nains, le barbare croisa les empreintes mêlées de nombreux guerriers, qui menaient toutes vers la même destination. Il fut heureux d'avoir pu retrouver son peuple aussi aisément, mais la présence de si nombreuses traces lui indiquait que les tribus se réunissaient, un fait qui ne faisait qu'accentuer l'urgence de sa mission. Aiguillonné par la nécessité, il fonça en avant.

Le plus grand ennemi de Wulfgar n'était pas la fatigue, mais bien la solitude.

Il luttait avec ardeur pour focaliser ses pensées sur le passé durant ces longues heures, se rappelant le serment qu'il avait fait à son père décédé et estimant les probabilités de ses victoires. Cependant, il évitait de penser à la décision qu'il avait prise, comprenant bien que son plan était tellement désespéré que le fait d'y réfléchir pourrait détruire sa résolution.

C'était pourtant sa seule chance. Il n'était pas de sang noble, et n'avait nul droit au défi envers Heafstaag. Même s'il triomphait du roi élu, aucun des siens ne le reconnaîtrait comme leur chef. La seule façon pour quelqu'un comme lui de légitimer sa revendication de la royauté tribale passait par un acte héroïque.

Il se précipitait vers le même objectif qui avait entraîné dans la mort de nombreux aspirants au trône avant lui. Et parmi les ombres derrière lui, se déplaçant avec l'aisance aérienne et rapide qui caractérisait sa race, venait Drizzt Do'Urden.

Toujours plus à l'est, vers le Glacier Regh et un endroit appelé Fontoujours.

Vers la tanière d'Ingeloakastimizilian, le dragon blanc que les barbares appelaient simplement « Glacemort ».

Troisième partie

Cryshal-Tirith

Q ue voit Wulfgar quand il regarde attentivement la toundra –
quand ses yeux d'un bleu cristallin scrutent à travers la plaine
obscure les points de lumière situant les feux des campements
de son peuple ?

Voit-il son passé, peut-être avec l'envie de retrouver cet endroit et
ses usages ? Voit-il le présent, comparant ce qu'il a appris de Bruenor et
moi aux dures leçons de vie qu'il a reçues parmi les barbares nomades ?

Ou est-ce que Wulfgar voit le futur, le changement, la mise en
place d'usages meilleurs pour son peuple ?

Un peu des trois, j'imagine. Je soupçonne que c'est là la
tourmente qui agite Wulfgar, le feu bouillonnant derrière ces yeux
bleus. Il combat avec tant de passion ! Cela tient en partie à son
éducation parmi les féroces barbares, aux jeux de guerre des jeunes
barbares, souvent sanglants, parfois même fatals. D'autre part, cette
passion pour le combat découle de son effervescence intérieure, de la
frustration qu'il doit ressentir devant le contraste entre les leçons qu'il
a reçues de Bruenor et moi et celles dont il a bénéficié quand il était
parmi les siens.

Le peuple de Wulfgar a envahi les Dix-Cités, ils sont venus avec
une fureur impitoyable, prêts à massacrer quiconque se tiendrait sur
leur chemin sans aucune considération.

Comment Wulfgar peut-il concilier cette réalité avec le fait
que Bruenor Marteaudeguerre ne l'a pas laissé mourir sur le champ
de bataille, que le nain l'a sauvé, alors que lui-même avait essayé de le
tuer au combat ? (Et alors que le jeune garçon imprudent avait commis
l'erreur de frapper Bruenor sur la tête !)

Comment est-ce que Wulfgar peut concilier l'amour que lui a
porté Bruenor avec l'idée qu'il se faisait des nains, les voyant comme
des ennemis pleins de haine et sans merci ? Car c'est sûrement ainsi
que les voient les barbares de Valbise, un mensonge qui se perpétue
parmi eux afin de leur permettre de justifier leurs traditionnels raids

meurtriers. Cela n'est pas si différent des mensonges que se racontent les drows pour justifier leur haine de quiconque n'est pas des leurs.

Mais maintenant, Wulfgar a appris la vérité sur Bruenor et sur les nains. Irrévocablement. Il doit mettre en balance cette révélation personnelle et chaque «vérité» qu'il a apprise pendant son enfance. Il arrive presque à admettre que ce que lui ont inculqué ses parents et tous les aînés de la tribu étaient des mensonges. Je sais, par mon expérience personnelle, que cette conciliation n'est pas chose facile. Car elle implique d'admettre qu'une grande partie de ce qui fait de vous ce que vous êtes est erronée. J'ai reconnu les vices de Menzoberranzan très tôt, car ses enseignements allaient à l'encontre de la logique et de ce que j'avais dans le cœur. Mais même si ces perversions étaient indéniables, ces premiers pas qui m'ont mené hors de ma terre natale n'ont pas été faciles.

Les erreurs des barbares de Valbise sont comparables à celles des drows, et je crains donc que la démarche que Wulfgar doit engager pour s'éloigner affectivement de son peuple soit encore plus difficile.

Il y a bien plus de véracité dans les usages des barbares, plus de justifications à leurs actes, si guerriers qu'ils puissent être, pourtant c'est sur les épaules fortes, mais jeunes, de Wulfgar que pèse la responsabilité de faire la différence entre les usages des siens et ceux de ses nouveaux amis, d'accepter la compassion et la reconnaissance par-delà les murs solides de ses préjugés, qui ont refermé toute sa jeunesse.

Je ne l'envie pas devant la tâche qui l'attend, cette confusion, cette frustration.

Il est bon qu'il se batte chaque jour – je prie seulement pour que, sous l'influence de cette frustration, mon compagnon d'entraînement ne m'arrache pas la tête des épaules dans un accès de colère aveugle.

Drizzt Do'Urden

21

La tombe de glace

Au pied du grand glacier, caché dans un petit vallon, là où l'un des éperons glacés se dressait parmi les crevasses déchiquetées et les gros rochers, se trouvait un endroit que les barbares appelaient Fontoujours. Une source chaude alimentait un petit bassin dont les eaux chauffées menaient une lutte sans merci contre les bancs de glace et les températures glaciales. Les barbares bloqués par la neige à l'intérieur des terres et incapables de trouver un chemin jusqu'à la mer pour rejoindre le troupeau de rennes cherchaient souvent refuge à Fontoujours, car même dans les mois les plus froids de l'hiver, on y trouvait de l'eau dégelée. Et les vapeurs chaudes qui s'élevaient de l'étendue d'eau rendaient les températures aux alentours sinon agréables, du moins supportables. Toutefois, la chaleur et l'eau potable ne constituaient qu'une partie des richesses de Fontoujours.

Sous la surface opaque de l'eau brumeuse se trouvait une multitude de pierres précieuses, de bijoux, d'or et d'argent ; un trésor auquel aucun roi ne pouvait comparer le sien dans cette région du monde. Chaque barbare avait entendu la légende du dragon blanc, mais la plupart la considéraient comme un conte fantaisiste, narré par des vieillards prétentieux pour amuser les enfants, car le dragon n'avait pas émergé de son repaire depuis de très nombreuses années.

Mais Wulfgar savait ce qu'il en était. Dans sa jeunesse, son père était tombé par hasard sur l'entrée de la caverne secrète. Quand Beornegar avait appris plus tard la légende du dragon, il avait compris la valeur de sa découverte et il avait passé des années à recueillir toutes les informations qu'il pouvait trouver sur les dragons, surtout sur les dragons blancs, et en particulier sur Ingeloakastimizilian.

Beornegar avait été tué dans une bataille entre tribus avant de pouvoir tenter de s'emparer du trésor, mais vivant dans une contrée que la mort visitait souvent, il avait anticipé cette éventualité et avait transmis ses connaissances à son fils. Son secret ne mourut pas avec lui.

⚔ ⚔ ⚔ ⚔ ⚔

Wulfgar abattit un cerf d'un jet de *Crocs de l'égide* et transporta la bête sur les derniers kilomètres qui le séparait de Fontoujours. Il y était déjà venu deux fois, mais tandis qu'il s'en approchait à cet instant, comme chaque fois, la beauté étrange de l'endroit lui coupait le souffle.

Au-dessus de l'étendue d'eau, l'air était voilé par la vapeur et de gros glaçons dérivaient au gré des eaux brumeuses comme des vaisseaux fantômes vagabonds. Les énormes rochers qui entouraient la zone étaient particulièrement colorés, avec des teintes variées de rouge et d'orange, et ils étaient recouverts d'une fine couche de glace qui reflétait l'éclat du soleil, dans une explosion de couleurs brillantes et étincelantes, d'un contraste saisissant avec le gris terne de la glace brumeuse du glacier.

C'était un endroit silencieux et inanimé, abrité du cri lugubre du vent par des murs de glace et des rochers.

Après que son père fut tué, Wulfgar avait fait le serment, en son hommage, de faire ce voyage et de réaliser son rêve. Il approchait à présent l'étendue d'eau avec révérence, et bien qu'il ait d'autres priorités, il s'arrêta pour réfléchir. Des guerriers de chacune des tribus de la toundra étaient venus à Fontoujours avec les mêmes espoirs que lui. Aucun n'était jamais revenu.

Le jeune barbare était déterminé à changer cela. Il raffermit sa mâchoire fière et commença à écorcher le cerf. Le premier obstacle qu'il devait surmonter était l'étendue d'eau elle-même. Sous la surface, les eaux étaient chaudes et agréables, mais quiconque en émergerait dans l'air froid mourrait gelé en quelques minutes.

Wulfgar retira la peau de l'animal et commença à racler la couche de graisse qui se trouvait en dessous. Il la fit fondre au-dessus d'un petit feu, jusqu'à ce qu'elle prenne la consistance d'une peinture épaisse, puis il se l'étala sur chaque centimètre de son corps. Prenant une grande inspiration pour se rasséréner et concentrer ses pensées sur la tâche à accomplir, il se saisit de *Crocs de l'égide* et s'immergea dans Fontoujours.

Sous le voile brumeux étouffant, les eaux semblaient tranquilles, mais dès qu'il s'éloigna des berges, Wulfgar put sentir la force des chauds courants tourbillonnants du torrent.

Utilisant un surplomb comme repère visuel, il estima la position exacte du centre du bassin. Une fois arrivé là, il prit une dernière inspiration et, confiant dans les instructions de son père, il se laissa emporter par le courant, coulant au fond de l'eau. Il fut entraîné vers les profondeurs pendant un moment, puis fut brusquement balayé par le courant principal du torrent vers l'extrémité nord du bassin. Même en dessous de la brume, l'eau était trouble, ne laissant à Wulfgar que la seule conviction qu'il pourrait s'échapper des eaux avant de manquer d'air.

Il était déjà à moins de quelques mètres du mur de glace en lisière du bassin quand il perçut le danger. Il se prépara à la collision, mais le courant vira brusquement, l'entraînant encore plus profondément. L'obscurité laissa place aux ténèbres comme il pénétrait dans une ouverture dissimulée sous la glace, à peine assez large pour qu'il puisse s'y glisser, quoique le flot incessant du torrent ne lui laisse pas le choix.

Ses poumons réclamaient de l'air. Il se mordit la lèvre pour empêcher sa bouche de s'ouvrir d'un coup au risque de le priver des dernières précieuses bouffées d'oxygène qui lui restaient.

Puis il fit irruption dans un tunnel plus large, où les remous s'apaisaient et où le niveau de l'eau s'abaissait, laissant émerger sa tête. Haletant, il aspira goulûment des bouffées d'air, mais il était toujours entraîné par l'eau impétueuse sans pouvoir rien y faire.

La première menace était derrière lui.

Il dérivait en zigzaguant et en tournoyant sur lui-même, et le grondement d'une chute d'eau retentit clairement devant lui. Wulfgar tenta de ralentir sa course, mais ne put trouver ni prise ni rien d'autre auquel se raccrocher, le sol et les murs ayant été polis durant des siècles par le flot du torrent. Le barbare s'agita frénétiquement, faisant voler *Crocs de l'égide* de ses mains comme il tentait vainement d'agripper la glace dure. Il arriva alors dans une caverne vaste et profonde, et vit la chute d'eau devant lui.

À quelques mètres au-delà de la chute se trouvaient plusieurs énormes stalactites de glace, qui s'étiraient du plafond en dôme de la grotte jusqu'en dessous du champ de vision de Wulfgar. Il vit là sa seule chance. Quand il arriva à un cheveu de la chute, il sauta en avant, enroulant ses bras autour d'une stalactite. Il glissa vers le sol, prenant de la vitesse au fur et à mesure que la concrétion s'effilait, mais il vit qu'elle s'élargissait de nouveau à proximité du sol, comme si une stalagmite s'était élevée à sa rencontre.

En sécurité pour l'instant, il contempla cette étrange caverne, impressionné. La chute d'eau captivait son imagination. De la vapeur s'élevait du précipice, teintant le spectacle d'une touche surréaliste. Le torrent se déversait dans la chute, la majeure partie de son flot continuant sa route une dizaine de mètres plus bas à travers un petit gouffre, à peine une fissure dans le sol à sa base. Mais les gouttelettes qui en réchappaient se solidifiaient en se désolidarisant du flux principal du torrent, et elles rebondissaient en tous sens en heurtant le sol de glace. Pas encore complètement durcis, leurs fragments se fixaient en un rien de temps là où ils atterrissaient, et partout au pied de la chute d'eau se trouvaient des piles de glace brisée aux formes étonnantes.

Crocs de l'égide voltigea au-dessus de la chute, évitant aisément le petit gouffre pour s'écraser dans l'une de ces sculptures, dispersant des éclats de glace aux alentours. Bien que ses bras soient engourdis par sa glissade sur la stalactite, Wulfgar se rua vivement sur le marteau, qui était déjà en train de geler sur place, et le libéra de la prise de la glace.

Sous le sol glacé, dont le marteau avait fissuré les couches supérieures, le barbare remarqua une ombre noire. Il l'examina de plus près, avant de reculer devant l'horrible vision. Parfaitement préservé, un de ses prédécesseurs était apparemment tombé du haut de la longue chute, mourant là où il avait atterri, dans la glace qui l'avait enveloppé. Combien d'autres, se demanda Wulfgar, avaient pu connaître le même sort ?

Il n'avait pas le temps de le contempler plus avant. Une de ses inquiétudes avait été dissipée, car une grande partie du toit de la caverne se trouvait juste en dessous de la surface éclairée par la lumière du jour, et le soleil se frayait un chemin à travers ses parois uniquement constituées de glace. Même la plus petite lueur émanant du plafond était reflétée une bonne centaine de fois sur les sols et les murs gelés, et l'ensemble de la caverne explosait virtuellement de lumière étincelante.

Wulfgar sentait intensément le froid, mais la couche de graisse dont il s'était enduit l'avait suffisamment protégé. Il survivrait aux premiers périls de cette aventure.

Cependant, le spectre du dragon planait quelque part devant lui.

Plusieurs tunnels sinueux menaient hors de la caverne principale, creusés par le torrent à l'époque depuis longtemps révolue où ses eaux étaient hautes. Mais seul l'un d'entre eux était assez grand pour un dragon. Wulfgar envisagea d'explorer les autres d'abord, pour voir s'il était possible de trouver un itinéraire moins prévisible vers sa tanière. Mais la lumière éblouissante et ses distorsions l'étourdissaient, tout comme les innombrables stalactites qui pendaient du plafond telles les dents d'un prédateur, et il savait que, s'il s'égarait ou s'il perdait trop de temps, la nuit viendrait à tomber, faisant chuter la température au-delà de ce que pouvait supporter son endurance pourtant remarquable.

Il frappa donc *Crocs de l'égide* sur le sol pour le nettoyer de toute la glace qui s'y était accrochée et s'engagea tout droit dans le tunnel qu'il pensait devoir le mener jusqu'à la tanière d'Ingeloakastimizilian.

☒ ☒ ☒ ☒ ☒

Le dragon dormait profondément à côté de son trésor, dans la plus grande des cavernes de glace, certain, après de nombreuses années de solitude, qu'il ne serait pas dérangé. Ingeloakastimizilian, plus connu sous le nom de Glacemort, avait fait la même erreur que beaucoup de ses semblables, dont les repaires se trouvaient dans des cavernes de glace similaires. Le torrent abondant qui permettait d'entrer et de fuir les cavernes s'était beaucoup réduit avec le temps, piégeant le dragon dans une tombe cristalline.

Glacemort avait aimé les années qu'il avait passées à chasser des cervidés et des humains. Durant la courte période pendant laquelle il avait été actif, il s'était bâti une réputation tout à fait respectable de dévastation et de terreur. Cependant, les dragons, en particulier les dragons blancs, rarement actifs dans leur environnement glacial, pouvaient vivre sans viande durant des siècles.

Leur amour égoïste envers leur trésor les maintenait en vie indéfiniment, et le magot de Glacemort, bien que modeste comparé aux vastes amas d'or recueillis par les énormes dragons rouges et bleus qui vivaient dans des zones plus peuplées, était le plus important de tous les dragons habitant dans la toundra.

Si le dragon avait véritablement désiré la liberté, il aurait probablement pu enfoncer le plafond de glace de la caverne. Mais Glacemort considérait que les risques étaient trop importants, et il dormait donc, comptant ses pièces et ses pierres précieuses dans des rêves que les dragons jugeaient des plus agréables.

Mais le reptile ensommeillé ne se rendait pas tout à fait compte à quel point il était devenu négligent. Tout à ses ronflements ininterrompus, Glacemort n'avait pas bougé depuis des décennies. Une froide couverture de glace de plus en plus épaisse avait recouvert sa longue silhouette, jusqu'à ce que le seul endroit dégagé soit un trou devant ses grandes narines, que les grondements rythmés de ses expirations avaient préservées du froid.

Et c'est ainsi que Wulfgar, traquant avec prudence la source des ronflements retentissants, arriva sur la bête.

Voyant la splendeur de Glacemort, rehaussée par son manteau de glace cristallin, Wulfgar leva les yeux sur le dragon avec une profonde vénération. Des piles d'or et de joyaux remplissaient toute la caverne, pareillement recouvertes de couches de glace, mais Wulfgar n'arrivait pas à détourner les yeux du dragon. Jamais il n'avait vu une telle magnificence, une telle force.

Certain que la bête était immobilisée et impuissante, il abaissa la tête du marteau sur son flanc.

221

— Salutations, Ingeloakastimizilian, lança-t-il, utilisant le nom complet de la bête avec déférence.

Les yeux bleu pâle s'ouvrirent d'un coup, leurs flammes bouillonnantes perceptibles même sous le voile de glace qui les recouvrait. Wulfgar s'arrêta net devant ce regard perçant.

Après le choc initial, il retrouva sa confiance.

— Ne crains rien, puissant reptile, dit-il audacieusement. Je suis un guerrier et un homme d'honneur, et je ne te tuerai pas dans des circonstances si déloyales. (Il eut un sourire sarcastique.) Prendre ton trésor suffira à apaiser ma soif!

Mais le barbare avait fait une erreur fatale.

Un guerrier plus expérimenté, même le plus honorable des chevaliers, aurait vu plus loin que son code chevaleresque, accepté sa bonne fortune comme une bénédiction et tué le reptile pendant qu'il dormait. Peu d'aventuriers, de groupes d'aventuriers même, avaient jamais laissé une telle chance à un dragon maléfique, quelle que soit sa couleur, et survécu pour s'en vanter.

Même Glacemort, dans le choc initial, avait d'abord pensé sa situation désespérée quand il s'était réveillé pour faire face au barbare. Ses grands muscles, atrophiés par son inactivité, ne pouvaient résister au poids et à l'emprise de sa prison de glace. Mais quand Wulfgar mentionna le trésor, une nouvelle vague d'énergie fit voler en éclats la léthargie du dragon.

Glacemort trouva de la force dans sa colère, et dans une explosion de puissance au-delà de ce qu'avait jamais imaginé le barbare, le dragon banda ses muscles saillants, envoyant de gros blocs de glace voltiger dans les airs. Le complexe de cavernes tout entier fut agité de violents tremblements et Wulfgar fut projeté à terre sur le dos.

Il roula sur le côté au tout dernier moment, pour éviter que la pointe acérée comme une lance d'une stalactite détachée par la secousse lui tombe dessus.

Wulfgar se remit vivement sur ses pieds, mais quand il se retourna, il se retrouva les yeux dans les yeux avec une tête blanche et cornue. Les grandes ailes du dragon s'étendirent, se défaisant des restes de glace qui les recouvraient, et ses yeux bleus transpercèrent Wulfgar.

Le barbare regarda désespérément autour de lui à la recherche d'une échappatoire. Il envisagea de lancer *Crocs de l'égide*, mais il savait qu'il lui était impossible de tuer le monstre d'une seule frappe. Et inévitablement, s'ensuivrait le souffle mortel.

Glacemort considéra son ennemi pendant un moment. S'il déchaînait son souffle sur lui, il devrait se contenter de viande congelée. C'était un dragon, après tout, un terrible reptile, et il croyait, probablement à bon escient, que nul humain ne pouvait le vaincre à lui tout seul. Cependant, cet homme immense, et surtout son marteau magique, dont le dragon pouvait sentir la puissance, le perturbait. La prudence avait gardé Glacemort en vie pendant de nombreux siècles. Il ne livrerait pas de combat singulier contre cet homme.

L'air froid s'accumula dans ses poumons.

Wulfgar entendit son inspiration et se jeta sur le côté par réflexe. Il ne put complètement éviter le souffle d'un froid indescriptible qui s'ensuivit, mais son agilité combinée avec la couche de graisse de cerf qui le recouvrait le maintint en vie. Il atterrit derrière un bloc de glace, les jambes en fait brûlées par le froid et les poumons douloureux. Il lui fallut un moment pour se ressaisir, mais il vit la tête blanche s'élever lentement dans les airs, s'inclinant au-dessus de la maigre barrière.

Le barbare ne pouvait survivre à un second souffle glacé.

Brusquement, une sphère de ténèbres entoura la tête du dragon, et une flèche à fût noir, suivie d'une autre, siffla près du barbare et disparut dans l'obscurité avec un bruit sourd.

—Attaque, mon garçon! Maintenant! cria Drizzt Do'Urden de l'entrée de la grotte.

Le barbare discipliné obéit instinctivement à son instructeur. Avec une grimace de douleur, il contourna le bloc de glace et se rapprocha du reptile qui se débattait.

Glacemort secouait sa grande tête d'avant en arrière, tentant de se débarrasser du sort de l'elfe noir. La haine consumait la bête tandis qu'une autre flèche cuisante trouvait sa cible. Le seul désir du dragon était de tuer. Même une fois aveuglé, ses sens restaient supérieurs à la normale: il repéra aisément la position du drow et souffla de nouveau.

Mais Drizzt était un fin connaisseur en matière de dragons. Il avait parfaitement jaugé la distance qui le séparait de Glacemort, et la portée du souffle gelé mortel fut trop courte. Le barbare chargea sur le flanc du dragon distrait et assena *Crocs de l'égide* de toute sa formidable puissance sur les écailles blanches. Le dragon grimaça de douleur. Les écailles encaissèrent le coup, mais le dragon n'avait jamais senti une telle force chez un humain et ne tenait pas à mettre sa cuirasse à l'épreuve d'une deuxième frappe. Il se retourna pour libérer une troisième bouffée d'air gelé sur le barbare à découvert.

Mais une autre flèche atteignit sa cible.

Wulfgar vit un énorme crachat de sang de dragon s'écraser sur le sol devant lui, et il vit vaciller la sphère de ténèbres. Le dragon rugit de rage. *Crocs de l'égide* frappa une nouvelle fois, puis une troisième.

Une des écailles se brisa et tomba, et la vue de la chair exposée ranima les espoirs de victoire de Wulfgar.

Mais Glacemort avait survécu à de nombreuses batailles, et il était loin d'être vaincu. Le dragon savait à quel point il était vulnérable face au puissant marteau et il resta suffisamment concentré pour réagir. Sa longue queue décrivit un arc de cercle au-dessus de son dos écaillé et s'abattit sur Wulfgar juste au moment où le barbare entamait une autre frappe. Au lieu d'avoir la satisfaction de sentir *Crocs de l'égide* s'écraser dans la chair du dragon, Wulfgar se retrouva propulsé violemment contre un monticule gelé de pièces d'or à six mètres de distance.

La caverne tournait tout autour de lui, ses yeux humides rendant les réflexions de lumière encore plus éblouissantes tandis qu'il perdait lentement connaissance. Mais il vit Drizzt, ses cimeterres dégainés, qui s'avançait avec assurance vers Glacemort. Il vit le dragon prêt à souffler de nouveau.

Il vit, avec une limpidité cristalline, l'immense stalactite qui pendait du plafond au-dessus du dragon.

Drizzt continuait d'avancer. Il n'avait pas de stratégie contre un ennemi si formidable ; il espérait pouvoir repérer une faiblesse chez le dragon avant que celui-ci le tue. Il pensait que Wulfgar n'était plus en état de poursuivre le combat, probablement mort après la puissante frappe de la queue, et il fut surpris de percevoir un mouvement soudain sur son flanc.

Glacemort perçut lui aussi que le barbare se déplaçait et balança sa longue queue cinglante pour se protéger de toute autre menace sur ses flancs.

Mais Wulfgar avait déjà porté son coup. Dans un dernier élan de toutes les forces qu'il avait pu rassembler, il avait sauté par-dessus le monticule et lancé *Crocs de l'égide* haut dans les airs.

La queue du dragon atteignit sa cible et Wulfgar ne put savoir si sa tentative désespérée avait été couronnée de succès. Avant de sombrer dans les ténèbres, il lui sembla voir une tache plus claire apparaître sur le plafond.

Drizzt fut le seul témoin de leur victoire.

Médusé, le drow regarda la chute silencieuse de l'énorme stalactite.

Glacemort agita ses ailes, rendu aveugle par la sphère de ténèbres et pensant que le marteau était parti au hasard. Ses pattes antérieures avaient tout juste commencé à se soulever quand la lance de glace se fracassa dans le dos du dragon, le clouant au sol.

La sphère de ténèbres dissimulant sa tête, Drizzt ne put pas voir l'expression d'agonie du dragon.

Mais il entendit le « crac ! » mortel quand, brusquement contrarié dans son élan, le long cou mince de la bête fut violemment projeté en arrière et qu'il se brisa.

22

PAR LE SANG OU PAR L'EXPLOIT

La chaleur d'un petit feu permit à Wulfgar de revenir à lui. Il reprit ses sens, encore sonné, et ne put comprendre au départ ce qui l'entourait tandis qu'il s'extirpait d'une couverture qu'il ne se rappelait pas avoir apportée. Puis, il reconnut Glacemort, étendu mort à quelques mètres à peine, l'énorme stalactite fermement plantée dans le dos du dragon. La sphère de ténèbres s'était dissipée, et Wulfgar regarda d'un air hébété la précision dont le drow avait fait preuve dans ses tirs à l'aveugle. Une flèche dépassait de l'œil gauche du dragon, et les hampes noires de deux autres dépassaient de sa bouche.

Wulfgar tendit la main pour saisir le manche familier et sécurisant de *Crocs de l'égide*. Mais le marteau n'était nulle part à proximité. Luttant contre l'engourdissement qui envahissait ses jambes, le barbare parvint à se mettre debout, tout en cherchant désespérément son arme. Et où, se demanda-t-il, pouvait bien être le drow?

Puis il entendit un martèlement en provenance d'une grotte voisine. Les jambes raides, il s'approcha prudemment. Drizzt était là, debout sur une pile de pièces, brisant la couche de glace qui la recouvrait avec le marteau de guerre de Wulfgar.

Drizzt remarqua l'approche de Wulfgar et s'inclina profondément en salutation.

— Salut à toi, Fléau du dragon, lança-t-il.

— Et salut à toi, mon ami elfe, répondit Wulfgar, ravi de revoir le drow. Tu m'as suivi sur une belle distance.

— Pas si loin que ça, répondit Drizzt, détachant un autre bloc de glace du trésor. Il n'y avait pas grand-chose d'intéressant à faire aux Dix-Cités et je ne pouvais pas te laisser prendre de l'avance dans notre concours! Dix et demi à dix et demi, déclara-t-il avec un grand sourire, et un dragon dont le point est à partager. J'en revendique la moitié!

—Le demi-point est tien, et il est mérité, approuva Wulfgar. Et tu peux revendiquer la moitié du trésor.

Drizzt dévoila une petite bourse qui pendait à une fine chaîne d'argent autour de son cou.

—Quelques babioles, expliqua-t-il. Je n'ai besoin de nulle richesse et ne pense pas pouvoir en transporter beaucoup hors d'ici, de toute façon! Quelques babioles me suffiront.

Il passa au crible la portion de trésor qu'il venait de dégager de la glace, découvrant le pommeau incrusté de pierres précieuses d'une épée, sa garde en adamantium noir sculptée de main de maître pour ressembler à la mâchoire et aux crocs d'un fauve prédateur. L'attrait de l'ouvrage délicat tirailla Drizzt et, avec des doigts tremblants, il dégagea le reste de l'arme de l'or qui la recouvrait.

Un cimeterre. Sa lame incurvée était faite d'argent, et son tranchant diamanté. Drizzt l'éleva devant lui, s'émerveillant de son éclat et de ses proportions parfaites.

—Quelques babioles…, corrigea-t-il, et ceci.

⚔ ⚔ ⚔ ⚔ ⚔

Avant même de rencontrer le dragon, Wulfgar s'était demandé comment il pourrait s'échapper des cavernes souterraines.

—Le courant du torrent est trop fort et l'eau trop haute pour repartir vers Fontoujours, dit-il à Drizzt, bien qu'il sache que le drow serait parvenu aux mêmes conclusions. Même si nous trouvons un moyen de surmonter ces obstacles, je n'ai plus de graisse de cerf pour nous protéger du froid à la sortie de l'eau.

—Je n'avais pas non plus dans l'idée de retraverser les eaux de Fontoujours, assura Drizzt au barbare. Cependant, je m'appuie sur ma considérable expérience pour être équipé dans de telles situations! D'où le bois pour le feu et la couverture avec laquelle je t'ai recouvert, tous deux enveloppés dans une peau de phoque. Et puis ça, aussi.

Il détacha de sa ceinture un grappin à trois dents et une corde mince, mais solide. Il avait déjà trouvé une issue.

Drizzt montra du doigt une percée dans le toit au-dessus d'eux. La stalactite qui avait été délogée par *Crocs de l'égide* avait emporté une partie du plafond avec elle.

—Je ne peux espérer lancer le crochet aussi haut mais, pour tes bras puissants, ce jet ne devrait être qu'un défi mineur.

—À un meilleur moment, peut-être, répondit Wulfgar. Mais je n'ai pas la force de faire une tentative. (Quand le souffle du dragon s'était abattu sur lui, le barbare était passé plus près de la mort que ce qu'il croyait, et sans l'adrénaline de la bataille, il sentait vivement le froid pénétrant.) Je crains que mes mains ne puissent même pas se refermer sur le crochet !

—Alors, cours ! cria le drow. Que ton corps transi se réchauffe.

Wulfgar se mit aussitôt en mouvement, parcourant la vaste salle au petit trot, forçant son sang à circuler dans ses jambes et ses doigts engourdis. En peu de temps, il commença à sentir la chaleur de son corps réapparaître.

Il ne lui fallut que deux lancers pour faire passer le grappin dans l'ouverture et lui faire prendre prise sur la glace. Drizzt fut le premier à monter, l'elfe agile courant littéralement sur la corde.

Wulfgar termina ce qu'il avait à faire dans la caverne, rassemblant un sac de richesses et d'autres objets dont il savait avoir besoin. Il eut plus de difficultés que Drizzt pour monter à la corde, mais avec l'aide que lui apporta le drow d'en haut, il parvint à grimper sur la glace avant que le soleil plonge derrière l'horizon occidental.

Ils campèrent non loin de Fontoujours, se régalant de gibier et profitant d'un repos nécessaire et mérité dans les confortables vapeurs chaudes.

Puis, ils repartirent avant l'aube, courant vers l'ouest. Ils coururent côte à côte pendant deux jours, à la même allure frénétique que celle qui les avait menés si loin vers l'est. Quand ils tombèrent sur les traces des tribus barbares en plein rassemblement, ils surent tous les deux que le temps était venu de se séparer.

—Adieu, mon bon ami, dit Wulfgar tout en se penchant pour inspecter les empreintes. Je n'oublierai jamais ce que tu as fait pour moi.

—Adieu à toi, Wulfgar, répondit sombrement Drizzt. Puisse ton puissant marteau de guerre terroriser tes ennemis pour les années à venir !

Il s'éloigna à toute vitesse, sans se retourner, mais en se demandant s'il reverrait un jour son grand compagnon vivant.

⚔ ⚔ ⚔ ⚔ ⚔

Wulfgar mit son urgente mission de côté pour méditer sur ses émotions quand il aperçut le vaste campement des tribus rassemblées. Cinq ans auparavant, portant fièrement l'étendard de la tribu de l'Élan, Wulfgar adolescent s'était rendu à un rassemblement similaire, où il avait chanté le Chant de Tempus et partagé l'hydromel corsé avec les hommes qui allaient se battre et peut-être mourir à ses côtés. À l'époque, les batailles représentaient pour lui la glorieuse épreuve du guerrier.

229

— Une sauvagerie innocente, murmura-t-il, écoutant la contradiction de ces mots en se souvenant de son ignorance d'alors.

Mais ses perceptions avaient considérablement évolué. Bruenor et Drizzt, en devenant ses amis et en lui exposant la complexité de leur monde, avaient donné un visage au peuple qu'il voyait autrefois simplement comme des ennemis, le forçant à faire face aux conséquences de ses actes.

Une bile amère envahit la gorge de Wulfgar à la pensée que les tribus lancent un nouvel assaut contre les Dix-Cités. Idée plus repoussante encore : son peuple fier marchait aux côtés de gobelins et de géants.

En s'approchant du périmètre, il vit qu'il n'y avait pas d'Hengorot, pas de Castelhydromel cérémoniel, nulle part dans le campement. Une suite de petites tentes, portant chacune les étendards de leurs rois respectifs, composaient le cœur du rassemblement, entourées des feux de camp des soldats ordinaires. En examinant les bannières, Wulfgar put voir que presque toutes les tribus étaient présentes, mais leur force combinée excédait à peine la moitié de l'assemblée qui s'était tenue là cinq ans auparavant. Les observations de Drizzt sonnaient douloureusement juste : les barbares ne s'étaient pas remis du massacre sur les pentes de Bryn Shander.

Deux gardes avancèrent à la rencontre de Wulfgar. Il n'avait fait aucune tentative pour dissimuler son approche, et il plaça alors *Crocs de l'égide* à ses pieds, levant les mains pour montrer que ses intentions étaient honorables.

— Qui es-tu pour venir sans escorte ni invitation au conseil de Heafstaag ? demanda l'un des gardes. (Il évalua l'étranger, grandement impressionné par la force indéniable de Wulfgar et par l'arme puissante posée à ses pieds.) Tu n'es sûrement pas un mendiant, noble guerrier, pourtant nous ne te connaissons pas.

— Tu me connais, Revjak, fils de Jorn le Rouge, lui répondit Wulfgar, reconnaissant l'homme comme étant l'un des membres de sa tribu. Je suis Wulfgar, fils de Beornegar, guerrier de la tribu de l'Élan. Vous avez perdu ma trace il y a cinq ans, quand nous avons marché sur les Dix-Cités, expliqua-t-il, choisissant soigneusement ses mots pour éviter le sujet de leur défaite.

Les barbares ne mentionnaient jamais des souvenirs si déplaisants.

Revjak étudia attentivement le jeune homme. Il avait été l'ami de Beornegar, et se souvenait de son fils, Wulfgar. Il fit le compte des années, comparant l'âge qu'avait l'adolescent la dernière fois qu'il l'avait vu avec l'âge que devait avoir le jeune homme. Il fut vite convaincu que ces similarités étaient plus qu'une coïncidence.

— Bienvenue à la maison, jeune guerrier! dit-il chaleureusement. Tu as bien grandi!

— C'est le cas, en effet, répondit Wulfgar. J'ai vu de grandes et merveilleuses choses, et j'ai beaucoup gagné en sagesse. J'ai de nombreux récits à faire, mais en vérité, je n'ai pas le temps pour des conversations futiles. Je suis venu voir Heafstaag.

Revjak acquiesça et entraîna immédiatement Wulfgar parmi les rangées de feux de camp.

— Heafstaag sera ravi de ton retour.

Trop bas pour être entendu, Wulfgar répondit:

— Pas tant que ça.

⚔ ⚔ ⚔ ⚔ ⚔

Une foule curieuse s'amassa autour de l'impressionnant jeune guerrier comme il s'approchait de la tente centrale du campement. Revjak entra à l'intérieur pour annoncer Wulfgar à Heafstaag et en ressortit immédiatement avec la permission du roi de le laisser entrer.

Wulfgar logea *Crocs de l'égide* sur son épaule, mais il n'avança pas vers le volet que Revjak lui tenait ouvert.

— Ce que j'ai à dire doit être dit ouvertement et devant tout le monde, dit-il assez fort pour que Heafstaag l'entende. Que ce soit Heafstaag qui vienne à moi!

Des murmures troublés s'élevèrent tout autour de lui à ces paroles de défi, car les bruits qui couraient au sein de la foule ne désignaient pas Wulfgar, fils de Beornegar, comme un descendant de sang royal.

Heafstaag se rua hors de la tente. Il s'approcha à une courte distance de son rival, la poitrine bombée et son œil valide lançant un regard furieux à Wulfgar. La foule fit silence, s'attendant que le roi impitoyable massacre l'impertinent jeune homme sur-le-champ.

Mais Wulfgar soutint le regard menaçant de Heafstaag et ne recula pas d'un pouce.

— Je suis Wulfgar, proclama-t-il fièrement, le fils de Beornegar, lui-même fils de Beorne; je suis un guerrier de la tribu de l'Élan, qui s'est battu à la bataille de Bryn Shander; le porteur de *Crocs de l'égide*, l'Ennemi des géants (il brandit le grand marteau au-dessus de lui), je suis l'ami des nains forgerons et l'élève d'un rôdeur de Gwaeron Bourrasque, je suis le tueur de géants et le conquérant de leur repaire, ainsi que le tueur du géant du givre Biggrin, leur chef. (Il s'interrompit un moment, les yeux plissés par son sourire qui s'élargissait, faisant monter l'attente. Quand il fut convaincu d'avoir l'entière attention de la foule, il continua:) je suis Wulfgar, le Fléau du dragon!

Heafstaag tressaillit. Nul homme vivant, nulle part sur la toundra, n'avait jamais revendiqué un titre si imposant.

— Je revendique le droit au défi, gronda Wulfgar d'un ton sourd et menaçant.

— Je dois donc te tuer, répondit Heafstaag avec tout le calme dont il pouvait faire preuve.

Il ne craignait aucun homme, mais il était méfiant devant les immenses épaules et les muscles saillants de Wulfgar. Le roi n'avait pas la moindre intention de risquer sa position en ce moment, à deux doigts d'une victoire manifeste sur les pêcheurs des Dix-Cités. S'il pouvait discréditer le jeune guerrier, alors son peuple ne tolérerait pas un tel combat. Ils forceraient Wulfgar à renoncer à sa revendication, ou ils le tueraient aussitôt.

— De quel droit de naissance te réclames-tu pour faire pareille revendication ?

— Tu comptes mener notre peuple à suivre l'exhortation d'un sorcier, rétorqua Wulfgar. (Il écouta attentivement les bruits de la foule pour prendre la mesure de leur approbation ou désapprobation quant à son accusation.) Tu les conduirais à brandir leurs épées dans une cause commune aux gobelins aux orques !

Personne n'osa protester à haute voix, mais Wulfgar pouvait sentir que beaucoup des autres guerriers étaient secrètement furieux à l'idée de la bataille à venir. Cela expliquait aussi l'absence du Castelhydromel, car Heafstaag était suffisamment avisé pour comprendre que la colère réprimée éclatait souvent au sein de telles célébrations, fortes en émotion.

Revjak s'interposa avant que Heafstaag ait pu répondre, que ce soit par ses paroles ou avec son arme.

— Fils de Beornegar, dit fermement Revjak, tu n'as pour l'instant pas mérité le droit de remettre en question les ordres du roi. Tu as déclaré le défi ouvert ; les règles de la tradition exigent que tu justifies, par le sang ou par l'exploit, de ton droit à prétendre à un tel combat.

L'excitation perçait dans les paroles de Revjak, et Wulfgar sut immédiatement que le vieil ami de son père était intervenu pour l'empêcher de s'engager dans une rixe non reconnue, et donc non officielle. L'homme plus âgé avait manifestement confiance dans le fait que l'impressionnant jeune guerrier remplirait les exigences du défi. Et Wulfgar sentit encore que Revjak ainsi peut-être que beaucoup d'autres espéraient qu'il le mènerait à bien.

Wulfgar redressa les épaules et adressa un sourire confiant à son adversaire, puisant de la force dans la preuve persistante que son peuple suivait le cap ignoble de Heafstaag simplement parce qu'ils étaient sous la coupe du roi borgne et ne pouvait fournir de prétendant adéquat au défi pour le vaincre.

— Par l'exploit, dit-il d'un ton égal.

Sans cesser de regarder Heafstaag, Wulfgar détacha la couverture enroulée qu'il portait sur le dos et en sortit deux objets semblables à des lances. Il les jeta nonchalamment sur le sol, devant le roi. Ceux qui dans la foule pouvaient clairement voir la scène retinrent leur souffle, et même l'inébranlable Heafstaag pâlit et recula d'un pas.

— Le défi ne peut être refusé! cria Revjak.

C'étaient les cornes de Glacemort.

⚔. ⚔. ⚔. ⚔. ⚔.

Les sueurs froides sur le visage de Heafstaag révélaient sa tension tandis qu'il finissait de polir la tête de son énorme hache.

— Le Fléau du dragon! souffla-t-il avec scepticisme à son porteur d'étendard, qui venait d'entrer dans la tente. Le plus probable est qu'il a trébuché sur un reptile endormi!

— Excusez-moi, puissant roi, dit le jeune homme. Revjak m'envoie vous dire qu'il est bientôt l'heure.

— Bien! railla Heafstaag, faisant courir son pouce sur le bord brillant de la hache. Je vais apprendre au fils de Beornegar à respecter son roi!

Les guerriers de la tribu de l'Élan formaient un cercle autour des combattants. Bien que ce soit un événement privé ne concernant que les sujets de Heafstaag, les autres tribus les observaient avec intérêt, à distance respectable. Le vainqueur n'aurait aucune autorité officielle sur eux, mais il serait le roi de la tribu la plus puissante et la plus éminente de la toundra.

Revjak pénétra dans le cercle et se plaça entre les deux adversaires.

— J'annonce Heafstaag! cria-t-il. Le roi de la tribu de l'Élan!

Il continuant en lisant la longue liste des exploits héroïques du roi borgne.

La confiance de Heafstaag parut lui revenir à cette lecture, quoiqu'il soit un peu troublé et en colère que Revjak ait choisi de l'annoncer en premier. Il posa ses mains sur ses hanches larges et fusilla les spectateurs les plus proches de son regard menaçant, souriant tandis qu'ils reculaient devant lui, l'un après l'autre. Il tenta la même chose sur son adversaire, mais sa tactique d'intimidation n'eut aucun effet sur Wulfgar.

— Et j'annonce Wulfgar, continua Revjak, le fils de Beornegar et prétendant au trône de la tribu de l'Élan!

233

La lecture de la liste d'exploits de Wulfgar prit bien moins de temps que celle de Heafstaag, bien évidemment. Mais le dernier exploit que proclama Revjak les ramena à un semblant d'égalité.

— Le Fléau du dragon ! cria Revjak, et la foule, respectueusement silencieuse jusqu'à ce point, commença à relater fiévreusement les nombreuses rumeurs qui s'étaient ébauchées à propos de la victoire de Wulfgar sur Glacemort.

Revjak regarda les deux combattants et sortit du cercle.

Le moment sacré était venu.

Ils parcoururent lentement le cercle délimitant la zone de combat, s'évaluant et se traquant l'un l'autre avec précaution, à la recherche d'un signe de faiblesse. Wulfgar remarqua l'impatience qui se lisait sur le visage de Heafstaag, un défaut commun chez les guerriers barbares. Il en aurait été à peu près de même pour lui sans les leçons brutales de Drizzt Do'Urden. Un bon millier des humiliantes claques des cimeterres du drow avaient appris à Wulfgar que le premier coup était loin d'être aussi important que le dernier.

Finalement, Heafstaag grogna et s'élança avec fracas. Wulfgar poussa lui aussi un grognement sourd, se déplaçant comme pour faire front devant son assaut. Mais au dernier moment, il fit un pas de côté et Heafstaag, emporté par l'élan de son arme lourde, trébucha derrière son ennemi sur le premier rang des spectateurs.

Le roi borgne se ressaisit prestement et reprit sa charge, deux fois plus furieux, du moins, c'est ce que pensait Wulfgar. Heafstaag avait été roi pendant de nombreuses années et avait combattu dans d'innombrables batailles. S'il n'avait pas appris à ajuster ses techniques de combat, il aurait été tué depuis bien longtemps. Il revint sur Wulfgar, selon toute apparence encore plus hors de contrôle que la première fois. Mais quand Wulfgar s'écarta de sa trajectoire, il se retrouva face à la grande hache de Heafstaag qui l'attendait. Le roi borgne, anticipant son esquive, avait balancé son arme sur le côté, entaillant le bras de Wulfgar de l'épaule au coude.

Wulfgar réagit prestement, projetant *Crocs de l'égide* en avant pour écarter toute autre attaque. Il avait mis peu de poids derrière sa frappe, mais il avait bien visé et le puissant marteau heurta Heafstaag, le faisant reculer d'un pas. Wulfgar prit un instant pour examiner le sang sur son bras.

Il pouvait poursuivre le combat.

— Tu as de bonnes parades, grogna Heafstaag comme il se redressait à peine à quelques pas de son rival. Tu aurais bien servi les tiens au sein de nos rangs. C'est un gâchis de devoir te tuer !

De nouveau, sa hache décrivit un arc de cercle, déchaînant une pluie de coups dans un assaut furieux censé mettre un terme rapide au combat.

Mais, comparée aux lames vrombissantes de Drizzt Do'Urden, la hache de Heafstaag semblait bouger au ralenti. Wulfgar n'avait pas de mal à dévier ses attaques, ripostant même de temps en temps d'un petit coup mesuré qui s'écrasait avec un bruit mat sur la large poitrine de Heafstaag.

La frustration et la fatigue faisaient monter le sang au visage du roi borgne. « Un adversaire fatigué attaquera souvent brusquement de toutes ses forces », avait expliqué Drizzt à Wulfgar pendant leurs dizaines d'entraînement. « Mais il attaquera rarement sous l'angle le plus évident, celui que tu crois qu'il va choisir. »

Wulfgar guetta la feinte attendue avec la plus grande attention.

Résigné au fait de ne pas pouvoir briser les talentueuses défenses de son ennemi plus jeune et plus rapide, le roi en sueur souleva sa grande hache au-dessus de sa tête et bondit en avant, poussant un cri frénétique pour appuyer son attaque.

Mais les réflexes de Wulfgar étaient aiguisés au maximum, et la façon exagérée dont Heafstaag avait lancé son attaque lui indiqua qu'il fallait s'attendre qu'il modifie sa trajectoire.

Il leva *Crocs de l'égide* comme pour bloquer la frappe qu'il savait feinte, mais renversa sa prise quand Heafstaag abaissa brusquement sa hache sur son épaule et qu'il la dirigea vers lui dans un balayage rasant et oblique.

Ayant pleinement confiance dans son arme forgée par le nain, Wulfgar déplaça son pied d'avant en arrière, pivotant pour accueillir la lame qui arrivait en sens inverse avec une frappe similaire de *Crocs de l'égide*.

Les têtes des deux armes se heurtèrent avec une force incroyable. La hache de Heafstaag se brisa dans ses mains, et les violentes ondes de choc qui en résultèrent le projetèrent dos au sol.

Crocs de l'égide était intact. Wulfgar aurait aisément pu s'approcher de lui et en finir d'une seule frappe.

Revjak serra le poing dans l'expectative de la victoire imminente de Wulfgar.

« Ne confonds jamais l'honneur et la stupidité ! », l'avait sermonné Drizzt après la dangereuse inaction du barbare face au dragon.

Mais Wulfgar attendait plus de ce combat que le simple fait d'accéder à la position de chef de sa tribu, il voulait laisser une empreinte durable sur tous les témoins. Il laissa tomber *Crocs de l'égide* au sol et s'approcha de Heafstaag, à armes égales.

Le roi barbare ne laissa pas passer cette occasion. Il se jeta sur Wulfgar, enroulant ses bras autour du jeune homme dans une tentative de le projeter en arrière sur le sol.

Wulfgar se pencha en avant pour résister à l'attaque, fermement planté sur ses jambes, bloquant l'homme lourd sur place.

Ils luttèrent sauvagement, échangeant des coups violents avant de parvenir à se maintenir suffisamment près l'un de l'autre pour rendre les coups de poing inopérants. Les yeux des deux combattants étaient contusionnés et bouffis, des ecchymoses et des coupures couvraient leurs visages et leurs poitrines.

Cependant, Heafstaag était le plus éreinté des deux, son torse semblable à un tonneau se soulevant à chaque inspiration laborieuse. Il enroula ses bras autour de la taille de Wulfgar et tenta encore de projeter son adversaire implacable au sol.

Puis les longs doigts de Wulfgar se refermèrent de chaque côté de la tête de Heafstaag. Les jointures du jeune homme blanchirent, les muscles énormes de ses avant-bras et de ses épaules se bandèrent. Il commença à serrer.

Heafstaag sut tout de suite qu'il était en mauvaise posture, car la prise de Wulfgar était plus puissante que celle d'un ours blanc. Le roi se débattit frénétiquement, ses poings énormes cognant les côtes exposées de Wulfgar, ne pouvant qu'espérer briser la concentration sans faille du jeune homme.

Cette fois, ce fut l'une des leçons de Bruenor qui l'aiguillonna : « Pense à la belette, mon garçon, encaisse les coups mineurs, mais les laisse jamais, jamais, s'prolonger une fois qu't'as pris les choses en main ! »

Les muscles de son cou et de ses épaules se bombèrent comme il forçait le roi borgne à se mettre à genoux.

Horrifié par la puissance de sa poigne, Heafstaag repoussa les bras durs comme de l'acier du jeune homme, tentant vainement de soulager la pression qui s'accentuait.

Wulfgar s'aperçut qu'il était sur le point de tuer l'un des membres de sa propre tribu.

— Rends-toi ! hurla-t-il à Heafstaag, cherchant une alternative plus acceptable.

Le roi fier lui répondit d'un dernier coup de poing. Wulfgar leva les yeux au ciel.

— Je ne suis pas comme lui, cria-t-il avec impuissance, se justifiant auprès de qui voudrait bien l'écouter.

Mais il ne lui restait plus qu'une seule option.

Les immenses épaules du jeune barbare rougirent comme une montée de sang déferlait à l'intérieur. Il vit la terreur dans les yeux de Heafstaag se transformer en incompréhension. Il entendit les os craquer, il sentit son crâne s'écraser entre ses mains puissantes.

Revjak aurait alors dû entrer dans le cercle et annoncer le nouveau roi de la tribu de l'Élan.

Mais comme les autres témoins de la scène autour de lui, il resta pétrifié, bouche bée.

⚔. ⚔. ⚔. ⚔. ⚔.

Aidé par les rafales de vent froid qui soufflaient dans son dos, Drizzt accéléra sur les derniers kilomètres qui le séparaient des Dix-Cités. Il était arrivé en vue du sommet enneigé du Cairn de Kelvin cette même nuit durant laquelle il avait quitté Wulfgar. La vue de son foyer encouragea le drow à accélérer encore son allure, mais un soupçon tenace à la lisière de ses sens lui disait que quelque chose sortait de l'ordinaire. Un œil humain n'aurait rien pu percevoir, mais la vision nocturne perçante du drow finit par discerner une colonne de fumée obscure qui faisait écran aux étoiles les plus basses de l'horizon au sud de la montagne, s'élevant de plus en plus haut. Et une seconde, plus petite, au sud de la première.

Drizzt s'arrêta net. Il plissa les yeux pour confirmer son hypothèse. Plus il repartit, lentement, ayant besoin de temps pour déterminer l'itinéraire de rechange qu'il pouvait remprunter.

Caer-Konig et Caer-Dineval étaient en flammes.

23

ASSIÉGÉS

La flotte de Caer-Dineval pêchait sur les eaux méridionales du lac Dinneshere, profitant des zones laissées à disposition par le peuple de Havre-du-Levant quand ses habitants étaient partis pour Bryn Shander.

Les bateaux de Caer-Konig pêchaient sur leur territoire habituel sur les rives nord du lac. Ils furent les premiers à voir approcher leur funeste sort.

Tel un essaim d'abeilles furieuses, l'armée épouvantable de Kessell balaya la rive nord du lac Dinneshere avant de se ruer vers Colbise.

— Levez l'ancre! cria Schermont, tout comme de nombreux autres capitaines de navires quand ils se furent remis du choc initial.

Mais ils savaient déjà qu'ils ne pourraient pas rentrer à temps.

Le premier rang de l'armée de gobelins déferla sur Caer-Konig. Les hommes sur les bateaux virent les flammes s'élever dans le ciel comme les bâtiments étaient incendiés un à un. Ils entendirent les hurlements assoiffés de sang des ignobles envahisseurs.

Ils entendirent les cris d'agonie de leurs familles. Les femmes, enfants et vieillards qui se trouvaient dans Caer-Konig ne pensèrent même pas à résister. Ils coururent. Pour sauver leurs vies, ils coururent. Et les gobelins les prirent en chasse et les mirent en pièces.

Les géants et les ogres se ruèrent sur les quais, écrasant les humains pitoyables qui adressaient des signes désespérés à la flotte qui revenait vers eux, ou les poussant dans les eaux mortellement froides du lac.

Les géants portaient d'énormes sacs, et quand les courageux pêcheurs se précipitèrent dans le port, leurs vaisseaux furent bombardés et disloqués par les jets de gros rochers.

Les gobelins continuèrent de déferler dans la cité condamnée, mais le gros de la partie arrière de l'armée les dépassa et continua sa route vers la seconde ville, Caer-Dineval. À cet instant, les habitants de Dineval avaient vu la fumée et entendu les cris déchirants, et ils s'étaient déjà lancés dans une fuite éperdue vers Bryn Shander, ou rués sur les quais pour supplier leurs marins de rentrer à la maison.

Mais la flotte de Caer-Dineval, bien qu'aidée par la force du vent de l'est dans sa traversée précipitée du lac, avait des kilomètres de distance à parcourir. Les pêcheurs virent les colonnes de fumée s'élever au-dessus de Caer-Konig, et beaucoup suspectèrent ce qui était en train d'arriver et comprirent que leur échappée serait vaine, même avec leurs voiles si gonflées par le vent. Pourtant, des gémissements choqués ou incrédules s'élevèrent sur chaque pont quand le nuage noir entama son escalade fatidique des parties nord de Caer-Dineval.

Alors, Schermont prit une noble décision. Comprenant que sa propre ville était condamnée, il offrit son aide à ses voisins.

—On ne peut pas passer! cria-t-il au capitaine d'un bateau voisin. Faites passer le mot: au sud! Les quais de Caer-Dineval sont encore dégagés!

⚔ ⚔ ⚔ ⚔ ⚔

Du haut d'un parapet sur la muraille de Bryn Shander, Régis, Cassius, Agorwal et Glensather regardèrent avec horreur l'armée cruelle fondre sur la population qui s'enfuyait des villes mises à sac, réduisant l'écart qui les séparait des habitants de Caer-Dineval.

—Ouvre les portes, Cassius, cria Agorwal. Nous devons aller à leur rencontre! Ils n'ont aucune chance d'atteindre la ville si nous ne ralentissons pas leurs poursuivants!

—Que nenni, répliqua sombrement Cassius, douloureusement conscient de ses priorités. Tout homme est nécessaire à la défense de la cité. Tenter une sortie sur la plaine ouverte contre un nombre si écrasant de gobelins serait vain. Les villes sur le lac Dinneshere sont condamnées!

—Ils sont sans défense! rétorqua Agorwal. Qui sommes-nous si nous ne pouvons défendre nos semblables? Quel droit avons-nous de rester derrière ce mur à regarder nos semblables se faire massacrer?

Cassius secoua la tête, déterminé à protéger Bryn Shander.

Mais c'est alors que d'autres réfugiés arrivèrent en courant par l'autre col, le Plateau de Bremen. Hystériques à la vue des cités incendiées, ils avaient fui la ville ouverte de Termalaine. Plus d'un millier de réfugiés étaient maintenant en vue de Bryn Shander. En évaluant leur vitesse et la distance qu'il leur restait à parcourir, Cassius estima qu'ils convergeraient vers le vaste champ qui se trouvait juste en dessous des portes principales au nord de la ville.

Là où les gobelins les rattraperaient.

— Vas-y, dit-il à Agorwal.

Bryn Shander ne pouvait se passer d'un seul homme, mais ce champ s'empourprerait bientôt du sang des femmes et des enfants.

Agorwal mena ses hommes vaillants sur la route nord-est à la recherche d'une position défensive où ils pourraient creuser. Ils choisirent une petite arête, qui ressemblait en fait plutôt à une crête, où la route descendait légèrement. Retranchés et prêts à mourir au combat, ils attendirent que les derniers des réfugiés les aient dépassés, terrifiés et hurlant à l'idée de ne pas avoir le temps d'atteindre la sécurité de la ville avant que les gobelins s'abattent sur eux.

Attirés par l'odeur du sang humain, les coureurs les plus rapides de l'armée d'envahisseurs étaient juste derrière les derniers fuyards, principalement des mères qui portaient leurs bébés. Absorbés par ces proies faciles, les monstres de tête ne remarquèrent l'armée d'Agorwal que lorsque ses guerriers tapis s'abattirent sur eux.

Mais il était déjà trop tard.

Les hommes courageux de Termalaine prirent les gobelins entre deux feux, avant de suivre Agorwal dans une ruée féroce, l'épée en avant. Ils se battirent sans peur, comme des hommes qui s'étaient résignés à la fatalité qui s'était abattue sur eux.

Des dizaines de monstres étaient étendus sur place, morts, et d'autres tombaient à chaque minute qui passait comme les guerriers furieux assaillaient leurs rangs.

Mais ceux-ci semblaient inépuisables. Quand un gobelin tombait, deux le remplaçaient. Les hommes de Termalaine furent vite submergés par une vague de gobelins.

Agorwal gagna un point culminant et reporta son regard vers la ville. Les femmes en fuite avaient parcouru une bonne distance dans le champ, mais elles n'avançaient pas bien vite. Si ses hommes brisaient les rangs et qu'ils s'enfuyaient, ils dépasseraient les réfugiés avant les pentes de Bryn Shander. Et les monstres seraient juste derrière eux.

— Nous devons sortir et soutenir Agorwal! cria Glensather à Cassius.

Mais cette fois-ci, le porte-parole de Bryn Shander s'en tint à sa décision.

— Agorwal a rempli sa mission, répondit Cassius. Les réfugiés atteindront la muraille. Je n'enverrai pas plus d'hommes à la mort! Même si toutes les forces des Dix-Cités réunies se trouvaient sur ce champ, elles seraient incapables de vaincre l'ennemi qui se trouve devant nous !

Le porte-parole avisé comprenait déjà qu'ils ne pourraient pas combattre Kessell à la loyale.

Le gentil Glensather parut tout déconfit.

— Emmène des troupes en bas de la colline, concéda Cassius. Aide les réfugiés épuisés pour l'escalade finale.

Les hommes d'Agorwal étaient en difficulté à présent. Le porte-parole de Termalaine regarda encore une fois en arrière et fut apaisé : les femmes et les enfants étaient sains et saufs. Il scruta les hauteurs de la muraille, conscient que Régis, Cassius et les autres pouvaient le voir, figure solitaire sur la petite saillie, bien qu'il ne puisse les distinguer parmi la foule de spectateurs alignés sur les parapets de Bryn Shander.

D'autres gobelins se déversèrent dans la mêlée, bientôt rejoints pas des ogres et des verbeegs. Agorwal salua ses amis restés dans la cité. Son sourire satisfait était sincère comme il se détournait et chargeait de nouveau sur la pente pour rejoindre ses troupes victorieuses dans leur plus bel instant.

Puis Régis et Cassius regardèrent la marée noire avaler chacun des braves guerriers de Termalaine.

En dessous d'eux, les lourdes portes se refermèrent avec fracas. Les deniers réfugiés étaient à l'intérieur.

⚔ ⚔ ⚔ ⚔ ⚔

Tandis que les hommes d'Agorwal avaient remporté une victoire d'honneur, la seule armée ce jour-là qui parvint effectivement à battre celle de Kessell et à y survivre fut celle des nains. Le clan de Castelmithral avait passé des jours et des jours à se préparer avec diligence à cette invasion, pourtant celle-ci faillit les ignorer complètement. Tenue par la volonté du sorcier, qui imposait une discipline jamais vue chez les gobelins (particulièrement entre les tribus variées et rivales), l'armée de Kessell avait défini et orienté les objectifs qu'ils devaient atteindre au cours de leur charge initiale. Et à ce moment-là, les nains n'en faisaient pas partie.

Mais les hommes de Bruenor avaient d'autres plans. Ils n'allaient pas s'enterrer dans leurs mines sans pouvoir trancher au moins quelques têtes de gobelins, ni sans écraser les rotules d'un géant ou deux.

Plusieurs membres du peuple barbu escaladèrent l'extrémité sud de leur vallée. Quand les arrières de l'armée maléfique déferlèrent à proximité, les nains commencèrent à les railler, leur lançant des défis et maudissant leurs mères. Ces insultes n'étaient même pas nécessaires. Les orques et les gobelins méprisaient les nains plus que toute autre chose vivante, et le plan direct de Kessell s'envola de leur esprit à la simple vue de Bruenor et des siens. Leur soif de sang de nain étant insatiable, une force considérable se détacha de l'armée principale.

Les nains les laissèrent se rapprocher, les aiguillonnant de leurs moqueries jusqu'à ce que les monstres soient presque sur eux. Puis, Bruenor et les siens repartirent en glissant derrière la saillie rocheuse, vers le bas de la pente raide.

— Venez jouer, chiens stupides, gloussa diaboliquement Bruenor en disparaissant hors de vue.

Il ôta la corde accrochée dans son dos. Il avait pensé à une petite astuce qu'il était impatient d'essayer.

Les gobelins chargèrent dans la vallée rocheuse. Ils étaient quatre fois plus nombreux que les nains et appuyés par une vingtaine d'ogres en fureur.

Les monstres n'avaient pas une chance.

Les nains continuèrent de les appâter jusqu'en bas de la partie la plus escarpée de la vallée, vers les saillies étroites et pentues sur la paroi de la falaise qui menaient aux nombreuses entrées des grottes des nains.

C'était un endroit parfait pour une embuscade, mais les gobelins stupides, frénétiques à la vue de leurs pires ennemis, avancèrent néanmoins, inconscients du danger.

Quand la majeure partie des monstres fut arrivée sur les saillies, et le reste d'entre eux en train de descendre dans la vallée, le premier piège fut déclenché. Catti-Brie, lourdement armée, actionna un levier depuis le fond des tunnels, faisant chuter un poteau du haut de la plus haute crête de la vallée. Des tonnes de rochers et de graviers dégringolèrent sur les arrières des rangs des monstres, et ceux qui parvinrent à garder un équilibre précaire et à échapper au poids de l'avalanche s'aperçurent que le chemin derrière eux avait été enterré et qu'il était maintenant sans issue.

Des arbalètes vibrèrent depuis des recoins dissimulés, et un groupe de nains se rua à la rencontre des gobelins de tête.

Bruenor n'était pas avec eux. Il s'était caché plus haut sur le sentier, résolu devant le défi qui l'attendait, regardant les gobelins qui le dépassaient. Il aurait pu frapper à cet instant, mais il cherchait une proie plus imposante, attendant que des ogres arrivent à sa portée. La corde avait déjà été mesurée et nouée avec précaution d'une boucle à chaque extrémité. Il en passa une autour de la taille, et accrocha solidement l'autre autour d'un rocher. Puis, il sortit deux haches de sa ceinture, qui lui serviraient de projectiles.

C'était un stratagème risqué, peut-être le plus dangereux qu'ait jamais tenté le nain. Mais le large rictus qui s'élargit sur le visage de Bruenor quand il entendit les ogres approcher en disait long sur le délicieux frisson que cela lui procurait. Il put à peine contenir son rire quand deux d'entre eux traversèrent le sentier étroit devant lui.

Bondissant hors de sa cachette, Bruenor chargea sur les ogres surpris et projeta les haches vers leurs têtes. Les ogres se penchèrent de côté et parvinrent à éviter le jet mollasson, mais les armes lancées n'étaient qu'une simple diversion.

Le corps de Bruenor était la véritable arme de cette attaque. Surpris, les deux ogres s'étaient retrouvés en déséquilibre en esquivant les haches. Son plan se passait exactement comme prévu ; les ogres avaient peine à retrouver un appui. Crispant les muscles puissants de ses jambes trapues, Bruenor se lança dans les airs, entrant en collision avec le monstre le plus proche et l'entraînant sur l'autre dans sa chute.

Et ils basculèrent tous les trois par-dessus le rebord.

Un des ogres réussit à enserrer le visage du nain de sa main énorme, mais Bruenor la mordit promptement, et le monstre lâcha prise. Pendant un instant, ils furent réunis dans un enchevêtrement de jambes et de bras battant l'air, mais la corde de Bruenor se tendit alors, les séparant.

— Bon atterrissage, les gars ! lança Bruenor en échappant à la chute. Faites une grosse bise aux rochers d'ma part !

Le retour d'élan de la corde amena Bruenor à l'entrée d'un puits minier sur la saillie en contrebas la plus proche, tandis que ses victimes impuissantes chutaient vers leur mort. Plusieurs gobelins arrivant derrière les ogres avaient assisté au spectacle, stupéfaits. Ils virent alors l'occasion d'utiliser la corde pendante comme un raccourci vers l'une des grottes, et un par un ils grimpèrent dessus et commencèrent à descendre.

Mais Bruenor avait également anticipé cette réaction. Les gobelins ne pouvaient comprendre pourquoi la corde paraissait si lisse entre leurs mains lors de leur descente.

Quand Bruenor apparut en dessous d'eux sur la saillie, le bout de la corde dans une main et une torche allumée dans l'autre, ils comprirent.

Des flammes léchèrent la ficelle huilée. Les gobelins qui étaient les plus hauts tentèrent de grimper sur le rebord ; les autres prirent le même chemin que les ogres infortunés avant eux. L'un d'eux échappa presque à la chute fatale, atterrissant lourdement sur la saillie en contrebas. Mais avant qu'il ait pu se relever, Bruenor s'en débarrassa d'un coup de pied.

Le nain eut un hochement de tête approbateur en admirant les résultats de son opération couronnée de succès. C'était une astuce dont il entendait bien se souvenir. Il frappa ses mains l'une contre l'autre et repartit dans le puits, dont la pente s'élevait un peu plus loin pour rejoindre les tunnels les plus hauts.

Sur la corniche la plus élevée, les nains luttaient pour se replier. Leur plan n'était pas d'affronter les monstres dans un combat mortel à l'extérieur, mais de les attirer à l'entrée des tunnels. L'envie de meurtre occultant tout semblant de raison, les envahisseurs obtus les suivirent facilement, persuadés que leur surnombre aurait raison des nains.

Plusieurs tunnels résonnèrent bientôt du fracas des épées s'entrechoquant. Les nains continuèrent de reculer, entraînant les monstres jusqu'au piège final. Puis, le son d'un cor s'éleva du fond des grottes. À ce signal, les nains s'extirpèrent de la mêlée et s'enfuirent dans les tunnels.

Les gobelins et les ogres, pensant avoir mis leurs ennemis en déroute, ne s'arrêtèrent que le temps de pousser des cris de victoire avant de déferler à la poursuite des nains.

Mais, plus loin dans les tunnels, plusieurs leviers furent actionnés. Le piège final était déclenché, et toutes les entrées des tunnels s'effondrèrent d'un seul tenant. Le sol trembla violemment sous le poids de la chute des rochers ; la paroi entière de la falaise finit par s'écrouler.

Les seuls monstres qui avaient survécu étaient ceux qui se trouvaient tout à fait en tête. Désorientés, meurtris par la force de la chute de pierres et étourdis par l'explosion de poussière, ils furent immédiatement mis en pièces par les nains qui les attendaient.

Même les habitants de Bryn Shander, si loin de là, furent secoués par la violente avalanche. Ils se rassemblèrent sur le mur nord pour voir le nuage de poussière qui s'élevait, estomaqués, car ils croyaient que les nains avaient été détruits.

Régis savait ce qu'il en était. Le halfelin enviait les nains, ensevelis en sécurité dans leurs longs tunnels. Il avait compris au moment où il avait vu les flammes qui embrasaient Caer-Konig que le retard qu'il avait pris dans la cité, à attendre son ami de Bois Isolé, venait de lui coûter sa seule échappatoire.

Il regardait maintenant avec impuissance et désespoir la masse noire qui avançait vers Bryn Shander.

⚔ ⚔ ⚔ ⚔ ⚔

Les flottes sur Maer Dualdon et Eaux-Rouges étaient revenues à leurs ports respectifs dès que leurs marins avaient compris ce qui se passait. Ils trouvèrent leurs familles saines et sauves, excepté les pêcheurs de Termalaine qui accostèrent dans une ville déserte. Tout ce que pouvaient faire ces hommes comme ils repartaient avec réticence sur les eaux du lac, c'était d'espérer que leurs familles aient réussi à atteindre Bryn Shander ou tout autre refuge, car ils voyaient le flanc nord de l'armée de Kessell fourmiller sur le champ en direction de leur cité condamnée.

Targos, deuxième ville par la puissance, et la seule cité autre que Bryn Shander qui pouvait espérer résister quelque temps, invita les bateaux de Termalaine à s'amarrer sur ses quais. Et les hommes de Termalaine, qui compteraient bientôt eux-mêmes parmi les sans-abri, acceptèrent l'hospitalité de leurs ennemis acharnés du sud. Leurs querelles avec le peuple de Kemp semblaient bien mesquines comparées à l'ampleur du désastre qui venait de s'abattre sur les cités.

⚔ ⚔ ⚔ ⚔ ⚔

Sur le principal champ de bataille, les généraux gobelins qui menaient l'armée de Kessell étaient certains de pouvoir envahir Bryn Shander avant la tombée de la nuit. Ils suivirent le plan de leur chef à la lettre. Le corps principal de l'armée dévia sa route, s'éloignant de Bryn Shander pour se diriger vers la zone dégagée entre la cité principale et Targos, éliminant ainsi toute possibilité pour les deux puissantes cités d'allier leurs forces.

Plusieurs tribus de gobelins s'étaient détachées du groupe principal et fonçaient sur Termalaine, résolues à mettre à sac une troisième ville dans la journée. Mais quand ils trouvèrent l'endroit désert, ils s'abstinrent de brûler les bâtiments. Une partie de l'armée de Kessell avait maintenant un campement prêt à l'emploi où ils pourraient patienter confortablement pendant le siège à venir.

Comme deux bras géants, des milliers de monstres se hâtèrent au sud de l'armée principale. L'armée de Kessell était si vaste qu'elle couvrait les kilomètres de champs qui séparaient Bryn Shander de Termalaine, et elle était encore assez fournie pour que les rangs serrés de ses troupes encerclent la colline de la cité principale.

Tout était arrivé si vite que, quand les gobelins freinèrent enfin leur assaut frénétique, le changement fut spectaculaire. Après quelques minutes de calme où chacun reprit son souffle, Régis sentit la tension s'accroître de nouveau.

—Pourquoi est-ce qu'ils n'en finissent pas ? demanda-t-il aux deux porte-parole qui se tenaient derrière lui.

Cassius et Glensather, plus instruits dans l'art de la guerre, comprenaient exactement ce qui se passait.

—Ils n'ont aucune raison de se presser, petit ami, expliqua Cassius. Le temps joue en leur faveur.

Alors, Régis comprit. Durant les nombreuses années qu'il avait passées dans les terres méridionales plus peuplées, il avait entendu de nombreux récits décrivant les horreurs d'un siège.

L'image du lointain salut final d'Agorwal lui revint alors, la mine satisfaite sur le visage du porte-parole et sa volonté de mourir vaillamment. Régis n'avait aucun de désir de mourir d'aucune façon, mais il pouvait imaginer ce qui les attendait, lui et les habitants piégés de Bryn Shander.

Il s'aperçut qu'il enviait Agorwal.

24

CRYSHAL-TIRITH

D rizzt tomba vite sur la piste martelée qu'avait emprunté l'armée ennemie. Ces traces ne surprirent pas le drow, car les colonnes de fumée lui avaient déjà beaucoup appris sur ce qui s'était produit. La seule question qu'il se posait était de savoir si une ou plusieurs villes avaient résisté, et il partit au pas de course vers la montagne, en se demandant s'il lui restait encore un foyer où rentrer.

C'est alors qu'il sentit une présence, une aura d'un autre monde qui lui rappela étrangement les jours de sa jeunesse. Il se baissa pour examiner le sol de nouveau. Certaines des empreintes étaient des traces de trolls, mais il y avait une marque sur le sol qui ne pouvait avoir été faite par aucun être mortel. Drizzt regarda nerveusement autour de lui, mais le seul bruit qu'il entendait était la plainte du vent et les seules silhouettes à l'horizon étaient celles du pic du Cairn de Kelvin devant lui et de l'Épine dorsale du Monde loin vers le sud. Drizzt s'arrêta pour se concentrer sur cette présence quelques instants, tenant de se rappeler dans quel contexte il l'avait déjà perçue.

Il repartit avec circonspection. Il se souvenait, maintenant, bien que les détails exacts restent obscurs. Il savait ce qu'il suivait.

Un démon était entré dans Valbise.

La silhouette du Cairn de Kelvin était bien plus proche quand Drizzt rattrapa la bande. Sa sensibilité envers les créatures des plans inférieurs, engendrée par des siècles d'association entre ces monstres et les drows à Menzoberranzan, lui indiqua qu'il se rapprochait du démon avant même que celui-ci apparaisse à sa vue.

Il vit alors les silhouettes distantes d'une demi-douzaine de trolls qui marchaient en rang serré, et parmi eux, les surplombant, celle d'un immense monstre des Abysses. Drizzt sut immédiatement qu'il ne s'agissait ni d'un mâne ni d'un midge mineur, mais d'un démon majeur.

Kessell devait être très puissant pour garder ce monstre formidable sous son emprise !

Drizzt les suivit à distance prudente. Ces précautions n'étaient pas nécessaires puisque le groupe était absorbé par sa destination, mais l'elfe n'était pas près de prendre le moindre risque, car il avait plusieurs fois assisté au courroux de pareils démons. Ils étaient monnaie courante dans les cités des drows, encore une preuve pour Drizzt Do'Urden que les usages de son peuple ne lui convenaient en rien.

Il se rapprocha, car quelque chose d'autre avait attiré son attention. Le démon tenait un petit objet qui irradiait une magie si puissante que, même à cette distance, le drow pouvait la ressentir clairement. Elle était trop masquée par les propres émanations du démon pour que Drizzt puisse véritablement l'identifier ; alors, de nouveau, il les laissa prudemment prendre de la distance.

Les lueurs de milliers de feux de camp apparurent aux yeux de la bande de démons et de Drizzt comme ils arrivaient vers la montagne. Les gobelins avaient placé des sentinelles sur toute la zone, et Drizzt s'aperçut qu'il était allé aussi loin vers le sud que possible. Il abandonna sa poursuite et se dirigea vers de meilleurs postes d'observation, en haut de la montagne.

Le meilleur moment pour la vision souterraine de Drizzt était celui des heures crépusculaires, juste avant le lever du soleil, et bien qu'il soit fatigué, Drizzt était déterminé à être en position à ce moment-là. Il escalada prestement les rochers, s'élevant petit à petit sur la face méridionale de la montagne.

Il vit alors les feux de camp qui encerclaient Bryn Shander. Plus loin vers l'ouest, des braises rougeoyaient dans les décombres de ce qui avait été Caer-Konig et Caer-Dineval. Des cris sauvages retentissaient depuis Termalaine, et Drizzt savait que la cité sur Maer Dualdon était aux mains de l'ennemi.

Et puis le crépuscule du matin bleuit le ciel noir, et beaucoup de choses devinrent visibles. Drizzt regarda d'abord vers l'extrémité méridionale de la vallée des nains, et fut rassuré en voyant que la paroi qui lui faisait face s'était effondrée. Le peuple de Bruenor était sain et sauf, et Régis avec eux, supposa le drow.

Mais la vue de Bryn Shander était moins réconfortante. Drizzt avait entendu les vantardises de l'orque capturé, et il avait vu les traces de l'armée et leurs feux de camp, mais jamais il n'aurait pu imaginer le vaste rassemblement qui apparut devant lui quand la luminosité augmenta.

Cette vue le stupéfia.

— Combien de tribus de gobelins es-tu allé chercher, Akar Kessell ? hoqueta-t-il. Et combien de géants te donnent le nom de maître ?

Il savait que les réfugiés de Bryn Shander ne survivraient que le temps que leur accorderait Kessell. Ils ne pouvaient pas espérer résister contre une telle armée.

Consterné, il se détourna pour chercher une cavité où prendre un peu de repos. Il ne pouvait être d'aucune aide pour l'instant, et l'épuisement augmentait son désespoir, l'empêchant de penser de façon constructive.

Comme il commençait à s'éloigner des hauteurs de la montagne, une activité soudaine sur le champ attira son attention. Il ne pouvait pas distinguer les individus à cette grande distance, mais il savait que le démon venait d'arriver. Il vit la tache plus sombre de sa présence maléfique se diriger lentement vers une zone dégagée à peine à quelques centaines de mètres en dessous des portes de Bryn Shander. Et il perçut l'aura surnaturelle de la puissante magie qu'il avait ressentie précédemment, tel le cœur vivant d'une forme de vie inconnue, palpitant dans les mains griffues du démon.

Les gobelins se rassemblèrent aux alentours pour voir le spectacle, restant à distance respectable du capitaine dangereusement imprévisible de Kessell.

— Qu'est-ce que c'est ? demanda Régis, tassé dans la foule qui observait la scène du haut des murailles de Bryn Shander.

— Un démon, répondit Cassius. Et un grand.

— Il nargue nos maigres défenses ! cria Glensather. Comment pouvons-nous espérer résister à un ennemi pareil ?

Le démon se pencha à ras de terre, engagé dans le rituel invoquant le dweomer de l'objet cristallin. Il posa l'Éclat de cristal debout dans l'herbe et recula, hurlant à pleins poumons les formules obscures d'un sort ancien, dans un crescendo qui atteignit son apogée quand le ciel commença à s'éclaircir à l'approche imminente du soleil.

— Un poignard de verre ? demanda Régis, déconcerté par l'objet palpitant.

Puis la première lueur de l'aube pointa à l'horizon. Le cristal étincela et évoqua la lumière, déviant la course du rayon de soleil et absorbant son énergie.

Le cristal scintilla de nouveau. Ses palpitations s'amplifièrent tandis que le soleil commençait à s'élever dans le ciel oriental, en vain car toute sa lumière était aspirée par la réplique avide de Crenshinibon.

Les spectateurs sur la muraille, horrifiés, restèrent bouche bée, se demandant si Akar Kessell tenait le soleil lui-même en son pouvoir.

Seul Cassius eut la présence d'esprit de relier le pouvoir de l'Éclat avec la lumière du soleil.

Puis, le cristal commença à grandir. Il se dilatait lors du point culminant de chaque pulsation, puis rétrécissait un peu quand s'entamait le battement suivant. Tout ce qui l'entourait restait dans l'ombre, car il absorbait avidement toute la lumière du soleil. Lentement, mais inéluctablement, sa circonférence s'élargit tandis que sa pointe s'élevait haut dans les airs. Les gens sur les murailles et les monstres dans le champ devaient détourner les yeux du pouvoir lumineux de Cryshal-Tirith. Seuls le drow, de son point de vue distant, et le démon, qui était immunisé contre de telles visions, furent témoins de l'élévation de la réplique de Crenshinibon. Le troisième Cryshal-Tirith prit vie. La tour relâcha son emprise sur le soleil quand le rituel fut terminé, et toute la région se retrouva baignée dans la lueur du matin.

Le démon rugit devant la réussite du sort qu'il avait jeté et passa fièrement le seuil de la porte-miroir de la tour à grands pas, suivi par les trolls, la garde personnelle du sorcier.

Les habitants assiégés de Bryn Shander et de Targos levèrent les yeux sur l'incroyable édifice avec un mélange de respect, d'admiration et de terreur. Ils ne pouvaient nier la beauté surnaturelle de Cryshal-Tirith, mais ils savaient ce que son apparition signifiait. Akar Kessell, le maître des gobelins et des géants, était arrivé.

⚔ ⚔ ⚔ ⚔ ⚔

Les gobelins et les orques tombèrent à genoux, et l'ensemble de la vaste armée commença à psalmodier «Kessell! Kessell!», rendant hommage au sorcier avec une dévotion si frénétique qu'elle fit frissonner les témoins humains de la scène.

Drizzt, lui aussi, était décontenancé par l'ascendant que le sorcier exerçait sur les tribus de gobelins – d'habitude si indépendantes – et par le dévouement dont elles faisaient preuve envers lui. Le drow établit à ce moment-là que la seule chance de survie pour la population des Dix-Cités était la mort d'Akar Kessell. Il sut, avant même de considérer toute autre option, qu'il tenterait d'atteindre le sorcier. Mais pour l'instant, il devait se reposer. Il trouva une cavité ombragée juste derrière les hauteurs du Cairn de Kelvin et se laissa envahir par la fatigue.

Cassius était également fatigué. Le porte-parole était resté sur la muraille tout au long de la nuit froide, examinant les campements pour déterminer quelle part de l'inimitié naturelle entre les tribus indisciplinées avait pu subsister. Il avait assisté à quelques insultes et désaccords mineurs, mais rien d'assez sérieux pour lui donner l'espoir que l'armée se désagrégerait dans les premiers temps du siège. Il ne comprenait pas comment le sorcier était parvenu à une unification si spectaculaire de ces ennemis acharnés. L'apparition du démon et l'élévation de Cryshal-Tirith lui avaient montré la puissance incroyable dont disposait Kessell.

Contrairement à Drizzt, pourtant, le porte-parole de Bryn Shander ne se retira pas quand le champ retrouva son calme, malgré les protestations de Régis et de Glensather, inquiets pour sa santé. Cassius était responsable de plusieurs milliers de personnes terrifiées, qui se recroquevillaient au sein des murs de sa ville, et il ne comptait prendre aucun repos. Il avait besoin d'informations ; il devait trouver une brèche dans l'armure apparemment indestructible du sorcier.

Le porte-parole observa donc assidûment et patiemment les alentours tout au long de ce premier jour de siège exempt d'incident, notant les territoires que revendiquaient les tribus de gobelins et la hiérarchie qui déterminait la distance entre chaque groupe et l'emplacement central de Cryshal-Tirith.

�※ ☒ ☒ ☒ ☒

Loin à l'est, les flottes de Caer-Konig et Caer-Dineval étaient amarrées le long des quais de la cité désertée de Havre-du-Levant. Plusieurs équipages étaient allés à terre pour rassembler des réserves, mais la plupart d'entre eux étaient restés sur les bateaux, ignorant jusqu'où s'étirait le bras noir de l'armée d'Akar Kessell.

Jensin Brent et son homologue de Caer-Konig avaient pris la situation en main sur le pont du *Chercheur de brume*, le vaisseau amiral de Caer-Dineval. Pour l'instant, toutes les querelles entre les deux cités avaient été abandonnées, et des promesses d'amitié éternelle avaient même été entendues sur les ponts de chaque bateau du lac Dinneshere. Les deux porte-parole s'étaient mis d'accord pour ne pas abandonner l'abri des eaux et s'enfuir pour l'instant, car ils s'étaient rendu compte qu'ils n'avaient nulle part où aller. L'ensemble des dix villes était sous la menace de Kessell, Luskan était bien à six cent cinquante kilomètres de là, et l'armée du sorcier se trouvait en travers de sa route. Les réfugiés mal équipés ne pouvaient espérer l'atteindre avant les premières neiges de l'hiver.

Les marins qui étaient descendus à terre furent bientôt de retour sur les ponts, répandant la bonne nouvelle : Havre-du-Levant n'avait pas encore été touché par les ténèbres. D'autres équipages furent mandatés à terre pour rassembler de la nourriture et des couvertures supplémentaires, mais Jensin Brent resta prudent, persuadé qu'il était sage de garder la majeure partie des réfugiés sur les eaux, hors de portée de Kessell.

Des nouvelles plus prometteuses arrivèrent peu de temps après.

— Des signaux en provenance d'Eaux-Rouges, porte-parole Brent! cria la vigie du haut du nid de corbeau du *Chercheur de brume*. Les habitants de Bon-Hydromel et de la Brèche de Dougan sont indemnes! (Il leva le petit morceau de verre fabriqué à Termalaine et conçu pour concentrer la lumière du soleil, qu'il utilisait pour faire passer les messages d'un lac à l'autre, à l'aide d'un code complexe, bien que limité.) Ils répondent à mes appels!

— Où sont-ils donc? demanda fiévreusement Brent.

— Sur les rives orientales, répondit la vigie. Ils ont embarqué sur leurs bateaux pour s'éloigner de leurs villages, qui leur paraissaient condamnés. Aucun monstre ne les a approchés pour l'instant, mais les porte-parole ont pensé que la rive opposée du lac serait plus sûre jusqu'à ce que les envahisseurs soient partis.

— Restez en contact, ordonna Brent. Tenez-moi au courant quand vous aurez d'autres nouvelles.

— Jusqu'à ce que les envahisseurs soient partis? répéta Schermont avec incrédulité se déplaçant pour se mettre à côté de Jensin Brent.

— Une appréciation plus qu'optimiste de la situation, je suis bien d'accord, dit Brent. Mais je suis soulagé que nos cousins du sud soient encore en vie!

— Allons-nous les rejoindre? Rallier nos forces?

— Pas encore, dit Brent. J'ai peur que nous soyons trop vulnérables sur l'espace dégagé entre les lacs. Nous avons besoin de plus d'informations avant de mettre en place quelque action que ce soit. Gardons un contact permanent entre les lacs. Rassemblons des volontaires pour porter des messages à Eaux-Rouges.

— Nous devons les envoyer immédiatement, approuva Schermont tout en s'éloignant.

Brent acquiesça et reporta son regard de l'autre côté du lac, et sur la fumée qui se dissipait au-dessus de sa maison.

— Je dois en savoir plus, murmura-t-il pour lui-même.

Plus tard dans la journée, d'autres volontaires partirent en reconnaissance vers l'ouest plus dangereux pour glaner des informations sur la situation de la cité principale.

Brent et Schermont avaient accompli leur besogne de main de maître en jugulant la panique mais, malgré les bénéfices substantiels de cette organisation, le choc initial de l'invasion avait plongé la plupart des survivants de Caer-Konig et Caer-Dineval dans un état de désespoir absolu. Jensin Brent était l'éclatante exception. Le porte-parole de Caer-Dineval était un combattant courageux, qui refuserait résolument de céder tant qu'il n'aurait pas poussé son dernier souffle. Il pilotait son fier vaisseau amiral parmi les navires amarrés, appelant leurs occupants au rassemblement par des cris promettant la revanche sur Akar Kessell.

Il attendait maintenant les nouvelles cruciales en provenance de l'ouest sur le *Chercheur de brume*, observant les alentours. En milieu d'après-midi, il entendit l'appel lui indiquant que sa prière avait été exaucée.

—Elle est debout! cria la vigie, exaltée, du haut de son nid de corbeau quand le signal lumineux lui apparut. Bryn Shander est debout!

Tout à coup, l'optimisme de Brent gagna en crédibilité. La bande de misérables victimes sans abri adopta une attitude vengeresse. D'autres messagers furent désignés dans l'instant pour porter à Eaux-Rouges la nouvelle que Kessell n'avait pas encore remporté une victoire complète.

Bientôt, sur les deux lacs, la tâche de séparer les guerriers des civils commença pour de bon, les femmes et les enfants embarquant sur les bateaux les plus lourds et les moins en état de naviguer, tandis que les combattants montaient à bord des vaisseaux les plus rapides.

Les navires de guerre désignés furent ensuite déplacés vers les appontements extérieurs, d'où ils pouvaient rapidement sortir sur le lac. Leurs voiles avaient été vérifiées et tendues en vue de la ruée sauvage qui mènerait leurs courageux équipages à la guerre.

Ou, d'après ce qu'avait décrété Jensin Brent, furibond : « La ruée qui mènerait leurs courageux équipages à la victoire ! »

⚔ ⚔ ⚔ ⚔ ⚔

Régis avait rejoint Cassius sur la muraille quand les signaux lumineux furent repérés sur les rives au sud-ouest du lac Dinneshere. Le halfelin avait dormi la majeure partie de la nuit et de la journée, pensant qu'il pouvait tout aussi bien mourir en pratiquant son activité préférée. Il fut surpris de se réveiller car il s'était attendu que son sommeil dure pour l'éternité.

Mais Cassius commençait à voir les choses d'un autre œil. Il avait dressé une longue liste des dissensions potentielles au sein de l'armée dissipée d'Akar Kessell : des orques qui brutalisaient des gobelins et des géants qui, à leur tour, brutalisaient les uns et les autres. S'il pouvait trouver un moyen de tenir suffisamment longtemps pour que la haine flagrante entre les races de gobelins exerce ses ravages sur l'armée de Kessell…

À cet instant, les signaux en provenance du lac Dinneshere, ainsi que les messages similaires émanant de la rive la plus lointaine du lac d'Eaux-Rouges, avaient donné au porte-parole l'espoir sincère que le siège pouvait bel et bien se désintégrer et les Dix-Cités survivre.

Mais ensuite le sorcier fit sa spectaculaire apparition et les espoirs de Cassius s'évanouirent.

Tout commença par une pulsation de lumière rouge émanant de la base de Cryshal-Tirith, qui entoura ses murs de cristal. Puis une seconde pulsation, bleue, encercla la tour en sens inverse. Lentement, les cercles lumineux tournèrent autour de la tour, devenant verts quand ils se croisaient, avant de se séparer et de continuer leur route. Tous ceux qui assistaient au captivant spectacle le contemplaient avec appréhension, incertains de ce qui allait advenir, mais persuadés que la démonstration d'une puissance extraordinaire était sur le point de se produire.

Les cercles de lumières accélérèrent leur mouvement, leur intensité augmentant avec la vitesse. Bientôt, toute la base de la tour fut entourée d'un brouillard vert, si brillant que les spectateurs durent se protéger les yeux. Deux trolls en sortirent, portant chacun un miroir richement orné.

Les cercles de lumières ralentirent et s'immobilisèrent complètement.

La simple vue des trolls répugnants emplit la population de Bryn Shander de dégoût, mais ils étaient si intrigués qu'aucun d'eux ne détourna le regard. Les monstres marchèrent droit vers le bas des pentes raides de la colline sur laquelle se trouvait la cité et s'immobilisèrent face à face, leurs miroirs devant eux, les orientant en diagonale pour saisir simultanément le reflet de Cryshal-Tirith.

Deux rais de lumière jaillirent de la tour, frappant chacun l'un des miroirs et convergeant entre les trolls. Une pulsation soudaine émana de la tour, tel un battement rapide de lumière, laissant un nuage de fumée dans l'espace entre les monstres, qui, en se dissipant, révéla l'image ténue et distordue d'un homme dans une toge rouge et satinée.

Les gobelins retombèrent à genoux et cachèrent leurs visages contre le sol. Akar Kessell était arrivé.

Il leva les yeux sur la muraille, vers Cassius, un sourire impudent étirant ses lèvres.

— Salutations, porte-parole de Bryn Shander ! ricana-t-il. Bienvenue dans ma belle cité !

Il eut un rire sarcastique.

Pour Cassius, il ne faisait pas de doute que le sorcier l'avait identifié, mais il n'avait aucun souvenir de cet homme et il ne comprenait pas comment il avait été reconnu. Il regarda Régis et Glensather à la recherche d'une explication, mais ils haussèrent tous deux les épaules.

— Oui, je te connais, Cassius, dit Kessell. Et salutations à toi, porte-parole Glensather. J'aurais dû deviner que tu serais là ; le peuple de Havre-du-Levant est toujours partant pour adhérer à une cause, si désespérée soit-elle!

C'était maintenant au tour de Glensather de regarder ses compagnons, abasourdi. Mais de nouveau, aucune explication ne leur fut donnée.

—Vous nous connaissez, répondit Cassius à l'apparition, mais nous ne vous connaissons pas. Il me semble que vous bénéficiez d'un avantage déloyal.

—Déloyal? protesta le sorcier. J'ai toutes les cartes en main, homme stupide! (Il rit de nouveau.) Vous me connaissez – du moins vous, Glensather.

Le porte-parole de Havre-du-Levant haussa les épaules de nouveau, en réponse au coup d'œil inquisiteur de Cassius. Le geste sembla irriter Kessell.

—J'ai vécu plusieurs mois à Havre-du-Levant, se fâcha le sorcier. Sous l'apparence d'un apprenti sorcier de Luskan! Malin, n'est-il pas?

—Tu te souviens de lui? demanda doucement Cassius à Glensather. Cela pourrait nous être très utile.

—Il est possible qu'il ait vécu à Havre-du-Levant, répondit Glensather sur le même ton chuchoté, bien qu'aucun groupe de la Tour des Arcanes ne soit venu dans ma ville depuis des années. Mais nous sommes une cité ouverte, et de nombreux étrangers arrivent avec chaque caravane marchande de passage. Je te dis la vérité, Cassius, je n'ai aucun souvenir de cet homme.

Kessell était indigné. Il tapa impatiemment du pied, et le sourire sur son visage fut remplacé par une moue grimaçante.

—Peut-être que mon retour aux Dix-Cités se révélera plus mémorable, imbéciles! dit-il hargneusement. Il étendit les bras pour appuyer sa proclamation suffisante: Contemplez Akar Kessell, le Tyran de Valbise! cria-t-il. Peuple des Dix-Cités, ton maître est arrivé!

—Vos paroles sont un peu prématur…, commença Cassius, mais Kessell le coupa net d'un cri frénétique.

—Ne m'interromps jamais! hurla le sorcier, les veines de son cou tendues et saillantes, et son visage virant au rouge sang.

Alors, comme Cassius se taisait, incrédule, Kessell sembla reprendre une certaine contenance.

—Tu vas apprendre à quoi t'en tenir, fier Cassius, le menaça-t-il. Tu vas apprendre!

Il se retourna vers Cryshal-Tirith et prononça une unique incantation. La tour devint noire, comme si elle refusait de libérer les reflets de la lumière du soleil. Puis elle commença à briller du fin fond de ses profondeurs, d'une lumière qui semblait être la sienne plutôt que la réflexion du jour. Chaque seconde qui passait, la teinte de la lumière changeait, et elle commença à prendre de l'altitude en encerclant ses murs étranges.

— Contemplez Akar Kessell ! proclama le sorcier, toujours courroucé. Levez les yeux sur la splendeur de Crenshinibon et abandonnez tout espoir !

Des lumières plus nombreuses commencèrent à palpiter au sein des murs de la tour, s'élevant et retombant aléatoirement tout en tournoyant autour de l'édifice dans une danse frénétique, comme réclamant d'être libérées. Petit à petit, elles gravirent les étages de la tour jusqu'à son pinacle pointu, et celui-ci commença à s'embraser, comme s'il était en feu, passant par toutes les couleurs du spectre avant que le blanc de sa flamme rivalise avec l'éclat du soleil lui-même.

Kessell cria comme un homme en extase.

Le feu fut libéré.

Il jaillit en une fine ligne brûlante dirigée vers le nord, vers la cité infortunée de Targos. De nombreux spectateurs étaient entassés sur les hautes murailles de cette ville, même si la tour était bien plus éloignée d'eux que de Bryn Shander, et qu'elle n'était rien de plus à leurs yeux qu'un petit point scintillant sur la plaine distante. Ils n'avaient qu'une vague idée de ce qui se passait en dessous de la cité principale, bien qu'ils voient clairement le rayon enflammé qui arrivait sur eux.

Mais il était déjà trop tard.

Le courroux d'Akar Kessell gronda dans la fière cité, dévastant instantanément tout sur son passage. Des incendies se déclarèrent tout le long de sa ligne meurtrière. Ceux qui étaient sur sa trajectoire n'eurent même pas l'occasion de pousser un cri avant d'être purement et simplement pulvérisés. Mais ceux qui avaient survécu à l'attaque initiale hurlèrent encore et encore, qu'ils soient femmes, enfants ou hommes endurcis par la toundra, ayant fait face à la mort un bon millier de fois. Et leurs hurlements portèrent jusqu'à Bois Isolé et jusqu'à Bremen, jusqu'aux gobelins qui poussaient des acclamations dans Termalaine, et jusqu'à la plaine où se trouvaient les témoins horrifiés de Bryn Shander.

Kessell agita les mains et modifia légèrement l'angle de l'arc destructeur, le dirigeant ainsi à travers Targos. Bientôt, chacun des édifices majeurs de la cité fut brûlé, et des centaines de personnes gisaient moribondes, se roulant pitoyablement sur le sol pour éteindre les flammes qui les engloutissaient, ou haletant avec impuissance, cherchant désespérément une bouffée d'air dans la fumée épaisse.

Kessell se délectait de cet instant.

Mais il sentit alors un tressaillement secouer violemment son échine, et la tour, elle aussi, sembla frémir. Le sorcier saisit la relique, toujours glissée sous les plis de sa tunique. Il comprit qu'il avait poussé trop loin les limites du pouvoir de Crenshinibon.

Sur l'Épine dorsale du Monde, la première tour qu'avait élevée Kessell s'affaissa en un tas de gravats. Dans le lointain de la toundra dégagée, la seconde fit de même. Le cristal restaura ses limites, détruisant les images des deux tours qui sapaient ses forces.

Kessell avait lui aussi été épuisé par l'effort, et les lueurs de la dernière Cryshal-Tirith commencèrent à se calmer avant de décliner. Le rayon palpita avant de s'éteindre.

Mais il avait accompli sa besogne.

Quand l'invasion était survenue, Kemp et les autres chefs fiers de Targos avaient promis à la population qu'ils défendraient la cité jusqu'à ce que le dernier homme soit tombé, mais même le porte-parole entêté comprit qu'il n'avait plus d'autre choix que de fuir.

Heureusement, le centre-ville, qui avait subi le plus fort de l'attaque de Kessell, était en hauteur, dominant la zone abritée de la baie. Les flottes demeurèrent indemnes. Et les pêcheurs sans abri sur le lac de Termalaine étaient déjà sur les quais, étant restés à proximité de leurs bateaux après s'être arrimés dans le port de Targos. Dès qu'ils se rendirent compte de l'étendue incroyable de la destruction qui s'était abattue sur le centre-ville, ils se préparèrent à l'afflux imminent des nouveaux réfugiés de guerre. La plupart des bateaux des deux villes quittèrent le port quelques minutes seulement après l'attaque, tentant désespérément de mettre leurs navires à l'abri des étincelles et des débris emportés par le vent. Quelques vaisseaux restèrent en arrière, bravant les risques grandissants pour secourir tout arrivant tardif sur les quais.

Les occupants des parapets de Bryn Shander pleurèrent en entendant les cris d'agonie ininterrompus. Mais Cassius, déterminé à comprendre la faiblesse que venait de révéler Kessell, n'avait pas de temps pour les larmes. En vérité, ces cris l'affectaient aussi profondément que quiconque, mais il n'était pas disposé à laisser paraître le moindre signe de faiblesse devant Kessell le dément. Il remplaça le chagrin sur son visage par une expression de froide colère.

Kessell se moqua de lui.

— Ne fais pas la moue, pauvre Cassius, le railla le sorcier, c'est inconvenant.

— Tu es un chien, rétorqua Glensather. Et les chiens indisciplinés devraient être corrigés !

Cassius arrêta son confrère d'un geste de sa main déployée.

— Garde ton calme, mon ami, chuchota-t-il. Kessell va se nourrir de notre panique. Laisse-le parler – il nous en révèle plus que ce qu'il croit.

— Pauvre Cassius, répéta Kessell d'un ton sarcastique.

Puis, tout à coup, le visage du sorcier se déforma sous la colère. Cassius remarqua parfaitement ce brusque revirement, qui venait s'ajouter aux autres informations qu'il avait recueillies.

—Souvenez-vous bien de ce dont vous avez été témoins ici, peuple de Bryn Shander! ricana Kessell. Prosternez-vous devant votre maître ou c'est le même destin qui vous attend! Et il n'y a nulle étendue d'eau derrière vous! Nulle part où vous pouvez fuir! (Il éclata de nouveau d'un rire sauvage et regarda tout autour de la colline de la cité, comme s'il cherchait quelque chose.) Qu'allez-vous faire? ricana-t-il. Vous n'avez pas de lac!

» J'ai parlé, Cassius. Écoute-moi bien. Tu m'enverras un émissaire demain, un émissaire qui m'apportera la nouvelle de votre reddition inconditionnelle! Et si votre fierté se met en travers d'un tel acte, rappelle-toi des cris de l'agonie de Targos! Regarde la ville sur les rives de Maer Dualdon pour te guider, pitoyable Cassius. Ses flammes seront toujours vives quand se lèvera l'aube de demain!

À cet instant, un messager arriva en courant vers le porte-parole.

—De nombreux bateaux ont été vus en train de s'éloigner de Targos sous couvert de l'épaisse fumée. Des signaux ont déjà commencé à nous parvenir des réfugiés.

—Et qu'en est-il de Kemp? demanda anxieusement Cassius.

—Il est vivant, répondit le messager. Et il a fait vœu de vengeance.

Cassius poussa un soupir de soulagement. Il n'appréciait pas spécialement son confrère de Targos, mais il savait que le porte-parole, expérimenté en matière de batailles, se révélerait être un atout de valeur pour les Dix-Cités avant que les jeux soient faits.

Kessell entendit la conversation et grogna avec dédain.

—Et où pourraient-ils donc s'enfuir? demanda-t-il à Cassius.

Le porte-parole, absorbé par l'étude de son adversaire imprévisible et dément, ne répliqua rien, mais Kessell répondit à la question pour lui.

—À Bremen? Mais ils ne peuvent pas!

Il claqua des doigts, lançant une chaîne de messages prédéfinie à l'attention de la partie occidentale de son armée. Aussitôt, un important groupe de gobelins sortit des rangs et se dirigea vers l'ouest.

Vers Bremen.

—Tu vois? Bremen tombera avant la fin de la nuit, et alors une autre flotte détalera sur leur précieux lac! La scène se répétera pour le village dans les bois avec des résultats prévisibles. Mais quelle protection offriront les lacs à ces gens quand arrivera l'hiver impitoyable? cria-t-il. À quelle vitesse pourront naviguer leurs bateaux pour s'éloigner de moi quand les eaux autour d'eux seront gelées? (Il rit de nouveau, mais cette fois avec plus de sérieux, plus de gravité.) De quelle protection bénéficiez-vous contre Akar Kessell, chacun d'entre vous?

Cassius et le sorcier échangèrent un long regard inflexible. Le sorcier articula à peine, mais Cassius l'entendit clairement dire :

—Quelle protection?

⚔ ⚔ ⚔ ⚔ ⚔

Sur Maer Dualdon, Kemp ravala sa fureur et sa frustration en regardant sa cité s'abîmer dans les flammes. Des visages noircis par la suie fixaient les ruines en feu avec une incrédulité horrifiée, criant leur déni et pleurant leurs amis et parents perdus. Mais comme Cassius, Kemp transforma son désespoir en colère constructive. Dès qu'il avait appris qu'une armée de gobelins se dirigeait vers Bremen, il avait dépêché son bateau le plus rapide pour avertir la population de la cité distante et pour les informer de ce qui s'était passé de l'autre côté du lac. Il envoya ensuite un deuxième navire vers Bois Isolé, pour demander de la nourriture et des bandages, et peut-être une autorisation à s'amarrer là-bas.

Malgré leurs évidentes différences, les porte-parole des dix cités avaient de nombreux points communs. Comme Agorwal, qui avait été heureux de tout sacrifier pour le bien de son peuple, et Jensin Brent, qui refusait de céder au désespoir, Kemp de Targos commença à rallier son peuple pour une frappe de représailles. Il ne savait pas encore comment il allait accomplir cet exploit, mais il savait qu'il n'avait pas dit son dernier mot dans la guerre contre le sorcier.

Perché sur les murailles de Bryn Shander, Cassius le savait également.

25

Errtu

Drizzt sortit en rampant de sa cachette quand les dernières lueurs du soleil commencèrent à s'évanouir. Il scruta l'horizon méridional et fut de nouveau atterré. Il avait bien été obligé de se reposer, mais il ne put s'empêcher de se sentir coupable quand il vit la ville de Targos en flammes, comme s'il avait négligé son devoir pour n'être que le témoin de la souffrance des victimes impuissantes de Kessell.

Mais le drow n'était pas resté inactif, même pendant les heures de transe méditative que les elfes nommaient sommeil. Il était reparti dans le monde souterrain de ses lointains souvenirs, à la recherche d'une sensation particulière, de l'aura d'une puissante présence qu'il avait un jour connue. Bien qu'il n'ait pas été assez proche du démon pour bien le regarder quand il l'avait suivi la nuit précédente, quelque chose au sujet la créature avait fait écho dans ses plus vieux souvenirs.

Une émanation pénétrante et étrange entourait les créatures des plans inférieurs quand ils parcouraient le monde matériel, une aura que les elfes noirs, plus que toute autre race, en étaient venus à percevoir et à reconnaître. Drizzt ne connaissait pas seulement le type du démon, mais le démon lui-même. Il avait servi les siens à Menzoberranzan durant de nombreuses années.

— Errtu, chuchota-t-il comme il faisait le tri parmi ses rêves.

Drizzt connaissait le véritable nom du démon. Il répondrait à son appel.

La recherche d'un endroit approprié pour évoquer le démon prit plus d'une heure à Drizzt, et il en passa plusieurs autres à préparer la zone. Son but était, autant que possible, d'empêcher Errtu de profiter de ses avantages – sa taille et ses ailes en particulier –, bien qu'il espère sincèrement que leur rencontre ne se solderait pas par un combat. Ceux qui connaissaient le drow le trouvaient audacieux, parfois même imprudent, mais ceux-là étaient des mortels, des ennemis qui reculaient devant la douleur cuisante de ses lames vrombissantes. Avec les démons, en particulier ceux de la taille et de la force d'Errtu, c'était une tout autre histoire.

Drizzt avait assisté plusieurs fois au courroux d'un tel monstre dans sa jeunesse. Il avait vu des bâtiments renversés, de la pierre massive déchiquetée par les grandes mains griffues. Il avait vu de puissants guerriers humains frapper ce monstre avec des coups qui auraient abattu un ogre pour découvrir, horrifiés, que leurs armes étaient inutiles devant un être des plans inférieurs si puissant.

Son propre peuple se débrouillait généralement mieux avec les démons, parvenant à se voir accorder un certain respect. Les démons faisaient de fréquentes alliances avec les drows, et ils servaient souvent les elfes noirs sans discuter, car ils se méfiaient de leurs armes et de leur puissante magie.

Mais cela se passait dans le monde souterrain, où les pierres dégageaient d'étranges émanations magiques que les artisans drows utilisaient pour ensorceler les métaux. Drizzt n'avait plus aucune arme de sa terre natale, car leur magie étrange ne pouvait supporter la lumière du jour ; bien qu'il ait pris garde de les conserver à l'abri du soleil, elles étaient devenues inutilisables peu de temps après son installation à la surface. Il doutait que les armes qu'il portait à présent soient capables de faire le moindre mal à Errtu. Et même si c'était le cas, les démons de la stature d'Errtu ne pouvaient être véritablement anéantis hors de leurs plans natals. S'ils en venaient à se battre, le mieux que pouvait espérer Drizzt serait de bannir la créature du plan Matériel pour une centaine d'années.

Il n'avait pas l'intention de combattre.

Pourtant, il devait bien tenter quelque chose contre le sorcier qui menaçait les cités. Son but à présent était d'en apprendre plus sur lui pour découvrir une faiblesse, et la méthode qu'il comptait employer mêlait duplicité et ruse. Il espérait qu'Errtu se souviendrait suffisamment des elfes noirs pour rendre sa fable crédible, mais pas assez pour en relever les incohérences.

L'endroit qu'il avait choisi pour la rencontre était une cavité abritée à quelques mètres des hautes falaises de la montagne. Un toit formé par deux parois qui convergeaient en leur sommet couvrait la moitié de la zone – l'autre moitié était à ciel ouvert, mais l'ensemble était retranché derrière de hautes parois dans le flanc de la montagne, et sécurisé car hors de vue de Cryshal-Tirith.

Drizzt s'employait maintenant à graver des runes protectrices avec une dague sur les parois et sur le sol, devant l'endroit où il allait s'asseoir. L'image mentale de ces symboles magiques s'était estompée au fil des années, et il savait que leur tracé était loin d'être parfait. Il comprenait pourtant qu'il aurait besoin de toute la protection qu'elles pouvaient lui offrir si Errtu s'en prenait à lui.

Quand il eut fini, il s'assit sous la zone abritée, les jambes croisées, et jeta par terre la petite statuette qu'il portait dans son sac.

Guenhwyvar serait un bon test pour ses inscriptions protectrices.

La panthère répondit à son appel. Elle apparut à l'autre bout de la cachette, ses yeux perçants scrutant la zone à la recherche de tout danger potentiel menaçant son maître. Puis, ne sentant rien, elle tourna des yeux curieux vers Drizzt.

— Viens à moi, lui lança Drizzt en lui faisant signe de la main.

Le fauve avança vers lui, puis s'arrêta brusquement, comme s'il s'était trouvé face à un mur. Drizzt soupira de soulagement quand il vit que ses runes possédaient une certaine puissance. Il reprit confiance, bien qu'il se rende compte qu'Errtu pousserait les runes à la limite de leur pouvoir – et probablement au-delà.

Guenhwyvar inclina sa tête énorme dans son effort pour comprendre ce qui l'avait empêchée d'avancer. Elle n'avait pas rencontré une bien grande résistance, mais les signaux contradictoires de son maître, qui l'avait appelée sans pour autant lui permettre d'approcher, avaient désorienté la bête. Elle considéra la possibilité de rassembler ses forces et d'enfoncer la faible barrière, mais son maître semblait enchanté qu'elle se soit arrêtée. La panthère s'assit donc là où elle était et elle attendit.

Drizzt s'employa à étudier la zone, cherchant le meilleur endroit d'où Guenhwyvar pourrait bondir et surprendre le démon. Une profonde saillie sur l'une des hautes parois juste en dessous de la portion qui convergeait en toit semblait être la meilleure cachette. Il mit le fauve en position et lui donna pour instruction de ne pas attaquer avant son signal. Puis il se rassit et essaya de se détendre, plongé dans une dernière préparation mentale avant d'appeler le démon.

⚔ ⚔ ⚔ ⚔ ⚔

De l'autre côté de la vallée, dans la tour magique, Errtu était tapi dans un coin sombre du harem de Kessell, montant la garde, toujours en alerte, surveillant le sorcier maléfique en train de jouer avec ses filles décérébrées. Un feu bouillonnant de haine s'alluma dans les yeux d'Errtu comme il regardait le stupide Kessell. Le sorcier avait déjà presque tout gâché, avec la démonstration de pouvoir de cet après-midi et son refus de détruire les tours vides qu'il avait laissées derrière lui, épuisant encore plus la force de Crenshinibon.

Errtu avait été sinistrement satisfait quand, une fois revenu à l'intérieur de Crystal-Tirith, le miroir de visions avait confirmé à Kessell la chute des deux autres tours. Errtu avait averti Kessell, lui déconseillant d'élever une troisième tour, mais, au fil de la campagne, le sorcier à l'égo fragile se montrait de plus en plus buté, considérant les conseils du démon et même ceux de Crenshinibon comme un stratagème pour saper sa domination.

Et c'est ainsi qu'Errtu fut tout à fait réceptif, pour ne pas dire soulagé quand il entendit l'appel de Drizzt flotter dans la vallée. Au départ, il rejeta l'idée d'une telle évocation, mais les intonations de son nom véritable prononcé à haute voix déclenchèrent des frémissements involontaires le long de son échine.

Plus intrigué que furieux devant l'impertinence de ce simple mortel qui osait énoncer son nom, Errtu s'éloigna discrètement du sorcier distrait et sortit de Cryshal-Tirith.

Puis l'appel retentit de nouveau, troublant l'harmonie du chant interminable du vent comme une vague trouble la surface calme d'un étang.

Errtu étendit ses grandes ailes et prit son essor vers le nord, s'élançant à toute allure au-dessus de la plaine vers celui qui l'évoquait. Des gobelins terrifiés fuyaient l'obscurité de l'ombre du démon sur son passage, car, même à la lueur pâle d'une lune mince, la créature des Abysses projetait au sol un sillon de ténèbres qui faisait paraître la nuit lumineuse en comparaison.

Drizzt prit une profonde inspiration. Il sentit l'approche imminente du démon, comme celui-ci virait au-dessus du Plateau de Bremen et s'élevait des pentes en contrebas du Cairn de Kelvin vers ses hauteurs.

Guenhwyvar releva la tête de ses pattes et grogna, sentant elle aussi l'approche du monstre maléfique. La panthère se tapit au fin fond de la profonde corniche dans l'attente de l'ordre de son maître, confiante dans le fait que ses qualités furtives pourraient la protéger même des sens profondément affûtés du démon.

Les ailes de cuir d'Errtu se replièrent lorsqu'il se posa, à l'étroit sur la corniche. Il localisa immédiatement celui qui l'évoquait. Malgré l'étroitesse de l'entrée de la cavité, il fonça droit à l'intérieur, bien décidé à apaiser sa curiosité avant de tuer le blasphémateur imbécile qui avait osé énoncer son nom à haute voix.

Drizzt lutta pour conserver un minimum de maîtrise quand l'immense démon s'introduisit dans la cavité et que sa masse emplit le petit espace devant son refuge exigu, cachant la lumière des étoiles. Il ne pouvait y avoir de retour en arrière sur la voie périlleuse dans laquelle il s'était engagé. Il n'avait pas d'échappatoire.

Le démon s'arrêta brusquement, stupéfait. Des siècles s'étaient écoulés depuis la dernière fois qu'Errtu avait posé les yeux sur un drow, et il ne s'attendait certainement pas à en retrouver un à la surface, dans les terres désolées et gelées de l'extrême nord.

Drizzt trouva le moyen de recouvrer sa voix.

—Salutations, maître du Chaos, dit-il paisiblement en s'inclinant profondément. Je suis Drizzt Do'Urden, de la Maison de Daermon N'a'shezbaernon, neuvième famille dans la hiérarchie de Menzoberranzan. Bienvenue dans mon humble demeure.

—Tu es bien loin de chez toi, le drow, dit le démon avec méfiance.

—Tout comme vous l'êtes, grand démon des Abysses, répondit calmement Drizzt. Et attiré dans cette haute partie du monde pour des raisons similaires, à moins que je me trompe dans ma supposition.

—Je sais pourquoi je suis là, répondit Errtu. Les affaires des drows ont toujours été en dehors de ma compréhension – ou de mes préoccupations.

Drizzt caressa son menton mince et gloussa en feignant l'assurance. Son estomac était noué, et il sentait s'annoncer les prémices de sueurs froides. Il gloussa de nouveau, luttant contre sa peur. Si le démon sentait son malaise, sa crédibilité en serait grandement diminuée.

—Ah, mais pour la première fois depuis tant d'années, il semble que nos intérêts se rencontrent, puissant pourvoyeur de destruction. Mon peuple ressent de la curiosité, peut-être même un intérêt particulier pour le sorcier que tu sembles servir !

Errtu redressa les épaules. Les premières étincelles d'une dangereuse flamme se manifestaient dans ses yeux rouges.

—Servir ? répéta-t-il avec incrédulité, le ton égal de sa voix tremblant sous le poids de la fureur.

Drizzt se pressa de nuancer son observation.

—Selon toute apparence, gardien des intentions chaotiques, le sorcier détient un certain pouvoir sur toi. Tu travailles sûrement main dans la main avec Akar Kessell !

—Je ne sers aucun humain ! rugit Errtu, faisant trembler les fondations de la cavité d'une vigoureuse tape du pied.

Drizzt se demanda si le combat qu'il pensait perdu d'avance n'était pas sur le point de s'engager. Il considéra l'éventualité d'appeler Guenhwyvar pour qu'ils puissent au moins porter les premiers coups.

Mais, tout à coup, le démon retrouva son calme.

Persuadé d'avoir deviné la raison de la présence inattendue du drow, Erртu posa un œil inquisiteur sur Drizzt :

—Servir le sorcier ? dit-il en riant. Akar Kessell est un faible même selon les critères restreints des humains ! Mais tu sais cela, le drow, et ne prétends pas le nier. Tu es là pour Crenshinibon, tout comme moi, et au diable Kessell !

La mine perplexe de Drizzt était suffisamment sincère pour déconcerter le démon. Persuadé d'avoir deviné la vérité, il n'arrivait pas à comprendre pourquoi le drow ne saisissait pas ce nom.

—Crenshinibon, expliqua-t-il, désignant le sud d'un grand geste de sa main griffue. Un bastion ancien de pouvoir indicible.

—La tour ? demanda Drizzt.

L'incertitude d'Errtu se mua en une fureur explosive :

—Ne fais pas l'ignorant avec moi ! beugla le démon. Les seigneurs drows connaissent bien le pouvoir de l'artefact d'Akar Kessell, sinon ils ne seraient pas venus jusqu'à la surface pour le chercher !

—Très bien, tu as deviné la vérité, concéda Drizzt. Cependant, je dois être certain que la tour sur la plaine est bien l'artefact ancien que je cherche. Mes maîtres ont peu de pitié pour les espions négligents.

Errtu eut un sourire vicieux en se souvenant des chambres de tortures diaboliques de Menzoberranzan. Les années qu'il avait passées parmi les elfes noirs avaient effectivement été plaisantes !

Drizzt orienta vivement la conversation vers un sujet qui pourrait révéler certaines des faiblesses de Kessell ou de sa tour.

—Quelque chose m'a laissé perplexe, spectre terrifiant d'un mal débridé, commença-t-il, cherchant à toujours renouveler ses compliments. De quel droit ce sorcier détient-il Crenshinibon ?

—D'aucun droit, dit Errtu. Le sorcier, bah ! Comparé à tes semblables, c'est à peine un apprenti. Sa langue fourche à l'énonciation du moindre sort. Mais le destin joue souvent de tels tours. Et ce n'en est que plus délectable, je le dis ! Qu'Akar Kessell ait son instant de gloire. Les humains ne vivent pas bien longtemps !

Drizzt savait que poser tant de questions était dangereux, mais il prit le risque. Même à trois mètres d'un démon majeur, Drizzt pensait que ses chances de survie étaient meilleures que celles de ses amis restés à Bryn Shander.

—Mais quand bien même, mes maîtres s'inquiètent de ce que la tour puisse être endommagée dans la bataille à venir contre les humains, bluffa-t-il.

Errtu prit encore un moment pour considérer Drizzt. L'apparition de l'elfe noir compliquait le plan simple du démon pour hériter de

Crenshinibon après Kessell. Si les puissants seigneurs drows de l'immense Menzoberranzan avaient véritablement jeté leur dévolu sur la relique, le démon savait qu'ils finiraient par l'avoir. Kessell, même soutenu par le pouvoir du cristal, ne pourrait sûrement pas leur résister. La seule présence de ce drow allait sérieusement compliquer ses relations avec Crenshinibon. Comme Errtu aurait aimé pouvoir simplement dévorer Kessell et fuir avec la relique avant que les elfes noirs soient trop impliqués !

Cependant, Errtu n'avait jamais considéré les drows comme des ennemis, et le démon méprisait désormais le sorcier empoté. Peut-être qu'une alliance avec les elfes noirs pouvait se révéler bénéfique pour les deux parties.

— Dis-moi, triomphateur inégalé de l'obscurité, insista Drizzt, Crenshinibon est-il en péril ?

— Bah ! grogna Errtu. Même la tour, qui n'est qu'une simple image de Crenshinibon, est invincible. Elle absorbe toutes les attaques dirigées contre ses murs miroitants et en renvoie le reflet sur leur source ! Seul est vulnérable le cristal palpitant de pouvoir, le cœur même de Cryshal-Tirith, et il est à l'abri, dissimulé en toute sécurité.

— À l'intérieur ?

— Bien sûr.

— Mais si quelqu'un devait s'introduire dans la tour à la recherche de ce cœur, raisonna Drizzt, à quel degré de protection devrait-il s'attendre ?

— C'est là une tâche impossible, répondit le démon. À moins que les simples pêcheurs des Dix-Cités aient un esprit à leur service. Ou peut-être un haut prêtre, ou un Archimage pour lancer des sorts de dévoilement. Tes maîtres savent sûrement que la porte de Cryshal-Tirith est invisible et indétectable pour tout être appartenant au plan dans lequel s'élève la tour. Aucune créature du monde matériel, ta race y compris, ne pourrait en trouver l'entrée !

— Mais…, insista anxieusement Drizzt.

Errtu lui coupa la parole.

— Même si quelqu'un pénétrait par hasard dans l'édifice, gronda-t-il, agacé par le flot incessant d'impossibles hypothèses, il aurait alors affaire à moi. Et le pouvoir de Kessell à l'intérieur de la tour est véritablement considérable, car le sorcier est devenu une extension de Crenshinibon lui-même, le vivant réceptacle de la force incommensurable de l'Éclat de cristal ! Le cœur se trouve au-delà du point de convergence précis de l'interaction de Kessell avec la tour, et au-dessus de l'extrémité même…

Le démon s'interrompit, brusquement méfiant devant la série de questions de Drizzt. Si les seigneurs drows, avisés en matière d'usages, étaient vraiment résolus à se procurer Crenshinibon, pourquoi n'étaient-ils pas plus au fait de ses forces et de ses faiblesses ?

Errtu comprit alors son erreur. Il examina Drizzt de nouveau, mais d'un autre œil. Quand il avait rencontré le drow au départ, sidéré par la simple présence d'un elfe noir dans la région, il avait cherché la supercherie dans ses attributs proprement physiques, pour déterminer si ses caractéristiques de drow étaient une illusion, un sort de métamorphose, astucieux et pourtant simple, à la portée d'un simple mage mineur.

Quand Errtu avait été convaincu qu'un véritable drow et non une illusion se tenait devant lui, il avait prêté foi au récit de Drizzt, car il correspondait au caractère des elfes noirs.

À présent, le démon étudiait les autres indices, au-delà de la peau noire de Drizzt, relevant les objets qu'il transportait et l'endroit qu'il avait choisi pour leur rencontre. Rien de ce que Drizzt avait sur lui, pas même les armes engainées sur ses hanches n'irradiait des propriétés magiques spécifiques au monde souterrain. *Peut-être que les maîtres drows avaient équipé leurs espions de façon plus adéquate au monde de la surface*, raisonna Errtu. D'après ce qu'il avait appris des elfes noirs durant ses nombreuses années de service à Menzoberranzan, cette présence n'avait certainement rien d'extraordinaire.

Mais les créatures du Chaos ne survivaient qu'en n'accordant leur confiance à personne. Errtu continua de scruter Drizzt à la recherche d'un indice sur son authenticité. La seule chose repérée par le démon qui reflétait les origines de Drizzt était une fine chaîne d'argent passée autour de son cou mince, un type de bijou commun chez les elfes noirs, qui servait à accrocher une petite bourse. En se concentrant sur elle, Errtu découvrit une seconde chaîne, plus fine, qui s'entrelaçait avec la première. Le démon suivit des yeux la longue chaîne sous le gilet sans manches de Drizzt jusqu'à la bosse presque imperceptible qu'elle créait.

C'était inhabituel, constata-t-il, et peut-être révélateur. Errtu pointa la chaîne du doigt, incanta et redressa son doigt étiré dans les airs.

Drizzt se raidit quand il sentit l'emblème glisser hors de son gilet de cuir. Il passa par-dessus l'encolure du vêtement et chuta à l'extrémité de la chaîne pour pendre librement sur sa poitrine.

Le rictus diabolique d'Errtu s'élargit tandis que ses yeux s'étrécissaient :

— Un choix inhabituel pour un drow, siffla-t-il d'un ton sarcastique. Je me serais attendu au symbole de Lolth, la reine démon de ton peuple. Cela ne lui ferait pas plaisir !

Surgirent alors dans les mains du démon un fouet et une épée cruellement crénelée.

Au départ, l'esprit de Drizzt tourbillonna autour d'une centaine de possibilités, explorant les mensonges les plus plausibles qu'il pourrait tramer pour se sortir de ce guêpier. Mais ensuite, il secoua résolument la tête et repoussa ces mystifications. Il ne déshonorerait pas sa divinité.

Au bout de la chaîne d'argent pendait un cadeau de Régis, une gravure que le halfelin avait ciselée sur l'arête de l'une des rares truites à tête plate qu'il avait jamais attrapée. Drizzt avait été profondément touché quand Régis la lui avait donnée, et il considérait que c'était le chef-d'œuvre du halfelin. Le pendentif tournoyait au bout de la longue chaîne, ses nuances et ses ombres délicates lui donnant la profondeur d'une véritable œuvre d'art.

C'était une tête blanche de licorne, le symbole de la déesse Mailikki.

— Qui es-tu, drow ? demanda Errtu.

Le démon avait déjà décidé qu'il devrait tuer Drizzt, mais il était intrigué par une rencontre si peu commune. Un elfe noir qui suivait la voie de la Dame de la Forêt ? Et un habitant de la surface, également ! Errtu avait connu bien des drows au cours des siècles, mais il n'avait jamais entendu parler d'un des leurs qui aurait abandonné leurs usages abjects. C'étaient des tueurs impitoyables, tous autant qu'ils étaient, qui avaient même appris une astuce ou deux au puissant démon du Chaos en matière de méthodes de torture atroce.

— Je m'appelle Drizzt Do'Urden, c'est la pure vérité, répondit le drow d'un ton égal. Celui qui a déserté la Maison de Daermon N'a'shezbaernon.

Toutes les peurs de Drizzt s'étaient évaporées quand il avait admis, au-delà de toute espérance, le fait de devoir se battre avec le démon. Maintenant, il avait endossé la calme détermination du combattant expérimenté, se préparant à saisir tout avantage qui pourrait se présenter à lui.

— Un rôdeur qui sert humblement Gwaeron Bourrasque, le héros de la déesse Mailikki.

Il s'inclina profondément, conformément aux règles de la bienséance.

Tandis qu'il se redressait, il dégaina ses cimeterres.

— Je dois te vaincre, cicatrice de la vilenie, déclara-t-il, et te renvoyer dans les brumes tourbillonnantes des Abysses sans fond. Il n'y a pas de place dans ce monde ensoleillé pour une créature de ton engeance !

— Tu t'égares, l'elfe, dit le démon. Tu as perdu la trace de tes origines, et maintenant tu oses présumer que tu pourrais me vaincre ! (Des flammes jaillirent de la pierre tout autour d'Errtu.) Je t'aurais tué d'un coup net, en faisant preuve de miséricorde, par respect pour ton espèce. Mais ta fierté me désole ; je vais donc t'apprendre à aspirer à la mort ! Viens, sens la morsure de mes flammes !

Drizzt était déjà presque submergé par la chaleur du feu démoniaque d'Errtu, et la luminosité des flammes cuisait ses yeux sensibles à tel point que la masse du démon lui semblait être… lui semblait être une ombre brumeuse. Il vit la forme sombre s'étendre sur la droite du démon et sut qu'Errtu avait levé sa terrible épée. Il se prépara à se défendre, mais tout à coup le démon vacilla sur le côté en poussant un rugissement de surprise et d'indignation.

Guenhwyvar s'était fermement agrippée à son bras levé.

Le démon immense tint la panthère à bout de bras, tentant de coincer le fauve entre son avant-bras et la paroi rocheuse pour garder les griffes et les crocs acérés loin de ses parties vitales. Guenhwyvar rongea et ratissa le bras massif, lacérant la chair et les muscles du démon.

Errtu écarta d'une grimace l'attaque brutale et décida de s'occuper de la panthère plus tard. La préoccupation première du démon restait le drow, car il se méfiait du pouvoir potentiel de n'importe quel elfe noir. Errtu avait vu trop d'ennemis tomber sous le coup d'un des innombrables tours des drows.

Le fouet cingla les jambes de Drizzt, trop rapidement pour que le drow, qui titubait encore à cause de la soudaine explosion de lumière des flammes, parvienne à dévier le coup ou à l'esquiver. Errtu tira d'un coup sec sur son manche comme les lanières s'enroulaient autour des jambes et des chevilles minces du drow, la force immense du démon faisant aisément chuter Drizzt sur le dos, les pieds liés.

Drizzt ressentit une douleur cuisante le long de ses jambes, et il entendit l'expiration forcée de ses poumons quand il atterrit sur la pierre dure. Il savait qu'il devait réagir sans tarder, mais l'éclat du feu et la frappe soudaine d'Errtu l'avaient désorienté. Il se sentit traîné sur la pierre, sentit l'intensité de la chaleur augmenter. Il parvint à relever la tête juste à temps pour voir ses pieds liés par les lanières enchevêtrées pénétrer dans le feu démoniaque.

— Et c'est ainsi que je meurs, déclara-t-il impassiblement.

Mais ses jambes ne brûlèrent pas.

Bavant d'envie d'entendre les cris atroces de sa victime impuissante, Errtu tira plus fort sur le fouet et plongea entièrement Drizzt dans les flammes. Bien qu'il soit totalement immolé, le drow se sentait à peine réchauffé par le feu.

Et c'est alors que, dans un dernier sifflement rageur, les flammes brûlantes s'évanouirent d'un coup.

Aucun des deux adversaires ne comprit ce qui s'était passé, tous deux pensant que l'autre était à l'origine du phénomène.

Errtu lança prestement une autre attaque. Posant son pied lourd sur la poitrine de Drizzt, il commença à le broyer contre la pierre. Le drow le fouettait désespérément avec un de ses cimeterres, mais celui-ci n'avait pas d'effet sur le monstre d'un autre monde.

Drizzt utilisa alors son autre cimeterre, celui qu'il avait pris dans le trésor du dragon.

Grésillant comme de l'eau sur le feu, celui-ci s'enfonça dans l'articulation du genou d'Errtu. La poignée de l'arme se réchauffa comme sa lame déchirait la chair du démon, brûlant presque la main de Drizzt. Elle devint ensuite aussi froide que la glace, comme si elle éteignait la force de vie ardente d'Errtu avec sa propre puissance glaciale. Drizzt comprit ce qui avait éteint les flammes.

Le démon resta bouche bée dans son horreur absolue, avant de pousser des cris de douleur. Jamais il n'avait ressenti une telle souffrance ! Il fit un bond en arrière et se contorsionna en tous sens, tentant d'échapper à la terrible morsure de l'arme, traînant Drizzt derrière lui, ce dernier ne pouvant pas en lâcher la garde. Dans la violence de l'accès de fureur du démon, celui-ci projeta au loin Guenhwyvar, qui alla s'écraser lourdement contre une paroi.

Drizzt regarda avec incrédulité la blessure du démon qui reculait. De la vapeur s'élevait du genou transpercé d'Errtu, et les bords de sa plaie étaient recouverts de glace !

Mais Drizzt, lui aussi, avait été affaibli par l'attaque. Dans sa lutte avec le puissant démon, le cimeterre avait attiré en lui l'énergie de son porteur, l'associant à la lutte contre le monstre féroce. Maintenant, le drow n'avait même plus la force de se tenir debout. Mais il se surprit à bondir en avant, ses lames brandies devant lui, comme s'il était traîné par l'avidité des cimeterres.

L'entrée de la cachette était trop étroite. Errtu ne pouvait ni esquiver les coups ni se libérer.

Les cimeterres plongèrent dans le ventre du monstre.

L'accès de puissance explosif que ressentit Drizzt quand sa lame toucha le cœur de la force d'Errtu épuisa le peu d'énergie qui lui restait et le projeta en arrière. Il s'écrasa contre la paroi rocheuse et s'affaissa, mais il réussit à rester suffisamment en éveil pour assister à la lutte extraordinaire qui faisait encore rage.

Errtu sortit sur la corniche. Le démon titubait à présent, tentant de déplier ses ailes. Mais elles retombèrent faiblement. Le cimeterre étincelait d'un halo blanc de pouvoir tandis qu'il poursuivait son assaut. Le démon ne pouvait l'arracher : la lame encastrée était en train de remporter la lutte, sa magie étouffant les flammes qu'il avait été forgé pour détruire.

Errtu savait qu'il avait été présomptueux de croire qu'il pouvait anéantir n'importe quel mortel en combat singulier. Le démon n'avait pas considéré la possibilité d'une arme si cruelle ; il n'avait même jamais entendu parler d'une arme avec un tel mordant.

De la vapeur s'élevait des entrailles exposées d'Errtu, enveloppant les combattants.

—Et c'est ainsi que tu me bannis, drow déloyal ! cracha-t-il.

Hébété, Drizzt regarda avec stupéfaction le halo blanc s'intensifier et l'ombre noire décliner.

—Cent ans, le drow ! hurla Errtu. Ce n'est pas une si longue période pour ton espèce, ni pour la mienne !

La vapeur s'épaissit tandis que l'ombre sembla se désagréger.

—Un siècle, Drizzt Do'Urden ! retentit le cri déclinant d'Errtu, quelque part dans le lointain. Prends garde à tes arrières à ce moment-là ! Errtu ne sera pas loin !

La vapeur s'éleva dans les airs et disparut.

Le dernier son qu'entendit Drizzt fut le bruit métallique du cimeterre qui retombait sur la corniche rocheuse.

26

Du droit de la victoire

D ans le Castelhydromel construit à la hâte, Wulfgar se rassit dans son siège en bout de table principale, tapant nerveusement le sol du pied devant la longue attente nécessaire au bon usage de la tradition. Il avait l'impression que son peuple aurait déjà dû se mettre en route, mais c'était la restauration des cérémonies et des célébrations traditionnelles qui, aux yeux des barbares sceptiques et toujours méfiants, avait marqué sa différence avec le tyran Heafstaag – et lui avait permis d'être mieux considéré que lui.

Wulfgar, après tout, était revenu parmi eux après une absence de cinq ans pour mettre au défi celui qui était leur roi de longue date. Un jour plus tard, il avait remporté la couronne, et le jour suivant, il avait été sacré Roi Wulfgar de la tribu de l'Élan.

Et il était fermement décidé à ce que son règne, si court qu'il l'entende, ne soit pas marqué par les menaces et les tactiques d'intimidation de ses prédécesseurs. Il demanderait aux guerriers des tribus rassemblées de le suivre dans la bataille, sans le leur ordonner, car il savait que les guerriers barbares étaient des hommes menés presque exclusivement par leur fierté féroce. Si on leur retirait leur dignité, comme Heafstaag l'avait fait en refusant d'honorer la souveraineté de chacun des autres rois, les barbares n'étaient pas meilleurs au combat que les hommes ordinaires. Wulfgar savait qu'ils avaient besoin de retrouver de leur superbe s'ils voulaient avoir la moindre chance contre le surnombre effarant de l'armée du sorcier.

Mais Hengorot avait été dressé, et le Défi du chant lancé pour la première fois en presque cinq ans. Ce fut un bref moment de joyeuse compétition entre des tribus qui avaient été asphyxiées par la domination implacable de Heafstaag.

La décision de dresser la tente en peau de cerf avait été difficile pour Wulfgar. Supposant qu'il avait encore le temps avant que frappe l'armée de Kessell, il avait hésité entre la nécessité de remettre les traditions en place et l'urgence de la situation. Il espérait simplement que, dans la frénésie des préparatifs d'avant-combat, Kessell ignorerait l'absence du roi barbare Heafstaag. Si le sorcier était un rien astucieux, c'était peu probable.

Il attendait maintenant patiemment et en silence, observant le feu qui se rallumait dans les yeux des barbares.

— Comme au bon vieux temps ? demanda Revjak, assis à côté de lui.

— C'était le bon temps, répondit Wulfgar.

Satisfait, Revjak s'adossa à la paroi en peau de cerf de la tente, accordant au nouveau chef la solitude qu'il recherchait.

Et Wulfgar recommença à attendre, cherchant le meilleur moment pour dévoiler sa proposition. Au fond de la salle, une compétition de lancer de hache démarrait. Similaire à la tactique que Heafstaag et Beorg avaient utilisée pour sceller le pacte entre les tribus lors du dernier Hengorot, le défi consistait à lancer sa hache d'aussi loin que possible et à l'enfoncer suffisamment profond dans un fût d'hydromel pour y percer un trou. Le nombre de chopes (d'après un décompte précis) qui pouvaient être remplies suite à cette opération déterminait le degré de réussite du lancer.

Wulfgar ne laissa pas passer l'occasion. Il bondit de son tabouret et demanda, en tant qu'hôte, le droit au premier lancer. L'homme qui avait été choisi pour juger le défi le lui accorda et l'invita à s'avancer jusqu'à la première aire de lancer.

— Je lance d'ici, dit Wulfgar, soulevant *Crocs de l'égide* sur son épaule.

Des murmures d'incrédulité et d'excitation s'élevèrent de tous les coins de la salle. L'utilisation d'un marteau de guerre dans un tel défi était sans précédent, mais personne ne se plaignit ni ne rappela les règles. Tous ceux qui avaient entendu le récit de la grande hache de Heafstaag coupée en deux étaient impatients de voir l'arme en action. Un fût d'hydromel fut placé sur un tabouret au fond de la pièce.

— Mettez-en un autre derrière ! demanda Wulfgar. Et un autre encore derrière celui-là !

Sa concentration se focalisa sur la tâche qui l'attendait et il ne prit pas le temps de chercher à comprendre les murmures qu'il entendait tout autour de lui.

Les fûts étaient prêts, et la foule recula hors de la ligne de visée du jeune roi. Wulfgar saisit fermement *Crocs de l'égide* dans ses mains et prit une profonde inspiration, qu'il retint un instant pour rester calme. Les spectateurs incrédules regardèrent avec stupéfaction leur nouveau roi passer brusquement à l'action, lançant le puissant marteau d'un mouvement fluide avec une force sans égale au sein de leurs rangs.

Crocs de l'égide virevolta sur elle-même sur toute la longueur de la pièce, transperçant le premier fût, puis le deuxième et au-delà, n'abattant pas seulement les trois cibles et leurs tabourets, mais continuant sa course jusqu'à percer le mur du fond de Castelhydromel. Les guerriers les plus proches se ruèrent vers l'ouverture pour voir la fin de son envol, mais le marteau avait disparu dans la nuit. Ils s'apprêtèrent à sortir pour le récupérer.

Mais Wulfgar les arrêta. Il sauta sur la table, les bras levés devant lui.

— Écoutez-moi, guerriers des plaines du Nord ! cria-t-il. (Déjà bouche bée devant cet exploit sans précédent, certains barbares tombèrent à genoux quand *Crocs de l'égide* réapparut tout à coup dans les mains du jeune roi.) Je suis Wulfgar, fils de Beornegar et roi de la tribu de l'Élan ! Pourtant, ce n'est pas votre roi qui vous parle maintenant, mais un guerrier tel que vous, horrifié par le déshonneur que Heafstaag a tenté de nous imposer !

Poussé par la certitude qu'il avait obtenu leur attention et leur respect, et qu'il avait réellement compris leurs aspirations véritables, Wulfgar profita de l'occasion. Ces gens avaient réclamé à grands cris d'être délivrés du règne tyrannique du roi borgne, après avoir été vaincus et presque exterminés dans leur dernière campagne. Maintenant sur le point de se battre aux côtés de gobelins et de géants, ils se languissaient d'un héros qui restaurerait leur fierté perdue.

— Je suis le tueur de dragon ! continua-t-il. Et par cette victoire, les trésors de Glacemort me reviennent de droit !

De nouveau, des conversations privées l'interrompirent, car le trésor maintenant sans gardien était devenu sujet à débats.

Wulfgar les laissa poursuivre leurs commérages pendant un bon moment pour accroître leur intérêt envers l'or du dragon. Quand ils se turent enfin, il continua.

— Les tribus de la toundra ne combattront pas aux côtés des gobelins et des géants ! décréta-t-il pour susciter des cris approbateurs. Nous nous battrons contre eux !

La foule fit brusquement silence. Un garde se précipita dans la tente, mais n'osa pas interrompre le nouveau roi.

— Je partirais à l'aube pour les Dix-Cités, déclara Wulfgar. Je livrerai bataille contre le sorcier Kessell et contre la horde infecte qu'il a ramenée des terres maudites de l'Épine dorsale du Monde !

La foule ne répondit rien. Ils souscrivaient avec avidité à l'idée de combattre Kessell, mais la pensée de retourner aux Dix-Cités pour aider ceux qui les avaient quasiment exterminés cinq années plus tôt ne leur était jamais venue.

Le garde intervint alors.

— Je crains que votre quête soit vaine, jeune roi, dit-il. (Wulfgar posa un regard chagrin sur le messager, devinant les nouvelles qu'il apportait.) Les nuages de fumée de vastes feux s'élèvent en ce moment même au-dessus des plaines du sud.

Wulfgar considéra la nouvelle. Il pensait pouvoir disposer de plus de temps.

— Alors, je partirai ce soir! hurla-t-il à l'assemblée abasourdie. Venez avec moi, mes amis, mes frères guerriers du Nord! Je vous montrerai la route vers les gloires perdues de notre passé!

L'assemblée semblait indécise et incertaine. Wulfgar abattit sa dernière carte.

— À tout homme qui m'accompagnera, ou aux survivants de sa famille s'il devait être abattu, j'offrirai une part égale du trésor du dragon!

Cette déclaration balaya les objections des barbares avec la puissance d'une bourrasque de la mer des Glaces flottantes. Il avait conquis l'imagination et le cœur de chaque guerrier, leur promettant un retour à la prospérité et à la gloire.

Cette nuit même, l'armée de mercenaires de Wulfgar quitta son campement et déferla sur la plaine ouverte dans un bruit de tonnerre.

Pas un homme ne resta en arrière.

27

L'HORLOGE DE LA FATALITÉ

B remen fut incendié à l'aube.
Les habitants du petit village sans fortification avaient su à quoi s'en tenir. Plutôt que de se retrouver face à la marée de monstres qui se déversait le long de la rivière Shaengarne et de les combattre dans la ville, ils avaient mis en place une résistance symbolique sur le gué. Ils tirèrent quelques rafales de flèches sur les gobelins de tête, afin de ralentir leurs rangs suffisamment longtemps pour que les plus vieux et les plus lents des bateaux quittent le port et se mettent en sécurité sur les eaux de Maer Dualdon. Les archers avaient ensuite fui vers les quais pour suivre les autres habitants de la cité.

Quand les gobelins pénétrèrent finalement dans la cité, ils la trouvèrent complètement déserte. Ils regardèrent avec colère les navires qui s'éloignaient vers l'est pour rejoindre la flottille de Targos et de Termalaine. Bremen était trop éloigné de tout pour être d'une quelconque utilité à Akar Kessell, et donc, contrairement à la cité de Termalaine qui avait été convertie en camp de base, cette ville fut réduite en cendres.

Sur le lac, les derniers sans-abri victimes de la destruction aveugle de Kessell regardèrent avec impuissance leurs demeures s'écrouler en amas de décombres fumants.

Du haut des murs de Bryn Shander, Cassius et Régis observaient également la scène.

— Il a commis une autre erreur, dit Cassius au halfelin.

— Laquelle ?

— Kessell a mis au pied du mur les habitants de Targos, de Termalaine, de Caer-Konig, de Caer-Dineval et maintenant de Bremen, expliqua Cassius. Ils n'ont nulle part où aller à présent. Leur seul espoir réside dans la victoire.

— Ce n'est pas un bien grand espoir, remarqua Régis. Tu as vu ce que la tour peut faire. Et même sans elle, l'armée de Kessell peut tous nous détruire ! Comme il l'a dit, il a toutes les cartes en main.

— Peut-être, concéda Cassius. Le sorcier croit qu'il est invincible, cela, c'est certain. Et c'est une erreur, mon ami. Le plus doux des animaux se battra avec courage s'il est mis dos au mur, car il n'aura plus rien à perdre. Un homme pauvre est plus meurtrier qu'un homme riche, car la vie a moins de valeur pour lui. Et un homme sans abri, coincé sur les steppes gelées, quand les premiers vents de l'hiver commencent déjà à souffler, est de fait un ennemi redoutable !

» Ne crains rien, petit ami, continua Cassius. Lors du conseil de ce matin, nous devrions être à même de trouver un moyen de tirer profit des faiblesses du sorcier.

Régis hocha la tête, incapable de contester la logique élémentaire du porte-parole et peu disposé à contredire son optimisme. Mais malgré tout, comme il scrutait les rangs fournis de gobelins et d'orques qui entouraient la ville, le halfelin n'avait que peu d'espoir.

Il regarda vers le nord, où la poussière était finalement retombée sur la vallée des nains. La Rampe de Bruenor n'existait plus, elle s'était écroulée avec le reste de la falaise quand les nains avaient obstrué l'entrée de leurs cavernes.

— Ouvre-moi une porte, Bruenor, chuchota distraitement Régis. Laisse-moi entrer, s'il te plaît.

⚔ ⚔ ⚔ ⚔ ⚔

Bruenor et son clan étaient justement en train de discuter à ce moment même de la possibilité d'ouvrir une issue sur leurs tunnels, mais sans permettre à quiconque d'entrer. Peu de temps après leur réussite contre les orques et les gobelins sur les saillies à l'extérieur de leurs mines, les guerriers à longue barbe s'étaient rendu compte qu'ils ne pouvaient pas rester assis sans rien faire pendant que des orques, des gobelins et des monstres encore pires détruisaient le monde qui les entourait. Ils étaient impatients de porter un autre coup à Kessell. Dans leur abri souterrain, ils ne savaient absolument pas si Bryn Shander était encore debout ou si l'armée de Kessell avait déjà écrasé l'ensemble des Dix-Cités, mais ils pouvaient entendre les bruits d'un campement au-dessus du secteur sud de leur immense complexe.

Bruenor était celui qui avait proposé l'idée d'une deuxième bataille, en grande partie à cause de sa colère devant la perte imminente de ses proches amis autres que les nains. Peu de temps après que les derniers gobelins eurent été taillés en pièces, le chef du clan de Castelmithral rassembla l'ensemble des siens autour de lui :

—Envoyez quelqu'un au bout d'chaque tunnel, ordonna-t-il. Trouvez où qu'ces chiens s'terrent pour dormir.

Cette nuit-là, les bruits de pas des monstres se firent particulièrement entendre loin vers le sud, sous le champ qui entourait Bryn Shander. Les nains diligents commencèrent immédiatement à remettre en état les tunnels peu utilisés qui partaient dans cette direction. Quand ils parvinrent en dessous de l'armée, ils creusèrent dix conduits vers la surface, s'arrêtant à un cheveu de celle-ci.

Leurs yeux avaient retrouvé une lueur particulière : l'étincelle d'un nain sachant être sur le point de trancher quelques têtes de gobelins. Le plan retors de Bruenor offrait d'infinies possibilités de revanche pour un minimum de risque. En cinq minutes, ils pouvaient achever leurs nouvelles issues. Moins d'une minute après cela, l'ensemble de leur force pourrait émerger au milieu de l'armée endormie de Kessell.

⚔ ⚔ ⚔ ⚔ ⚔

La rencontre que Cassius avait désignée sous le nom de « conseil » tenait en réalité plus d'une assemblée publique durant laquelle le porte-parole de Bryn Shander pourrait dévoiler ses projets de riposte. Cependant, aucun des chefs réunis, même pas Glensather (le seul porte-parole présent), ne protesta. Cassius avait étudié chaque aspect du sorcier et de l'armée de gobelins retranchée en portant une attention méticuleuse à chaque détail, définissant l'agencement de l'ensemble des troupes et mettant en lumière les rivalités les plus explosives parmi les rangs des orques et des gobelins. Il avait également estimé le temps qui serait nécessaire pour que les luttes intestines affaiblissent suffisamment l'armée.

Chacun dans l'assistance était d'accord sur le fait que la pierre angulaire de ce siège était Cryshal-Tirith. Le pouvoir terrifiant de l'édifice de cristal soumettrait même le plus turbulent des orques à une obéissance inconditionnelle. Cependant, du point de vue de Cassius, la véritable question portait sur les limites de ce pouvoir.

—Pourquoi Kessell a-t-il autant insisté pour une reddition immédiate ? raisonna le porte-parole. Il pourrait nous laisser subir la tension du siège pendant quelques jours pour affaiblir notre résistance !

L'assistance approuva la logique du raisonnement de Cassius, sans avoir pourtant de réponse à lui apporter.

—Peut-être que Kessell n'a pas une maîtrise si absolue de ses troupes, proposa lui-même Cassius. Serait-il possible que le sorcier craigne que son armée se désintègre autour de lui s'il est freiné un moment ?

—C'est possible, répondit Glensather de Havre-du-Levant. Ou peut-être que Kessell perçoit simplement l'ampleur de l'avantage qu'il a sur nous et qu'il sait que nous n'avons d'autre choix que de nous conformer à ses désirs. Tu confonds peut-être confiance et préoccupation?

Cassius prit un moment pour réfléchir à la question.

— Une juste observation, dit-il enfin. Pourtant sans importance pour nos plans.

Glensather et plusieurs autres membres de l'assistance contemplèrent le porte-parole avec curiosité.

— Nous devons partir de ce postulat, expliqua Cassius. Si le sorcier a véritablement la maîtrise absolue de l'ensemble de son armée, alors tout ce que nous pourrons tenter d'entreprendre se révélera vain, dans tous les cas. Par conséquent, nous devons baser nos actions sur l'idée que l'impatience de Kessell repose sur des inquiétudes bien réelles.

» Je ne crois pas que le sorcier soit un stratège exceptionnel. Il s'est engagé sur la voie de la destruction, supposant que cela nous effraierait au point de nous soumettre, alors qu'en réalité, c'est ce qui a fortifié la détermination de bien des nôtres à se battre jusqu'au dernier. Des rivalités de longue date entre plusieurs des villes, une rancune que le chef avisé d'une armée d'envahisseurs aurait certainement tournée à son grand avantage, ont été effacées par le manque de finesse éhonté de Kessell et par ses démonstrations d'une brutalité outrancière.

Les regards attentifs qui se posaient sur Cassius lui confirmaient qu'il gagnait des soutiens de tous les côtés. Il cherchait à remplir deux objectifs dans cette réunion : convaincre les autres de suivre le pari qu'il était sur le point de révéler, et changer leur conception des choses en leur rendant quelque espoir.

— Notre peuple est là-bas, dit-il, son bras décrivant un large arc de cercle. Sur Maer Dualdon et sur le lac Dinneshere, les flottes se sont rassemblées, dans l'attente d'un signe de Bryn Shander attestant de notre soutien. Les habitants de Bon-Hydromel et de la Brèche de Dougan font de même sur le lac méridional, armés jusqu'aux dents et sachant fort bien que, dans cette lutte, il ne restera rien à sauver aux survivants si nous ne sommes pas victorieux! (Il se pencha par-dessus la table, attirant puis soutenant le regard de chacun des hommes qui étaient assis devant lui, avant de conclure d'un air grave :) Plus de maisons. Plus d'espoir pour nos femmes. Plus d'espoir pour nos enfants. Nulle part où s'enfuir.

Cassius continua d'appeler le reste de l'assistance au ralliement, bientôt soutenu par Glensather, qui avait plus ou moins deviné l'objectif du porte-parole et qui reconnaissait l'importance de remonter le moral général. Cassius attendit le moment opportun. Quand le désespoir fit place à la résolution de survivre sur le visage des chefs, il exposa son plan audacieux.

—Kessell a requis un émissaire, dit-il, et nous devons donc lui en envoyer un.

—Le choix le plus évident me paraît être toi ou moi, intervint Glensather. Lequel de nous deux cela devrait-il être ?

Un sourire sarcastique s'élargit sur le visage de Cassius.

—Aucun de nous deux, dit-il. L'un de nous serait un choix évident si nous comptions nous conformer aux exigences de Kessell. Mais nous avons une troisième option.

Il dirigea son regard droit sur Régis. Le halfelin se tortilla, mal à l'aise, devinant en partie ce que le porte-parole avait en tête.

—Il y a parmi nous quelqu'un qui est doté d'une réputation presque légendaire pour ses remarquables capacités de persuasion. Peut-être que son charme charismatique nous permettra de gagner un temps précieux dans nos négociations avec le sorcier.

Régis se sentit mal. Il s'était souvent demandé quand son rubis en pendentif allait le mettre dans une situation trop inextricable pour qu'il puisse s'en tirer.

Plusieurs autres membres de l'assistance regardaient Régis à présent, intrigués par la suggestion de Cassius. Les histoires à propos du charme et des capacités de persuasion du halfelin, ainsi qu'au sujet de l'accusation de Kemp lors du conseil quelques dizaines auparavant avaient été racontées et répétées dans chacune des villes, chaque conteur y allant de sa petite touche d'amélioration ou d'exagération pour accroître sa propre importance.

Bien que Régis n'ait pas été enchanté de perdre le pouvoir de son secret – les gens ne le regardaient plus que rarement dans les yeux à présent –, il en était venu à apprécier sa célébrité relative. Il n'avait pas réalisé qu'avoir tant de regards tournés vers sa personne pouvait avoir des conséquences négatives.

—Que ce soit le halfelin, l'ancien porte-parole de Bois Isolé, qui nous représente à la cour d'Akar Kessell, déclara Cassius à l'approbation quasi unanime de l'assemblée. Peut-être notre petit ami sera-t-il capable de convaincre le sorcier qu'il est dans l'erreur avec son comportement maléfique !

—Vous vous trompez ! protesta Régis. Ce ne sont que des rumeurs…

—L'humilité, l'interrompit Cassius, est une qualité de valeur, mon bon halfelin. Et nous tous rassemblés ici, nous apprécions la sincérité de tes doutes sur tes capacités, et nous en apprécions d'autant plus ta volonté de les mettre à l'épreuve contre Kessell quoi qu'il en soit !

Régis ferma les yeux et ne répondit rien, sachant que la motion serait adoptée avec ou sans son accord.

Ce fut le cas, sans un seul vote contestataire. Les assiégés étaient entièrement disposés à saisir au vol la moindre lueur d'espoir.

Cassius se dépêcha de conclure le conseil, car il pensait que les autres sujets – les problèmes de surpopulation et de détournement de nourriture – n'avaient que peu d'importance dans un moment pareil. Si Régis échouait, tout autre désagrément serait secondaire.

Régis garda le silence. Il avait assisté au conseil uniquement pour apporter son soutien à ses amis porte-parole. Quand il s'était assis à la table, il n'avait eu aucune intention de participer activement aux débats, sans parler de devenir la carte maîtresse du plan de défense.

Et c'est ainsi que la réunion fut ajournée. Cassius et Glensather échangèrent des clins d'œil entendus et triomphateurs, car tous quittaient la salle avec un peu plus d'optimisme.

Cassius retint Régis quand il se leva pour partir avec les autres. Le porte-parole de Bryn Shander ferma la porte derrière le dernier d'entre eux, souhaitant faire une mise au point privée avec le principal acteur des premières phases de son plan.

—Tu aurais pu m'en parler d'abord! grommela Régis dans le dos du porte-parole dès que la porte se fut refermée. Il me semble que la moindre des choses aurait été de me laisser l'occasion de faire mon propre choix dans cette affaire!

Cassius avait un visage grave quand il se retourna pour faire face au halfelin.

—Quel choix avons-nous, tous autant que nous sommes? demanda-t-il. Au moins, de cette façon, nous leur avons donné à tous un peu d'espoir.

—Tu me surestimes, protesta Régis.

—Peut-être que c'est toi qui te sous-estimes, dit Cassius. (Le halfelin savait bien que Cassius ne reviendrait pas sur son plan, néanmoins la confiance du porte-parole transmettait à Régis un esprit altruiste véritablement réconfortant.) Prions donc, dans notre intérêt commun, que la dernière éventualité soit la bonne, continua Cassius, allant s'asseoir à table. Mais je crois vraiment que c'est le cas. J'ai confiance en toi, même si ce n'est pas ton cas. Je me souviens bien de ce que tu as fait au porte-parole Kemp cinq ans auparavant, bien qu'il m'ait fallu entendre sa propre déclaration comme quoi il avait été manipulé pour comprendre la réalité de la situation. Une œuvre de persuasion magistrale, Régis de Bois Isolé, et d'autant plus que ce secret a été préservé si longtemps!

Régis rougit et lui concéda ce point.

— Et si tu peux t'en tirer avec quelqu'un d'aussi entêté que Kemp de Targos, Akar Kessell devrait te sembler une proie facile !

— Je suis d'accord avec l'idée que tu te fais de Kessell, comme un sous-homme dénué de force intérieure, dit Régis, mais les sorciers savent mettre au jour les artifices magiques. Et tu oublies le démon. Je ne tenterais même pas d'abuser un représentant de cette engeance !

— Espérons que tu n'auras pas affaire à lui, approuva Cassius en frémissant. Pourtant, je sens que tu dois te rendre à la tour et tenter de dissuader le sorcier. Si nous ne pouvons pas trouver un moyen de nous préserver de l'ensemble de l'armée jusqu'à ce que leurs troubles internes tournent en notre faveur, nous sommes assurément condamnés. Crois-moi, car je suis ton ami, quand je te dis que je ne te demanderais pas de t'exposer à pareil danger si je voyais une autre possibilité.

Une expression peinée perça clairement à travers la façade optimiste qu'avait adoptée jusqu'ici le porte-parole. Son inquiétude toucha Régis, comme le ferait un homme affamé réclamant de la nourriture à grands cris.

Au-delà de ses sentiments pour le porte-parole, Régis était forcé d'admettre la logique de son plan et l'absence d'autres possibilités à explorer. Kessell ne leur avait pas laissé beaucoup de temps pour se regrouper après la première attaque. En rasant Targos, le sorcier avait démontré sa capacité à détruire Bryn Shander de la même façon, et le halfelin avait peu de doutes sur le fait que Kessell mette son abominable menace à exécution.

Régis en vint à accepter son rôle comme étant leur seule option. Il était difficile de pousser le halfelin à l'action, mais une fois qu'il s'y était résolu, il tentait en général de faire de son mieux.

— Tout d'abord, commença-t-il, je dois te dire sous le sceau du secret que je dispose effectivement d'une assistance magique. (Une lueur d'espoir revint dans les yeux de Cassius. Il se pencha en avant, impatient d'en entendre plus, mais Régis le calma d'un geste de sa main déployée.) Tu dois cependant comprendre, expliqua le halfelin, que contrairement à ce qu'affirment certaines histoires, je n'ai pas le pouvoir d'altérer ce qu'une personne a dans le cœur. Je ne peux pas convaincre Kessell de se détourner de sa voie maléfique, pas plus que je n'ai pu convaincre le porte-parole Kemp de faire la paix avec Termalaine.

Il se leva de sa chaise capitonnée et se mit à marcher autour de la table, les mains derrière le dos. Cassius le regardait dans une attente incertaine, incapable de comprendre où voulait en venir exactement le halfelin en admettant puis en démentant son pouvoir.

— Parfois, cependant, je parviens effectivement à faire en sorte que quelqu'un voie les choses sous une autre perspective, admit Régis.

Comme l'incident auquel tu as fait référence, quand j'ai convaincu Kemp que le fait de suivre un point de vue particulier pourrait en fait l'aider à réaliser ses propres aspirations.

» Alors, dis-moi encore, Cassius, tout ce que tu as appris sur le sorcier et sur son armée. Voyons si nous pouvons découvrir un moyen de faire douter Kessell de ce en quoi il croit vraiment !

L'éloquence du halfelin stupéfia le porte-parole. Même s'il n'avait pas regardé Régis dans les yeux, il pouvait voir l'étincelle de vérité dans ces récits qu'il avait toujours supposé être exagérés.

— Nous savons grâce aux échanges de signaux que Kemp a pris le commandement des armées subsistantes des quatre villes sur Maer Dualdon, expliqua Cassius. De même pour Jensin Brent et Schermont sur le lac Dinneshere, et si l'on rajoute les flottes sur Eaux-Rouges, l'ensemble devrait effectivement constituer une puissante armée !

» Kemp a déjà fait vœu de vengeance, et je doute qu'aucun des autres réfugiés nourrisse la moindre pensée de se rendre ou de s'enfuir.

— Où pourraient-ils aller ? marmonna Régis.

Il regarda piteusement Cassius, qui n'avait aucun mot de réconfort à lui offrir. Cassius avait fait une présentation pleine de confiance et d'optimisme pour les personnes présentes au conseil et pour la population de la ville, mais il ne pouvait pas regarder Régis dans les yeux à cet instant et lui faire de vaines promesses.

Glensather fit brusquement irruption dans la pièce.

— Le sorcier est revenu sur le champ, cria-t-il. Il a réclamé notre émissaire – et les lumières de la tour ont réapparu !

Ils se ruèrent tous les trois hors du bâtiment, Cassius récapitulant les informations les plus pertinentes.

Régis le fit taire :

— Je suis prêt, lui assura-t-il. Je ne sais pas si ton plan invraisemblable a la moindre chance de marcher, mais je te donne ma parole que je ferai tout mon possible pour que la manipulation fonctionne.

Ils arrivèrent à la porte de la ville.

— Il faut que ça marche, dit Cassius, en donnant une tape sur l'épaule de Régis. C'est notre seul espoir.

Il commença à s'éloigner, mais Régis avait une dernière question pour laquelle il avait besoin d'une réponse.

— Et si je découvre que Kessell est au-delà de mon influence ? demanda-t-il d'un air grave. Que dois-je faire si la manipulation échoue ?

Cassius regarda autour de lui les centaines de femmes et d'enfants qui se serraient les uns contre les autres pour se protéger du vent glacé dans les parties communes.

— Si notre plan échoue, commença-t-il lentement, si Kessell ne peut pas être dissuadé d'utiliser le pouvoir de la tour contre Bryn Shander (Il s'interrompit de nouveau, uniquement pour retarder le moment de s'entendre prononcer ses dernières paroles :) tu devras alors capituler au nom de la ville sur mon ordre personnel.

Cassius se détourna et se dirigea vers les parapets pour assister à la confrontation cruciale. Régis n'attendit pas plus longtemps, car il savait qu'à la moindre hésitation il changerait d'avis et partirait en courant se cacher dans un coin sombre de la cité. Avant même d'avoir eu l'occasion d'y réfléchir, il avait passé la porte et descendait la colline vers l'image du sorcier qui l'attendait.

Akar Kessell était de nouveau apparu entre deux miroirs portés par des trolls et se tenait debout, les bras croisés, tapant impatiemment du pied. Son expression menaçante et malveillante donnait à Régis la nette impression que le sorcier, dans un accès de fureur, allait le terrasser avant même qu'il ait atteint le bas de la colline. Mais le halfelin se devait de garder les yeux rivés sur Kessell pour pouvoir seulement continuer de se rapprocher. Les trolls affreux le dégoûtaient et le révulsaient plus que n'importe quelle autre créature, et il eut besoin de toute sa volonté pour s'approcher d'eux. Même de la porte de la ville, il pouvait sentir l'odeur infecte et putride de leur pestilence.

Mais il trouva le moyen de parvenir jusqu'aux miroirs et se retrouva debout devant le sorcier.

Kessell étudia l'émissaire pendant un bon moment. Il ne s'était certainement pas attendu qu'un halfelin représente la cité et il se demanda pourquoi Cassius n'était pas venu en personne pour une rencontre si importante.

— Viens-tu devant moi en tant que représentant officiel de Bryn Shander et de tous ceux qui résident actuellement derrière ses murs ?

Régis acquiesça.

— Je suis Régis de Bois Isolé, répondit-il, un ami de Cassius et un ancien membre du Conseil des dix. J'ai été désigné pour parler au nom de toutes les personnes présentes dans la cité.

Les yeux de Kessell s'étrécirent devant la perspective de sa victoire.

— Et m'amènes-tu le message de leur reddition inconditionnelle ?

Régis remua, mal à l'aise, bougeant de façon à ce que son rubis se mette à tournoyer devant sa poitrine au bout de son pendentif.

— Je souhaiterais tenir un conseil privé avec vous, puissant sorcier, pour que nous puissions discuter des clauses de l'accord.

Les yeux de Kessell s'écarquillèrent. Il regarda Cassius en haut du mur.

— J'avais dit «inconditionnelle!», brailla-t-il. (Derrière lui, les lumières de Cryshal-Tirith commencèrent à tournoyer et à s'amplifier.) Vous allez maintenant être les témoins de la folie de votre insolence!

— Attendez! supplia Régis en sautillant devant lui pour recapter l'attention du sorcier. Il y a des choses dont vous devriez avoir conscience avant que tout soit décidé!

Kessell ne prêtait pas une grande attention aux divagations du halfelin, mais le rubis qu'il portait en pendentif attira tout à coup son regard. Malgré la protection que lui offrait la distance qui séparait son corps physique de l'image qu'il en projetait, il trouva le joyau fascinant.

Régis ne put retenir son envie de sourire, quoique très légèrement, quand il s'aperçut que les yeux du sorcier ne cillaient plus.

— J'ai des informations que, j'en suis sûr, vous trouverez précieuses, dit doucement le halfelin.

Kessell lui fit signe de continuer.

— Pas ici, chuchota Régis. Il y a trop d'oreilles curieuses aux alentours. Ce que j'ai à dire ne ferait pas plaisir à certains des gobelins ici rassemblés!

Kessell considéra les paroles du halfelin pendant un moment. Il se sentait étrangement amorphe pour une raison qu'il ne pouvait pas encore comprendre.

— Très bien, halfelin, convint-il. J'entendrai tes paroles.

Dans un éclair et un nuage de fumée, le sorcier s'était évaporé.

Régis reporta les yeux vers ceux qui se tenaient en haut du mur par-dessus son épaule et il hocha la tête.

Sous un ordre télépathique en provenance de la tour, les trolls réorientèrent les miroirs pour refléter Régis. En un second éclair et un autre nuage de fumée, Régis s'était évaporé lui aussi.

Du haut du mur, Cassius hocha la tête en réponse au signe du halfelin, bien que Régis ait déjà disparu. Le porte-parole respirait un peu mieux, réconforté par le dernier regard que lui avait lancé Régis, et par le fait que Bryn Shander soit encore debout alors que le soleil était en train de se coucher. Si sa supposition, fondée sur le moment choisi par le sorcier pour ses actions, était exacte, Cryshal-Tirith tirait la majeure partie de son énergie de la lumière du soleil.

Il semblait que son plan leur avait accordé au moins une nuit de plus.

⚔ ⚔ ⚔ ⚔ ⚔

Malgré sa vision trouble, Drizzt reconnut la forme noire qui flottait au-dessus de lui. Le drow s'était cogné la tête quand il avait été projeté par la garde du cimeterre. Guenhwyvar, bien qu'elle eût elle aussi souffert dans le combat avec Errtu, avait veillé silencieusement sur lui pendant les longues heures durant lesquelles le drow était resté sans connaissance.

Drizzt roula en position assise et essaya de retrouver ses repères. Au départ, il pensa que l'aube pointait, mais il se rendit compte ensuite que la faible lumière du soleil venait de l'ouest. Il était resté évanoui pendant la plus grande partie de la journée, complètement épuisé, car le cimeterre avait sapé son énergie vitale durant son combat contre le démon.

Guenhwyvar paraissait encore plus exténuée. L'épaule de la panthère pendait, démise dans sa collision avec le mur de pierre, et Errtu avait profondément entaillé une de ses pattes antérieures.

Plus que les blessures, cependant, c'était la fatigue qui pesait sur la bête magique. Elle avait dépassé le temps limite de présence dans le plan Matériel habituel de plusieurs heures. Le lien entre sa demeure planaire et celle du drow n'était plus maintenu que par sa propre énergie magique, et chaque minute supplémentaire qu'elle passait dans ce monde sapait un peu plus ses forces.

Drizzt caressa tendrement son cou musclé. Il comprenait le sacrifice que Guenhwyvar avait fait pour son bien, et il aurait voulu respecter les besoins de l'animal et la renvoyer dans son propre monde.

Mais il ne pouvait pas. Si la panthère repartait dans son propre plan, il lui faudrait des heures pour retrouver la force requise pour rétablir un lien vers le monde matériel. Et il avait besoin d'elle maintenant.

— Reste encore un peu, l'implora-t-il.

La bête fidèle s'allongea à côté de lui sans une once de protestation. Drizzt la regarda avec compassion et lui caressa de nouveau le cou. Comme il lui tardait de libérer la panthère de son service ! Mais il ne pouvait pas.

D'après ce qu'Errtu lui avait dit, la porte de Cryshal-Tirith n'était invisible qu'aux yeux des êtres du plan Matériel.

Drizzt avait besoin des yeux de la panthère.

28

Un mensonge au cœur d'un mensonge

Régis se frotta les yeux pour dissiper la rémanence de l'éclair aveuglant et se retrouva de nouveau face au sorcier. Kessell était affalé sur un trône de cristal, son dos appuyé contre l'un de ses bras et ses jambes pendant nonchalamment par-dessus l'autre. Ils étaient dans une pièce de cristal carrée, d'apparence lisse, mais paraissant solide comme la pierre. Régis sut immédiatement qu'il se trouvait à l'intérieur de la tour. La pièce était remplie de dizaines de miroirs richement ornés et de formes étranges. L'un d'eux en particulier (le plus grand et le plus décoratif) attira le regard du halfelin, car un feu brûlait au sein de ses profondeurs. Au début, Régis regarda en face du miroir, s'attendant à voir la source de l'image, mais il s'aperçut alors que les flammes n'étaient pas un reflet, mais un événement concret, qui se produisait dans la dimension propre au miroir.

— Bienvenue dans ma demeure, dit le sorcier en riant. Tu devrais te considérer privilégié d'être le témoin de sa splendeur !

Mais Régis avait les yeux rivés sur Kessell, l'examinant soigneusement, car les intonations de la voix du sorcier ne ressemblaient pas au bredouillement caractéristique de ceux qu'il avait hypnotisés avec le rubis.

— Tu me pardonneras ma surprise lors de notre rencontre, continua Kessell. Je ne m'attendais pas que les hommes vigoureux des Dix-Cités envoient un halfelin s'acquitter de leur tâche !

Il rit de nouveau, et Régis sut que quelque chose avait rompu le charme qu'il avait jeté sur le sorcier quand ils étaient dehors.

Le halfelin pouvait deviner ce qui s'était passé. Il pouvait sentir le pouvoir qui palpitait dans la pièce ; il était évident que Kessell en tirait sa force. Quand sa psyché s'était trouvée à l'extérieur, le sorcier

291

avait été vulnérable à la magie de la pierre précieuse, mais à l'intérieur sa force était nettement au-delà de l'influence du rubis.

— Tu as dit que tu avais des informations à me communiquer, demanda brusquement Kessell. Parle maintenant, et dis-moi tout, ou je te ferai subir une mort particulièrement déplaisante!

Régis bégaya, tentant d'improviser un récit de rechange. Les mensonges insidieux qu'il avait prévu de tramer seraient de peu d'effet sur le sorcier insensible à son sort. En fait, ils pouvaient bien, par leurs déficiences manifestes, révéler une bonne partie des véritables stratégies de Cassius.

Kessell se redressa sur son trône et se pencha vers le halfelin, le regard menaçant:

— Parle! ordonna-t-il d'un ton égal.

Régis sentit une volonté de fer s'insinuer au sein de l'ensemble de ses pensées, le contraignant d'obéir à chacun des ordres de Kessell. Il sentit pourtant que cette force dominatrice n'émanait pas du sorcier. Elle semblait plutôt venir d'une source extérieure, peut-être d'un objet invisible que le sorcier manipulait de temps en temps dans l'une des poches de sa tunique.

Toutefois, l'espèce des halfelins possédait une forte résistance naturelle à ce type de magie, et une contre-force – la pierre précieuse – aida Régis à se défendre contre cette volonté insidieuse et à la repousser petit à petit. Une idée soudaine vint à Régis. Il avait certainement vu suffisamment de personnes tomber sous le charme de son propre sort pour être capable d'imiter leur attitude révélatrice. Il s'avachit un peu, comme s'il se sentait soudainement très à l'aise, et il tourna un regard vide vers un coin de la pièce, derrière l'épaule de Kessell. Il sentit ses yeux s'assécher, mais résista à la tentation de ciller.

— Que désirez-vous savoir? répondit-il mécaniquement.

Kessell s'affala de nouveau avec assurance.

— Dis-moi « maître Kessell » quand tu t'adresses à moi, ordonna-t-il.

— Que désirez-vous savoir, maître Kessell?

— Bien, dit le sorcier avec un petit sourire d'autosatisfaction. Admets la vérité, halfelin, l'histoire qu'on t'a envoyé me raconter était une supercherie.

Pourquoi pas? pensa Régis. (Un mensonge à base de vérité serait d'autant plus crédible.)

— Oui, répondit-il. Pour vous faire croire que vos alliés les plus fidèles complotent contre vous.

— Et dans quelle intention? insista Kessell, tout à fait satisfait de lui-même. Les gens de Bryn Shander savent sûrement que je pourrais aisément les écraser même sans le moindre allié. Cela me semble être un plan bien ténu.

— Cassius n'a aucune intention de tenter de vous vaincre, maître Kessell, dit Régis.

— Alors pourquoi es-tu ici ? Et pourquoi Cassius n'a-t-il pas simplement livré la ville comme je l'ai réclamé ?

— J'ai été envoyé pour semer le doute, répondit Régis, improvisant à l'aveuglette pour continuer d'intriguer et d'occuper Kessell. (Derrière les paroles qu'il prononçait, il tentait d'échafauder un plan alternatif quelconque.) Cela afin de donner à Cassius plus de temps pour poser les premiers jalons de son véritable plan d'action.

Kessell se pencha en avant.

— Et que pourrait donc être ce plan d'action ?

Régis marqua une pause, à la recherche d'une possible réponse.

— Tu ne peux pas me résister ! hurla Kessell. Ma volonté est trop puissante ! Réponds, où je devrai arracher la vérité de ton esprit !

— Pour s'enfuir, laissa échapper Régis, et après ces paroles, plusieurs éventualités s'offrirent à lui.

Kessell se rallongea.

— Impossible, répondit-il avec désinvolture. Mon armée tient trop fermement chacune de ses positions pour que les humains forcent leur barrage.

— Peut-être pas si fermement que vous le pensez, maître Kessell.

Il savait maintenant exactement sur quelle voie s'engager. Un mensonge au cœur d'un autre mensonge. Il aima la formule.

— Explique-toi, ordonna Kessell, une ombre d'inquiétude passant sur son visage.

— Cassius a des alliés dans vos rangs.

Le sorcier bondit de son fauteuil en tremblant de fureur. Régis s'émerveilla que sa comédie fonctionne avec une telle efficacité. Il se demanda un instant si l'une de ses victimes avait jamais ainsi renversé la supercherie à son avantage ; mais il préféra remettre à plus tard cette troublante réflexion.

— Les orques vivent parmi les habitants des Dix-Cités depuis plusieurs mois maintenant, continua Régis. En fait, une des tribus a tissé des liens commerciaux avec les pêcheurs. Eux aussi ont répondu à votre appel pour prendre les armes, mais ils sont restés fidèles à Cassius, pour peu que certains membres de cette engeance soient véritablement capables de faire preuve de loyauté. Au moment même où ton armée creusait des retranchements dans le champ autour de Bryn Shander, les premières communications étaient échangées entre le chef des orques et les messagers qui s'étaient faufilés hors de la ville, des orques eux aussi.

Kessell se lissa les cheveux en arrière et frotta nerveusement ses mains sur son visage. Était-il possible que son armée recèle une faiblesse cachée ?

Non, personne n'oserait s'opposer à Akar Kessell ! Mais quand bien même, si certains d'entre eux complotaient contre lui – s'ils complotaient tous contre lui, le saurait-il ? Et où était donc Errtu ? Le démon pouvait-il être derrière tout cela ?

—Quelle tribu ? demanda-t-il doucement à Régis, son ton révélant au halfelin qu'il était mortifié par sa nouvelle.

Régis entraîna le sorcier plus loin dans la supercherie.

—Le groupe que vous avez envoyé mettre la ville de Bremen à sac, les orques de la Langue Tranchée, dit-il, voyant avec satisfaction le sorcier écarquiller les yeux. Ma tâche était simplement de vous empêcher d'entreprendre quelque action que ce soit contre Bryn Shander avant la tombée de la nuit, car les orques devraient revenir avant l'aube, soi-disant pour reprendre la position qui leur a été assignée, mais en vérité pour ouvrir une brèche sur votre flanc ouest. Cassius emmènera la population vers la toundra ouverte par la pente orientale. Ils espèrent juste vous désorganiser suffisamment longtemps pour les laisser prendre une bonne longueur d'avance. Vous seriez alors obligé de les poursuivre jusqu'à Luskan !

Il y avait beaucoup de points faibles manifestes dans ce plan, mais cela semblait être un risque que les victimes d'une situation si désespérée seraient prêtes à courir.

Kessell frappa le bras de son fauteuil du poing.

—Les imbéciles ! gronda-t-il.

Régis respira un peu mieux. Kessell était convaincu.

—Errtu ! cria tout à coup le sorcier, ignorant que le démon avait été banni du monde.

Il n'y eut pas de réponse.

—Oh, satané démon ! le maudit-il. Tu n'es jamais dans les parages quand j'ai besoin de toi !

Il se tourna vers Régis.

—Toi, tu attends ici. J'aurai encore beaucoup d'autres questions à te poser plus tard ! (Les flammes grondantes de sa colère bouillonnaient diaboliquement.) Mais d'abord, je dois parler avec certains de mes généraux. Je vais apprendre aux orques de la Langue Tranchée à s'opposer à moi !

En vérité, les observations de Cassius avaient catalogué les orques de la Langue Tranchée comme les partisans les plus fanatiques de Kessell.

Un mensonge au cœur d'un mensonge.

Sur les eaux de Maer Dualdon, plus tard dans la soirée, les flottes réunies des quatre villes regardèrent avec méfiance un second groupe de monstres se détacher de l'armée principale et se diriger dans la direction de Bremen.

—C'est curieux, dit Kemp à Muldoon de Bois Isolé et au porte-parole de Bremen, qui se tenaient à ses côtés sur le pont du vaisseau amiral de Targos. Toute la population de Bremen se trouvait sur le lac. Il était certain que le premier groupe d'orques, après les premiers tirs de flèches, n'avait rencontré aucune résistance ultérieure dans la cité. Et Bryn Shander était indemne. Pourquoi, alors, le sorcier désirait-il étendre encore plus loin la portée de son pouvoir?

—Cet Akar Kessell me laisse perplexe, dit Muldoon. Ou son génie est au-delà de mon entendement, ou bien il fait vraiment d'énormes erreurs tactiques!

—Supposons que la seconde possibilité soit la bonne, exposa Kemp avec optimisme, car tout ce que nous pourrions tenter serait vain si c'était la première!

Ils continuèrent donc à repositionner leurs guerriers pour une frappe opportune, utilisant une stratégie analogue à celle des armées des deux autres lacs en déplaçant leurs enfants et leurs femmes dans les bateaux restants amarrés dans le port jusqu'ici épargné de Bois Isolé.

Sur les murs de Bryn Shander, Cassius et Glensather observèrent la division des forces de Kessell avec une meilleure compréhension de la situation.

—Voilà qui est fait de main de maître, halfelin, chuchota Cassius dans le vent nocturne.

En souriant, Glensather posa une main apaisante sur l'épaule de son confrère porte-parole.

—Je vais aller en informer nos commandants de terrain, dit-il. Si le moment de passer à l'attaque se présente à nous, nous devons être prêts!

Cassius serra la main de Glensather et hocha la tête pour exprimer son approbation. Comme le porte-parole de Havre-du-Levant s'éloignait à vive allure, Cassius se pencha par-dessus le rebord de la muraille, posant un regard furieux et déterminé sur les murs maintenant assombris de Cryshal-Tirith. Entre ses dents serrées, il déclara ouvertement:

—Ce moment va venir!

De son poste d'observation sur les hauteurs du Cairn de Kelvin, Drizzt avait lui aussi assisté à la brusque partition de l'armée de monstres. Il venait juste de terminer les derniers préparatifs pour son courageux assaut sur Cryshal-Tirith quand les points lumineux distants d'une grande quantité de torches s'élancèrent vers l'ouest. Guenhwyvar et lui s'assirent en silence et étudièrent la situation pendant un petit moment, tentant de dégager des indices sur ce qui avait pu susciter une telle manœuvre.

Rien de bien clair ne se dégagea, mais il devait se dépêcher car la nuit avançait. Il ne savait pas si cette dernière manœuvre serait utile ou perturbatrice, car elle avait clairsemé les rangs sur le campement, mais elle avait aussi mis le reste des monstres en état d'alerte maximum. Mais il savait que le peuple de Bryn Shander ne pouvait se permettre d'attendre. Il commença à descendre le sentier de montagne, l'énorme panthère silencieuse dans son sillage.

Il mit peu de temps à arriver en bas, sur terrain découvert, et il entama sa course précipitée pour traverser le Plateau de Bremen. S'il s'était arrêté pour examiner les environs, ou s'il avait posé l'une de ses oreilles à l'ouïe fine sur le sol, il aurait pu entendre, en provenance du nord de la toundra dégagée, le grondement distant d'une autre armée en approche.

Mais le drow était concentré sur le sud, focalisant son regard sur les ténèbres qui l'attendaient, tandis qu'il se hâtait vers Cryshal-Tirith. Il voyageait léger, ne portant que les objets qu'il pensait essentiels pour mener à bien sa tâche. Il avait ses cinq armes : ses deux cimeterres engainés sur les hanches, une dague passée dans sa ceinture au milieu du dos et deux couteaux dissimulés dans ses bottes. Son symbole sacré et sa bourse pendaient autour de son cou et un petit sac de farine, reste du raid sur le repaire des géants, était toujours accroché à sa ceinture – c'était un choix à valeur sentimentale, un rappel réconfortant des aventures périlleuses qu'il avait partagées avec Wulfgar.

Il avait laissé dans sa cachette toutes ses autres fournitures, son sac à dos, sa corde, ses peaux de bête imperméables et les autres objets essentiels à la survie dans la toundra rigoureuse.

Il entendit les cris des ripailles des gobelins quand il longea la périphérie orientale de Termalaine.

— Frappez maintenant, marins de Maer Dualdon, dit le drow à voix basse.

Mais quand il y réfléchit plus avant, il fut heureux que les bateaux soient restés sur le lac. Même si ses marins parvenaient à s'introduire dans la cité et à s'abattre en un rien de temps sur les monstres, ils ne pouvaient se permettre les pertes qu'ils subiraient. Termalaine pouvait attendre ; il y avait une bataille encore plus importante à mener.

Drizzt et Guenhwyvar s'approchèrent du périmètre extérieur du campement principal de Kessell. Le drow fut soulagé de voir qu'apparemment le tumulte au sein du camp s'était apaisé. Un orque solitaire montait la garde, péniblement appuyé sur sa lance, observant sans enthousiasme les ténèbres désertes de l'horizon septentrional. Mais même s'il avait été méfiant, il n'aurait pas remarqué l'approche furtive de deux silhouettes plus noires que l'obscurité de la nuit.

Un ordre retentit quelque part au loin.

—Au rapport!

—Rien à signaler! répondit le garde.

Drizzt écouta tandis que la vérification était réitérée en plusieurs endroits distants. Il fit signe à Guenhwyvar de rester en arrière, puis avança à pas de loup jusqu'à un jet de pierre du garde.

L'orque fatigué n'entendit même pas le sifflement de la dague qui venait vers lui.

Et puis Drizzt fut à côté de lui, amortissant silencieusement sa chute dans l'obscurité. Le drow retira sa dague de la gorge de l'orque et allongea doucement sa victime sur le sol. Guenhwyvar et lui repartirent, furtives ombres de la mort.

Ils s'étaient introduits au travers de la seule rangée de gardes qui avait été positionnée au nord du périmètre et avançaient maintenant aisément, bien qu'avec précaution, au milieu du campement endormi. Drizzt aurait pu tuer des dizaines d'orques et de gobelins, et même un verbeeg, quoique le brusque arrêt de ses ronflements sonores aurait pu attirer l'attention, mais il ne pouvait pas se permettre de ralentir le pas. Chaque minute qui passait épuisait un peu plus Guenhwyvar, et les premiers signes d'un second ennemi, l'aube, commençaient à apparaître dans le ciel oriental.

Les espoirs du drow s'étaient considérablement accrus en se rapprochant de son but, mais il fut consterné quand il arriva sur Cryshal-Tirith. Un groupe d'ogres prêt à en découdre montait la garde en entourant complètement la tour, bloquant tout passage.

Il s'accroupit derrière la panthère, indécis quant à ce qu'ils devaient faire. Pour s'échapper de l'immense étendue du campement avant que l'aube les expose, ils devraient s'enfuir en revenant sur leurs pas. Drizzt doutait que Guenhwyvar, dans son état pitoyable, puisse même tenter une telle option. Pourtant, continuer signifiait livrer une bataille perdue d'avance avec un groupe d'ogres. Ce dilemme semblait ne pas avoir de solution.

Puis quelque chose se produisit dans le secteur nord-est du campement, qui ouvrit un chemin aux compagnons furtifs. Des cris d'alarme soudains s'élevèrent, entraînant les ogres à quelques grandes enjambées de leurs postes. Drizzt pensa au début que le garde assassiné avait été découvert, mais les cris provenaient de plus loin vers l'est.

Le fracas du métal sur le métal retentit bientôt dans l'air du crépuscule matinal. Une bataille s'était engagée. *Des tribus rivales*, supposa Drizzt, bien qu'il ne puisse pas apercevoir les combattants à cette distance.

Sa curiosité n'était pas piquée au vif, toutefois. Les ogres indisciplinés s'étaient encore éloignés des positions qui leur avaient été assignées. Et Guenhwyvar avait trouvé la porte de la tour. Les deux compagnons n'hésitèrent pas une seconde.

Les ogres ne remarquèrent même pas les deux ombres qui pénétraient dans la tour derrière eux.

⚔ ⚔ ⚔ ⚔ ⚔

Une sensation étrange, comme une vibration bourdonnante, envahit Drizzt quand il passa l'entrée de Cryshal-Tirith, comme s'il s'était introduit dans les entrailles d'une entité vivante. Il continua pourtant sa route dans le sombre couloir qui menait jusqu'au rez-de-chaussée de la tour, s'émerveillant de l'étrange matériau cristallin qui composait l'édifice du sol au plafond.

Il se retrouva dans une pièce carrée, le rez-de-chaussée de la structure à trois étages. C'était souvent dans cette salle que Kessell rencontrait ses généraux de terrain, la salle d'audience principale du sorcier pour tous, ses hauts commandants exceptés.

Drizzt scruta les silhouettes noires qui l'entouraient et les ombres plus sombres qu'elles créaient dans la pièce. Bien qu'il ne perçoive aucun mouvement, il sentait qu'il n'était pas seul. Il savait que Guenhwyvar partageait son sentiment d'inquiétude, car le noir manteau de fourrure de sa nuque s'était hérissé, et la panthère laissa échapper un grognement sourd.

Kessell considérait cette pièce comme une zone tampon entre sa personne et la cohue du monde extérieur. C'était le seul endroit de la tour où il venait rarement. C'était là qu'Akar Kessell logeait ses trolls.

29

D'AUTRES OPTIONS

Les nains de Castelmithral achevèrent la première de leurs issues secrètes peu après le coucher du soleil. Bruenor fut le premier à monter en haut de l'échelle et, dissimulé sous une motte de gazon, il jeta un coup d'œil furtif à l'extérieur sur l'installation de l'armée de monstres. Les nains étaient des mineurs si experts qu'ils avaient été capables de creuser un conduit juste au milieu d'un important groupe de gobelins et d'ogres sans les alerter.

Bruenor souriait quand il redescendit pour rejoindre les membres de son clan.

— Finissez les neuf autres, ordonna-t-il en repartant dans le tunnel avec Catti-Brie. Ce soir, l'sommeil s'ra agité pour certains des gars de Kessell ! déclara-t-il en tapotant la tête de la hache qu'il portait à sa ceinture.

— Quel rôle ai-je à jouer dans la bataille qui s'annonce ? demanda Catti-Brie quand ils s'éloignèrent des autres nains.

— Tu d'vras actionner les leviers et faire s'écrouler les tunnels si un d'ces pourceaux parvient en bas, répondit Bruenor.

— Et si vous êtes tous tués sur ce champ ? raisonna Catti-Brie. Me retrouver toute seule enterrée dans ces tunnels ne me paraît pas très prometteur.

Bruenor secoua sa barbe rousse. Il n'avait pas considéré cette éventualité, se figurant seulement que, si son clan et lui étaient taillés en pièces, sur le champ de bataille, Catti-Brie serait suffisamment en sécurité derrière les tunnels effondrés. Mais comment pourrait-elle vivre toute seule ici bas ? Quel serait le prix à payer pour sa survie ?

— Tu veux pas sortir et t'battre, alors ? Tu t'en sors assez bien avec une épée, et j'serais juste à côté d'toi ?

Catti-Brie réfléchit un moment à la proposition.

— Je vais m'en tenir aux leviers, décida-t-elle. Tu seras suffisamment occupé à prendre garde à ta propre tête là-haut. Et quelqu'un doit bien rester là pour faire s'écrouler les tunnels ; nous ne pouvons pas laisser les gobelins revendiquer nos demeures !

» De plus, ajouta-t-elle avec un sourire, c'était idiot de ma part de m'inquiéter. Je sais que tu me reviendras, Bruenor. Jamais tu ne m'as fait défaut, ni toi ni aucun membre de ton clan !

Elle embrassa le nain sur le front et s'éloigna d'un pas sautillant.

Bruenor sourit à la silhouette qui s'éloignait.

— T'es vraiment une brave fille, ma Catti-Brie, murmura-t-il.

La besogne fut achevée quelques heures plus tard. Les conduits avaient été creusés et l'ensemble du complexe de tunnels équipé afin de s'effondrer pour couvrir toute possible retraite ou prévenir toute incursion de gobelins. Tous les membres du clan formèrent les rangs en bas des dix conduits, le visage soigneusement barbouillé de suie et leurs lourdes armes et armures dissimulées sous plusieurs couches de vêtements sombres. Bruenor monta le premier pour examiner la zone. Tout autour de lui, les ogres et les gobelins s'étaient couchés pour la nuit.

Il était sur le point de donner le signal de l'attaque à ses semblables quand un brusque remue-ménage agita le campement. Bruenor resta en haut du conduit, sa tête sous la motte de gazon (ce qui fit qu'un gobelin lui marcha dessus au passage), tentant de comprendre ce qui avait alerté les monstres. Il entendit que l'on criait des ordres puis le fracas d'une armée en plein rassemblement.

D'autres cris suivirent, appelant à la mort de la Langue Tranchée. Bien qu'il n'ait jamais entendu ce nom auparavant, le nain devina aisément que c'était celui d'une tribu.

— Alors, ils s'battent entre eux, pas vrai ? murmura-t-il doucement, en gloussant. Comprenant que l'assaut des nains devrait attendre, il redescendit l'échelle.

Mais le clan, déçu de ce report, ne se dispersa pas. Ils étaient fermement décidés à ce que leur tâche soit menée à bien. Ils attendirent donc.

La moitié de la nuit s'était déjà écoulée et les bruits de mouvements s'élevaient toujours depuis le campement. Cependant, l'attente n'émoussait en rien la ferme résolution des nains. Au contraire, ce sursis aiguisait leur force, amplifiant leur soif de sang de gobelin. Ces guerriers étaient également des forgerons, des artisans qui passaient de longues heures à rajouter une seule écaille à une statue de dragon. Ils savaient être patients.

Finalement, quand tout fut de nouveau silencieux, Bruenor remonta l'échelle. Avant même qu'il ait passé sa tête sous le gazon, il entendit le bruit réconfortant de respirations régulières et de ronflements sonores.

Sans plus attendre, le clan se glissa hors des tunnels et commença méthodiquement sa besogne meurtrière. Ils ne goûtaient guère leur rôle d'assassins, préférant se battre épée contre épée, mais ils comprenaient la nécessité de ce type de raid, et la vie de ces racailles de gobelins n'avait absolument aucune valeur pour eux.

Petit à petit, la zone devint plus silencieuse au fur et à mesure que de plus en plus de monstres entraient dans le sommeil muet de la mort. Les nains se concentrèrent d'abord sur les ogres, au cas où leur attaque serait découverte avant qu'ils aient pu faire beaucoup de dégâts. Mais une telle stratégie n'était pas nécessaire. Plusieurs minutes s'écoulèrent sans représailles.

Le temps qu'un des gardes s'aperçoive de ce qui se passait et parvienne à pousser un cri d'alarme, le sang de plus d'un millier des soldats de Kessell imprégnait le champ.

Des cris s'élevèrent autour d'eux, mais Bruenor n'appela pas à battre en retraite.

—En formation! ordonna-t-il. Serrez les rangs autour des tunnels!

Il savait que la première vague de contre-attaque serait désorganisée et mal préparée.

Les nains prirent une formation défensive serrée et eurent peu de mal à abattre les gobelins. La hache de Bruenor fut marquée de nombreuses entailles supplémentaires avant qu'un gobelin tente de lui assener le moindre coup.

Cependant, les forces de Kessell s'organisèrent peu à peu. Ils arrivèrent sur les nains dans leurs propres formations et, l'alerte ayant été donnée, leur nombre grandissant commença à peser lourdement sur les auteurs du raid. Puis ils furent rejoints par la garde d'élite de la tour de Kessell, des orques, qui arrivaient à toute allure. Les premiers nains à se replier, les experts en matière de tunnels qui devaient effectuer les derniers préparatifs pour l'effondrement prévu, posèrent leurs pieds bottés sur les premiers échelons des échelles dans les conduits. La fuite dans les tunnels serait une opération délicate, et une diligence efficace serait le facteur décisif de sa réussite ou de son échec.

Mais, contre toute attente, Bruenor ordonna à ses experts en tunnels de ressortir des puits et les nains tinrent leurs positions.

Il avait entendu les premières notes d'un chant ancien, un chant qui, quelques années auparavant à peine, l'aurait rempli d'effroi. Mais à présent, il faisait gonfler son cœur d'espoir.

Il reconnaissait la voix qui entraînait les autres dans les paroles stimulantes.

Un bras tranché à la chair pourrie s'écrasa sur le sol, encore une autre victime des cimeterres vrombissants de Drizzt Do'Urden.

Mais les trolls intrépides s'accumulaient.

Drizzt aurait dû savoir qu'ils étaient là dès son entrée dans la pièce carrée car il leur était difficile de se cacher à cause de leur pestilence épouvantable. Mais ces trolls ne se trouvaient pas dans la salle au moment où le drow y était entré. Quand Drizzt s'était avancé dans la pièce, il avait déclenché une alarme magique qui avait baigné la zone de lumière ensorcelée, le signalant aux gardiens. Ils pénétrèrent dans la salle par les miroirs magiques que Kessell avait placés comme postes de garde partout dans la pièce.

Drizzt avait déjà fait tomber une des bêtes affreuses, mais il était plus soucieux de s'enfuir que de se battre. Cinq autres trolls avaient pris la place du premier, tous largement à la hauteur de n'importe quel guerrier.

Drizzt secoua la tête avec incrédulité quand le corps du troll qu'il avait décapité se releva tout à coup et commença à battre l'air aveuglément.

C'est alors qu'une main griffue attrapa sa cheville. Il sut sans même regarder que c'était le membre qu'il venait de trancher.

Horrifié, il éloigna le bras grotesque d'un coup de pied, se détourna et partit en courant vers l'escalier en colimaçon au fond de la pièce qui menait au premier étage de la tour. Suivant sa toute première directive, Guenhwyvar avait déjà boité faiblement en haut des escaliers et l'attendait sur le palier.

Drizzt entendit distinctement les bruits de succion des pas de ses poursuivants nauséabonds et le grattement des ongles sales de la main tranchée qui se lançait également à sa poursuite. Le drow bondit dans les escaliers sans un regard en arrière, espérant que sa vitesse et son agilité lui permettraient d'avoir suffisamment d'avance pour trouver un moyen de s'échapper.

Car il n'y avait pas de porte sur le palier.

Celui-ci était rectangulaire et d'à peu près trois mètres de long, donnant sur un miroir qui couvrait toute la surface du mur et s'élevait jusqu'au plafond. Drizzt espérait qu'il serait capable de comprendre les subtilités de cette porte peu commune, si c'était vraiment ce qu'était le miroir, en l'examinant une fois arrivé sur la plate-forme.

Ce ne serait pas si facile.

Bien que le miroir reflète entièrement la tapisserie richement ornée qui était accrochée au mur d'en face, sa surface semblait parfaitement lisse et vierge de toute fissure ou poignée qui aurait pu indiquer une ouverture cachée. Drizzt remit ses armes dans ses fourreaux et explora la glace de ses mains pour voir s'il y avait une poignée qui se serait dissimulée à sa vue perçante, mais la surface lisse et régulière de la vitre confirma sa première constatation.

Les trolls étaient dans l'escalier.

Drizzt tenta de forcer le passage au travers de la glace en essayant tous les sorts qu'il avait appris, cherchant un portail extradimensionnel similaire à ceux qui abritaient les gardes hideux de Kessell. La paroi demeura une barrière tangible.

Le troll de tête arriva à mi-chemin des escaliers.

— Il doit bien y avoir un indice quelque part! gémit le drow. Les sorciers adorent les défis, et là je ne vois pas en quoi il consiste!

La seule solution possible devait se trouver dans les motifs et les dessins complexes de la tapisserie. Drizzt l'observa, tentant de discerner parmi les milliers d'images entrelacées un indice particulier qui lui ouvrirait la voie vers la sécurité.

Une vague de puanteur flotta jusqu'à lui. Il pouvait entendre baver les monstres toujours affamés.

Mais il devait maîtriser sa répulsion et se concentrer sur la myriade de motifs.

Quelque chose sur la tapisserie attira son regard: il s'agissait des vers d'un poème, tissés par-dessus la trame de tous les autres motifs le long de sa bordure supérieure. Contrastant avec les couleurs ternes du reste de l'ouvrage ancien, les lettres calligraphiées du poème avaient la brillance caractéristique d'une addition récente. Quelque chose que Kessell aurait rajouté?

Si tu le veux, viens
À l'orgie en mon sein
Mais d'abord, tu dois trouver le loquet
Vu sans paraître
ÉTANT SANS ÊTRE
Une poignée que la chair ne peut attraper.

Un vers en particulier retint l'attention du drow. Il avait entendu les termes « Étant sans être » dans son enfance à Menzoberranzan. Elle faisait référence à Urgutha Forka, un démon vicieux qui avait ravagé la planète d'une épidémie particulièrement virulente dans les temps anciens, quand les ancêtres de Drizzt marchaient à la surface. Les elfes de la surface avaient toujours nié l'existence d'Urgutha Forka, rendant les drows responsables du fléau, mais les elfes noirs savaient ce qu'il en était. Quelque chose dans leurs caractéristiques physiques les avait préservés, immunisés contre le démon, et après s'être aperçus à quel point celui-ci était fatal à leurs ennemis, ils s'étaient efforcés de légitimer les soupçons des elfes de lumière à leur égard en recrutant Urgutha comme allié.

Par conséquent, la phrase « Étant sans être » faisait référence à une partie moqueuse d'une longue légende des drows, une plaisanterie secrète aux dépens de leurs cousins haïs, qui avaient perdu des centaines de leurs membres à cause d'une créature dont ils niaient l'existence.

L'énigme aurait été impossible à résoudre pour quiconque ignorait l'histoire d'Urgutha Forka. Le drow avait trouvé un indice de valeur. Il scruta le reflet de la tapisserie à la recherche d'une image ayant un lien avec le démon. Et il la trouva sur le bord du miroir, à hauteur de la ceinture : un portait d'Urgutha en personne, révélé dans toute son horrible gloire. Le démon était représenté en train d'écraser le crâne d'un elfe avec la férule noire qui le symbolisait. Drizzt avait déjà vu ce portrait auparavant. Rien ne semblait détonner, il n'y discernait aucune indication, rien d'inhabituel.

Les trolls venaient de dépasser le dernier virage de leur ascension. Drizzt manquait de temps.

Il se retourna et examina la source de l'image à la recherche de divergences. D'un coup, il trouva. Sur la tapisserie originale, Urgutha était en train de frapper l'elfe de son poing ; il n'y avait pas de férule !

« Étant sans être. »

Drizzt se retourna vers le miroir, tentant de saisir l'arme illusoire du démon. Mais tout ce qu'il sentit fut la paroi lisse de la glace. Il faillit pousser un cri de frustration.

Son expérience lui avait enseigné la discipline, et il retrouva rapidement son calme. Il éloigna de nouveau sa main du miroir, tentant de positionner au jugé son propre reflet afin qu'elle soit à la bonne dimension pour saisir l'objet. Il referma lentement le poing, voyant l'image de sa main se refermer sur la férule avec l'excitation du succès espéré.

Il remua légèrement la main.

Une fine craquelure apparut sur le miroir.

Le troll de tête atteignit le haut de l'escalier, mais Drizzt et Guenhwyvar avaient disparu.

Le drow fit coulisser l'étrange porte pour la refermer, se pencha en avant et poussa un soupir de soulagement. Un escalier faiblement éclairé s'élevait devant lui, se terminant sur un palier qui s'ouvrait sur le premier étage de la tour. Aucune porte ne bloquait le passage, il n'y avait qu'un rideau de rangs de perles, qui chatoyait de reflets orangés à la lumière des torches de la salle de derrière. Drizzt entendit des gloussements.

Silencieusement, la panthère et lui grimpèrent les escaliers et, du bout du palier, regardèrent furtivement à l'intérieur.

Ils étaient arrivés dans la salle du harem de Kessell.

La pièce était baignée de la douce lumière de torches luisant sous des abat-jour. La majeure partie du sol était recouverte d'énormes coussins et certaines parties de la pièce étaient dissimulées par des rideaux. Les filles du harem, les jouets décérébrés de Kessell, étaient assises par terre en cercle au milieu de la salle, gloussant avec l'enthousiasme désinhibé des enfants en train de jouer. Drizzt doutait qu'elles le remarquent, mais même si c'était le cas, cela ne l'inquiétait pas exagérément. Il comprit tout de suite que ces créatures, pitoyables et brisées, étaient bien incapables d'entreprendre quoi que ce soit contre lui.

Il resta pourtant vigilant, se méfiant surtout des boudoirs formés par les rideaux. Il doutait que Kessell ait pu y placer des gardes, et même s'il y en avait, ils ne seraient certainement pas si imprévisiblement malfaisants que les trolls, mais il ne pouvait se permettre de commettre la moindre erreur.

Il se glissa silencieusement d'ombre en ombre, avec Guenhwyvar juste à côté de lui, et quand les deux compagnons eurent monté les escaliers et se retrouvèrent sur le palier, devant la porte du deuxième étage, Drizzt était plus détendu.

Mais alors le bourdonnement que Drizzt avait entendu en pénétrant dans la tour s'éleva de nouveau. Il était continu et de plus en plus fort, comme si son chant provenait de la vibration des murs mêmes de la tour. Drizzt regarda autour de lui à la recherche d'une source hypothétique.

Des carillons qui pendaient au plafond de la salle commencèrent à tinter de façon étrange, et les flammes des torches sur les murs se mirent à danser sauvagement.

Alors Drizzt comprit.

L'édifice, qui était doté d'une vie propre, commençait à se réveiller. Le champ à l'extérieur était encore dans l'ombre de la nuit, mais les premières lueurs de l'aube illuminaient le haut pinacle de la tour.

La porte s'ouvrit tout à coup sur le deuxième étage, la salle du trône de Kessell.

— Bravo ! cria le sorcier.

Il se tenait derrière le trône de cristal, de l'autre côté de la pièce, une bougie éteinte à la main et faisant face à la porte ouverte. Régis se tenait docilement à ses côtés, le visage inexpressif.

— Entre donc, dit Kessell avec une courtoisie factice. Ne crains rien pour ceux de mes trolls que tu as blessés, ils guériront à coup sûr !

Il rejeta sa tête en arrière et éclata de rire. Drizzt se sentit idiot : penser que toutes ses précautions et toute la discrétion dont il avait fait preuve n'avaient eu d'autre usage que d'amuser le sorcier ! Il posa les mains sur les gardes de ses cimeterres engainés et passa la porte.

Guenhwyvar resta tapie dans les ombres de l'escalier, d'abord parce que le sorcier n'avait rien dit indiquant qu'il avait remarqué sa présence, mais aussi parce que le fauve affaibli ne voulait pas dilapider son énergie en marchant.

Drizzt s'arrêta devant le trône et s'inclina profondément. La vue de Régis se tenant aux côtés du sorcier l'avait troublé, mais il parvint à dissimuler le fait qu'il connaissait le halfelin. De la même façon, Régis n'avait montré aucun signe de familiarité quand il avait vu le drow, mais Drizzt ne pouvait savoir si cela résultait d'un effort conscient ou si le halfelin était sous l'influence d'une sorte d'enchantement.

—Salutations, Akar Kessell, balbutia Drizzt avec l'accent cassant des habitants du monde souterrain, comme si la langue commune de la surface lui était étrangère. (Il pensait qu'il pouvait tout aussi bien tenter la même tactique qu'avec le démon.) Je suis envoyé par mon peuple en toute bonne foi pour parlementer avec toi de questions qui concernent notre intérêt commun.

Kessell rit bruyamment.

—Ben voyons !

Un large sourire s'étala sur son visage, brusquement remplacé par un air menaçant. Ses yeux se plissèrent avec malveillance.

—Je te connais, elfe noir. Tout homme ayant vécu dans les Dix-Cités a entendu le nom de Drizzt Do'Urden dans un récit ou dans une anecdote ! Alors, garde tes mensonges pour toi !

—Pardonnez-moi, puissant sorcier, dit calmement Drizzt en changeant de tactique. Il semble que vous soyez plus avisé, en bien des aspects, que votre démon.

L'expression pleine d'assurance sur le visage de Kessell s'effaça. Il se demandait toujours ce qui avait empêché Errtu de répondre à ses injonctions. Il regarda le drow avec un respect accru. Ce guerrier solitaire avait-il réussi à vaincre un démon majeur ?

—Permettez-moi de tout reprendre depuis le début, dit Drizzt. Salutations, Akar Kessell. (Il s'inclina profondément.) Je suis Drizzt Do'Urden, rôdeur de Gwaeron Bourrasque et le rôdeur de Valbise. Je suis venu te tuer.

Ses cimeterres jaillirent de leurs fourreaux.

Mais Kessell ne resta pas inactif. La bougie qu'il tenait s'alluma brusquement. Sa flamme fut captée par le méandre de prismes et de miroirs qui encombraient l'ensemble de la salle, concentrée et renforcée à chaque réflexion successive. Instantanément, dès que la bougie fut allumée, trois rayons de lumière dense enfermèrent le drow dans une prison triangulaire. Aucun de ces rayons ne l'avait touché, mais il sentait leur pouvoir et n'osa pas passer au travers.

Drizzt entendit distinctement la tour bourdonner quand la lumière du jour filtra sur ses flancs. Elle s'éclaircit considérablement tandis que plusieurs des panneaux de ses murs, qui paraissaient être des miroirs, se révélaient être des fenêtres.

—Croyais-tu simplement pouvoir marcher droit jusqu'ici et disposer de moi? demanda Kessell avec incrédulité. Je suis Akar Kessell, espèce d'imbécile! Le Tyran de Valbise! Je commande la plus grande armée qui ait jamais marché sur les steppes gelées de cette terre désertée! Contemple mon armée!

Il agita sa main et l'un des miroirs à visions s'anima, révélant une partie du vaste campement qui entourait la tour, une vue parachevée par le bruit du réveil des troupes.

Puis un cri d'agonie retentit quelque part sur le champ, dans les profondeurs du miroir. Instinctivement, le drow comme le sorcier tendirent l'oreille vers la clameur distante et entendirent le tintement ininterrompu d'une bataille. Drizzt regarda Kessell avec curiosité, se demandant si le sorcier savait ce qui se passait dans la partie nord de son campement.

Kessell répondit à la question muette du drow d'un mouvement de la main. L'image à l'intérieur du miroir se couvrit de brume pendant un moment, avant de faire apparaître l'autre bout du champ. Les cris et le fracas métallique du combat retentissaient dans les profondeurs de l'outil de scrutation. Puis, comme le brouillard disparaissait, l'image des hommes du clan de Bruenor, qui se battaient dos à dos au beau milieu d'une marée de gobelins, devint nette. Le champ autour des nains était jonché de cadavres de gobelins et d'ogres.

—Tu vois comme il est stupide de s'opposer à moi? cria Kessell d'une voix perçante.

—Il me semble que les nains s'en sont bien sortis.

—Balivernes! hurla Kessell.

Il agita encore une fois sa main, et le brouillard envahit de nouveau le miroir. Brusquement, le Chant de Tempus résonna. Drizzt se pencha en avant et s'efforça de discerner une bribe de la scène à travers le voile de brume, anxieux de voir qui était le meneur de ce chant.

—Même si ces nains stupides abattent quelques-uns de mes moins bons combattants, de nouveaux guerriers affluent pour grossir les rangs de mon armée! La fatalité est sur vous tous, Drizzt Do'Urden! Akar Kessell est venu!

Le brouillard se dissipa.

Avec un millier de fervents guerriers derrière lui, Wulfgar s'approcha des monstres qui ne se doutaient de rien. Les gobelins et les orques, qui avaient une confiance absolue dans les paroles de leur maître, accueillirent par des acclamations l'arrivée des alliés qu'il leur avait promis.

Puis ils moururent.

La horde de barbares transperça leurs rangs, chantant et tuant avec frénésie. Malgré le fracas des armes, les voix des barbares se faisaient entendre, réunies dans le Chant de Tempus.

Les yeux écarquillés, la mâchoire béante et tremblant de fureur, Kessell effaça l'image choquante d'un geste de la main et revint brusquement vers Drizzt.

—Cela n'a pas d'importance! dit-il en luttant pour garder une voix ferme. Je serais impitoyable envers eux! Et ensuite, Bryn Shander s'effondrera dans les flammes!

»Mais commençons par toi, traître de drow, siffla le sorcier. Toi, le meurtrier de ta propre parenté, quels dieux te reste-t-il donc à prier?

Il souffla sur la bougie, faisant danser les flammes sur le côté.

L'angle de leur reflet changea et l'un des rayons se posa sur Drizzt, forant la garde de son vieux cimeterre avant de creuser plus avant et de transpercer la peau noire de sa main. Drizzt grimaça de douleur et agrippa sa blessure, comme son cimeterre tombait au sol et que le rayon retournait à son emplacement initial.

—Tu vois à quel point c'est facile? le railla Kessell. Ton esprit faible ne peut même pas commencer à concevoir le pouvoir de Crenshinibon! Considère-toi béni par le fait que j'ai eu la clémence de te laisser goûter à un échantillon de cette puissance avant que tu meures!

La mâchoire de Drizzt resta ferme, et il n'y avait aucune trace de supplication dans ses yeux tandis qu'il fusillait le sorcier du regard. Il avait depuis longtemps admis la possibilité de son décès comme étant un risque du métier acceptable, et il était fermement décidé à mourir avec dignité.

Kessell essaya de lui donner des sueurs froides. Il le nargua en balançant la bougie mortelle, faisant bouger les rayons de part et d'autre. Quand il finit par comprendre qu'il n'obtiendrait ni jérémiade ni supplication de la part du fier rôdeur, Kessell se fatigua de ce jeu.

—Adieu, pauvre fou, gronda-t-il en arrondissant les lèvres pour faire danser la flamme.

Régis souffla la bougie.

Tout sembla rester en suspens pendant quelques secondes. Le sorcier regarda le halfelin, qu'il croyait être son esclave, avec une stupéfaction horrifiée. Régis se contenta de hausser les épaules, comme s'il était aussi surpris de son acte de bravoure que Kessell.

Suivant son instinct, le sorcier jeta la soucoupe en argent où était posée la bougie dans la glace du miroir et s'enfuit en hurlant dans un coin du fond de la pièce, vers une petite échelle cachée dans les ténèbres. Drizzt avait à peine fait quelques pas quand les flammes à l'intérieur du miroir grondèrent. Quatre yeux diaboliques regardaient fixement à l'extérieur, attirant l'attention du drow, et deux molosses sataniques bondirent au travers du miroir brisé.

Guenhwyvar intercepta l'un d'eux, sautant par-delà son maître et s'écrasant la tête la première sur le chien démoniaque. Les deux bêtes culbutèrent vers le fond de la salle dans un brouillard fauve et noir de griffes et de crocs, bousculant Régis au passage.

Le second molosse déchaîna son souffle enflammé sur Drizzt mais, comme avec le démon, le feu n'eut aucun effet sur le drow. C'était maintenant son tour de frapper. Le cimeterre abhorrant les flammes retentit avec extase, fendant en deux la bête qui chargeait le cimeterre quand Drizzt la frappa avec. Stupéfait par le pouvoir de l'arme, Drizzt reprit sa poursuite, sans prendre le temps de regarder sa victime mutilée.

Il atteignit le bas de l'échelle. Au-dessus, par la trappe ouverte sur le dernier étage de la tour, une lumière scintillante palpitait en cadence. Drizzt sentit l'intensité des vibrations s'accroître à chaque pulsation. Le cœur de Cryshal-Tirith battait plus fort avec le soleil qui se levait. Drizzt était conscient des risques qu'il prenait, mais il n'avait pas le temps de s'arrêter pour peser les probabilités.

Et puis il fut de nouveau face à Kessell, cette fois dans la plus petite pièce de l'édifice. Entre eux, suspendu en l'air de façon étrange, se trouvait un morceau de cristal palpitant – le cœur de Cryshal-Tirith. Il avait quatre côtés et il était fuselé comme une stalactite. Drizzt le reconnut comme étant une réplique miniature de la tour dans laquelle il se tenait, bien que celui-ci ne fasse pas plus de trente centimètres de long.

Une copie parfaite de Crenshinibon.

Un mur de lumière en émana, coupant la pièce en deux, le drow d'un côté et le sorcier de l'autre. Au rictus du sorcier, Drizzt comprit que cette barrière était aussi dure que la pierre. Contrairement à la salle des visions, cette chambre n'était ornée que d'un unique miroir, semblable à une fenêtre, qui se trouvait juste à côté du sorcier.

—Frappe le cœur, drow ! dit Kessell en riant. Idiot ! Le cœur de Cryshal-Tirith est plus puissant que n'importe quelle arme au monde !

Tu ne pourras rien faire qui puisse ne serait-ce qu'égratigner sa surface ! Frappe-le ; que ton impertinence insensée se révèle au grand jour !

Mais Drizzt avait d'autres plans. Il était suffisamment rusé pour comprendre que certains ennemis ne pouvaient être vaincus par la force seule. Il y avait toujours d'autres options.

Il rengaina l'arme qui lui restait (le cimeterre magique) et commença à dénouer la corde qui attachait le sac qu'il portait à sa ceinture. Kessell l'observait avec curiosité, perturbé par le calme du drow, alors même que sa mort semblait inévitable.

— Qu'est-ce que tu fais ? demanda le sorcier.

Drizzt ne répondit pas. Inébranlable, il agissait avec méthode. Il desserra le cordon du sac et l'ouvrit.

— Je t'ai demandé ce que tu étais en train de faire ! dit Kessell d'un air menaçant comme Drizzt commençait à avancer vers le cœur. Brusquement, la réplique parut vulnérable au sorcier. Il avait le sentiment désagréable que cet elfe noir était peut-être plus dangereux qu'il l'avait estimé au départ.

Crenshinibon le sentit également. L'Éclat de cristal donna l'instruction à Kessell d'en finir avec le drow en déchaînant sur lui un éclair fatal.

Mais Kessell avait peur.

Drizzt s'approcha du cristal. Il tenta de mettre sa main par-dessus, mais le mur de lumière le repoussa. Il hocha la tête, s'attendant à cette réaction, et étira l'ouverture du sac autant qu'il le put. Il était exclusivement concentré sur la tour elle-même ; il ne jeta pas un coup d'œil au sorcier ni ne prêta attention à ses harangues.

Puis il vida le sac de farine sur le cristal.

La tour sembla émettre un grognement de protestation. Elle s'assombrit.

Le mur de lumière qui séparait le drow du sorcier disparut.

Mais Drizzt était toujours focalisé sur la tour. Il savait que la couche de farine étouffante ne pourrait bloquer les puissantes radiations du cœur que pour un temps très court.

Suffisamment longtemps, cependant, pour lui permettre de glisser le sac de farine maintenant vide par-dessus et de serrer fermement son cordon. Kessell hurla et fit un bond en avant, mais il s'arrêta devant le cimeterre dégainé.

— Non ! cria le sorcier dans sa protestation impuissante. Est-ce que tu te rends compte des conséquences de ce que tu viens de faire ?

Comme en réponse, la tour trembla. Cela cessa rapidement, mais le drow et le sorcier sentirent tous les deux le péril imminent. Quelque part dans les entrailles de Cryshal-Tirith, sa décadence avait déjà commencé.

—Je comprends tout à fait, répondit Drizzt. Je t'ai vaincu, Akar Kessell. Ton bref règne de maître autoproclamé des Dix-Cités est terminé.

—Tu viens de te suicider, drow! rétorqua Kessell alors que Cryshal-Tirith tremblait de nouveau, encore plus fort cette fois-ci. Tu ne peux pas espérer t'échapper avant que la tour s'effondre sur toi!

Le tremblement se réitéra. Et encore une fois.

Drizzt haussa les épaules, imperturbable.

—Qu'il en soit ainsi, dit-il. Mon objectif est atteint, car toi aussi tu vas périr.

Un brusque ricanement dément jaillit des lèvres du sorcier. Il se détourna de Drizzt et plongea vers le miroir encastré dans le mur de la tour. Au lieu de s'écraser contre le verre et de chuter en contrebas dans le champ, comme s'y attendait Drizzt, Kessell s'enfonça dans le miroir et disparut.

La tour trembla de nouveau, et cette fois les secousses s'enchaînèrent pour ne plus s'arrêter. Drizzt commença à se diriger vers la trappe, mais il avait du mal à garder son équilibre. Des fissures apparurent le long des murs.

—Régis! cria-t-il, mais il n'y eut pas de réponse.

Une partie du mur de la pièce d'en dessous s'était déjà écroulée. Drizzt pouvait voir les gravats en bas de l'échelle. Priant pour que ses amis se soient déjà échappés, il prit la seule issue qui s'offrait à lui.

Il plongea dans le miroir magique derrière Akar Kessell.

30

La bataille de Valbise

L a population de Bryn Shander entendit le bruit des combats sur le champ, mais ils ne purent voir ce qui se passait que quand la luminosité de l'aube atteignit son apogée. Ils encouragèrent les nains avec frénésie et furent stupéfait quand les barbares s'abattirent sur les rangs de Kessell, taillant dans la masse avec exaltation.

Cassius et Glensather, à leur poste habituel en haut de la muraille, réfléchissaient à la tournure inattendue que prenaient les événements, hésitant encore à faire entrer leurs forces dans la bataille.

— Les barbares ? dit Glensather hébété. Sont-ils nos amis, ou nos ennemis ?

— Ils tuent des orques, répondit Cassius. Ce sont nos amis !

Sur Maer Dualdon, Kemp et les autres entendirent également le fracas de la bataille, bien qu'ils ne puissent pas voir qui était impliqué. Encore plus déroutant, une seconde bataille s'était engagée, celle-là au sud-ouest, dans la ville de Bremen. Les hommes de Bryn Shander étaient-ils passés à l'attaque ? Ou bien était-ce l'armée d'Akar Kessell qui s'autodétruisait autour de lui ?

Puis Cryshal-Tirith s'assombrit brusquement, ses flancs auparavant cristallins et vibrants devinrent opaques et d'une immobilité mortelle.

— Régis, murmura Cassius, sentant que la tour perdait son pouvoir. Si nous avons jamais eu un héros, c'est bien lui !

La tour trembla et s'ébranla. De grandes fissures apparurent sur toute la longueur de ses murs. Puis elle tomba en miettes.

Incrédule et horrifiée, l'armée de monstres regarda s'effondrer le bastion du sorcier qu'ils en étaient venus à vénérer comme un dieu.

Les cors de Bryn Shander commencèrent à sonner. Les hommes de Kemp poussèrent des exclamations frénétiques et se ruèrent sur leurs rames. Les éclaireurs avancés de Jensin Brent transmirent par signaux la surprenante nouvelle à la flotte sur le lac Dinneshere, qui relaya à son tour le message à Eaux-Rouges. Partout sur les refuges temporaires qui avaient abrité les habitants des Dix-Cités en déroute s'éleva le même ordre.

—Chargez!

L'armée rassemblée derrière les grandes portes de Bryn Shander se déversa sur son parvis et sur le champ. Les flottes de Caer-Konig et de Caer-Dineval sur le lac Dinneshere, ainsi que celles de Bon-Hydromel et de la Brèche de Dougan au sud, levèrent les voiles pour profiter du vent portant qui soufflait en rafales et partirent à toute allure vers l'autre bout du lac. Les quatre flottes réunies sur Maer Dualdon ramèrent de toutes leurs forces contre ce même vent dans leur hâte d'obtenir vengeance.

Dans un tourbillon précipité mêlant chaos et surprise, la dernière bataille de Valbise avait commencé.

⚔ ⚔ ⚔ ⚔ ⚔

Régis roula hors de la trajectoire des créatures en plein combat qui culbutaient de nouveau vers lui, se tailladant et se déchirant l'une l'autre de leurs griffes et de leurs crocs. Normalement, Guenhwyvar aurait eu peu de mal à se débarrasser du molosse satanique, mais dans son état de faiblesse, elle se retrouva à se battre pour sa vie. Le souffle chaud du chien roussit sa fourrure noire ; ses grands crocs s'enfoncèrent dans son cou musclé.

Régis voulait aider la panthère, mais il ne pouvait même pas se rapprocher suffisamment pour donner un coup de pied à son ennemi. Pourquoi Drizzt était-il parti en courant, si abruptement ?

Guenhwyvar sentit la puissante mâchoire se resserrer sur son cou.

Le fauve roula sur lui-même, entraînant le chien avec lui, mais la prise de la mâchoire canine ne se relâcha pas. La panthère fut prise de vertiges à cause du manque d'air. Elle commença à renvoyer son esprit au travers des plans vers sa véritable demeure, tout en se lamentant de faire faux bond à son maître dans un moment pareil.

Puis, la tour s'obscurcit. Le molosse satanique surpris relâcha légèrement sa prise, et Guenhwyvar profita vivement de l'occasion. La panthère prit appui avec ses pattes sur les côtes du monstre et se dégagea en le bousculant, avant de rouler dans les ténèbres.

Le molosse satanique scruta l'obscurité à la recherche de son ennemie, mais les capacités de la panthère furtive surpassaient de loin ses sens considérablement affûtés. Puis le chien repéra une autre proie. D'un seul bond, il fut près de Régis.

Guenhwyvar jouait à présent un rôle qu'elle connaissait mieux. La panthère était une créature de la nuit, un prédateur qui frappait du fond des ténèbres et tuait avant même que sa proie ait senti sa présence. Le molosse satanique se ramassa sur lui-même pour se jeter sur Régis, avant de s'écraser au sol quand la panthère atterrit lourdement sur son dos, ses griffes ratissant profondément la peau couleur rouille.

Le chien ne glapit qu'une seule fois avant que les crocs meurtriers trouvent son cou.

Les miroirs se craquelaient et volaient en éclats. Une brèche brusquement apparue dans le sol avala le trône de Kessell. Des blocs de gravats cristallins commencèrent à tomber de toute part comme la tour se débattait dans les affres de la mort. Des cris en provenance de la salle du harem d'en dessous informèrent Régis qu'une destruction similaire avait lieu à chacun des étages de l'édifice. Il se réjouit quand il vit Guenhwyvar venir à bout du molosse satanique, mais il comprenait la futilité de l'héroïsme du fauve. Ils n'avaient nulle part où s'enfuir, aucune issue pour échapper à la mort de Cryshal-Tirith.

Régis appela Guenhwyvar à ses côtés. Il ne pouvait pas voir le corps de la panthère dans l'obscurité, mais il vit ses yeux, intensément rivés sur lui et roulant sur eux-mêmes, comme si le fauve l'avait pris en chasse.

— Quoi ? protesta le halfelin dans son étonnement, se demandant si la tension nerveuse et les blessures que le chien avait infligées à Guenhwyvar l'avaient rendue folle.

Un pan de mur s'écrasa juste à côté de lui, le projetant au sol, affalé. Il vit les yeux du fauve s'élever haut dans les airs ; Guenhwyvar avait bondi.

La poussière l'étouffait et il sentit que l'effondrement final de la tour de cristal s'amorçait. Puis les ténèbres s'épaissirent encore comme la silhouette de la panthère noire le recouvrait entièrement.

⚔ ⚔ ⚔ ⚔ ⚔

Drizzt se sentit tomber.

La lumière était trop éclatante ; il n'y voyait rien. Il n'entendait rien, pas même le sifflement de l'air qu'il traversait à toute vitesse. Pourtant, il était certain d'être en train de tomber.

Alors la lumière s'atténua dans une brume grise, comme s'il passait au travers d'un nuage. Tout cela semblait si onirique, si irréel. Il ne pouvait se rappeler comment il s'était retrouvé là. Il ne pouvait se souvenir de son propre nom.

Puis, il tomba sur un amas de neige épais et sut qu'il ne rêvait pas. Il entendit le hurlement du vent et sentit sa morsure glaciale. Il essaya de se mettre debout pour se faire une meilleure idée de ce qui l'entourait.

Et puis il entendit, très loin en dessous de lui, les cris de la violente bataille. Il se souvint de Cryshal-Tirith, se souvient d'où elle s'était tenue. Il n'y avait qu'une seule possibilité.

Il se trouvait sur le sommet du Cairn de Kelvin.

Les soldats de Bryn Shander et de Havre-du-Levant, combattant bras dessus, bras dessous et menés par Cassius et Glensather, chargèrent sur la colline pentue et enfoncèrent violemment les rangs désordonnés des gobelins. Les porte-parole avaient une idée précise en tête : ils voulaient se frayer un chemin au milieu des monstres pour faire la jonction avec les forces de Bruenor. Du haut de la muraille quelque temps auparavant, ils avaient vu les barbares tenter la même stratégie, et ils pensaient que, si les trois armées pouvaient se regrouper pour soutenir leurs flancs respectifs, leurs chances en seraient grandement améliorées.

Les gobelins laissèrent passer l'assaut. Stupéfaits devant ce brusque retournement de situation, les monstres semblaient incapables d'organiser le moindre semblant de ligne défensive.

Quand les quatre flottes sur Maer Dualdon accostèrent juste au nord des ruines de Targos, ils rencontrèrent la même résistance brouillonne et désorientée. Kemp et les autres chefs pensaient qu'ils pourraient facilement mettre pied à terre, mais leur principale inquiétude était que la vaste armée de gobelins qui occupait Termalaine balaie leurs arrières s'ils quittaient la rive, coupant de ce fait leur seule échappatoire.

Mais ils n'avaient nul besoin de se faire du souci. Dans les premières phases de la bataille, les gobelins de Termalaine s'étaient effectivement empressés de venir à l'aide de leur sorcier, mais ensuite, Cryshal-Tirith s'était écroulée. Les gobelins étaient déjà sceptiques, ayant entendu des rumeurs pendant la nuit qui disaient que Kessell avait envoyé un corps d'armée important anéantir les orques de la Langue Tranchée dans la cité conquise de Bremen. Et en voyant la tour tomber en ruine, le pinacle de la force de Kessell, ils avaient reconsidéré les éventualités qui s'offraient à eux. Ils s'étaient enfuis vers la sécurité de la plaine dégagée.

Une chute de neige rendait la brume qui recouvrait le sommet de la montagne encore plus épaisse. Drizzt gardait les yeux baissés, mais il pouvait à peine apercevoir ses propres pieds tandis qu'il enchaînait les pas avec détermination. Il tenait toujours le cimeterre magique, qui luisait d'une lueur pâle, comme s'il approuvait la température glaciale.

Son corps engourdi le suppliait de redescendre des hauteurs de la montagne, et pourtant le drow continuait de les parcourir, en direction d'un des pics adjacents. Le vent apportait un bruit inquiétant à ses oreilles – l'écho d'un rire dément.

Et puis il vit la silhouette floue du sorcier, penchée au-dessus du précipice au sud, tentant de percevoir des bribes de ce qui se passait sur le champ de bataille en contrebas.

—Kessell! cria Drizzt. (Il vit la silhouette se retourner brusquement et sut que le sorcier l'avait entendu, malgré le hurlement du vent.) Au nom des habitants des Dix-Cités, je te somme de te rendre! Sans tarder, maintenant, de peur que ce vent d'hiver implacable ne nous gèle sur place!

Kessell sourit avec mépris.

—Tu ne comprends toujours pas ce à quoi tu fais face, n'est-ce pas? Crois-tu vraiment avoir remporté cette bataille?

—Je ne sais pas encore comment s'en sortent les populations en contrebas, répondit Drizzt. Mais tu es vaincu! Ta tour est détruite, Kessell, et sans elle tu n'es rien d'autre qu'un simple illusionniste!

Il continuait d'avancer tout en parlant et n'était plus qu'à quelques mètres du sorcier, bien que son adversaire ne soit guère à ses yeux qu'une simple forme noire et floue sur un arrière-plan gris.

—Veux-tu savoir comment ils s'en sortent, le drow? demanda Kessell. Alors, regarde! Sois le témoin de la chute des Dix-Cités!

Il farfouilla sous sa cape et en sortit un objet brillant – un Éclat de cristal. Les nuages semblaient reculer devant lui. Le vent s'interrompit au sein du large rayon de son aura. Drizzt pouvait sentir son pouvoir incroyable. Le drow sentit le sang revenir dans ses membres engourdis à la lueur du cristal. Puis le voile gris fut chassé par son éclat et le ciel devant eux se dégagea.

—La tour a été détruite? railla Kessell. Tu as juste brisé l'une des innombrables images de Crenshinibon! Un sac de farine? Pour vaincre la plus puissante relique au monde? Baisse donc les yeux sur les hommes insensés qui osent s'opposer à moi!

Le champ de bataille s'étendait largement devant le drow. Il pouvait voir les voiles gonflées des bateaux blancs de Caer-Dineval et de Caer-Konig comme ils s'approchaient des rives occidentales du lac Dinneshere.

Au sud, les flottes de Bon-Hydromel et de la Brèche de Dougan étaient déjà à quai. Les marins n'avaient rencontré aucune résistance initiale et étaient même en train de former les rangs pour une frappe à l'intérieur des terres. Les gobelins et les orques qui constituaient la moitié méridionale de l'armée de Kessell n'avaient pas assisté à la chute de Cryshal-Tirith. Mais ils ressentirent le déclin du pouvoir et de l'emprise sur leurs esprits, et tandis que beaucoup d'entre eux restaient où ils étaient ou désertaient, certains se ruaient le long de la colline autour de Bryn Shander pour se joindre à la bataille.

Les troupes de Kemp avaient également mis pied à terre, quittant précautionneusement les plages, un œil méfiant sur le nord. Le groupe avait débarqué au milieu de la partie la plus dense de l'armée de Kessell, mais également dans la zone qui se trouvait sous l'ombre de la tour, là où la chute de Cryshal-Tirith avait été la plus démoralisante. Les pêcheurs trouvèrent plus de gobelins intéressés par la fuite que de monstres résolus au combat.

Au milieu du champ, là où se déroulaient les batailles les plus acharnées, les hommes des Dix-Cités et leurs alliés semblaient également prendre l'avantage. Les barbares avaient presque fait la jonction avec les nains. Stimulées par la puissance du marteau de Wulfgar et le courage incomparable de Bruenor, les deux armées taillaient en pièces tout ce qui se trouvait entre eux. Et ils seraient bientôt encore plus redoutables, car Cassius et Glensather n'étaient pas loin et se rapprochaient d'un pas régulier.

— D'après ce que mes yeux me disent, c'est ton armée qui ne s'en sort pas bien, rétorqua Drizzt. Les hommes « insensés » des Dix-Cités ne sont pas encore vaincus !

Kessell souleva l'Éclat de cristal au-dessus de lui, sa lumière se dilatant, atteignant un niveau de puissance encore plus grand. En contrebas, sur le champ de bataille, même à cette grande distance, les combattants comprirent en un instant la renaissance de la puissante présence qu'ils connaissaient comme étant celle de Cryshal-Tirith. Qu'il s'agisse des humains, des nains ou des gobelins, tous s'interrompirent un moment pour regarder l'embrasement sur la colline, même ceux qui étaient plongés dans un combat mortel. Les monstres, sentant le retour de leur dieu, poussèrent des acclamations frénétiques et abandonnèrent la position défensive qu'ils avaient tenue jusque-là. Encouragés par la réapparition glorieuse de Kessell, ils se lancèrent à l'attaque avec une fureur sauvage.

— Tu vois comme ma simple présence les stimule ! se vanta fièrement celui-ci.

Mais Drizzt ne prêtait pas attention au sorcier, ni à la bataille en contrebas. Il se tenait maintenant dans des flaques de neige fondue par la chaleur de la relique éclatante. Il était concentré sur un bruit que ses oreilles fines avaient perçu parmi le fracas du lointain combat. Un grondement de protestation en provenance des pics gelés du Cairn de Kelvin.

—Contemple la gloire d'Akar Kessell! cria le sorcier, sa voix véritablement assourdissante car amplifiée par le pouvoir de la relique qu'il tenait. Comme il me sera facile de détruire les bateaux sur ce lac en contrebas!

Drizzt se rendit compte que Kessell, dans son mépris arrogant des dangers de plus en plus nombreux qui l'entouraient, faisait une erreur flagrante. Tout ce qu'il avait à faire était de retenir le sorcier, pour qu'il n'entreprenne aucune action décisive dans les minutes à venir. Par réflexe, il saisit la dague qu'il portait à l'arrière de sa ceinture et la lança sur Kessell, bien qu'il sache que celui-ci était lié à Crenshinibon dans une sorte de symbiose perverse et que la petite arme n'avait pas la moindre chance d'atteindre sa cible. Le drow espérait distraire et irriter le sorcier pour écarter sa fureur du champ de bataille.

La dague fusa dans les airs. Drizzt tourna les talons et s'enfuit. Un fin rayon de lumière jaillit de Crenshinibon et liquéfia l'arme avant qu'elle atteigne sa cible, mais Kessell était scandalisé.

—Tu devrais te prosterner devant moi! cria-t-il à Drizzt. Chien de blasphémateur, tu as mérité la distinction d'être ma première victime de la journée!

Il détourna le cristal de la corniche pour le pointer sur le drow qui s'enfuyait. Mais en se tournant, il s'enfonça brusquement dans la neige fondue jusqu'aux genoux.

Puis, il entendit lui aussi les grondements coléreux de la montagne.

Drizzt sortit de la sphère d'influence de la relique et, sans regarder en arrière, il courut, mettant autant de distance que possible entre lui et la face sud du Cairn de Kelvin.

Immergé jusqu'à la poitrine à présent, Kessell se débattait pour se libérer de la neige gorgée d'eau. Il en appela de nouveau au pouvoir de Crenshinibon, mais sa concentration vacilla sous la tension nerveuse due à sa situation désespérée.

Akar Kessell se sentait de nouveau faible pour la première fois depuis des années. Ce n'était plus le Tyran de Valbise, mais l'apprenti empoté qui avait assassiné son instructeur.

Comme si l'Éclat de cristal l'avait rejeté.

Puis l'ensemble du manteau neigeux de la face sud de la montagne s'effondra. Son grondement fit trembler la terre à des kilomètres à la ronde. Les hommes et les orques, les gobelins et même les ogres furent projetés au sol.

Kessell tenait fermement le cristal contre lui quand il commença à chuter. Mais Crenshinibon lui brûla les mains, le repoussant. Kessell avait échoué à de trop nombreuses reprises. La relique ne l'accepterait pas plus longtemps comme son porteur.

Kessell hurla quand il sentit le cristal glisser entre ses doigts, mais son cri perçant fut noyé dans le tonnerre de l'avalanche. L'obscurité glacée de la neige se referma autour de lui, l'entraînant dans sa dégringolade sur la pente. Kessell croyait désespérément que, s'il tenait encore l'Éclat de cristal, il pourrait même survivre à cela. Un bien pauvre réconfort quand il s'immobilisa sur un pic en contrebas du Cairn de Kelvin.

Et la moitié du manteau de neige du sommet de la montagne lui tomba dessus.

⚔ ⚔ ⚔ ⚔ ⚔

L'armée de monstres avait vu son dieu tomber de nouveau. La motivation qui avait stimulé leur élan se dissipa rapidement. Mais pendant la période durant laquelle le sorcier avait réapparu, un semblant de coordination avait été mis en place. Deux géants du givre, les seuls véritables géants subsistants dans l'ensemble de l'armée du sorcier, avaient pris le commandement. Ils assignèrent la garde d'élite des ogres sur leur flanc et appelèrent ensuite les tribus d'orques et de gobelins à se rassembler et à suivre leurs ordres.

Malgré tout, le désarroi de l'armée était évident. Les rivalités entre tribus, qui avaient été enterrées sous la domination d'Akar Kessell, refirent surface sous la forme d'une défiance caractérisée. Seule la peur de leurs ennemis les poussait à continuer le combat, et seule la peur des géants les maintenait dans les rangs aux côtés des autres tribus.

— Salut à toi, Bruenor! cria Wulfgar d'un ton chantant, écrasant la tête d'un autre gobelin, comme la horde barbare parvenait enfin à atteindre les nains.

— Et à toi donc, mon garçon! répondit le nain, plongeant sa hache dans la poitrine de son adversaire. L'était temps qu'tu r'viennes! J'pensais que j'aurais aussi à abattre ta portion d'ces pourritures!

Mais l'attention de Wulfgar était ailleurs. Il avait découvert les deux géants aux commandes de l'armée.

— Des géants du givre, dit-il à Bruenor, dirigeant le regard du nain sur le cercle des ogres. Ce sont eux seuls qui maintiennent l'alliance entre les tribus!

— Un exercice du plus grand intérêt! dit Bruenor en riant. En avant!

Et c'est ainsi qu'avec sa propre garde rapprochée, et Bruenor à ses côtés, le jeune roi commença à se frayer un chemin au milieu des rangs de gobelins.

Les ogres se rassemblèrent devant leurs nouveaux commandants pour bloquer la progression du barbare.

Wulfgar était déjà suffisamment proche.

Crocs de l'égide siffla entre les rangs des ogres et atteignit l'un des géants à la tête, le faisant tomber à terre, mort. L'autre monstre, hébété et incrédule de voir qu'un humain avait pu effectuer un tir si meurtrier à une telle distance, n'hésita qu'un bref moment avant de fuir la bataille.

Imperturbables, les ogres sauvages chargèrent sur le groupe de Wulfgar, les faisant reculer. Mais Wulfgar était satisfait, et il lâcha volontiers du terrain devant leur assaut, impatient de rejoindre le gros de l'armée des nains et des humains.

Bruenor n'était pas disposé à faire de même, cependant. C'était le genre de combat chaotique qu'il appréciait le plus. Il disparut sous les longues jambes de la première ligne des ogres et se déplaça au sein de leurs rangs, invisible dans la poussière et la confusion.

Du coin de l'œil, Wulfgar assista au départ singulier du nain.

—Où est-ce que tu pars? cria-t-il derrière lui, mais dans sa soif de bataille Bruenor ne pouvait entendre l'appel, dont il n'aurait de toute façon pas tenu compte.

Wulfgar ne pouvait voir l'échappée du nain sauvage, mais il pouvait situer approximativement la position de Bruenor, ou du moins celle qu'il venait de quitter, car sur son passage les ogres saisis d'une douleur atroce se pliaient en deux les uns après les autres, certains agrippant leur genou, d'autres le tendon de leur jarret ou leur aine.

Au-dessus de tout ce tumulte, les orques et les gobelins qui n'étaient pas en plein combat gardaient un œil vigilant sur le Cairn de Kelvin, attendant une seconde renaissance.

Mais il n'y avait que de la neige, recouvrant à présent les pentes basses de la montagne.

⚔ ⚔ ⚔ ⚔ ⚔

Assoiffés de vengeance, les combattants de Caer-Konig et Caer-Dineval arrivèrent avec leurs navires toutes voiles dehors, accostant en enlisant leurs navires sur les sables de la rive pour ne pas être retardés par le temps que prendrait un amarrage dans des eaux plus profondes.

Ils sautèrent de leurs bateaux et pataugèrent jusqu'au rivage, se ruant vers la bataille avec une telle fureur qu'elle fit fuir leurs adversaires.

Une fois tous arrivés sur la terre ferme, Jensin Brent leur fit former des rangs serrés et les dirigea vers le sud. Le porte-parole entendait des bruits de combat lointains dans cette direction et il savait que les hommes de Bon-Hydromel et de la Brèche de Dougan se frayaient un chemin vers le nord pour faire la jonction avec eux. Son plan était de les rencontrer sur la Route du Levant et de mener l'armée ainsi renforcée en direction de l'ouest vers Bryn Shander.

De ce côté de la ville, de nombreux gobelins avaient fui depuis longtemps, et beaucoup s'étaient dirigés au nord-ouest, vers les ruines de Cryshal-Tirith et le gros de la bataille. L'armée du lac Dinneshere se rapprocha rapidement de son but. Ils atteignirent la route en ayant subi peu de pertes et ils s'y retranchèrent en attendant les Méridionaux.

⚔ ⚔ ⚔ ⚔ ⚔

Kemp attendait impatiemment le signal du bateau solitaire qui naviguait sur les eaux de Maer Dualdon. Le porte-parole de Targos, commandant attitré des armées des quatre cités sur le lac, s'était montré prudent jusqu'ici, craignant un assaut violent en provenance du nord. Il retenait ses hommes, leur permettant seulement de combattre les monstres qui venaient jusqu'à eux, bien que cette attitude attentiste soit un déchirement pour son cœur aventureux devant les bruits et les hurlements de la bataille qui faisait rage sur le champ.

Comme les minutes s'étaient étirées sans aucun signe de renforts gobelins, le porte-parole avait envoyé une petite goélette parcourir la côte à vive allure pour découvrir ce qui retenait l'armée qui occupait Termalaine.

Il discerna alors les voiles blanches qui réapparaissaient. Accroché tout en haut du mât du petit bateau se trouvait le drapeau signalant ce que Kessell avait le plus désiré, mais ce à quoi il s'attendait le moins : la bannière rouge de la prise, bien que dans ces circonstances elle signifie que Termalaine était dégagée et les gobelins en train de fuir vers le nord.

Kemp courut jusqu'au point le plus élevé qu'il put trouver, le visage cramoisi par son désir de vengeance.

— Brisez leurs rangs, mes amis ! cria-t-il à ses hommes. Ouvrez-moi un chemin jusqu'à la cité sur la colline ! Que Cassius, en revenant, nous trouve assis sur le seuil de sa ville !

Ils poussaient des cris frénétiques à chaque pas, ces hommes qui avaient perdu maisons et familles, et qui avaient vu leurs cités incendiées devant leurs yeux. Beaucoup d'entre eux n'avaient plus rien à perdre. Tout ce qu'ils pouvaient espérer gagner, c'était un léger goût amer de satisfaction.

322

⚔ ⚔ ⚔ ⚔ ⚔

La bataille fit rage pour le reste de la matinée, et les épées et les lances qu'ils brandissaient semblaient de plus en plus lourdes aux hommes comme aux monstres. Pourtant, si l'épuisement ralentissait leurs réflexes, il ne tempérait en rien la colère qui faisait bouillir le sang de chaque combattant.

Au fur et à mesure, les lignes de combats devinrent indiscernables, des troupes se retrouvant désespérément séparées de leurs commandants. En de nombreux endroits, les gobelins et les orques se battaient les uns contre les autres, incapables de sublimer leur haine ancestrale des tribus rivales, même devant un ennemi commun si facilement accessible. Un épais nuage de poussière enveloppait les combats les plus acharnés ; dans la clameur étourdissante de l'acier grinçant sur l'acier, des épées claquant sur les boucliers et des cris d'agonie, de douleur et de victoire de plus en plus nombreux, l'affrontement structuré dégénérait en mêlée générale.

La seule exception était le groupe de nains expérimentés. Leurs rangs ne faiblissaient pas ni ne se désagrégeaient le moins du monde, bien que Bruenor ne soit pas encore revenu de son étrange échappée.

Les nains fournissaient aux barbares une plate-forme solide d'où lancer leurs attaques, ainsi qu'un repère pour Wulfgar et son petit groupe. Le jeune roi fut de retour au sein des rangs de ses hommes, juste au moment où Cassius et son armée les rejoignirent. Le porte-parole et Wulfgar échangèrent des regards attentifs, aucun n'étant certain de la position de l'autre. Mais ils étaient tous deux suffisamment avisés pour placer une confiance absolue dans leur alliance : ils comprenaient que, face à un plus grand ennemi, les adversaires intelligents mettent leurs différences de côté.

Le soutien mutuel était le seul avantage dont bénéficiait l'alliance de fraîche date.

Ensemble, ils étaient en surnombre, et pouvaient écraser chacune des tribus d'orque et de gobelins qui se présentaient à eux. Et comme les tribus de gobelins ne se décidaient pas à travailler à l'unisson, chacun de leurs groupes était dénué de soutien extérieur sur ses flancs. Wulfgar et Cassius, chacun suivant et soutenant les manœuvres de l'autre, envoyèrent des guerriers en mission défensive pour éloigner les troupes périphériques, tandis que le gros de la force de l'armée combinée exterminait les tribus une à une.

Bien que ses troupes aient abattu plus de dix gobelins pour chaque homme perdu, Cassius était véritablement inquiet. Des milliers de monstres n'étaient même pas encore entrés en contact avec les humains et n'avaient pas encore brandi leurs épées, et ses hommes tombaient presque de fatigue. Il devait les ramener dans la cité. Il laissa les nains prendre la tête.

Wulfgar, inquiet lui aussi quant à la capacité de ses guerriers à tenir ce rythme, et sachant qu'il n'y avait pas d'autre échappatoire, donna pour instruction à ses hommes de suivre Cassius et les nains. C'était un pari risqué, car le roi barbare n'était même pas sûr que la population de Bryn Shander laisserait ses guerriers entrer dans la cité.

L'armée de Kemp avait fait une forte impression lors de leur charge sur les pentes de la cité principale, mais en se rapprochant de leur but, ils se heurtèrent à des concentrations d'humanoïdes plus denses et plus désespérés. À peine à une centaine de mètres de la colline, ils se retrouvèrent coincés, à se battre sur tous les fronts.

Les armées en provenance de l'est avaient fait mieux. Leur charge sur la Route du Levant avait rencontré peu de résistance et ils furent les premiers à atteindre la colline. Ils avaient navigué frénétiquement sur toute l'étendue des lacs, avaient couru et s'étaient battus tout le long du chemin vers la plaine, pourtant Jensin Brent, le seul porte-parole survivant des quatre (car Schermont et les deux représentants des cités méridionales étaient tombés sur la Route du Levant) ne les laisserait pas se reposer. Il entendait clairement la bataille faire rage et savait que les hommes courageux qui faisaient face à la masse de l'armée de Kessell dans les champs septentrionaux avaient besoin de tout le soutien qu'on pouvait leur apporter.

Cependant, quand le porte-parole entraîna ses troupes derrière le dernier virage menant à la porte nord de la ville, tous se figèrent et contemplèrent le spectacle de la bataille la plus brutale qu'ils aient jamais vue, plus brutale même que celles dont ils avaient entendu parler dans des récits exagérés. Les combattants luttaient sur les cadavres en morceaux des trépassés, ceux qui avaient d'une façon ou d'une autre perdu leurs armes un instant et péri écrasés par leurs adversaires.

Brent présuma tout de suite que Cassius et sa vaste armée seraient capables de regagner la cité par leurs propres moyens. Les armées de Maer Dualdon, par contre, étaient en position difficile.

—À l'ouest ! cria-t-il à ses hommes tout en se ruant vers l'armée piégée.

Portés par un nouveau flot d'adrénaline, les compagnons épuisés partirent à toute allure à la rescousse de leurs camarades. Sur les ordres de Brent, ils arrivèrent en bas des pentes en file indienne, leurs rangs alignés côte à côte, mais quand ils atteignirent le champ de bataille, seuls ceux qui se trouvaient au centre continuèrent droit devant. Les groupes aux deux extrémités se rabattirent vers le milieu, et bientôt l'armée entière avait pris une formation en V, dont la pointe enfonça les rangs des monstres jusqu'au niveau des armées assiégées de Kemp.

Ses hommes acceptèrent avidement la bouée de sauvetage qu'on leur lançait et l'ensemble de l'armée humaine fut rapidement capable de se retirer sur la face nord de la colline. Les derniers retardataires arrivèrent au même moment que l'armée de Cassius et les barbares de Wulfgar, et les nains se libérèrent du rang de gobelins le plus proche pour grimper sur le terrain découvert de la colline. Désormais, avec les humains et les nains réunis dans une armée unique, les mouvements des gobelins se faisaient hésitants. Leurs pertes avaient été sidérantes. Il ne restait plus ni géant, ni ogres, et plusieurs tribus entières d'orques et de gobelins avaient été exterminées. Cryshal-Tirith était un amas de décombres noircis et Akar Kessell était enterré dans une tombe gelée.

Les hommes sur la colline de Bryn Shander étaient meurtris et ils vacillaient d'épuisement, pourtant le positionnement ferme de leurs mâchoires indiquait sans équivoque aux monstres restants qu'ils se battraient jusqu'à leur dernier souffle. Ils étaient au pied du mur ; il n'y aurait pas d'autre retraite.

Le doute s'insinua dans l'esprit de chaque gobelin et de chaque orque subsistant quant à la continuation de la guerre. Bien que leur nombre soit probablement encore suffisant pour abattre la besogne, beaucoup d'entre eux tomberaient encore avant que soient écrasés les hommes féroces des Dix-Cités et leurs alliés. Et même à ce moment-là, laquelle des tribus survivantes pourrait alors revendiquer la victoire ? Sans la domination du sorcier, les survivants seraient certainement mis à mal pour partager équitablement le butin sans que d'autres combats s'engagent.

La bataille de Valbise ne s'était pas déroulée comme Akar Kessell l'avait promis.

31

VICTOIRE ?

L es hommes des Dix-Cités, soutenus par leurs alliés nains et barbares, s'étaient frayé un chemin à la pointe de l'épée depuis tous les côtés du vaste champ et se tenaient maintenant tous ensemble devant la porte nord de Bryn Shander.

Et tandis que leur armée venait d'exécuter une manœuvre de combat parfaitement synchronisée, tous les opposants d'hier réunis aujourd'hui dans l'intention commune de survivre, l'effet inverse se produisit au sein de l'armée de Kessell. Quand les gobelins avaient chargé sur Valbise au départ, leur objectif commun était de vaincre pour la gloire d'Akar Kessell. Mais Kessell était mort et Cryshal-Tirith détruite, et le lien qui avait maintenu l'alliance entre les tribus rivales d'orques et de gobelins, ennemis acharnés depuis une éternité, avait commencé à se défaire.

Les humains et les nains regardèrent la masse de leur envahisseur avec un espoir renaissant, car, partout à la périphérie de la vaste armée, des formes noires continuaient de quitter les rangs pour s'enfuir du champ de bataille vers la toundra.

Pourtant, les défenseurs des Dix-Cités étaient dos à la muraille des Dix-Cités et cernés sur trois de leurs flancs. À cet instant, les monstres n'avaient entamé aucune manœuvre d'attaque, mais des milliers de gobelins restaient en position sur les champs au nord de la cité.

Plus tôt dans la bataille, quand l'attaque initiale avait pris les envahisseurs par surprise, les chefs des armées défensives en présence auraient considéré une telle trêve comme un désastre tactique, qui aurait brisé leur élan et permis à leurs ennemis stupéfaits de se regrouper dans des positions plus favorables.

Mais à présent, cette accalmie était un bienfait pour les deux parties : elle accordait aux soldats un repos désespérément nécessaire et permettait aux gobelins et aux orques de se remettre totalement de la raclée qu'ils venaient de prendre.

Le champ sur le flanc de la ville était jonché de cadavres, ceux des gobelins étant bien plus nombreux que ceux des humains, et l'amas de gravats qui avait été Cryshal-Tirith ne faisait qu'exacerber la perception qu'avaient les monstres de leurs pertes prodigieuses.

Il ne restait ni géant, ni ogre pour soutenir leurs rangs éclaircis, et à chaque seconde qui passait d'autres de leurs alliés désertaient.

Cassius eut le temps d'appeler tous les porte-parole survivants à ses côtés pour un bref conseil.

Non loin de là, Wulfgar et Revjak étaient en réunion avec Gardefeu Mallot, le chef attitré de l'armée des nains en l'absence de Bruenor.

— Nous sommes heureux d'ton r'tour, puissant Wulfgar, dit Gardefeu. Bruenor savait qu'tu r'viendrais.

Wulfgar reporta son regard sur le champ, à la recherche d'un signe indiquant que Bruenor était toujours là-bas à balancer sa hache.

— Avez-vous la moindre nouvelle de Bruenor?

— C'est toi l'dernier à l'avoir vu, répondit Gardefeu d'un air grave. Ils restèrent alors silencieux, scrutant le champ.

— Laisse-moi entendre de nouveau le tintement de ta hache, chuchota Wulfgar.

Mais Bruenor ne pouvait pas l'entendre.

⚔ ⚔ ⚔ ⚔ ⚔

— Jensin, demanda Cassius au porte-parole de Caer-Dineval, où sont vos femmes et vos enfants? Sont-ils en sécurité?

— Ils sont à l'abri à Havre-du-Levant pour l'instant, répondit Jensin Brent, et ont été rejoints par la population de Bon-Hydromel et de la Brèche de Dougan. Ils ont des vivres en abondance et des guetteurs. Si les maudites raclures de Kessell se dirigent vers la ville, ses occupants devraient être avertis du danger suffisamment longtemps à l'avance pour avoir le temps de se réfugier sur le lac Dinneshere.

— Mais combien de temps pourraient-ils survivre sur les eaux? demanda Cassius.

Jensin Brent eut un haussement d'épaules évasif.

— Jusqu'à l'arrivée de l'hiver, j'imagine. Ils devraient toujours pouvoir accoster quelque part, car les gobelins et les orques restants ne pourraient même pas couvrir la moitié de la côte du lac.

Cassius sembla satisfait. Il se tourna vers Kemp.

— Bois Isolé, répondit Kemp avant que Cassius lui pose la même question. Et je parierais qu'ils sont en meilleure posture que nous! Ils ont suffisamment de bateaux à quai là-bas pour fonder une cité au beau milieu de Maer Dualdon.

— C'est bien, leur dit Cassius. Cela nous ouvre une autre option. Nous pourrions peut-être tenir nos positions ici quelque temps, avant de battre en retraite derrière les murs de la ville. Les gobelins et les orques, malgré leur supériorité en nombre, ne peuvent pas espérer nous y vaincre !

L'idée sembla plaire à Jensin Brent, mais Kemp se renfrogna.

— Nos populations seront donc suffisamment à l'abri, dit-il, mais qu'en est-il des barbares ?

— Leurs femmes sont robustes et capables de survivre sans eux, répondit Cassius.

— Je me moque royalement de leurs femmes à l'odeur nauséabonde, fulmina Kemp (parlant intentionnellement plus fort pour que Wulfgar et Revjak, eux aussi en plein conseil non loin de là, puissent l'entendre). C'est de ces chiens sauvages eux-mêmes dont je te parle ! Tu ne vas certainement pas leur ouvrir grand tes portes et les inviter à entrer !

Le fier Wulfgar avança vers les porte-parole.

Cassius se retourna vers Kemp avec colère.

— Âne bâté cabochard ! chuchota-t-il sévèrement. Notre seul espoir, c'est notre union !

— Notre seul espoir, c'est d'attaquer ! rétorqua Kemp. Nous leur avons fichu une frousse d'enfer, et tu nous demandes de courir nous cacher !

L'immense roi barbare arriva devant les deux porte-parole, les surplombant de toute sa hauteur.

— Salutations, Cassius de Bryn Shander, dit-il poliment. Je suis Wulfgar, fils de Beornegar, et le chef des tribus qui se sont jointes à votre noble cause.

— Que pourrait donc savoir ton espèce de la noblesse ? interrompit Kemp.

Wulfgar l'ignora.

— J'ai entendu une grande partie de votre discussion, continua-t-il, imperturbable. Mon avis est que votre conseiller grossier et ingrat (il marqua une pause pour garder son calme) a suggéré la seule solution possible.

Cassius, qui s'attendait que Wulfgar soit furieux des insultes de Kemp, fut d'abord perplexe.

— Il faut attaquer, expliqua Wulfgar. Les gobelins sont pour l'instant incertains des profits qu'ils peuvent espérer. Ils se demandent pourquoi ils ont suivi ce sorcier maléfique jusqu'à cet endroit funeste.

Si nous les laissons retrouver leur soif de bataille, ils se révéleront être des ennemis encore plus redoutables.

— Je te remercie de tes paroles, roi barbare, répondit Cassius. Mais mon avis est que ces fripouilles ne seront pas capables de tenir un siège. Ils quitteront les champs avant qu'une dizaine soit passée.

— Peut-être, dit Wulfgar. Mais ton peuple le paierait très cher. Les gobelins, s'ils partaient de leur propre chef, ne reviendraient pas à leur tanière les mains vides. Il y a toujours plusieurs cités sans protection qu'ils pourraient frapper sur leur route en quittant Valbise.

» Et pis encore, ils ne partiraient pas alors avec les yeux emplis de frayeur. Votre retraite sauverait la vie de beaucoup de vos hommes, Cassius, mais elle ne préviendrait pas le retour de vos ennemis à l'avenir !

— Alors, tu penses toi aussi que nous devrions attaquer ? demanda Cassius.

— Nos ennemis en sont venus à nous craindre. Ils regardent autour d'eux, et ils voient la ruine que nous avons abattue sur leurs rangs. La peur est un outil puissant, particulièrement contre des gobelins couards. Allons donc jusqu'au bout, comme l'a fait ton peuple envers le mien cinq ans auparavant… (Cassius perçut de la douleur dans les yeux de Wulfgar tandis qu'il se rappelait ces événements.) Provoquons donc la débandade de ces bêtes infectes jusqu'à leurs trous dans la montagne ! Il se passera de nombreuses années avant qu'ils se hasardent à frapper vos villes de nouveau.

Cassius regarda le jeune barbare avec un profond respect, ainsi qu'une vive curiosité. Il pouvait à peine croire que ces fiers guerriers de la toundra, qui se souvenaient avec acuité du massacre que leur avaient infligé les habitants des Dix-Cités, étaient venus en aide aux communautés de pêcheurs.

— Mon peuple a effectivement mis le tien en déroute, noble roi. Avec brutalité. Pourquoi, donc, venir nous aider ?

— C'est une question dont nous devrions discuter après avoir accompli notre tâche, répondit Wulfgar. Et maintenant, chantons ! Répandons la terreur dans les cœurs de nos ennemis et brisons-les !

Il se retourna vers Revjak et certains de ses autres chefs.

— Chantez, fiers guerriers ! ordonna-t-il. Que le Chant de Tempus annonce la mort des gobelins !

Une acclamation stimulante s'éleva partout dans les rangs des barbares, et leurs voix montèrent fièrement vers leur dieu de la guerre.

Cassius remarqua l'effet immédiat que le chant avait sur les monstres les plus proches. Ils reculèrent d'un pas et raffermirent leur prise sur leurs armes.

Un sourire passa sur le visage du porte-parole. Il ne parvenait toujours pas à comprendre la présence des barbares, mais les explications devraient attendre.

—Joignez-vous à nos alliés barbares! cria-t-il à ses soldats. Aujourd'hui est un jour de victoire!

Les nains avaient entamé le chant de guerre sinistre de leur ancienne terre natale. Les pêcheurs des Dix-Cités entonnèrent eux aussi les paroles du Chant de Tempus, au début avec timidité, jusqu'à ce que ses inflexions et son accent étrangers sortent naturellement de leur bouche. Alors, ils se joignirent pleinement au chant, proclamant la gloire de chacune de leurs villes comme les barbares le faisaient de leurs tribus. Le tempo s'accéléra, son volume s'éleva dans un crescendo puissant. Les gobelins tremblaient devant la frénésie grandissante de leurs ennemis mortels. Le flot de déserteurs qui se déversait de la périphérie du gros de leur armée ne cessait d'enfler.

Et alors, comme une vague meurtrière, les humains et leurs alliés nains chargèrent vers le bas de la colline.

⚔ ⚔ ⚔ ⚔ ⚔

Drizzt avait pu grimper suffisamment loin de la face sud pour échapper à la furie de l'avalanche, mais il se trouvait toujours dans une situation délicate. Le Cairn de Kelvin n'était pas une montagne très haute, mais son tiers supérieur était perpétuellement recouvert d'une neige épaisse et brutalement exposé au vent glacé qui avait donné son nom à la région.

Encore pire pour le drow, ses pieds avaient été mouillés dans la neige fondue par Crenshinibon, et à présent l'humidité qui couvrait sa peau se transformait en glace, et se mouvoir dans la neige était une réelle souffrance.

Il se résolut à avancer lentement mais sûrement, se dirigeant vers la face ouest qui offrait une meilleure protection contre le vent. Ses mouvements étaient violents et exagérés, dépensant toute l'énergie possible pour maintenir la circulation dans ses veines. Quand il atteignit la crête de la cime de la montagne et qu'il commença à descendre, il dut se déplacer avec plus de circonspection, craignant que tout mouvement brusque l'entraîne vers le même destin que celui d'Akar Kessell.

Ses jambes étaient complètement engourdies à présent, pourtant il continuait de les faire fonctionner, presque obligé de forcer ses réflexes.

C'est alors qu'il glissa.

Les guerriers féroces de Wulfgar enfoncèrent la première ligne de gobelins, les repoussant et les tailladant. Aucun gobelin ni aucun orque n'osait faire face à leur puissant roi, mais dans la confusion de la bataille surpeuplée, peu parvinrent à éviter de se retrouver sur son chemin. L'un après l'autre, ils tombaient à terre.

La peur avait presque paralysé les gobelins, et leur légère hésitation avait eu raison des premiers groupes qui affrontèrent les barbares.

Finalement, pourtant, la chute de l'armée vint des rangs plus éloignés. Les tribus qui ne s'étaient pas encore engagées dans le combat commencèrent à remettre en question la sagesse de poursuivre cette campagne, s'apercevant qu'ils avaient déjà suffisamment pris l'avantage sur leurs habituels rivaux, affaiblis par de lourdes pertes, pour étendre leur territoire sur leur terre natale, l'Épine dorsale du Monde. Peu de temps après que la seconde bataille eut commencé à se déchaîner, le nuage de poussière des pieds martelant le sentier s'éleva de nouveau au-dessus de Colbise : des dizaines d'orques et de gobelins rentraient chez eux.

Et l'effet de ces désertions de masse sur les gobelins engagés dans la bataille fut dévastateur. Même les gobelins les plus obtus comprenaient que leur seule chance de remporter la victoire contre les défenseurs acharnés des Dix-Cités était le poids écrasant de leur surnombre.

Les bruits sourds de *Crocs de l'égide* retentirent à de nombreuses reprises comme Wulfgar se taillait un chemin, dévastant tout devant lui dans sa charge solitaire. Même les hommes des Dix-Cités se tenaient à l'écart, troublés par sa force sauvage. Mais les siens le regardaient avec admiration, et faisaient de leur mieux pour suivre son exemple glorieux.

Wulfgar passa à l'attaque sur un groupe d'orques. *Crocs de l'égide* s'abattit sur l'un d'eux, le tuant tout en renversant au sol ceux qui se trouvaient derrière. Suivant l'élan du marteau, Wulfgar répéta la manœuvre dans l'autre sens, ce qui produisit les mêmes effets sur son autre flanc. D'une seule frappe, plus de la moitié des orques du groupe se retrouvèrent morts ou étendus à terre, assommés.

Ceux qui en avaient réchappé n'avaient nul désir d'attaquer le puissant humain.

Glensather de Havre-du-Levant passa lui aussi à l'attaque sur un groupe de gobelins, espérant inspirer à son peuple la même ferveur que son homologue barbare. Mais Glensather n'était pas un géant imposant comme Wulfgar, et son arme n'était pas aussi puissante que *Crocs de l'égide*. Son épée abattit le premier gobelin qu'il rencontra, puis tournoya avec aisance et en fit tomber un deuxième. Le porte-parole s'en était bien sorti, mais il manquait un élément à son attaque – le facteur crucial qui avait élevé Wulfgar au-dessus des autres. Glensather avait tué deux gobelins, mais il n'avait pas semé dans leurs rangs la panique qu'il avait espérée. Au lieu de s'enfuir, comme ils l'avaient fait devant Wulfgar, les gobelins restants avancèrent sur lui.

Glensather venait d'arriver à côté du roi barbare quand la pointe cruelle d'une lance se planta dans son dos et le transperça, ressortant par sa poitrine.

Témoin de l'atroce spectacle, Wulfgar balança *Crocs de l'égide* au-dessus du porte-parole, enfonçant la tête du gobelin qui tenait la lance à l'intérieur de son torse. Glensather entendit le marteau atteindre sa cible derrière lui et parvint même à remercier le barbare d'un sourire avant de choir sur l'herbe, mort.

Les nains avaient une technique différente de celle de leurs alliés. Ayant repris leur formation serrée et solidaire, ils fauchaient les gobelins par rangs entiers. Et les pêcheurs, qui combattaient pour la vie de leurs femmes et de leurs enfants, luttaient et mouraient sans frayeur.

En moins d'une heure, chaque groupe de gobelins avait été écrasé, et une demi-heure après, le dernier des monstres tomba mort sur le champ inondé de sang.

⚔ ⚔ ⚔ ⚔ ⚔

Drizzt glissa sur la blanche vague de neige qui dégringolait sur le flanc de la montagne. Il chutait sans pouvoir rien y faire, tentant de se retenir chaque fois qu'il voyait le bord saillant d'un gros rocher sur sa trajectoire. Comme il arrivait à la base de la couche neigeuse, il fut projeté hors de l'avalanche et rebondit parmi les rochers gris et les amas rocheux, comme si les pics fiers et imprenables de la montagne avaient recraché l'intrus.

Il fut sauvé par son agilité – et par une bonne dose de chance pure. Quand il parvint enfin à stopper son élan et à trouver un point d'appui, il s'aperçut que ses nombreuses blessures étaient superficielles, les pires d'entre elles étant une éraflure sur le genou, son nez ensanglanté et une entorse au poignet. Rétrospectivement, Drizzt devait bien considérer la petite avalanche comme une bénédiction, car elle lui avait permis de descendre du haut de la montagne en un rien de temps, et il n'était même pas sûr qu'il aurait pu échapper au destin glacial de Kessell sans elle.

La bataille au sud avait repris à ce moment-là. En entendant les bruits du combat, Drizzt observa avec curiosité des milliers de gobelins passer devant lui de l'autre côté de la vallée des nains, remontant Colbise en courant dans la première phase de leur long voyage de retour vers leur terre natale. Le drow n'avait aucun moyen de savoir exactement ce qui s'était passé, mais il connaissait la légendaire couardise des gobelins.

Il n'y réfléchit pas bien longtemps, cependant, car la bataille n'était plus sa première préoccupation. Sa vision était concentrée sur un point précis, le monticule de pierres ouvragées, noires et brisées qui avait été Cryshal-Tirith. Il arriva en bas du Cairn de Kelvin et descendit le Plateau de Bremen vers les décombres.

Il devait découvrir si Régis ou Guenhwyvar avaient pu s'échapper.

⚔ ⚔ ⚔ ⚔

La victoire.

C'était un piètre réconfort pour Cassius, Kemp et Jensin Brent tandis qu'ils contemplaient le carnage qui les entourait sur le champ dévasté. Ils étaient les trois seuls porte-parole à avoir survécu à la lutte ; les sept autres avaient été abattus.

— Nous avons gagné, déclara Cassius d'un air grave.

Impuissant, il regardait mourir d'autres soldats, des hommes à qui des blessures mortelles avaient été infligées plus tôt dans la bataille, mais qui avaient refusé de tomber et de mourir avant que tout soit fini. Plus de la moitié des habitants des Dix-Cités étaient étendus morts, et de nombreux autres allaient suivre, car presque la moitié des survivants avaient été grièvement blessés. Quatre villes avaient été réduites en cendres et une autre pillée et mise en pièces par ses occupants gobelins.

Leur victoire leur avait coûté terriblement cher. Les barbares, eux aussi, avaient été décimés. La plupart jeunes et inexpérimentés, ils s'étaient battus avec la ténacité qu'on leur avait inculquée et ils avaient accepté leur mort comme étant la conclusion glorieuse du récit de leur vie. Seuls les nains, disciplinés par de nombreuses batailles, s'en étaient à peu près sortis indemnes. Plusieurs avaient été tués, quelques autres blessés, mais la plupart étaient plus que prêts à reprendre la bataille si seulement ils pouvaient trouver encore d'autres gobelins à fracasser ! Leur unique grande désolation, cependant, était le fait que Bruenor soit porté disparu.

— Retournez vers votre peuple, dit Cassius à ses confrères porte-parole. Puis revenez ce soir, pour le conseil. Kemp parlera au nom des populations des quatre villes sur Maer Dualdon, Jensin Brent pour ceux des autres lacs.

— Nous avons beaucoup à décider et peu de temps pour le faire, dit Jensin Brent. L'hiver se rapproche à grands pas.

— Nous survivrons ! déclara Kemp avec l'attitude de défi qui le caractérisait. (Mais il prit alors conscience des regards maussades que ses pairs posaient sur lui, s'inclina devant leur réalisme en ajoutant :) Même si la lutte sera rude.

— Ce sera également le cas pour mon peuple, dit une autre voix. Les trois porte-parole se retournèrent pour voir le géant Wulfgar sortir à grands pas de la scène de carnage poussiéreuse et surréaliste. Le barbare était recouvert d'une couche de crasse et éclaboussé du sang de ses ennemis, mais sa noblesse royale perçait au travers.

— Je demande à être invité à votre conseil, Cassius. Il y a beaucoup de choses que nos peuples peuvent faire les uns pour les autres dans ces temps difficiles.

Kemp grogna :

— Si nous avons besoin de bêtes encombrantes, nous achèterons des bœufs.

Cassius fusilla Kemp du regard et s'adressa à son allié inattendu.

— Tu peux effectivement te joindre au conseil, Wulfgar, fils de Beornegar. Pour l'aide que tu nous as apportée aujourd'hui, mon peuple te doit beaucoup. De nouveau, je te le demande, pourquoi être venu ?

Pour la seconde fois de la journée, Wulfgar ignora les insultes de Kemp.

— Pour m'acquitter d'une dette, répondit-il à Cassius. Et peut-être pour améliorer la vie et de ton peuple et du mien.

— En tuant des gobelins ? demanda Jensin Brent, suspectant que le barbare avait d'autres idées en tête.

— C'est un début, répondit Wulfgar. Mais nous pouvons accomplir bien plus. Mon peuple connaît mieux la toundra que les yetis eux-mêmes. Nous comprenons ses usages et savons comment y survivre. Notre amitié serait profitable à votre peuple, particulièrement dans les temps difficiles qui s'annoncent pour vous.

— Bah ! grogna Kemp, mais Cassius le fit taire.

Le porte-parole de Bryn Shander était intrigué par ces perspectives.

— Et que gagnerait votre peuple d'une telle alliance ?

— Un contact, répondit Wulfgar. Un lien avec un monde d'une opulence que nous n'avons jamais connue. Les tribus ont le trésor d'un dragon entre leurs mains, mais l'or et les pierres précieuses ne réchauffent pas durant les nuits d'hiver, ni ne nourrissent quand les vivres se font rares.

» Ton peuple a beaucoup à reconstruire. Mon peuple possède la richesse nécessaire pour vous assister dans cette tâche. En échange, les Dix-Cités aideront mon peuple à accéder à un meilleur niveau de vie ! (Cassius et Jensin Brent eurent un hochement de tête approbateur comme Wulfgar leur exposait ses desseins.)

» Finalement, et c'est peut-être le plus important, conclut le barbare, il est indéniable que nous avons besoin les uns des autres, du moins pour l'instant. Nos deux peuples ont été affaiblis et sont vulnérables aux dangers de ces contrées. En mettant en commun la force qui nous reste, nous passerons l'hiver.

— Tu m'intrigues et tu me surprends, dit Cassius. Assiste au conseil, alors, et sois le bienvenu, du moins pour ma part. Mettons en place un plan qui profitera à tous ceux qui ont survécu à la lutte contre Akar Kessell !

Comme Cassius se détournait, Wulfgar attrapa la chemise de Kemp de l'une de ses énormes mains et souleva facilement le porte-parole de Targos au-dessus du sol. Kemp martela l'avant-bras musclé, mais il comprit vite qu'il n'avait aucune chance de faire lâcher prise à la poigne de fer du barbare.

Wulfgar le fusilla du regard.

— À présent, dit-il, je suis responsable de l'ensemble de mon peuple, ce pour quoi je n'ai pas tenu compte de tes insultes. Mais quand le jour viendra où je ne serai plus roi, tu ferais bien de ne plus jamais croiser mon chemin !

D'un petit coup de poignet, il jeta le porte-parole par terre.

Kemp, trop intimidé pour l'instant pour être en colère ou embarrassé, resta assis là où il avait atterri et ne répondit rien. Cassius et Brent se poussèrent du coude et échangèrent un gloussement discret.

Cela dura jusqu'à ce que la jeune fille approche, son bras dans une écharpe sanglante, son visage et ses cheveux auburn recouverts d'une couche de poussière. Wulfgar la vit lui aussi, et la vue de ses blessures l'affligea plus encore que le pourraient les siennes.

— Catti-Brie ! cria-t-il en se ruant vers elle. Elle l'apaisa de sa main déployée.

— Je ne suis pas gravement touchée, assura-t-elle stoïquement à Wulfgar (quoiqu'il soit évident pour le barbare qu'elle avait été cruellement blessée.) Bien que je n'ose songer à ce qui serait advenu de moi si Bruenor n'était pas arrivé !

— Tu as vu Bruenor ?

— Dans les tunnels, expliqua Catti-Brie. Des orques ont réussi à pénétrer à l'intérieur – j'aurais peut-être dû les faire s'écrouler. Mais ils n'étaient pas très nombreux, et je pouvais entendre qu'au-dessus les nains s'en sortaient bien sur le champ.

» Bruenor est arrivé à ce moment-là, mais il y avait encore plus d'orques derrière lui. Une poutre de soutènement a lâché ; je crois que c'est Bruenor qui l'a fait tomber, et il y avait trop de poussière et de confusion.

— Et Bruenor ? demanda anxieusement Wulfgar.

Catti-Brie regarda de l'autre côté du champ.

— Là-bas. Il a demandé à te voir.

⚔ ⚔ ⚔ ⚔ ⚔

Le temps que Drizzt atteigne les décombres qui avaient été Cryshal-Tirith, la bataille était terminée. La vue de ses horreurs le retournait complètement, mais son objectif restait inchangé. Il commença à escalader le flanc de l'amas de pierres brisées.

En vérité, le drow se trouvait idiot de se lancer dans une cause si désespérée. Même en admettant que Régis et Guenhwyvar ne soient pas sortis de la tour, comment pouvait-il raisonnablement espérer les retrouver ?

Il continua avec obstination, refusant d'écouter la logique implacable qui le tourmentait. C'était là qu'il était différent de son peuple, c'était ce qui, au final, l'avait entraîné loin de l'obscurité perpétuelle de leurs grandes cités. Drizzt Do'Urden ne s'interdisait pas de ressentir de la compassion.

Il grimpa sur le flanc des gravats et commença à creuser à main nue au milieu des débris. Des blocs plus importants l'empêchaient de fouiller très profondément dans la masse, mais il ne se décourageait pas, explorant même des fissures précaires, étroites et instables. Il utilisait peu sa main gauche brûlée, et bientôt sa main droite saigna à force d'être raclée. Mais il continua, d'abord en se déplaçant autour de l'amas de décombres, puis en l'escaladant.

Il fut récompensé de sa persévérance. Quand il atteignit le sommet des ruines, il sentit une aura de pouvoir magique familière, qui le guida jusqu'à une petite fissure entre deux pierres. Il glissa la main à l'intérieur avec circonspection, espérant trouver l'objet intact, et en sortit la petite figurine féline. Ses doigts tremblaient tandis qu'il l'examinait pour voir si elle était endommagée. Ce n'était pas le cas – la magie de l'objet avait résisté au poids des décombres.

Les sentiments du drow devant sa découverte étaient mitigés, pourtant. Bien qu'il soit soulagé que Guenhwyvar ait apparemment survécu, la présence de la figurine lui indiquait que Régis ne s'était probablement pas échappé vers le champ. Son cœur sombra. Et il sombra encore plus profondément quand un scintillement au fond de la même fissure attira son regard. Il y replongea sa main, en ressortant une chaîne en or avec un rubis en pendentif, et ses craintes furent confirmées.

— Une tombe digne de toi, brave petit ami, dit-il sombrement, et il décida à cet instant de nommer cet amas rocheux le Cairn de Régis. Il ne parvenait cependant pas à comprendre ce qui avait bien pu se produire pour séparer le halfelin de son collier, car il n'y avait ni sang ni quoi que ce soit d'autre sur la chaîne indiquant que Régis la portait au moment de sa mort.

— Guenhwyvar, appela-t-il. Viens à moi, mon ombre.

Il sentit les sensations familières au sein de la figurine comme il la posait sur le sol devant lui. Puis, la brume noire apparut et prit la forme de la grande panthère, indemne et quelque peu régénérée par les quelques heures qu'elle avait passées dans son propre plan d'existence.

Drizzt s'avança rapidement vers son compagnon félin, mais il s'arrêta comme une autre brume apparut non loin de là et commença à se solidifier.

Régis.

Le halfelin était assis, les yeux fermés et la bouche grande ouverte, comme s'il était sur le point de prendre une énorme et délicieuse bouchée d'une friandise invisible. Une de ses mains était en coupe sous ses mâchoires avides, et l'autre ouverte devant lui.

Comme sa bouche se refermait en claquant sur le vide de l'air, de surprise ses yeux s'ouvrirent d'un coup.

— Drizzt! gémit-il. Vraiment, tu pourrais demander avant de me transférer! Ce fauve proprement merveilleux m'avait attrapé le plus juteux des repas!

Drizzt secoua la tête et sourit avec un mélange de soulagement et d'incrédulité.

— Oh, splendide! cria Régis. Tu as trouvé mon rubis. Je pensais que je l'avais perdu; pour je ne sais quelle raison, il n'a pas fait le voyage avec le fauve et moi.

Drizzt lui rendit la pierre précieuse. La panthère pouvait donc emmener quelqu'un dans ses voyages au travers des plans? Drizzt se résolut à explorer plus tard cette facette du pouvoir de Guenhwyvar.

Il caressa le cou de la panthère, avant de la libérer pour qu'elle puisse retourner dans son propre monde où elle pourrait récupérer pleinement.

— Viens, Régis, dit-il d'un air grave. Allons voir où nous pourrions prêter main-forte!

Régis haussa les épaules avec résignation et se leva pour suivre le drow. Quand ils atteignirent le somment des ruines et virent le carnage qui s'étendait devant eux, le halfelin se rendit compte de l'ampleur de la destruction. Ses jambes se dérobèrent presque sous lui, mais il parvint à effectuer la descente avec l'aide de son ami agile.

— Nous avons gagné ? demanda-t-il à Drizzt quand ils se rapprochèrent du niveau du champ, ne sachant pas très bien si les habitants des Dix-Cités considéraient ce qu'il voyait devant lui comme une victoire ou comme une défaite.

— Nous avons survécu, corrigea Drizzt.

Un cri jaillit brusquement quand un groupe de pêcheurs, apercevant les deux compagnons, se rua vers eux en hurlant à tue-tête.

— C'est le tueur-du-sorcier, le briseur-de-la-tour ! crièrent-ils.

Drizzt, toujours modeste, baissa les yeux.

— Vive Régis, continuèrent les hommes, le héros des Dix-Cités !

Drizzt adressa un regard surpris, mais amusé, vers son ami. Régis se contenta de hausser les épaules avec impuissance, se comportant comme s'il était autant victime de la méprise que Drizzt.

Les hommes se saisirent du halfelin et le soulevèrent sur leurs épaules.

— Nous allons te porter dans toute ta gloire à l'intérieur de la cité, là où se tient le conseil ! proclama l'un d'eux. Toi, plus que tout autre, tu devrais avoir ton mot à dire dans les décisions à prendre ! (Comme s'il venait d'avoir une pensée tardive, l'homme dit à Drizzt :) Tu peux venir aussi, le drow.

Drizzt déclina l'invitation.

— Que chacun acclame Régis, dit-il avec un large sourire sur le visage. Ah, petit ami, tu as toujours eu la chance de trouver de l'or dans la boue où les autres se vautrent !

Il donna une tape sur le dos du halfelin et s'écarta comme la procession se mettait en route.

Régis regarda derrière son épaule et roula des yeux comme s'il était entraîné dans l'expédition contre son gré.

Mais Drizzt savait ce qu'il en était.

⚔ ⚔ ⚔ ⚔ ⚔

L'amusement du drow fut de courte durée.

Avant même qu'il se soit éloigné, deux nains l'interpellèrent.

— C'est une bonne chose qu'on t'ait trouvé, notre ami l'drow, dit l'un d'entre eux.

Le drow sut immédiatement qu'ils étaient porteurs d'une sinistre nouvelle.

— Bruenor ? demanda-t-il.

Les nains acquiescèrent.

—Il est moribond, peut-être même déjà mort. Il a demandé à te voir.

Sans ajouter un mot, les nains entraînèrent Drizzt sur le champ, vers une petite tente qu'ils avaient installée près des sorties de leurs tunnels, et ils l'escortèrent à l'intérieur.

Dans la tente, des bougies scintillaient doucement. Derrière le lit de camp unique, contre le mur qui faisait face à l'entrée, se tenaient Wulfgar et Catti-Brie, leurs têtes respectueusement baissées.

Bruenor était étendu sur le lit de camp, la tête et la poitrine enveloppées dans des bandages maculés de sang. Sa respiration était faible et sifflante, comme si chaque inspiration devait être la dernière. Drizzt avança solennellement jusqu'à lui, résolu à retenir les larmes qui envahissaient ses yeux lavande. Bruenor préférerait qu'il soit fort.

—Est-ce que c'est… l'elfe ? haleta Bruenor quand il vit la forme noire au-dessus de lui.

—Je suis venu, meilleur de mes amis, répondit Drizzt.

—Pour me voir… m'en aller ?

Drizzt ne pouvait répondre honnêtement à une question si abrupte.

—T'en aller ? dit-il avec un rire forcé, la gorge serrée. Tu as subi bien pire ! Je ne veux pas entendre parler de décès – qui trouverait alors Castelmithral ?

—Ah, ma demeure… (Bruenor se rasséréna à l'énonciation de ce nom et sembla se détendre, comme s'il sentait que ses rêves le soutiendraient dans le sombre voyage qui l'attendait.) Tu vas v'nir avec moi, alors ?

—Bien sûr, approuva Drizzt. Il regarda Wulfgar et Catti-Brie à la recherche de leur soutien mais, perdus dans leur propre chagrin, ils l'évitaient toujours du regard.

—Mais pas maintenant, non, non, expliqua Bruenor. Ça s'rait pas possible avec l'hiver si proche ! (Il toussa.) Au printemps. Oui, au printemps !

Sa voix défaillit et ses yeux se fermèrent.

—Oui, mon ami, convint Drizzt. Au printemps. Je te verrai à l'intérieur de ta véritable demeure, au printemps !

Les yeux de Bruenor se rouvrirent d'un coup, une touche de leur ancien éclat dissipant leur voile vitreux. Un sourire satisfait s'étala sur le visage du nain, et Drizzt fut heureux d'avoir pu réconforter son ami mourant.

Le drow reposa les yeux sur Wulfgar et Catti-Brie qui souriaient eux aussi.

L'un à l'autre, remarqua Drizzt avec curiosité.

Brusquement, à la surprise horrifiée de Drizzt, Bruenor se rassit et arracha ses bandages.

—Voilà! hurla-t-il à l'amusement général des occupants de la tente. Tu l'as dit, et j'ai des témoins de ta déclaration!

Drizzt, après s'être d'abord évanoui à cause du choc, regarda Wulfgar d'un air menaçant. Le barbare et Catti-Brie luttaient âprement pour maîtriser leurs rires.

Wulfgar haussa les épaules, et un gloussement lui échappa.

—Bruenor m'a dit qu'il me découperait en morceaux jusqu'à ce que je fasse la taille d'un nain si je disais le moindre mot!

—Et c'est ce qu'il aurait fait! ajouta Catti-Brie.

Les deux compères se hâtèrent de sortir.

—Il y a un conseil à Bryn Shander, expliqua Wulfgar à la sauvette.

Une fois à l'extérieur de la tente, ils éclatèrent d'un rire qui passa inaperçu.

—Sois maudit, Bruenor Marteaudeguerre! se renfrogna le drow.

Puis, incapable de s'en empêcher, il entoura de ses bras le nain taillé comme une barrique et le serra contre lui.

—Remets-toi, grogna Bruenor, acceptant l'étreinte. Mais dépêche-toi. Nous avons beaucoup d'travail à faire pendant l'hiver! L'printemps s'ra là plus tôt que c'que tu crois, et au premier jour chaud nous partirons en quête de Castelmithral!

—Où que cela puisse être, dit Drizzt en riant, trop soulagé pour être fâché de la supercherie.

—On y arriv'ra, l'drow! cria Bruenor. On y arrive toujours!

ÉPILOGUE

Les habitants de Dix-Cités et leurs alliés barbares trouvèrent l'hiver qui suivit la bataille particulièrement difficile, mais en mettant en commun leurs talents et leurs ressources, ils parvinrent à survivre. De nombreux conseils furent tenus durant ces longs mois par Cassius, Jensin Brent et Kemp, les représentants de la population des Dix-Cités, avec Wulfgar et Revjak qui parlaient pour les tribus barbares. La priorité fut de reconnaître officiellement l'alliance entre les deux peuples en tirant un trait sur le passé, bien que beaucoup y soient fermement opposés.

Les cités qui avaient été épargnées par l'armée d'Akar Kessell furent saturées de réfugiés pendant l'hiver brutal. La reconstruction commença aux premiers signes du printemps. Quand la région commença à se remettre, et après que l'expédition barbare, partie suivant les indications de Wulfgar, fut revenue avec le trésor du dragon, des conseils furent tenus pour partager les villes parmi les populations qui avaient survécu. Les relations entre les deux peuples faillirent se rompre brusquement plusieurs fois, et ne se maintinrent que grâce à la présence impérieuse de Wulfgar et au calme immuable de Cassius.

Quand tout fut finalement mis au point, les barbares se virent attribuer la reconstruction des villes de Bremen et de Caer-Konig, les sans-abri de cette dernière étant déplacés dans la cité reconstruite de Caer-Dineval et les réfugiés de Bremen ne désirant pas vivre parmi les barbares se voyant proposer des demeures dans la ville nouvellement construite de Targos.

C'était une situation difficile, pendant laquelle des ennemis traditionnels furent forcés de mettre leurs différences de côté et de vivre à proximité les uns des autres. Bien qu'ayant remporté la bataille, les habitants des cités ne pouvaient pas se qualifier de vainqueurs. Chacun d'entre eux avait subi des pertes tragiques ; personne n'avait rien gagné dans la bataille.

Excepté Régis.

Le halfelin opportuniste se vit attribuer le titre de Premier citoyen et la plus belle maison des Dix-Cités pour sa participation dans le combat. Cassius céda volontiers son palace au « briseur-de-la-tour ». Régis accepta l'offre du porte-parole ainsi que les nombreux autres cadeaux qui affluaient de toutes les cités, car, s'il n'avait pas véritablement mérité les hommages qu'on lui accordait, il justifiait sa bonne fortune en se considérant comme un partenaire du drow modeste. Et puisque Drizzt Do'Urden n'était pas près de venir à Bryn Shander recevoir les honneurs, Régis se figurait que c'était son devoir de le faire à sa place.

C'était le mode de vie douillet que le halfelin avait toujours désiré. Il se délectait véritablement de ces richesses et de cette opulence excessive, bien qu'il doive apprendre plus tard qu'il y avait effectivement un prix à payer pour une telle renommée, un prix considérable.

⚔. ⚔. ⚔. ⚔. ⚔.

Drizzt et Bruenor avaient passé l'hiver à se préparer pour leur quête de Castelmithral. Le drow entendait honorer sa parole, quoiqu'elle lui ait été soutirée par supercherie, car sa vie n'avait pas beaucoup changé après la bataille. Véritable héros du combat, il restait à peine toléré par les habitants des Dix-Cités. Et les barbares autres que Wulfgar et Revjak l'évitaient ouvertement, marmonnant des prières à leurs dieux pour s'en protéger chaque fois qu'ils croisaient sa route par inadvertance.

Mais le drow acceptait leur rejet avec son stoïcisme habituel.

⚔. ⚔. ⚔. ⚔. ⚔.

—On murmure en ville que tu as donné ta voix au conseil à Revjak, dit Catti-Brie à Wulfgar lors de l'une de ses nombreuses visites à Bryn Shander.

Wulfgar hocha la tête.

—Il est plus âgé, et plus avisé en bien des points.

Catti-Brie soumit Wulfgar à l'examen approfondi et troublant de ses yeux sombres. Elle savait qu'il y avait d'autres raisons qui poussaient Wulfgar à se désister de son rôle de roi.

—Tu veux aller avec eux, affirma-t-elle catégoriquement.

—Je le dois au drow, donna pour seule explication Wulfgar en se détournant, n'étant pas d'humeur à débattre avec la jeune fille tenace.

—De nouveau, tu te défiles devant la question, dit Catti-Brie en riant. Tu n'y vas pas pour t'acquitter d'une dette ! Tu y vas simplement parce que tu as envie de prendre la route !

—Que pourrais-tu savoir de la route? grogna Wulfgar, coupé dans son élan par l'observation douloureusement exacte de la jeune fille. Que pourrais-tu savoir de l'aventure?

Les yeux de Catti-Brie étincelèrent d'une manière désarmante.

—Tout ce qu'il y a à savoir, affirma-t-elle catégoriquement. Chaque jour, en chaque endroit, est une aventure. Cela, tu ne l'as pas encore appris. Et tu pars donc en quête sur des routes lointaines, espérant satisfaire la soif de sensations fortes qui brûle dans ton cœur. Alors, va, Wulfgar de Valbise. Suis le chemin de ton cœur et sois heureux!

» Peut-être que quand tu reviendras, tu comprendras l'excitation que procure le simple fait d'être en vie.

Elle l'embrassa sur la joue et sautilla vers la porte.

Wulfgar, agréablement surpris par son baiser, lança derrière elle:

—Peut-être qu'alors nos discussions seront plus agréables!

—Mais pas aussi captivantes! rétorqua-t-elle en guise d'adieux.

⚔ ⚔ ⚔ ⚔ ⚔

Lors d'une belle matinée au début du printemps, il fut enfin temps de partir pour Drizzt et Bruenor. Catti-Brie les aida à tasser leurs sacs trop remplis.

—Quand on aura dégagé l'endroit, j't'y emmen'rai! dit encore une fois Bruenor à la jeune fille. J'suis sûr qu'tes yeux vont briller à Castelmithral, quand tu verras ses rivières qui dégoulinent d'argent!

Catti-Brie sourit complaisamment.

—T'es sûre qu'ça va aller pour toi, alors? demanda Bruenor avec plus de sérieux. Il savait que ce serait le cas, mais son cœur débordait d'inquiétude paternelle.

Le sourire de Catti-Brie s'élargit. Ils avaient eu cette discussion une bonne centaine de fois durant l'hiver. Catti-Brie savait qu'il lui manquerait énormément, mais elle était ravie du départ du nain, car il était clair que Bruenor ne serait jamais véritablement heureux tant qu'il n'aurait pas au moins tenté de retrouver sa demeure ancestrale.

Et elle savait, mieux que personne, que le nain serait en bonne compagnie.

Bruenor était satisfait. Le temps était venu de partir.

Les compagnons saluèrent les nains et se dirigèrent vers Bryn Shander pour faire leurs adieux à leurs deux amis les plus proches.

Ils arrivèrent à la demeure de Régis plus tard dans la matinée, et y trouvèrent Wulfgar qui les attendait assis dans les escaliers, *Crocs de l'égide* et son sac à ses côtés.

Drizzt posa un regard méfiant sur les affaires du barbare comme ils s'approchaient, devinant à moitié les intentions de Wulfgar.

—Salut à toi, roi Wulfgar, dit-il. Pars-tu pour Bremen, ou peut-être pour Caer-Konig, afin de superviser le travail de tes hommes ?

Wulfgar secoua la tête.

—Je ne suis plus roi, répondit-il. Les conseils et les discours sont l'affaire d'hommes plus âgés ; j'en ai subi plus que ce que je pouvais tolérer. C'est Revjak qui parle pour les hommes de la toundra à présent.

—Alors, qu'est-ce que tu vas faire ? demanda Bruenor.

—Je pars avec vous, répondit Wulfgar. Pour m'acquitter de ma dernière dette.

—Tu ne me dois rien, déclara Bruenor.

—Mon tribut envers toi est payé, approuva Wulfgar. Et je me suis acquitté de tout ce que je devais aux Dix-Cités, ainsi qu'envers les miens. Mais il reste une dette dont je ne suis pas libre. (Il se tourna pour faire directement face à Drizzt.) Une dette envers toi, mon ami l'elfe.

Drizzt ne sut pas quoi répondre. Il donna une tape sur l'épaule du grand homme et sourit chaleureusement.

⚔ ⚔ ⚔ ⚔ ⚔

—Viens avec nous, Ventre-à-Pattes, dit Bruenor après qu'ils eurent terminé un délicieux déjeuner dans son palace. Quatre aventuriers en vadrouille sur la plaine ouverte. Ça te f'ra du bien et ça te f'ra perdre un peu d'bedaine !

Régis attrapa son ventre rebondi des deux mains et le fit trembloter.

—J'aime bien ma bedaine et j'ai bien l'intention de la garder, merci. Je pourrais même l'arrondir encore un peu !

» Je n'arrive même pas à comprendre pourquoi vous insistez tous pour vous lancer dans cette quête, de toute façon. (Il avait passé plusieurs heures durant l'hiver à tenter de convaincre Bruenor et Drizzt de renoncer à l'expédition.) Nous avons la belle vie, ici ; pourquoi voulez-vous donc partir ?

—Il y a plus dans la vie que la nourriture de qualité et les coussins moelleux, petit ami, dit Wulfgar. La soif d'aventure coule dans nos veines. Avec la paix qui règne dans la région, les Dix-Cités ne peuvent plus nous offrir le tressaillement du danger ou la satisfaction de la victoire.

Drizzt et Bruenor opinèrent en signe d'assentiment, mais Régis secoua la tête.

— Et tu crois qu'la richesse, c'est c'te demeure pitoyable ? gloussa Bruenor en faisant claquer ses doigts trapus. Quand j'reviendrai de Castelmithral, j'te bâtirai une maison deux fois grande comme celle-là et bordée d'pierres précieuses comme t'en as jamais vu !

Mais Régis était fermement décidé à avoir été témoin de sa dernière aventure. Après la fin du repas, il accompagna ses amis à la porte.

— Si vous revenez…

— Ta maison sera notre premier arrêt, lui assura Drizzt.

Ils rencontrèrent Kemp de Targos en sortant. Il était debout de l'autre côté de la route, en face du perron de Régis, apparemment à leur recherche.

— C'est moi qu'il attend, expliqua Wulfgar, souriant à l'idée que Kemp change ses habitudes pour se débarrasser de lui.

— Adieux, mon bon porte-parole, lui lança Wulfgar en s'inclinant profondément. *Prayne de crabug ahm rinedere be-yogt iglo kes gron.*

Kemp adressa un bref signe obscène au barbare et s'enfuit au loin. Régis était presque plié en deux de rire.

Drizzt reconnut ces paroles, mais le fait que Wulfgar les ait adressées à Kemp le laissait perplexe.

— Tu m'as dit un jour que ces paroles étaient un ancien cri de bataille de la toundra, fit-il remarquer au barbare. Pourquoi les adresser à l'homme que tu méprises entre tous ?

Wulfgar commença à bafouiller une explication pour se sortir de cette situation embarrassante, mais Régis répondit à la question pour lui.

— Cri de bataille ? s'exclama le halfelin. C'est un vieux juron de Matrones barbares, généralement réservé aux vieux barbares adultères. (Les yeux du drow rivés sur le barbare s'étrécirent comme Régis continuait :) Cela signifie : « Que les puces d'un millier de rennes nichent dans tes parties génitales. »

Bruenor éclata de rire, et Wulfgar se joignit bientôt à lui. Drizzt ne put s'empêcher de faire de même.

— Allons-y, le jour est déjà bien avancé, dit le drow. Lançons-nous donc dans cette aventure – elle devrait se révéler intéressante !

— Où irez-vous ? demanda sombrement Régis.

En fait, une petite partie du halfelin enviait ses amis ; il devait bien admettre qu'ils lui manqueraient.

— D'abord, à Bremen, répondit Drizzt. Nous devons compléter nos provisions là-bas et nous mettre en route vers le sud-ouest.

— Vers Luskan ?

— Peut-être, si le destin le décide.

— Bonne route, leur dit Régis comme les trois compagnons s'éloignaient sans plus attendre.

Régis les regarda disparaître, se demandant comment il avait bien pu se trouver des amis si insensés. Il chassa cette pensée d'un haussement d'épaules et se retourna vers son palace – il y avait quantité de restes du déjeuner.

Il fut stoppé avant d'avoir passé la porte par un appel qui retentit dans la rue.

— Premier citoyen!

La voix était celle d'un manutentionnaire de la partie sud de la cité, où les caravanes marchandes chargeaient et déchargeaient. Régis attendit qu'il s'approche.

— Il y a un homme, Premier citoyen, dit le manutentionnaire (s'inclinant pour s'excuser de déranger une personne si éminente), qui demande à vous voir. Il clame être un représentant de la Société des héros à Luskan, envoyé pour requérir votre présence à leur prochaine réunion. Il a dit qu'il vous paierait bien.

— Son nom?

— Il n'en a pas donné, il m'a juste donné ceci!

Le manutentionnaire ouvrit une petite bourse d'or.

C'était tout ce que Régis avait besoin de voir. Il partit sur-le-champ pour son rendez-vous avec l'homme de Luskan.

Une fois de plus, un coup de chance sauva la vie du halfelin, car il vit l'étranger avant que celui-ci le voie. Il le reconnut immédiatement, bien qu'il ne l'ait pas vu depuis des années, à la poignée incrustée d'émeraudes de la dague qui dépassait du fourreau sur sa hanche. Régis avait souvent caressé l'idée de voler cette arme superbe, mais même sa hardiesse insensée avait ses limites.

Cette dague appartenait à Artémis Entreri.

Le plus redoutable des assassins à la solde de Pacha Amas.

⚔ ⚔ ⚔ ⚔ ⚔

Les trois compagnons quittèrent Bremen avant l'aube du jour suivant. Impatients d'entamer leur aventure, ils progressaient rapidement et ils étaient déjà loin sur la toundra quand les premiers rayons du soleil percèrent au-dessus de l'horizon oriental derrière eux.

Pourtant, Bruenor ne fut pas surpris quand il remarqua Régis qui se hâtait sur la plaine déserte pour les rattraper.

— Il s'est encore attiré des ennuis, ou j'suis un gnome à barbe, ricana le nain à l'attention de Wulfgar et Drizzt.

—Salut à toi, dit Drizzt. Mais ne nous étions-nous pas déjà fait nos adieux ?

—J'ai décidé que je ne pouvais pas laisser Bruenor foncer vers le danger sans être là pour l'en tirer, haleta Régis en tentant de reprendre son souffle.

—Tu viens avec nous ? grogna Bruenor. T'as pas amené d'vivres, halfelin stupide !

—Je ne mange pas beaucoup, supplia Régis, une pointe de désespoir perçant dans sa voix.

—Bah ! Tu manges plus qu'nous trois réunis ! Mais t'en fais pas, va, tu peux nous coller au train quand même.

Le visage du halfelin s'éclaira visiblement, et Drizzt suspecta que la supposition du nain quant à ses ennuis n'était pas loin de la réalité.

—Nous serons donc quatre ! proclama Wulfgar. Chacun de nous représente l'une des quatre races communes : Bruenor pour les nains, Régis pour les halfelins, Drizzt Do'Urden pour les elfes et moi pour les humains. Une jolie troupe !

—Cela m'étonnerait que les elfes choisissent un drow pour les représenter, remarqua Drizzt.

Bruenor grogna.

—Tu crois que les halfelins choisiraient Ventre-à-Pattes comme champion ?

—Tu es fou, le nain, rétorqua Régis.

Bruenor laissa tomber son bouclier au sol, contourna Wulfgar d'un bond et se mit en position de combat devant Régis. Son visage se distordit dans une fureur feinte, comme il attrapait Régis par les épaules et le soulevait dans les airs.

—C'est tout à fait ça, Ventre-à-Pattes ! cria sauvagement Bruenor. Je suis fou ! Et faut jamais croiser plus fou qu'soi !

Drizzt et Wulfgar se regardèrent en échangeant des sourires entendus.

Cela allait effectivement être une aventure captivante.

Et avec le soleil qui se levait dans leurs dos et leurs ombres qui s'allongeaient devant eux, ils entamèrent leur route.

En quête de Castelmithral.

MAINTENANT, C'EST À VOUS D'ÉCRIRE L'HISTOIRE...

DUNGEONS & DRAGONS

- CRÉEZ VOTRE PERSONNAGE
- AFFÛTEZ VOS ARMES ET VOS POUVOIRS
- RECRUTEZ VOTRE GROUPE D'AVENTURIERS
- AFFRONTEZ LES DRAGONS ET DEVENEZ UN HÉROS

GRÂCE AU JEU DE RÔLE DE DUNGEONS & DRAGONS®, VIVEZ VOS PROPRES AVENTURES

Guide des joueurs des Royaumes oubliés

Tout pour créer son groupe d'aventuriers et vivre des histoires palpitantes.

Encyclopédie des Royaumes oubliés

Des conseils et des aides de jeu pour créer ses propres histoires.

Aventure dans les Royaumes oubliés

Une aventure héroïque pour des personnages de niveaux 2 à 4.

DÉPASSEZ LES LIMITES DU JEU DE RÔLE EN RETROUVANT TOUS LES DEUX MOIS EN KIOSQUE LE MAGAZINE DRAGON ROUGE !

ACTU, INFOS ET AIDES DE JEU SUR :

WWW.DRAGONROUGE.INFO